中国古典小说丛书

[清]逍遥子 著

后红楼梦

江西美术出版社
全国百佳出版单位

图书在版编目（CIP）数据

后红楼梦/（清）逍遥子著.--南昌:江西美术出
版社,2018.10（2020.5重印）
ISBN 978-7-5480-6211-0

Ⅰ.①后…Ⅱ.①逍…Ⅲ.①章回小说－中国－清代
Ⅳ.①I242.4

中国版本图书馆CIP数据核字（2018）第140567号

出 品 人：周建森
企　　划：北京江美长风文化传播有限公司
责任编辑：楚天顺　康紫苏
责任印制：谭　勋

后红楼梦

HOU HONGLOUMENG

（清）逍遥子　著

出　　版：江西美术出版社
地　　址：江西省南昌市子安路 66 号
网　　址：www.jxfinearts.com
电子信箱：jxms163@163.com
电　　话：010-82093808　0791-86566274
邮　　编：330025
经　　销：全国新华书店
印　　刷：河北盛世彩捷印刷有限公司
版　　次：2018 年 10 月第 1 版
印　　次：2020 年 5 月第 2 次印刷
开　　本：690mm×960mm　　1/16
印　　张：21.5
ISBN 978-7-5480-6211-0
定　　价：49.00 元

"中国古典小说丛书"出版说明

所谓"古典小说"云者，其义有二焉：一曰，但凡古代之小说，皆可谓之"古典小说"；一曰，但凡技法未受泰西影响之小说，亦可谓之"古典小说"。然此特就今人之观念言之耳。

揆诸坟典，"小说"一词，出自《庄子·外物篇》，其言曰："饰小说以干县令，其于大达亦远矣。"由此观之，庄子所谓"小说"，不过琐屑之言，以其无关道术，故以小说名之耳。

炎汉成、哀之世，刘向、刘歆父子典校秘书，检讨百家学说，取桓谭《新论》"小说家合丛残小语，近取譬论，以作短书，治身治家，有可观之辞"之意，把《伊尹说》《鬻子说》诸书，归为"小说家"之书，而《汉书·艺文志》（以下简称《汉志》）继之。夷考其说，"小说家者流，盖出于稗官，街谈巷语，道听途说者之所造也"（语出《汉志》），此亦非后世之小说也。

唐修《隋书》，其《经籍志》立论本诸《汉志》，以小说为"街谈巷语之说"（《隋书·经籍志》语）。当此之时，小说之名虽同，而其类目稍广，举凡《燕丹子》《世说》《迩说》之属，皆可入诸小说名下。

后晋修《唐书》，其《经籍志》立论与《隋志》无异，以《博物志》隶小说，此为"神异志怪之书"入小说之始。

天水一朝，欧阳文忠公撰《新唐书·艺文志》（以下简称《新唐志》），以《列异传》《甄异传》《续齐谐记》《感应传》《旌异记》等"史部·杂传类"之书移于"小说类"。至是，小说之部类日夥。

及元脱脱修《宋史》，《艺文志·小说类》承《新唐志》之旧而增广之。

明胡应麟以小说繁夥，派别滋多，于是综核大凡，分小说为六类：一曰"志怪"，一曰"传奇"，一曰"杂录"，一曰"丛谈"，一曰"辩订"，一曰"箴规"。至此，小说一类已蔚为大观，脱《汉志》"街谈巷语"之成规。

清修"四库"，《总目提要》(以下简称《提要》)别小说为三派，"其一叙述杂事……其一记录异闻……其一缀辑琐语"，而又损益之。考诸《提要》，则损益可知：一曰，进"丛谈""辩订""箴规"为"杂家"；一曰，隶《山海经》《穆天子传》诸书于小说。小说范围，至是乃稍整洁矣。其分目虽殊，而论述则袭诸旧志。

曩者宋元明清之史志，难觅"平话""演义"之书，此特士夫习气，鄙其为末流所使然也。史家成见，一至于斯。今人刻书，自当脱古人窠臼。

说部诸书，以文体分，有"白话""文言"之别；以体裁分，有"话本""传奇""演义"之别；以内容分，有"佳话""世情""侠义""家将""神魔"之别。细玩其文，既有劝世之良言，亦有"诲淫诲盗"之糟粕，而抉择去取，转成读说部书之第一要务。以此之故，编者特于说部诸书择其精者，辑之而为"中国古典小说丛书"，凡百余种。

然说部之书浩如烟海，其精者又何限于区区百十之数？此次出版，难免遗珠之憾。然能俾读者因之而省择取之劳，进而得窥说部精要，示人以津梁，则尚不违出版"中国古典小说丛书"之初心。

说部之书，多出自书坊，脱误错乱，在所难免，故于"取其精华，去其糟粕"外，尚需广施校雠，始得成其为可读之书。以此之故，编者多方搜罗以定底本，精排其版以美其观，躬自校雠以正讹误，然后付诸枣梨，装订成书，以飨读者。

限于编者学力有限，书中疏漏之处，在所难免，尚祈广大方家、读者诸君不吝批评斧正。凡能指出书中一二谬误者，皆为吾师，吾人不胜感激之至。

戊戌仲夏上浣，邵鹏军序于丰台晓月里

目　录

第一回

毗陵驿宝玉返蓝田　潇湘馆绛珠还合浦

话说前《红楼梦》一书，开卷便说纨绔子弟未能努力于身，愧负天恩祖德，回忆少年时候只在妇女中厮混，虚掷光阴，又阅历了盛衰离合，就闺阁中几个裙钗倒有一番不可及的光景。故请曹雪芹先生编出一百二十回奇文，将自己悔恨普告人间，就遍传这个十二钗，使千载如闻如见，归总只在一个情字。

书中假假真真，寓言不少，无论贾宝玉本非真名，即黛玉、宝钗亦多借影，其余自元春、贾母以下一概可知。至全书以宝玉、黛玉为主，转将两人拆开，令人怨恨万端。正如地缺天倾，女娲难补。正是宝玉主意，央及曹雪芹编此奇文，压倒古来情史，顺便回护了自己逃走一节，不得已将两个拐骗的僧道也说做仙佛一流。岂知他两个作合成双，夫荣妻贵，宝钗反做其次。直到曹雪芹全书脱稿，宝钗评论起来说："你两人享尽荣华，反使千秋万古之人为你两人伤心坠泪，于心何安！"于是宝玉再请曹雪芹另编出《后红楼梦》，将死生离合一段真情，一字字直叙。雪芹亦义不容辞，此《后红楼梦》之所为续编也。

雪芹应承了宝玉，回到书房。是夜梦游至一所天宫，一字儿排着，一边是离恨天，一边是补恨天，都有玉榜金字。便有使女引他进去。

　　雪芹问知两边仙府系属焦仲卿、兰芝掌管，却住在两宫之中。大抵的是有离必补的因果。雪芹到了殿上，拜谒了兰芝夫人。兰芝便道："焦卿赴会去了，请先生来却有一番嘱咐。从前愚夫妇死别生离，人间都也晓得。到了同证仙果，却亏了近日一位名公谱出一部《碧落缘乐府》，世上方才得知。而今贾宝玉、林黛玉一事，先生编出《红楼梦》一书，真个的言情第一，已经藏在离恨天宫。现在要编后书，也是补恨天必收的册府。但是他回生一节，我有同难相济的苦心，也须替我传出。从前我在离恨天望见一道怨气，寻出根由，便知黛玉、晴雯之死。恰好焦卿在南海菩萨处回来，知道史太君要重兴两府，求准菩萨，令他补恨回阳。喜有练容金鱼，真身未坏，却有妖僧魔阻，须守时辰。便将黛玉、晴雯之魂交付史太君，带在宗祠守候。嘱我注名补恨，并在离恨册五儿名下借生晴雯。又比较恨债，宝玉还欠的多，又注定他许多磨折，始令成双。又恐黛玉留恋富贵不能再入仙班，又令史真人同居指引。我这番作用，一则完我心愿，二则付了菩萨慈悲，三则荣国府数应昌盛。而且黛玉这个人从前失意的时候不免忧郁愁烦，激成了尖酸一路；到得意了，便觉得光明磊落，做出一个巾帼英雄。先生编这个补恨之书，也不可埋没了。不要说我为了他十分策划，就是菩萨也十分留情。怕的开棺时不能应准了时刻，还遣韦驮尊君到荣国府送他回生，真是一件绝大因果。先生总要叙明。"雪芹一一记清，也拜谢了。

　　这曹雪芹就从离恨天进去，再从补恨天出来，梦醒后惊讶不已。因想起前《红楼梦》一书，只因顺了宝玉的意，多有失支脱节、粉饰挪移之处。而今要据事直陈，不妨先自揭清。

　　黛玉本有嗣兄良玉，袭人改嫁亦在贾政未归之先，香菱小产病危依旧病痊无恙，喜鸾、喜凤也并未结亲，只跟了王夫人作女。

　　至一僧一道，道即张道士徒弟德虚，僧即妖僧志九。这德虚道士平日非为，被张道士革逐，遇着志九，传授邪术。他两人摄人生魂，幻人梦境，隐身盗物，迷人本性。

只因史太君信了神佛，写了一家的年庚送张道士祈祷，就被德虚将黛玉、晴雯的年庚私下写去了，又串通志九隐身盗玉。诳一万银子不能到手，便会了宝玉，哄他："同去可以见得黛玉、晴雯同成仙佛正果。"就伺宝玉出闱，暗洒迷药，引他到僻静寓所，将黛玉、晴雯的年庚针定在小木人上，就现出两个人的形貌，如汉武帝望见李夫人一般。宝玉就相信十分，跟着他走，不期着了迷药就说不出话来。

宝玉到了毗陵驿地方，适遇着贾政回京。望见父亲旗号，便觉得本性忽然明了。一直奔上船头，虽未落发，却是僧装，恐上船来惹得贾政惊怪，便在船头上叩头。原是素日畏惧贾政，虽当急难之际，浑身异服不敢上前，只望贾政一见即来救他的意思。

这贾政在灯光雪影之中，忽见船头一僧叩头，急忙赶出一看，便认得是宝玉。正欲拉他进舱，忽有一僧一道跳上船头，拉宝玉登岸便走。贾政一面跳上岸来，一面大叫，当有家人、长班及水手等四五十个人，听见呼唤，一齐登岸追赶。这便是为官的势力，寻常行旅那有此等威武。

彼时贾政登岸，断无一人独去、众人不从之理。又使僧道二人果有神仙之术，立便腾云飞去，何从追赶，况且前书中说贾政追至毗陵驿后山前，僧、道、宝玉俱不见了。其实毗陵驿后并无一山，此皆前《红楼梦》中依了宝玉，故作变幻之文。

且说贾政率同众人追去，不上半里，就雪地之中将宝玉同僧道一齐捉住，即叫人驮了宝玉，捆了僧道，带回舟中。贾政这一喜非同小可，当即立将宝玉衣裳换过，问他说话，宝玉仍不能言语。贾政知道他着了迷药，一面令人扶他上炕将息，一面叫将尿粪秽物淋浇僧道二人。又宰犬一只，将犬血淋了，再将僧道带进舱中。二人蛮野异常，如何肯跪，苦被犬血秽物淋过不能隐身。贾政便喝令众人按倒，各处四十大板。僧道叫苦连天，情愿供认。

贾政喝令实供，始据实供出德虚道人如何出入府中，得知备细；屡次商同隐身偷玉，欲卖银一万两不能到手；因又商同泄恨，假以讲经度佛为名，与宝玉约定，就于出闱之日一同逃走；如何用迷药，使他不能言语，骗出禁城；及至途中，宝玉受苦不过屡次欲逃回，却被他用言禁吓。说到此，便截然住口。贾政喝道："你既将宝玉拐出，究竟要拐到那里去？不用极刑如何肯招。"立命将和尚道士夹起。二人受刑不过，情愿供招，及至放了，依然不说。贾政只得喝令收紧，用木棍敲打脚块。两人只得说出，要拐到苏州去，卖与班里教戏。贾政还不信，喝令再来。两人哭叫道："实在真情，夹死更无别话了。"

贾政当将两人放松，搜他随身物件，巧巧的那块通灵玉，即在和尚兜肚中检将出来，依然带着金黑线络子。又在两人身上搜出许多东西来，逐一指向，不能隐瞒。一个金紫色葫芦，口贴玻璃，说是引诱人魂魄入去，幻出百般梦境。一个铜匣子收放迷药。两三本假度牒。又一个小小木匣，倾将出来，共有十几个小木人。一本小册，都是男的女的生魂。

贾政翻开一看，开明生魄姓名，下注年庚。看到后面，内有荣国府闺秀一名林黛玉，荣国府使女一名柳晴雯。贾政大惊，喝道："你将这许多生魂摄来，罪该寸磔！"两个叩头道："爷爷不妨，但将木人身上两个小针轻轻拔下，各人即便回生。"贾政即将黛玉、晴雯的小针拔了，余者也就一总拔去。这黛玉、晴雯便即从当境神引导到贾氏宗祠，聚了魂魄，跟了老太太，送他各自回生，后文另表。

且说贾政当下只将通灵宝玉收起来，其余物件即请程日兴师爷来，央及他备细将两人口供叙出，再写一幅书贴，俟天明了送交地方官，从重办理。程日兴即便到自己船上，连夜与同事赶办去了。

这里贾政明知和尚为头，道士为从，喝令和尚将宝玉迷药解释。和尚便请贾政将通灵宝玉仍旧与宝玉带上，讨半碗水，用指头在水碗里划了好些，口中不知念些什么。念完了即递给宝玉喝了。一会子，宝玉便能说起话来，便走到贾政跟前请了一个安，说道："宝玉该死！"贾政便喝了一句："你这玷辱祖宗不守规矩的奴才！"口里虽喝着，心中却老大不忍。你道为何，可怜宝玉生在锦绣丛中，又得了贾母、王夫人百般爱惜，常时有袭人等随身服侍，焙茗等贴身护从。风儿稍大便说二爷避着些，脚步稍劲，便说二爷慢着走，正如锦屏围芍药，纱罩护芳兰，何等娇养。今被这贼道拐骗出来，一路上雨雪风霜，免不得挨饥受冻，那一幅黄瘦容颜也就大不比从前了。

　　贾政平日虽然待子弟甚严，见宝玉噙着两眼泪，垂了手侍立于旁，未免心中疼惜，便喝令他："睡下了，明早再问你。"贾政却又不放心起来，叫他跟着自己同铺歇息，便喝令众人将僧道两人严行看守，自己便带了宝玉踱进房舱。这宝玉生平从未跟着父亲睡卧，又自己有了极大过犯，心上七上八落，只怕贾政问他无言回答。那知贾政解衣就枕，只叹了几口气，却一声儿不言语。宝玉跟着睡下，心内暗喜，且挨过一宵再作道理。

　　那知贾政与宝玉两人心上各自有个思量，贾政想："宝玉这个孽障，生下来便衔块玉在口中，本稀奇古怪，从古未闻，自然性情怪僻；又遇了老太太、太太百般护短，不由我教管他。放着孔孟之书不肯用心研究，从小儿只在姊妹中间调脂弄粉，学些诗词。成亲以后，不知着了什么魔头，小小年纪便看到内典诸书，妄想成佛作祖。说也可笑，这正是聪明两字误了他。具此天资不走正道，以至今日竟欲弃世离尘，几丧匪徒之手，实实可恨。"不觉咬牙切齿的一番。

　　又想："他不如此聪明，做一个寻常子弟，反无此等堕落。却又亏他做一件像一件，便成人的也赶他不上。他在举业上并未用过功夫，不比兰儿自幼埋头苦读，怎么着几个月工夫一举成名，便高高的中一个第七名举人出来。这也实在稀罕。同时勋戚子弟，千选万拣，实无其人，怪不得北靖王一见面就刮目相待。只道他无下落的了，那知他又自己走了回来，毕竟是贾氏家运未衰，此番带回去严严管教，也没有老太太护短，便有太太，见此光景也不能阻挡，或者成就起来，还有些出息。只是这番回去如何见人？只好说他在近京山寺中盘桓，支饰过去。"

又想："他这疯颠之病，据他母亲说，实是因黛玉而起，莫不是逃走出家也因黛玉？今据和尚所说黛玉尚可回生，倘此言果真，必定将黛玉配了他，方可杜他的妄想。"因又想起："黛玉之母从小与我友爱，不幸故世，单留此女，虽有嗣子良玉，究非亲生。我原该立定主意，将黛玉定为媳妇，何以出门时草草的聘定了宝钗。这总是太太姊妹情深姑嫂谊薄，故自己外甥女便要聘来，我的外甥女便要推出，抬出老太太做主，叫我不敢不依。其实黛玉为人又稳重又伶俐。初到府中人人称赞，老太太珍爱他也同宝玉一般。后来总为琏儿媳妇在老太太面前说短说长；又在太太面前说白道黑，即使赞他，也是暗里藏刀，形容他的尖利。后来太太也一路说去，老太太也不大疼了，我在中间岂不知道。好好的荣宁两府，被琏儿媳妇弄得家破人亡。人命也来了，私通外官也来了。直到而今，还落下了一个重利盘剥小民的名号，祖宗听见也要发竖起来。叫他过来管这几年，弄到这个地步。毕竟是他妒忌黛玉，只恐做了宝玉媳妇，便夺他这个荣国府的账房一席。故此暗施毒计，活活的将黛玉气死，顺便又迎合了太太，娶了这个宝钗过来，忠忠厚厚，不管闲事，他便地久天长霸住这府。到如今他何处去了？翘了尾巴，只留下了一个巧姐。"贾政想到此处，却把恨宝玉的心肠恨在死过的王熙凤身上，却又巴巴的望黛玉回生起来。

宝玉却想道："我自出娘胎，锦衣玉食，天天在姊妹队中过日。从前那等乐趣，虽未稍涉淫邪，然出世为人，那一件事不称心满意。

只因林妹妹亡过，方才懊恼，想到出家起来。我原想成了仙佛后，到天上去寻着林妹妹一同过日；又遇着这和尚到我府里说的成佛法儿十分容易，只要避去红尘，同他到大荒山中坐了十日，一回儿明心见性，即可肉身上天寻找林妹妹。那知道这个妖僧自出场相遇，洒了迷药，摘了通灵，万苦千辛一直跟到此处。最苦是心头明白不能语言，一路上服侍这两个贼秃贼道，上路喝背衣包，下店喝开被铺，重便打，轻便骂，原来和尚徒弟这等难做。从前焙茗跟我也没到此地位。我在路上见过几处官司榜文，写明走失第七名举人贾宝玉，开明年貌，各处访求。我苦不能言语，无从投首。可恨这贼秃贼道，拉我回来，百般苦楚，竟要卖我做戏子；幸亏这两贼戒的是淫邪，生恐破法，不然还了得！如今这两贼也被老爷处够了，不知明早交到衙门还如何现报呢。最喜老爷将林妹妹、晴雯的针儿都拔了，或者真个的回生起来。我若今生今世再见了这两个人儿，我还要成什么佛，这不是活神仙了？只是想起离家之日对着太太、大嫂子、宝姐姐说起进场的话带些禅机话头，临行还仰着天说：'走了，走了。'这回子又跟了老爷回去，可不臊呢！就算他们不牵线，被环兄弟、兰儿说笑也就臊得了不得；况且出门去还有各世交、各亲友，真正臊也臊死，不知老爷可能替我编谎遮盖了些？"

又想起："和尚这个葫芦里也有趣，我虽从他授过隐身法，只不能得了他这个葫芦，原来梦境也可变幻的。我从前许多幻梦，只怕也是他预先摆布，怪道有许多境界，有许多册子。我告诉人，人还不信。我如何弄他这个葫芦来，自己也带回去试他一试，也就有趣得很。"

忽又想起："从前琪官一事被老爷打得半死，害得林妹妹伤心得了不得。如今做了逃走的事情，比琪官的事情更大，不知老爷发作起来怎么好。这里又没有太太救护，不要性发起来活活的处死。趁路上更深夜静，掠入河流，岂不是走到船中自送性命。"却回想贾政神情，大有怜惜之意，或未忍下此毒手。想到此处，又怀起鬼胎来。总是宝玉小心儿性，经此一番风波，尚不肯一心归正。

这段文章虽则无关正经，却有一番点悟。天下聪明弟子，再不要引他论道谈禅，致为匪人所诱，沉迷不悟。只就贾氏府中前面一个贾敬，后面一个宝玉，便是榜样。幸宝玉走得回来，那贾敬便抛家离室渺渺冥冥的去了。每有士大夫功名成，遂养静坐关，这班无赖小人假托秘方，千方引诱。或炼丹以取利，或以养原神炼大丹之说骗取资财，也有小小效验蛊惑人心，弄到头来终无成就。一五一十算来，他却未曾空过，总得了手去。吃过亏的还不肯说，他反说自己魔头，替他掩饰。

要知汉武帝便是古人中第一聪明天子，求了无数方士，千奇百怪要做神仙，到了后头，自己真个悟了大道，说出七个字来，便是载在《史记》上的"天下岂有神仙哉"七字。如此说，难道一无神仙？要知神仙只凭功德，不靠打坐。作为人生在世，果能够亲亲仁民爱物，不怕不做神仙，这是一定之理。

闲话少说，且说贾政、宝玉同床安睡，一夜不曾睡着。总之彼此皆出意外，快乐处多。况且宝玉新中了高魁，贾政这喜欢不小。不多时天就亮了，爷子两人即便起身，程日兴就过船来，将所办口供书帖送贾政看了。贾政说很妥，只要讳避"宝玉"两字。便将宝玉名字挖补，胡乱添改一个小厮名字。

只说这贼棍盗了府中玉物，用迷药拐了小厮，途中盘获供明，理合送地方官，照恶棍例打死不必内结。并吩咐各人都替宝玉隐瞒，只说在山寺中避喧，不必说出实在情节，宝玉也便放心。贾政十分疼痛宝玉，一面吩咐将养他，又知他与曹雪芹笔墨至交，一面先写信安慰家中，并请雪芹赶路下来，与他作伴。宝玉见此情景，倍加感愧。

不时间，程日兴改妥送来，贾政便打轿上岸，将僧道面交地方官，逐一诉说。地方官见系元妃国戚，又是人证确凿，随即坐堂审明，将二贼一顿乱棍打死，妖物销毁讫，然后送贾政回船。这贾宝玉方才安心适意跟贾政回京不题。

且说荣国府中自从走失了宝玉，李嬷嬷哭了一场，就老病呜呼了。王夫人、宝钗等伤得不成样子，贾琏又迎贾政前去，薛姨妈虽则从旁劝解，说到中间自己也就流泪。只有李纨，见兰儿中了，心内欢喜，也因宝玉走失，在王夫人面前不敢露出喜欢的意思。又因近日家道艰难，各事掣肘，虽说将老太太灵柩送回，而老太太所留五百金为黛玉送柩之用亦暂挪移。以此黛玉之柩仍停潇湘馆内，只有紫鹃一人时时开门进去拂尘点香。

王夫人自将袭人嫁与蒋玉函后，日遂将各房中用不着丫头逐名打发。只有五儿打发出去，仍旧的哭求他妈要进府中。王夫人欲冷其心，不使伏侍宝钗，反使他与惜春、紫鹃同居，一同烧香拜佛，正要他厌烦求去的意思。谁知这五儿跟着惜春、紫鹃十分投合，却因出去数日感冒起来。初时尚轻，往后越重，誓死不肯出去。紫鹃苦苦的守着他，一息奄奄，竟有黛玉垂危的光景。

紫鹃正与惜春商议，要回明王夫人。这夜紫鹃梦中忽见晴雯走进来，笑容可掬，说道："紫鹃姐姐，我回来了，你林姑娘也在那里等着你呢。"紫鹃明记着黛玉是死过的了，却忘记晴雯也是死过去的，便说道："晴雯妹妹，你不要哄我，我只不信。"晴雯道："我哄你呢，你不信，跟我去见你林姑娘。"这紫鹃赶忙走起来，跟着晴雯一径到了潇湘馆，真见林黛玉娇怯怯立在那里。紫鹃未及开口，黛玉道："紫鹃妹妹，我自己到了家还不能进去，我好苦。"便将手帕拭起眼泪来。紫鹃一痛欲绝，正要说话，晴雯道："林姑娘，我已替你找了紫鹃姐姐来，我要进我的屋子去了。"紫鹃回身拉住，却被晴雯推跌了一跤。醒来却是一梦。不觉冷汗浑身，一盏孤灯半明半灭，听更鼓已打四更。

紫鹃伤感不已，立起身剔亮灯，走到五儿炕前，问他可要汤水，只见微微气息。紫鹃送过黛玉，也不惧怕，便将灯携近，唤老婆子将稀粥汤轻轻的灌下去。五儿竟一口气喝了几口，渐渐的咳了几声，到五更时说起话来，道："这是那里？"紫鹃道："五儿妹妹，你糊涂了？这不是你的炕？我还坐在炕沿上呢。"五儿摇头道："我不是五儿，是晴雯。"紫鹃大惊，想起梦景，难道是晴雯借躯重生不成？连这老婆子也慌了手脚，即便告之惜春。一屋子还有七八人一齐赶进来，围到五儿炕前。听听他的声音口气，宛然晴雯。本来面貌一毫无二，越看越像起来。

　　紫鹃便说："大家不要惊慌，或是五儿病得糊涂了，或者着了邪也未可定的，就是晴雯借躯回生，也是有的。总等天明了，大家回太太去。只是方才一梦十分奇怪，难道真个晴雯转生不成？"惜春问："是什么梦？"紫鹃便将梦中的光景一一的说出来。惜春道："这么说，连你林姑娘也要活过来了？"紫鹃道："正是呢。我这会子恨不得就到潇湘馆，把林姑娘扶起来。梦中明明白白，好不奇怪。"

　　紫鹃正说话间，炕上病人便说道："有甚奇怪，我刚才同林姑娘回来，原是明明白白的。只是你们回了太太，要便太太重新撵我出去。但前头撵我时恐我引诱二爷，如今二爷不在家，也不妨留我几时，等二爷回来再撵。"惜春一闻此言，硬着胆过来，便当他真是晴雯，便道："你敢则知道二爷下落？"晴雯道："我与林姑娘原同二爷一处走，如今林姑娘也回生了，二爷也就待回家了。"惜春、紫鹃各人俱有心事，一想宝玉一想黛玉，一闻此言不胜大喜，便知炕上的真是晴雯，便催他再喝了几口粥汤，索性问他底里。这晴雯命中注定重生，定了一更多神，神形已合。惜春又将人参嚼碎，挏入饮汤，又强他喝了些。

　　晴雯半眠半坐，靠着老婆子坐起来，将贾政途中遇见宝玉、审问僧道、拔针释放之事逐一说将出来，还说道："有个引路神，将我同林姑娘送到间壁宗祠跟着老太太过来的。现今林姑娘已在潇湘馆内，只等明日巳初一刻，立便回生。二爷在老爷船中，少不得一同回转。"

这惜春、紫鹃听了，顾不得真假，即便赶到王夫人房中，敲开房门进去。谁知王夫人床边明灯犹灿。

原来老太太亡过后，王夫人依了老太太遗言，因喜鸾、喜凤父母双亡，即过房过来，看做亲生一样。只这两个人陪着王夫人住在里房。二人进来，王夫人正自拥衾独坐，默然出神，两个人便把晴雯之言逐一细说。王夫人不觉喜欢极了，说道："这也实在奇怪，我在四更时，清清楚楚梦见老太太颤巍巍的走来，拍拍我说道：'好了，林丫头重生了。明日巳初一刻，快快去开了棺救他。'我十分害怕，只怕老太太阴灵嗔怪我留下他五百金一宗送枢怠慢。我便说：'老太太不要多心。林姑娘送枢一事日夜在心，即当赶办。'老太太就恼起来说道：'你不要糊涂，我与你说正经话，你反当戏言，岂有此理！不要说林丫头与宝玉前生配定姻缘，便是荣宁两府将来也要在林丫头手中兴旺起来。你记着，你若不信，还你一件信物。'说罢，便将手中寿星拐掷将过来。吓得我一霎时惊醒了，床上确有老太太生前的寿星拐。你们看看是不是？"那紫鹃先走上来一看，惜春便道："这是老太太去世以后，老爷亲手封好，装在锦囊，横在老太太内房壁橱上，说是手泽所贻，不许擅动。若非老太太阴灵示信，如何出来？如此看来，林姑娘真个要重生呢？"

王夫人一头说，一头不知不觉就穿衣起来，挽挽头发说道："快请宝二奶奶去，不管晴雯真活假活，且问他去。"便穿好了衣服，同惜春、紫鹃一直过来，连喜鸾姊妹也来了。宝钗自从宝玉走失了，每每晚间不宽衣解带，一闻此信，即便同莺儿赶来。

当下众人俱走到晴雯炕边。王夫人便在炕沿上坐下，拉着晴雯的手，说道："好孩子，你只管说。"这晴雯便依先的说了一遍，王夫人也将梦景告诉他。晴雯道："可不是呢，明明白白我同林姑娘一路走，跟了老太太回来。老太太原要同了林姑娘到太太房中，林姑娘不肯，故此叫我送他到潇湘馆去。往后林姑娘使我找紫鹃姐姐，我就来找，不知老太太那里去了。"

王夫人、宝钗等听了，俱各大喜，直如宝玉已经见面一样。王夫人便将晴雯的手放了，说道："好孩子，真个这样，你便是我的亲生女儿。宝玉回来便留在他房中，回明老爷，叫你们一辈子过活。"

这晴雯生来气性刚强，受不得一毫委屈，虽则死后重生，却也性情不改，便说道："多谢太太恩典，往后不撵就够了！"众人尽皆吐舌，紫鹃便道："既然如此，谁到潇湘馆去？"众人齐声道："大家同去。"只有晴雯挣不起来，便留个老婆子、小丫头伴了他，余者尽去。这时候传开了，免不得五儿之母进来伤痛一场。难得晴雯肯认为母，后文不表。

当时王夫人等俱进潇湘馆内，一路竹影苔痕，十分幽静，开进窗去，倒也明洁无尘。向知紫鹃时来洒扫，众人叹息。不一时，薛姨妈、李纨也来了，香菱也急急的赶了来。

还是李纨有见识，先将钟表定起时辰，随命将一副洁净齐整的被褥向黛玉床上铺设起来，装起宝炉，细细的焚起养神芝月艾香及双鹤巢尺木锦纹香。一壁厢供起香烛，往楼上取下南极长生大帝、救苦观世音、寿星神像三轴，供将起来，再叫柳嫂子搬进小厨房，应用家伙什物安放侧厢后院。俱叫人静悄悄的不许惊惶。

不一时到了时辰，便叫林之孝、周瑞及走得起的家人进屋里来，先将门窗关了，吩咐起盖。这林之孝终是个老总管，便上前挡住道："这事虽没有外人知道，但只拿不住准信。万一不准，未免招犯凶煞。况且林姑娘过去久了，那里能够完好如生。"紫鹃便道："若说身体，定然不坏。从前姑娘在扬州带来一条练容的金鱼，养在水盂，定了性也会游，临过去时候给他含在口内的。"李纨道："真个的，我也一同瞧着，给他含在口内的。"这王夫人听了越发相信，那里还肯听他。便叫林之孝下去，周瑞上来。林之孝终是个有担当的人，看见关系很大，那里肯依，顾不得王夫人，就横身上来拦住周瑞。王夫人便喝："又出去！"也并没有人当真的叉着他，忽然像有个人推倒他似的，真栽出去，栽得发昏。林之孝家的就着人扶他回去了。

这屋里忽然一道红光，就这红光里面闪出一尊神人，恍恍地见他将黛玉的棺木拂了一拂，棺盖就落下地来，神人就不见了，红光也散了。众人便赶上前去围着瞧。先揭开盖衾，随揭随化，连衣被通是那样。却喜的黛玉颜色如生，两颊起了些红晕儿。紫鹃急急的将手去试着，周身俱带温和，更喜鼻息间微有生气流动，便悄悄的叫男人出去，亦不许传出声息儿。李纨、宝钗忙将两床软被过来裹着黛玉，轻轻悄悄抬到里边床上卧下，慢慢的将参米汤灌下，也便受了些。王夫人只悄悄的叫轻些儿，王夫人一面就吩咐快将棺木抬出去施舍。恰有个后巷周姥姥为了他利市，就喜喜欢欢领去做了寿木。又悄悄的各处打扫得二十分洁净。再叫喜鸾、喜凤同了平儿、琥珀将黛玉的衣箱什物以及陈设各件，都静悄悄的分着阁上阁下、里间外间，问明了紫鹃照旧安放这里。

李纨等只守着黛玉，直到未初一刻，渐渐地透过气来，将金鱼儿吐出。紫鹃连忙用线穿好，缀紧在黛玉的耳坠子上。黛玉倦眼微舒，星眸半露，仍复合眼睡去。薛姨妈便出个主意，告诉王夫人，快请光明殿罗真人，选择有名气并道行高的十六位法师到荣禧堂打醮，各处庵观寺庙分头骑马去写明香牌，焚香化纸。

王太医也慌忙请来细看，说："定是回得过来的人，不必服药，只需静养养即可复元。"众人便不分昼夜，时往时来。

直过了一周，时到第三日巳牌时分，黛玉方叹了一口气，舒开眼来，便怯怯地道："我的紫鹃妹妹呢？"紫鹃连忙上前道："紫鹃在这里。"紫鹃直乐得心花四开起来。黛玉瞅了一瞅，又怯怯地道："晴雯呢?"紫鹃道:"好了,将就也起来了。"王夫人上前叫一声甥女,黛玉便一声儿不言语。

李纨上前去,黛玉便说道:"好大嫂子。"宝钗上前叫一声林妹妹,黛玉也叫一声宝姐姐。只有薛姨妈老人家恐怕烦他神思,拉住香菱并喜鸾姐妹,只远远的站着。再过半日,黛玉也就能一口气喝半杯极稀的人参粥汤。众人渐渐的放心,再将潇湘馆内细细的洒扫一番。

这紫鹃真如孝子一般,同床共歇,无明无夜,衣不解带。再过几日,晴雯也能起来了,搬至潇湘馆侍候黛玉。可怪林黛玉性情古怪,自回生之后不喜别人,只有紫鹃、晴雯是他心爱,随便举动总要这两人,其余只有李纨到来也爱见面。便是宝钗母女也觉得生分了。听见人来,先叫紫鹃下了帐钩,面朝里睡。

王夫人待他倒像见了贾母一般,倒反没脸。王夫人却不敢怠慢,一则想起从前自己许多不是,竟是活活害他一般;二则知道贾政的手足情深,林姑太太只遗一女,幸喜回生过来了,稍有怠慢,恐贾政回家不依;三则老太太示梦已验,分明与宝玉有缘,而且两府规模俱要在他手中兴旺;四则宝玉果真回来要与黛玉见面,若将黛玉轻忽,宝玉仍要疯颠。为此不知不觉时刻来窥探,倒比伺候贾母加倍小心。无奈黛玉不瞅不睬,王夫人只得忍气吞声。

一日王夫人正在黛玉房中,忽听见焙茗一片喧笑之声,直撞进来。王夫人便喝道:"小奴才,闹什么?"焙茗便带着笑打一千,叩喜说道:"恭喜太太,宝二爷同老爷回来了。"王夫人便笑得说不出来,急问道:"在那里?"焙茗便将贾政家信呈上。

王夫人看了信说道:"好的很,老爷在路上还没有遇着琏二爷?"焙茗道:"老爷也喜欢的了不得,还请曹老爷迎上去。曹老爷已将动身,敢则数日内也就到了。"

王夫人再将家信高声念起来,要黛玉听见的意思。那信中之言却与晴雯之言一样。谁知黛玉却一毫不在心上,直等到王夫人去后,悄

悄告诉紫鹃、晴雯说："往后我耳朵里不许人提那两个字。"两人俱各
会意了。

　　王夫人一出去，两府大小俱已尽知，连外边门客俱来贺喜，合家
喜欢。薛姨妈母女二人自不必说。不一日，焙茗又报进来说："老爷同
宝二爷回来了，门上已套车接去了。"王夫人大喜。

　　要知宝玉进门，见王夫人等臊也不臊，如何与黛玉面见，及黛玉
理他不理他之处，且听下回分解。

第二回

青绡帐三生谈凤恨　碧纱橱深夜病相思

话说荣国府听说贾政、宝玉同回，合府大喜。王夫人即唤焙茗带伶俐马牌子选了快马迎将下来。这焙茗得不的一声，出得宅门，一片声备马，一辔头直跑出去，一径路过芦沟桥，又跑过二十多里，迎着贾政。焙茗滚鞍下马，高声请安。贾政即问："两府都好？"焙茗道："很好。"就拉住车辕将黛玉、晴雯回生的事逐一回明。贾政大喜，叫他快去告诉贾琏、宝玉。焙茗带过马迎上来。先遇曹雪芹，也将此事告诉。

原来贾府家法森严，王夫人吩咐过林之孝，外面一概不许传闻，故曹雪芹也未知道。雪芹听了也喜欢，连叫他快告琏二爷、宝二爷。焙茗带着马，行不几步，便是贾琏的车，告诉过贾琏，便是宝玉的车。焙茗抢上一步忘记请安，直将黛玉、晴雯之事告诉，喜得宝玉放声狂笑，几乎跌下车来。幸亏焙茗扶住，宝玉便道："你把牲口放了，坐上车沿来，咱们好讲话。"焙茗便与坐车沿的替换了。

这个坐车沿的年纪才一十五岁，生得很俊，原是贾政在下路重金买的，在跟班中第一得宠，楷书也好，唱曲家伙都会；又是一条脆滑小旦喉咙，真个千伶百俐。戴一顶貂尾缨染貂帽儿，上穿香貂鼠反穿马褂，下穿玫瑰紫天马皮缺襟短袍，脚踏粉底皂靴。这小子姓李名瑶，贾政特派他亲随宝玉，一路上看这主仆两人的也就不少。宝玉常叫他瑶儿，又见他左耳朵带个攒金环，又戏谑叫他穿儿。这小子十分乖觉，看见焙茗光景，知是宝玉旧人，便马上将马褥子扯下来，拍拍焙茗说道："好哥，铺了马褥。"这焙茗只顾和宝玉讲话，那有工夫，只道："兄弟罢吗。"这瑶儿便将怀中槟榔盒、腰里绢擦手掠交焙茗。焙茗一面与宝玉讲话，一面也顺手将腰里鞭子扯下递给瑶儿。瑶儿即扳鞍上马，跟着车慢慢的走，也侧着耳听他两个讲话。

这里宝玉定着神，便问道："你这个话真的吗？不要哄我。"焙茗笑道："我哄爷，敢哄老爷么？刚才回老爷，老爷也喜欢的很，叫我回爷。我一溜下来，连琏二爷、曹老爷统告诉了。千真万真，怎么哄你！我刚才回太太去，原就在林姑娘房里。"宝玉方才死心塌地的信了，便道："林姑娘的房在那里？"焙茗道："原在潇湘馆。"宝玉道："怎么太太也在那里？"焙茗道："林姑娘好不傲呢！府里人说起来，太太时刻过去，比从前伺候老太太还勤些，林姑娘全然不睬。"宝玉道："这也怪不得林姑娘，到底林姑娘和谁人讲话？"焙茗道："我们二门外的人也听不真，听说只许紫鹃、晴雯讲话。谁去便叫下了帐钩，傲得很呢！"

宝玉道："晴雯借五儿还生，也是世上有的。怎么晴雯也同在那里？也不知太太待晴雯怎么样？"焙茗冷笑道："这晴雯也跟着傲呢！听说老太太倒疼他，他倒言语硬朗。太太还对着众人说：'这孩子倒实心，我从前看错了他，怪过意不去的。这孩子有缘再来，瘦怯怯可怜儿的，你们大家疼他些。'可不是，跟着林姑娘傲呢！只听说柳嫂子进去哭又哭不得，笑又笑不得。说不是他女孩儿，到底也是，说是他女孩儿，到底不是。难为这晴雯倒肯认妈，在院子里跟着叫妈。"宝玉终究小儿心性，听说倒笑起来。焙茗道："柳嫂子噙着眼泪，二爷还笑呢！"

宝玉道："怎么柳嫂子也在潇湘馆院子里？"焙茗道："听说这些

调度统是珠大奶奶的张罗。而今林姑娘倒也和珠大奶奶好。我们这府里的人儿比得好，拿林姑娘比做过世的老太太，拿珠大奶奶比做过世的琏二奶奶。这珠大奶奶在林姑娘跟前虽比不得紫鹃、晴雯，也还说二听一，若是太太去就罢了。"宝玉道："这也难怪他。我听见林姑娘从前过去的时候，原来珠大奶奶一个人送他。那琏二奶奶你也不必提了，林姑娘的性命原是他送的。而今一样地窟子里，谁翻身，谁不翻身？"

焙茗还凑着宝玉耳朵道："还好笑呢，咱们芸二爷还告诉人，说是你告诉过他，从前琏二奶奶和你好过呢。"宝玉面上红了一红，便说道："这也是没天理的话呢。芸小子这东西从前向琏二奶奶讨差不到手，故此怀着恨，将他污蔑了。有他们这班嚼舌头在外扬言，怪不得那年我同琏二奶奶从那府里同车回来，那焦大喝醉了，口里胡闹，连'养小叔子'也就乱喷出来。我正要问一问，倒惹得琏二奶奶要捶起我来了。"焙茗道："不错了，焦大爷抬在马棚里睡了一夜，嘴里塞满马粪。至今他老人家走过，人还问他马粪味儿的。"宝玉嘻嘻哈哈的笑起来。说话之间早到了府门首，宝玉便觉得臊起来。

这正是知子莫若母，王夫人已预先吩咐，从门客老先生们以及贾氏兄弟叔侄，合家上下人等，但许向老爷请安，不许向宝二爷请安。又听了李纨的话，因贾政孝服未满，将贾政行李一总铺设在老太太房中，就老太太卧榻旁边另放一榻，也就在碧纱橱里替宝玉安一小炕，恐他旧病未改，仍旧厌弃妻室，且就此养神一回。

自从焙茗迎出去的时候，便即铺设妥当，连火炕香炉也都微微的暖着。这宝玉到了自家门口，免不得丑媳妇见公婆，也就讪讪的跟了贾政一直来到后堂，免不得在王夫人、薛姨妈前请了个安。他两个便如拾得珍宝一般，直喜得眉花眼笑。

随后李纨、宝钗、喜鸾、喜凤、环儿、兰哥儿次第来贾政前请安。贾政一一拉起。大家也见过贾琏。贾政又拉了兰哥儿的手道："好孩子，你替祖宗争气，我很疼你，你妈也乐。"

这王夫人便拉住宝玉的手道："宝玉，你倦不倦？"宝玉正在害臊，就乘机说道："倦得很。"王夫人便搀了宝玉进老太太房里，贾政也跟了来，看见他的行李俱在，合了意，说道："很好。"王夫人便望着宝钗，将小指一掐。宝钗会意，便叫莺儿过来伺候宝玉。

这宝钗本来大方，看了宝玉回来，暗中喜欢，也不形于辞色，便同薛姨妈回房。这里众人都散，李纨仍旧到潇湘馆去了，只剩兰哥儿陪着贾政。当下王夫人一径将宝玉送到碧纱橱小炕上，还像小孩子一般给他拉了靴，脱了马褂，松了带，又将他通灵玉摸一摸，叫他睡下，盖一条小被。莺儿就将脸水送上。宝玉抹了脸，喝了人参燕窝汤，侧身睡下。王夫人就叫莺儿在炕沿上陪伴，自己出碧纱橱来。

贾政也抹脸喝汤，在那里看老太太的遗物。看到左边壁橱上不见了寿星拐，但只挂了一个空囊，便问王夫人："寿星拐那里去了？"王夫人坐下来，将贾母梦中之言及黛玉、晴雯回生之事，及而今黛玉将养复原可以起身各情景，逐一的细细告诉。贾政惊叹不已。宝玉却在碧纱橱里一一听明，又悲又喜，恨不得立刻起到潇湘馆去。

贾政便道："你便告诉珠儿媳妇，我虽刚才到家，他也不必拘着来这里伺候。叫他一径在潇湘馆，只当伺候了我。"王夫人就叫个小丫头子告诉去了。

贾政又叫兰哥儿道："你替我到潇湘馆去问林姑娘好，说我才到，明早就来看他。你只叫你妈悄悄的告诉。"兰哥答应了是，一直的便走。贾政又叫转来说："你告诉你妈，天很冷，各处严密些，房里火也不宜太旺，总要各样存神些。林姑娘也不要轻易动弹。"兰哥儿说："晓得了。"飞风的去了。

宝玉着实感激，反埋怨着贾政不叫他去。说话间天色就晚将下来。王夫人问宝玉可要喝什么，宝玉说不要了。

王夫人就在老太太房中间同贾政吃晚饭，说些家常闲话。又说起巧姐儿周家的亲事，是刘姥姥说起的，两下儿都愿意，只等老爷定夺。贾政有了酒，触起舟中恨王凤姐的心事，便冷笑了两声道："这巧姐儿呢，难道不是咱们家子孙？况且从小儿在这边生长，就同你我的孙女一般。只是他的妈干的事情还成个人么？好好荣宁两府，祖上功勋，险些儿被他败尽了。"王夫人终是护短，便道："人也过去了，老爷也忘怀些罢。"贾政本来秉公，又一路想来到王夫人只念姊妹，不念姑嫂，而今还抵死的回护他内侄女儿，也就忍耐不住。还亏得贾政有涵养，虽则胸中不遂，终究相敬如宾。

正要开言，只见兰哥儿进来回话道："刚才将爷爷的话告诉妈妈，林姑娘正睡着养神，不时间醒了，妈妈就悄悄的告诉了。妈妈叫回上爷爷，说林姑娘说当不起爷爷问好，挣得起来再来请安。爷爷明早要去，也当不起。再有爷爷吩咐妈妈的话，妈妈也晓得了。"贾政点头。

因为宝玉不吃晚饭，就叫兰哥儿在旁边，一同吃饭，把一碗松瓤鸡皮燕窝汤移在兰哥儿面前。那贾政心上本来有气，又巧巧的兰哥儿传将黛玉的话来，忍不住就说道："太太，你休怪我，我在宝玉回舟的那一晚，一夜不曾合眼，想起无边的心事来。"贾政说完这两句，便将舟中所想的言语逐一逐二尽数说出来，也还添几句恨毒在内，只惹得王夫人、宝玉两下里淌泪不住。兰哥儿与莺儿呆呆的，是一是二都听了。

王夫人道："老爷说的话呢，也没有言回。就是我呢，也不过顺了老太太，没有什么私心在里头。但而今林姑娘呢，依旧在我们府里，宝玉又回来了，要圆全这事也还容易。只是林姑娘到底性情傲些，也要他心肯才好。"贾政也淌起眼泪道："我从前这个姊妹，说不尽意合情投。我一听见他有了这个女孩儿，却与宝玉的年纪相当，心里就动。到后来手足割断了留下这一个外甥女儿，愈觉的动心。及至见了他，心里不知疼的怎样是的。只是宝玉这个孩子傻又傻不过，两下里比评起来也配他不过的。只想老太太作主定了。谁知事到其间偏闹出个琏儿媳妇来，闹神闹鬼，弄出许多话靶。如今甥女儿是回过来了，你还说他傲呢，他还不该傲呢！我而今也不管什么，只等他的哥哥林良玉来，我当面替他说这里头的言语。他是个女孩儿，我怎么说得。你既愿意，你只与珠儿媳妇慢慢的商议便了。"王夫人也就揉揉眼说："我也是这么想。"

却难为了莺儿在里边听见这番议论，想起来把我们姑娘怎么好？独把个宝玉乐得了不得。贾政又问兰哥儿中举后见老师会同年的话，又勉励了些会试功夫，便叫各人散了歇息去。兰哥儿遂到潇湘馆请李纨的晚安，也到黛玉帐外请了安。黛玉已能久坐，也回问了好。兰哥儿便同李纨到外间，将贾政言语学与李纨，紫鹃听了也就学与黛玉。黛玉只冷笑几声，倒像个各不相关的光景。随后李纨母子去了，潇湘馆便关上门。

紫鹃、晴雯都在黛玉床前学着贾政诉说王熙凤，也牵枝带叶一直的说起袭人许多不是来。黛玉自回转之后，每听见他两个人议论从前宝玉做亲一节，只管听了，从不则声。而今听他们说起袭人来，就不知不觉从靠被上侧转身来说道："别人罢了，怎么袭人也有多少隐昧，我倒要听听。"

紫鹃冷笑道："好，你两个人怎么知道，不要说晴雯妹妹是袭人断送的，连姑娘也是他害的。"黛玉道："我这番恍恍的听见你们说他嫁什么蒋玉函去了，他以前到底造些什么话？你说得他这等凶险。"

那紫鹃提起袭人，直把无名火升高了三千丈，把雪白桃容红云飞满，便簌簌的掉下泪来，使劲的说道："他好不狠毒呢！姑娘身体才好些，不要听了气苦。"黛玉听了道："你们当我什么样人，我这番回过来，个人定了个死主意，饶你说什么，关我什么？我只要晓得袭人怎么样狠毒，他就狠毒到晴雯，怎么到我身上？"紫鹃冷笑道："说起来你两人也就分拆不开。"黛玉道："这又奇了。"

紫鹃当时忍不住，便将贾政痛打宝玉之后，太太叫袭人去细细盘问，怎样说晴雯妹妹狐狸似的花红柳绿的爱打扮，怎样的美人肩水蛇腰，怎样的眼睛也像林姑娘，行步儿也像，怎样的引诱宝二爷，怎样的告诉太太防不了宝二爷要和谁作怪，怎样的就撵了晴雯，也要将宝玉搬出园去。

"姑娘你想，这句话说到那里去？怎样的宝玉打坏了，有人……"紫鹃说到这里便顿住了口，几乎将"有人眼睛哭得葡萄似的去看他"说出来，只黛玉害臊，连忙缩住。黛玉心里也明白，眼圈儿就红起来。

紫鹃便改过口来说道："怎样的太太就拍拍他，喜欢得了不得。说：'好孩子，从今以后交给你，分我的月钱给你。'这些话从前原鬼鬼祟祟似的，往后那一个不知道。还说他不狠毒呢！我是直性到底的人，不能捏造一字。姑娘你也不要气苦。"

黛玉听了这番说话，倒也并不在念，只微微的笑道："这才是知人知面不知心呢！"晴雯便淌泪不住。此时黛玉精神已经复原，爱和他两个闲话，便三人同床说了一夜。

紫鹃便问他两个死后魂魄在那里安顿，方才晓得全是老太太求了观音，带在宗祠内的。紫鹃又将两府里查抄时许多苦楚，及老太太、王凤姐、鸳鸯过去的光景，并薛姨妈家事，史姑娘守寡坐功，传说已经得了大道，整整的说到四更。

紫鹃打量黛玉一番，而今光景与从前大不相同，毫无系恋，真个换了一个人似的。又遇着晴雯只管根究宝玉，紫鹃索性将宝玉当他芙蓉神做祭文祭他，又粘住我问姑娘，被我几次不理，怎样的跟了老太太、太太来此痛哭，怎样遇空便粘住了我问姑娘可曾留甚言语，怎样的又搬到外间炕上将五儿当了你，半夜里说起遇仙。晴雯听见了，想起咬指甲换棉袄的情分，竟汪汪的淌下泪来。

黛玉反冷笑起来，说道："呆丫头，你还这么呆。你真个转了一世还梦不醒呢。"紫鹃本意也替宝玉可怜，想着他打动黛玉。谁知黛玉铁石似的，摸不定他定了什么主见。一直谈到头鸡啼，方睡了一睡。

黛玉先醒，见日色已高，李纨已到，忙叫起紫鹃、晴雯来。三个人赶忙穿戴梳洗已毕。贾政刚才上朝谒祖回来，便带了人参养荣丸及参膏燕窝片到潇湘馆，一直走到床前来看黛玉。

黛玉自从李纨、兰哥儿先后来说，又听兰哥儿学的语言，心里着实感激贾政，无奈与宝玉匹配一节，与自己主意毫不相干。此刻见贾政亲来，心里虽然感激，口里转不能语言，只望着贾政掉泪。贾政叫一声"我的儿"，也就不能言语，坐下来拉着黛玉的手，也只有掉泪。这两个人心头各有千言万语似的，只说不出来，惹得众人皆发怔了一回。

黛玉哽咽了半晌，方说出一句话道："我的良玉哥哥在那里？"贾政明晓得他举目无亲的意思，又见黛玉的眼泪如泉水一般泻将下来，贾政就一面扯下擦手绢子替他拭泪，一面自己揉眼，也哽咽了半晌，说道："赶年内外会试前总到。"随说道："你想着你亲生这一辈子也没了，只我是谁？你想哥哥，你不要生分了我。"黛玉就点点头，贾政自己本来怕伤，又恐伤坏了黛玉，便轻轻的立起身来，对着李纨道："我很知你们情分，总来林妹妹也不是外人，你疼他就如孝顺了我。"李纨连声答应。

正说话间，王夫人也来了，也叫晴雯过来磕了一个头。贾政倒细细的看他一看，真真是晴雯一模无二，连描容也没有这手段，心内惊异了一回。便说道："你同紫鹃都是老太太的旧人儿，我很知道你们，心里念着老太太，便十分的用心服侍林姑娘。你们心里也明白，这林姑娘并不是外人，你们总跟定林姑娘，我这一辈子另眼看你，并不薄待了你。"贾政这句话无非打动黛玉，要将宝黛圆全，紫、晴侧室的意思。无奈黛玉自己定了一个抵死不回的主见，心里头虽早感念贾政的实心，此等言语竟如东江西海一样。贾政说完了，再说道："你们明白？"两人玲珑剔透似的，如何不知道，也就脸儿上红一红，回一句："明白。"贾政便自去了。这里王夫人、李纨听见了，加倍小心。黛玉本欲在王夫人前略略应酬些，因晚上紫鹃说起袭人许多说话，心里很烦，便叫晴雯下了帐钩。晴雯又触起王夫人听信袭人撵他的情节，见王夫人在房，也讪讪的走开去了。那里黛玉在帐中看见，也暗暗点头。只剩得紫鹃与王夫人、李纨寻些闲话谈论。

且说宝玉，在碧纱中一夜那曾合眼，悄悄的拉着莺儿问些话。先听见袭人嫁了蒋玉函不胜叹息。莺儿道："二爷怎么能先知？"宝玉道："我实告诉你，我怎么能先知，我只在暗处看出来的。"莺儿定要追究什么暗处，宝玉道："人也去了，说他话长，藏些厚道也罢了。"宝玉在莺儿面前不好意思，略将宝钗问了几句，便即根究黛玉近日如何动静，莺儿也不肯隐瞒，便说道："二爷你还问怎的，你还不知，林姑娘这番回过来变了个人似的。"宝玉吓了一跳，道："怎么样变？"莺儿道："他这人才儿，不必说了，照旧一样。从前还不肯吃药，不肯将养；如今是药也肯吃，将养也肯将养，性气也平和。"宝玉道："这不变好么？"莺儿道："变是变好了。只有一句话……"宝玉道："什么话？"莺儿道："我打常听见不许人说起'宝玉'两字，就恨你到这个地位。"宝玉吓了一跳，慢慢的淌泪道："恨是该恨的，但不能剜出我的心来。"莺儿道："我劝二爷也看破些，还说二爷回来后要到他那里探一探，立该就要搬出去。"宝玉哽哽咽咽的道："搬到那里去？"莺儿道："就要搬出去。"宝玉这一惊不小，心头乱跳，四肢渐渐的热将起来。莺儿懊悔不迭。宝玉又央及道："我而今也不敢到潇湘馆去，我只要晴雯、紫鹃来看看我，容我说一句话。"莺儿道："二爷说得好容易，他两个近日好不金贵呢！林姑娘同他时刻不离，太太也不去使唤他，我敢去拉扯？"宝玉道："紫鹃，罢了，晴雯难道也变了？也跟了林姑娘一路儿？"莺儿道："就算晴雯心上有二爷，如今现在林姑娘那边。又是回过来的人儿，也是女孩子儿，怎样无缘无故跑到这屋里？

况且老爷也在这屋里。还比在先老太太的时候，姑娘们尽着往来么？"

宝玉想莺儿的言语果然有理，不能驳回，只在枕上流泪伤心不住，心里总想着黛玉不知存什么主见。越想越烦起来，便叫莺儿将盖被全个揭掉了。莺儿吓了一跳，将宝玉额上一摸，又自己额上一试，觉热得许多，便道："二爷，你心里烦，耐着些罢，什么天气要揭盖被？你要紫鹃、晴雯来说话，慢慢的与太太商议。"这句话点醒了宝玉。到了第二日，王夫人从黛玉处回来，听说宝玉身上不好，便吓慌了。连忙来摸一摸，走出来跟问莺儿，知道缘故，只得来屋伴他。一面叫快请太医，也不等宝玉开口便自己来安慰他，叫他宽心，便说："林妹妹呢，也回过来了。你老爷呢，也已经定了主意。况且他现在这府里，还飞到那里去？若说晴雯、紫鹃这两个人，难道我使唤他不来？我的儿，你总好好的定定神，等太医瞧过了，包我身上叫他两个来。凭你问他什么话，凭你同他们照旧玩笑，总使得。就老爷来问，也有我招架。不要说这两个，就是林妹妹也包在我身上，我便同你珠大嫂子商量，慢慢劝他。你们两个本来好得很，难道而今倒生分起来？况且他没有缘法，老太太也不再送他回转来了。你听见古来有几个回转来的人儿？你这个实心孩子也不要太糊涂了，我而今就去把他两个叫了来。"宝玉听了，也就顾不得躁，便道："很好，快去罢。"

王夫人出来，正值贾琏陪了王太医进来，贾琏先与太医照会过，不要提起出去回来一节。太医便会意，一路转说些闲话，进来说道："这几天却有时症，都轻，可不打紧，略疏散疏散便好了。"一面说一面坐下问了好。这王太医闭目调息，静静的诊了左右两手，便抬起头来，竖起两个指头道："恭喜恭喜，两贴便愈了，外感也轻，有些肝郁，轻轻的疏散了便好。"贾琏忙叫人告知太太："太医说轻得很，快照太医的话回明白去。"玉太医随即拱一拱手，同贾琏到外面定方子去了。王夫人听了也便放心，告诉宝钗知道。这宝钗拿定宝玉要病几番，总之人已回来，但无妨碍，也使放心。只因在王夫人房中，请过贾政的安，也就不去看宝玉。这正是他大方得体之处，也并无一毫做作。这里王夫人便打发人去请李纨过来，商议要叫晴雯、紫鹃来看宝玉，并叫李纨劝转黛玉的性情。

未知晴雯、紫鹃可肯过来，李纨可能劝转黛玉，且听下回分解。

第三回

探芳信问紫更求晴　断情缘谈仙同煮雪

　　话说王夫人怕宝玉害病，要紧安慰他，许他叫晴雯、紫鹃过来，还许他劝转黛玉。这是急忙中的语言，回到房里越想越难起来。却又怕宝玉害病，只得着人请李纨过来商议。不一时李纨过来，王夫人先将劝黛玉的话央及他。李纨着实支吾。王夫人见光景不像，连自己也晓得为难，便要他央及晴雯、紫鹃过来，大家说通，不拘怎样将就哄他一哄。不要年终岁暮外头事还闹不清，这孩子闹出故事来。王夫人打量，这句话李纨容易招架，那知李纨也就为难。

　　这李纨是和顺不过的媳妇，又知太太心里只惦记着宝玉，却不知道他两个丫头的性情。驳回又驳回不得，只得勉强答应道："太太的意思我尽知道，但是林姑娘离他两个便不受用。虽则他两个丫头，也有些古古怪怪的。难道说太太叫他，他当真的敢不过来？亦且暂时过来走走哄哄宝兄弟就去了。但是我一个人去，林姑娘又要疑心起来，说我在里头有什么了。前日宝妹妹叫雪雁过去，打量是林姑娘的旧人，叫他请个安，到底摸着些情性，顺便留下替他们两个。我们也未敢轻易说出来，倒是晴雯爽利，一面叫雪雁站在门外边，一面搭三搭四的提起他来。林姑娘一听见，一字不说，淌了多少的眼泪。这晴雯连忙出去做手势，吓得雪雁立刻跑了，就连宝妹妹也几天讪讪的。"

王夫人道："难道从前去叫雪雁的时节他还清楚？"

李纨笑道："我是送他的人，亲眼见的，他前头这个病，千伶百俐，得比我们还清楚，神明似的，那一件不知道？"

王夫人十分不好意思，便道："所以我的意思，林姑娘那里，亏得你同他的情分好，慢慢的劝他。且将这两个丫头叫过来哄哄他。"李纨道："却也奇怪，近来林姑娘倒像和惜姑娘好些。"

王夫人道："他却是另一路的人儿，怎么倒说得来？从前他们两个虽不生分，也没有什么好得很；而今倒反好起来，倒打量不出。"

李纨道："我也是这么想，而今要叫这两个丫头过来，依我说只好我先去，停会子弄他们两个人的旧相好过去，悄悄的拉过来，我也帮着他们。若过来了，也叫他就去。"王夫人点点头。李纨就去，也拉着宝钗同走。

原来林黛玉回转过来，两府内姑嫂姊妹以及各房丫头多有想去看他的。总因王夫人提防着黛玉性情古怪，故此预先说知，众人都不便过去。这赖大家的、林之孝家的、周瑞家的连嬷嬷及各处老婆子、小丫头更不必说。当下李纨过去了半晌，王夫人打量了一回，便叫喜鸾的丫头墨琴去唤平儿、琥珀过来，悄悄的将这些言语告诉他，叫他两个过去。随后又想了想，叫玉钏儿也去帮着拉了他两个来。玉钏儿也去了好一会子。玉钏儿走了来，王夫人不见紫鹃、晴雯，便道："怎么样？"玉钏儿嘻嘻的笑着总不说。王夫人尽着问，玉钏儿道："我们几个人背了林姑娘，拉他两个到对面房里说了多少话，这紫鹃头也摇掉了，总不开口。晴雯便说二爷是要拉拉扯扯的，他却不是袭人一样的人儿。"

王夫人听见"袭人"两字，面上红一红。玉钏儿道："晴雯还傲呢！说攥他的时候怎么长怎么短，袭人说得怎样活龙活现的，又是什么妖精呢，狐狸呢，前前后后通是他把宝二爷引坏了。这会子再过来，宝二爷又要引坏呢。"

王夫人听了，句句嵌在心上。正在为难，宝玉又叫莺儿来打探，探问晴雯、紫鹃来没有。王夫人直觉得走不是坐不是的。忽然贾政进来，一直进屋里去了；随后又是贾琏进去回话，一会子又叫林之孝进去，又叫周瑞进去，发出牌来，又是吴新登进来说北靖王来了，又传说各勋戚部院也来了。随后又说，恐怕惊动，改日定了神再见。一会子又说，北靖王拜会。贾政连忙出去，不几句话又进来。

这一刻贾政烦极了。宝玉更烦得了不得。贾政又叫贾琏进去，说了些话，贾琏出去了。王夫人恐怕贾政拘着宝玉，随请贾政过来，说他小小感冒，不要拘着他。贾政也点点头，仍旧回转房里来，看些书札稿片，也将账目翻翻，点头一会，叹息一会。终究宝玉惧怕贾政，贾政在房中便如正神镇住邪神一般，咳嗽一声宝玉也心里跳一跳，便不敢叫莺儿过来催逼着要紫鹃、晴雯。

王夫人便像欠债似的，有人挡住了暂时且松爽些，却将螺旋丝玛瑙盘飘凤旋翡翠盘盛着两盘新鲜果子儿，叫玉钏儿拿去同莺儿哄着宝玉。央及喜鸾、喜凤顺手的一样盘儿果儿装得整整齐齐，叫素云送与黛玉，顺便叫起问："你奶奶猜摩着林姑娘近日爱吃个什么，柳家的不精致，叫你奶奶悄悄告诉我，我这里做了去。不说是我的，通说你奶奶做的。"素云答应着就走了。王夫人又叫转来，悄悄的告诉他，叫他向平儿、琥珀："叫他们妥妥当当的告诉他，我心里惦记着。"素云去了不多时，同平儿来了，平儿上前去悄悄的说了半响，王夫人只呆呆的便道："你且去叫莺儿来编几句，且哄住了他。"平儿便叫小丫头到老太太房里碧纱橱内，悄悄的扯扯莺儿的衣襟，不要叫老爷知道。

小丫头去了，莺儿便过来，大家商议商议，不过说紫鹃实在走不开，晴雯原肯过来，也因林姑娘检点东西掉不过手，遇着空也就来的。至于林姑娘的话却不可招架，防他呆头呆脑起来，莺儿便去学着说了。宝玉也无可奈何，只呆呆的胡思乱想。这里正指使着人，那边琥珀也回来了，王夫人便问他。琥珀的言语也同平儿的差不多，王夫人就叫琥珀坐下来，叫他帮个主意。这琥珀终是老太太屋里人，与鸳鸯差了有限，在主子前原有个分儿说得句话。又遇着王夫人再三问他，知道王夫人为宝玉，面上肯委屈些儿，也和晴雯好，替他委屈，便说道："据我的主意，叫晴雯过来呢，他到底是个丫头，敢不过来？就是跟了林姑娘也还在这府里。况且底子里是宝二爷的人儿。不过追上去是……"琥珀说到此，便顿住了口。王夫人便道："追上去不是老太太的人？与你们一样。我从前原误听了袭人的话。刚才晴雯这些话原不是全无踪影的。而今袭人也去了，他倒回转过来。他平日心高气硬，为人正经，也就一辈子洗刷清了，也畅他的意，他还要怎么样？你看，他从回转来我不疼他？他叫我再怎么样？"

琥珀微微的笑着，说道："他还说老太太屋里总是鸳鸯一路上的人，唯独袭人作怪呢。而今他的居心为人，太太也都晓得了。太太而今这样疼他，谁还赶上？只是他这个人是个燥头骡子，顺毛儿众生。太太只要将从前挂心他的话当面说破了，叫他死也肯。不是我说他，要圆圆儿的，连林姑娘也好说话了。"这王夫人听了，并不为怪；喜鸾、喜凤也尽着点头。

王夫人便说道："我起先不明白，而今听你这一席话，我也明白了。不是我必定顺着宝玉，做主子的倒去招陪丫头，只是仔细的想起来，怪难过的。我几时去当着他面说开了，他还要怎样？"琥珀也道："他还要怎样呢？"

不表王夫人、琥珀两下商议。且说潇湘馆中，黛玉久已复原，而且从前旧病若失。总之一个人无思无想，就病也好得快些。如今黛玉回转过来，真个四大皆空，一丝不挂。就如一个心孔被仙露洗濯净了，倍觉得体健身轻。本来在房中走动，只因厌见俗人，故此借着养神，闲闲的坐坐卧卧。

这一日，雪荼、紫鹃、晴雯检开宪书是个好日子，都央及黛玉走走散散。黛玉也依了。走到外间，依旧是王摩诘着色《辋川图》，虞世南的墨迹对联。一边是嵌玉江心铸镜，八幅八洞神仙挂屏；一边是唐六如水墨细笔西湖十景横批。还有黛玉最爱的唐六如小楷《道德经》也挂在琴桌后。那张小琴也安着弦横在桌上面。还有些古画古鼎、茗器、笔筒、各色文房四宝，连宝钗送的零碎人事，可以陈设的，也都精精致致的摆列着。天花板上全钉着大红洋绣羽绉缀汉玉古镜的屋幔，地上也铺着绒翠毯，真个名色齐全，一件不少。

黛玉提了个小小白攒铜着衣的手炉儿，慢慢的看去，还有王夫人逐时送来的素心蜡梅、素心草兰、绿萼梅，水仙盆也幽幽雅雅的放着。黛玉点点头道："难为了珠大嫂子了。"再走进过去，隐隐的飘过檀降香来。再走进几间，看见李纨供的神像。黛玉又落了几滴泪，上前来拈了香，解下金鱼儿供在神前，轻轻的福了三福。紫鹃也下拜了四拜，慢慢的站起来再福了四福。紫鹃随将金鱼儿与他挂上耳坠子。晴雯淌着泪也拜了。

黛玉便道："不要亵渎了。停会子将吴道子的白描吕祖师换上。"这里紫鹃、晴雯听了答应着，才晓得黛玉决定要修仙的了。心里头都想道："这个仙女也配。"黛玉便走回来，见那软烟罗颜色未退，这雪日晶光射眼得紧，忽然的触起贾母来，连临过去时"白疼了"三个字也触起，不免又掉了几点泪。

黛玉要看那雪景，叫打开窗子。这晴雯连忙走进去，将天鹅绒大红绣金绉纱搭护，并紫貂大红软呢雪兜与黛玉披上了，方叫紫鹃开窗。紫鹃轻轻的打开来，这雪真个好看，把这些竹子压得歪歪斜斜，也有重得很压折了的，也有颤巍巍将倒地的，你敲我击，摇摆不定。还有几树梅花，淡淡的一点两点，趁着太阳渐渐的吐出来，微微的飘有香气。得多少霁日散彤云之景，回风送玉蝶之飞。黛玉细细看了一看，真个再世重来，感伤不已。这紫鹃、晴雯怕他着了冷，再则乏了、伤了，便曳上窗催他进房来。黛玉也揉揉眼进去，却叫小丫头子将素心蜡梅、水仙两盆搬进来放在炕上，呆呆的对着他，也点点头并不言语，倒像有什么领悟的意思。

这紫鹃、晴雯也猜摹不出。晴雯在旁边看了一看，见黛玉被雪影子耀得粉妆玉琢，说不尽的百媚千娇，心里忖道："这个人儿，从古来那里还有两个，要说我才像他，好不惭愧，怪不得宝二爷性命似的舍不得，也只有他略略的配得上。"便动了个替宝玉作合的念头，走上前将雪兜、搭护解了。

紫鹃又去摸一摸金鱼儿。黛玉总不管，只看着两盆花，却像有所遇似的。这两个便也由他，且去叠衣服添香。柳嫂子也来瞧瞧他两个也便伴伴的在玻璃内望那雪钩的层层楼阁。这里黛玉心中思想的，黛玉也不告诉他们，他们如何能知道。原来黛玉自从回过来，一心一意只想修仙。他看了雪景回来，便想到天上琼楼玉宇，到得那里如何逍遥自在。也想起五真七祖内中就有孙真人女身在内，而且兰香真人本是孝女，十五岁上便想超凡，只因亲生牵挂，直到后来方才遂意，毕竟一心坚持到底做了仙家。我从前早背父母，早该学他，枉枉的耽误了岁月，而且一子升天五宗超拔，我若得了道，连亡过的爹妈也一处了，看看满屋中陈设，只有这两样合我意思。这素心蜡梅直到岁寒方吐，也历过多少风霜，那水仙的翠带银盘，也真有凌波的态度。可惜他草本之类被人搬弄，若生在空山远水，由他受日月精华，一样的也会成形脱体。我如今强过他，又且历了多少境界，若不绝早回头，就比着草木一样了。正呆呆的想着，王夫人、薛姨妈、喜鸾踏冻来了。黛玉终究不好意思，略略应酬也就说倦。王夫人见他开了口，也欢喜，也会他倦的意思。老姊妹就同喜鸾出来，想些话去哄宝玉，还想黛玉就回转意来。那知黛玉的心上已决定了一个主见，那里还有想到宝玉的分儿。又过几日，黛玉早膳后又在那里出神，只听得小丫头们同柳嫂子齐声说道："惜姑娘来了，仔细着还都冻着呢！"

惜春便笑道："这院子里竹林也太多，阴阴的，你们怎么不将靠路的叫人砍掉些？"小丫头道："咱们姑娘正爱他斜斜的呢。"这里紫鹃便揭起暖帘来，晴雯便迎出去，同小丫头子搀着惜春进来。黛玉就满面的笑，迎出来说道："好姊姊，怪惦记我，你就是未卜先知的。你再不来，我要叫紫鹃来拉呢。"惜春也笑道："你哄谁呢，你还放紫鹃来呢？"说着笑着，就在炕上对面的坐下了。惜春笑道："你爱着这两样花什么意思？"黛玉笑吟吟的道："你猜猜。"惜春也笑着点头，道："我也懂得。"黛玉笑道："你怎么不说？"惜春道："你怎么不说，要我说？"黛玉道："我专等你说。"惜春弹了一个榧子，笑道："你要我说偏不说。"两下里笑了一笑，这里丫头们如何知道他们两个的机锋。黛玉说到合意，便将《参同契》《性命圭旨》等书互相讲究，一个功夫深透，一个会悟精灵，说得头头是道。正在讲得投机，外面王夫人、李纨、宝钗、平儿也来了。这两个好不阻兴，黛玉略略的说句话，也就呆呆的坐着。又是王夫人会意，就同平儿、紫鹃、晴雯假说看看残雪，到那边房里与晴雯说开了。

晴雯本来心地爽直，而且见到做主子的这样，又当着众人细细的表白他疼他；又且袭人改节落在他眼睛里了，他又和宝玉好，一时间不由的说道："太太既然明白了，就是了。"王夫人便央及他到宝玉处走走。

晴雯道："我是直性人，就去也不能哄他。"王夫人听见"就去"两字，心里便喜欢，又晓得他性傲，不好逼着他，便将就的道："随你看光景便了。"王夫人反又托了紫鹃，遇空时催他走走，只当散散似的。紫鹃也应允。王夫人、平儿便告诉宝玉去了。这柳嫂子在窗外悄悄的听见，直惊喜得了不得。若是五儿，那里有这个分儿？便伺候着晴雯反像自己倒做了孝顺的女孩儿一样，遇空儿也就催他。

且说黛玉，自王夫人、平儿去了，稍觉适意，终究李纨、宝钗平日的情分虽好，这会子却另一路人。惜春也觉得打断了讲道，四个人却三条路径，一时说话总觉得生分起来。正是：

酒逢知己千杯少，话不投机半句多。

到底是宝钗的心灵，高了李纨的悟性，看见他两个情景便猜着了几分。

从前宝玉着魔时寻着惜姑娘讲道，今黛玉或者也着了魔，也同他讲道。虽则两个人各自着了魔，然后合了他，毕竟也是他性情合得他两个的意思。却也好笑，前前后后印板儿似的拿他做搭纽儿。

宝钗也像规劝宝玉似的说道："你两位妹妹像谈甚道似的，怎么瞒着我同大嫂子？"李纨也笑了。这里惜春未及开言，林黛玉嘴快，就笑道："讲了你们也不懂。"

宝钗便笑拉李纨道："你看他们欺我到这个分儿，我倒有句言语，这仙佛也不是容易做的。说做就做，满天下都成了仙佛了。大凡成仙成佛，各人有个根基。我看林妹妹自然世界天下第一个女孩儿了，也还拿不住就做神仙呢，若说说就做得，为什么孔圣人这样圣人，《论语》上明明的载一行'子不语怪力乱神'，你就连孔圣人也不服了？"黛玉笑道："宝姐姐要便拿道学话儿压住人，你也拿不定人。你说孔圣人，从前孔圣人到了柱下见了老子，叹他犹龙，这时候老子还是个凡人，直到后来方才骑了青牛出得函谷关去。孔圣人怎么不先已知他是个神仙？"

宝钗笑道："林妹妹你不要怪，我却先知你断断做不成神仙。"

黛玉明知他话里有因，便笑道："你不知道我，我倒知道你。"

宝钗道："你便说。"黛玉就呵呵笑道："你们这班人多是情虫。"惹得宝钗、李纨、惜春都笑了。宝钗便指着黛玉道："大嫂子、惜姑娘，你看这林丫头狂的这样儿，一家子通骂了，连世界天下通骂了。他从前编派刘姥姥做母蝗虫，而今把咱们也打入虫字号去了。他便有做神仙的分儿，他这嘴头子尖利便到了神仙队里也要咬群儿，叫众神仙撵他下界呢。"

这里三个人才笑不住，宝钗又道："更好笑，我们那个动不动说人家禄蠹，这里又说个情虫，这倒不是个绝对呢。"三个人笑的了不得，黛玉脸上红一红，也笑笑，连忙正色起来。惜春道："这不比二哥哥还上去一层。"李纨道："亏你将上天梯再送一步。"这里说笑顽耍倒也乐得紧，倒是黛玉回过来第一次姊妹相聚的乐景。说话间，素云便送了几样精致菜点来，原是王夫人加意造的，却总说是李纨处做的。丫头们便在炕桌上摆起来，姑嫂三人推黛玉靠里坐，惜春在地平上坐一把小小竹节香檀雕花椅儿，李纨、宝钗都上炕。

丫头们送菜上来，随则天寒，怕黛玉着了火气，用银坐盆暖着小瓷器的官碗。一碗新笋天花汤、一碗鸡腐燕窝、一碗驼峰清炖火肉、一碗松瓤黄芽菜、全乌鸡肉拧汁清煨好、一碗野鸡生片汤、一碟燕窝莲米粉松糕、一碟核桃酥蘑菇素馅，其余小菜也都精雅。再一两碟腌鹅、糟鹌鹑，也有参药酒，也有清淳松子仁酒。四个人都随意，爱吃的吃了些。吃完了，丫头们送上手巾，接了漱盂，四个人都立起来。宝钗又带了上等龙井茶来，说试雪水。

李纨说烂寒些，黛玉便强着要雪水，丫头们便多多的滚了几滚，开出来果然配口。又戏谑了些言语，李纨、宝钗只觉得背后有人曳他似的，假意同了惜春散去。这里黛玉还留住惜春。李纨、宝钗出得潇湘馆，素云方告诉道："太太说快请两位奶奶去。"这李纨、宝钗不知里头又闹出什么故事来，疾快赶去。

要知此去何事，且听下回分解。

第四回

岁尽头千金收屋券　月圆夜万里接乡书

　　话说李纨、宝钗在黛玉处听说王夫人请他，不知里头闹了什么故事，连忙进来。谁知王夫人将晴雯肯去的话告诉宝玉，宝玉便立时要见晴雯。王夫人生怕晴雯古怪，过分的逼着弄得改变了，一时没了主意，忙叫玉钏儿请他两个。

　　这里宝玉在碧纱橱里似病非病的闷了好几天，也到王夫人处走走，也替兰哥儿讲讲，只合不来贾环却心坎里总横着一个黛玉，其次晴雯。几回子要至大观园去，又见贾政不时出进，生怕他查问出来，又复不敢到园里去。却想："这两个回生的人恰好都在咫尺，比古人中转生到别处、回生到别家的侥幸了许多，倒使我对面不能相见。据太太说来，晴雯已说开了，况且从前过去时怎样分诀的，如今红绫袄还在我身上，料想见面后情分越好。只不知林妹妹心里到底恨得我怎样？就使我去见了林妹妹，我愿意一言不发，听凭他搜根到底尽尽绝绝的数说我。他终有说完的时候，也容我照依着一样的剖一剖，就把我这个心当真的剜出来叫他看看也好。他再不明白就死在他那里，化了灰飞了烟叫他看着，他心儿里也可回不回？"宝玉左思右想，颠颠倒倒总不过是这些念头，那里还有心到宝钗身上。幸亏宝钗大方，明知他这个古怪性情，总要慢慢儿平复转来的。他心儿里自然那么想，谁去理他。倒是李纨看不过意，想起从前贾珠的性情，嫡亲兄弟一东一西，合着两句俗话说"恩爱夫妻不到头"，又说"不是冤家不聚头"了。李纨倒在暗里掉泪。每每的回味儿，念念兰哥儿罢了。这正是各人心里的想头。

宝玉千头万绪，忽想起傻大姐这孩子倒实心，也会跑，便悄悄的抓些果子给他，叫他到潇湘馆去"打听林姑娘、晴雯姐姐做什么事情、讲什么话，和谁人玩笑、顽不顽，悄悄的告诉我，我还有好东西、多少玩意儿赏给你"。这傻大姐点点头跑去了。不多时跑回来，悄悄的道："太太吩咐不许人进去，亦且林姑娘吩咐，是谁通不许进去。又是老爷才进去呢，晴雯姐姐通不见。"这傻大姐说完了，又抓些果子儿跑去了。宝玉一无主意，竟将这潇湘馆看得似属官上衙门还更难些，只得来向太太要晴雯。太太也没法，只得去请他两个。宝玉听见他两个来，也害臊，就先去了。这两个媳妇走进房来，先把黛玉、惜春嘻笑的话告之。

太太笑道："这也真正笑话。前日一个做和尚，今日一个做道姑，通有惜春这孩子在里头。如今和尚是做不成了，道姑又要新新地做起来，他们两个真配对呢。闹的人脑子也疼了。但是林姑娘呢？实在也委曲些，我也不是说一面话的。从前行事原觉得没主意些，咱们这样人家，儿女大事可不该明公正气的。宝玉这孩子虽则淘气，有他老子在家，怕他扳了天？偏是凤丫头在里头鬼张鬼智的，老太太依了他谁再拗他。从前不是这样求你姨妈，姨妈怎样肯将宝丫头许过来。这宝丫头过来也怪可怜儿的，到底费了贾家什么事来。就是凤丫头呢，难道不是我的侄女儿。如今老爷提起来还怪我回护呢。从前凤丫头过来怎么样过来的，宝丫头比他什么，那时候倒无缘无故叫林姑娘顶这名儿。你前日说他过去的时候神明似的，样样知道。如今紫鹃又在那里，凤丫头这些施为谁还瞒得他。前日宝玉说得好：'从前老太太、太太原告诉我说娶的是林妹妹，而且拜堂进房的时候还说是林妹妹。'

宝丫头，听这话我也知道你不存心，从前不是老太太夸过的，说你比林丫头强就在这不存心上头。我这话不过各人凭一个理就是了。索性林丫头不回转来也罢了，世界上有几个回转来的人？他如今偏偏又回转来了。宝玉果真不回来我还活甚的？若就林丫头回转来讲，他倒不回来也罢了，他如今偏又回来了。我若珠儿在呢，也看破些，如今实在疼他。他死死活活的粘住林丫头，林丫头偏又这样！这不是害宝玉，是害我了。而今还把晴雯也掉在那边，这晴雯又是他的心上人儿。这孩子原也好，我前日当面说开了，他就知规着矩的，怎么不疼他。你们怎么哄他来走走，哄哄这个，就叫他慢慢的同着紫鹃劝着林丫头也明白过来。林丫头肯叫我当面说开，也就大家说开了。你们还不知宝玉的靠背呢，他老子一席话通听见了。老爷原说同你们商议商议，千稳万妥，你老爷那一天不到潇湘馆去走遭？你看他今日烦得怎样似的，又去了。"

正说间，贾政已回来，一面进老太太屋里，着人来请王夫人过去。只见贾政坐在交椅上叹气，王夫人生怕他受着黛玉的言语又要干连到自己身上，便道："你不放心林姑娘么？"贾政摇头道："你们大家都疼他，他面上也好了，也不生分我。他的事你们慢慢的商议，有什么不妥的，我倒不为此。"

王夫人道："外头的事情饥荒么？"贾政点头道："很饥荒。"王夫人道："本来不是时候了。"

贾政叹气道："说起来实在惹气，从前的帐头帐脑，不要说你不管，我也不问。不知琏儿媳妇搅得怎么样的里头。若说账目上原有，但出出进进，两边归起来就没清头。本来呢，势分也大了，零碎也多了，各样什物也贵了，还有人情赶热市的，单靠着祖上产业，出气多，进气少。就是家人工食、牲口麸料，一个月要开销几个钱？这些没良心的吃着、拿着、埋怨着，谁还吃素呢？如今琏儿的空把式也穿了，他闹得这样，叫他还有什么贴在里头？无不过拿我旗号址罢。他这会子招架不来，我就自己出去，这把式更不好打呢。恍恍的听见南城外西账也不少了，这还了得！我们这样人家如何使这项钱？便使使转不过更怎么样？如今少我们的也有，但只是贴些去才好开发人家。倒也是个时候了，多少空头账，琏儿只拿西间壁这所空房子抵当。这房子原是一万五千银子抵上的，讲回赎也久了。那房主到这时候才在那里寻主顾，还说同这府里一样大小规模，要找给我们，好笑不好笑？琏儿还逢人抵当，等这项出豁呢。现今呢，公分也缺了。怎么样有三五千银子且拉过二十边去。"

王夫人听着惊呆了，原有些体己也充了公，便慢慢的道："怎么好？可好叫两个媳妇寻寻去。"

贾政叹气道："孩子们东西没奈何且典当着，过了年再跳还他却也便当。"两个都在婆婆房里，王夫人便过来告诉了。他两个知道时候近年，贾政发急，连忙回房去收拾。不料王夫人请他两个去支使晴雯来哄宝玉，倒反干了这件正经。宝玉亲自听见，如何敢再去催逼太太，只是一毫不管，独在黛玉身上出神便了。谁知间壁这所空宅到了十二月十三，终究写了找绝契，来向贾政找了一千两银子去。这事也巧，幸而林良玉来京买了间壁走通一宅，两院也是天缘巧合，后文不表。

且说李纨回房收拾，下午便不到潇湘馆来。本意叫小丫头子到王夫人那边取些另吃物事送去，却恐黛玉多心，疑他怠慢，叫素云一同送来。黛玉和他好，并不疑忌，只怕他着了寒凉，便问问他好，那素云也防黛玉疑心，就将收拾的缘故告知了。黛玉细细的尝了，吃了些。

下午无事，心里也替贾政想起这府里艰难，也替贾政的言语差不多，便想起自己五六十个箱子里原有一千多叶金在内，分开放下，听紫鹃说从前老太太吩咐，不要放在眼边，交琥珀、平儿放在库内。如今这些箱子分毫不动，只怕还在里头。黛玉本来心细，极有经纬，王熙凤只在外面张罗，林黛玉全用心思运用，金箱记号那有遗忘。便叫紫鹃、晴雯悄悄同老婆子、小丫头拣扬字双号的箱子搬一个来。那里一面去搬，这里黛玉一面的想："这还是扬州带来的，我已决计修行，怎么带到天上去。既有此项，一则帮了舅舅过年，二则还了老太太白疼了我的账，一辈子也爽快。但是要在母舅前交与舅母方好。"

又想一想："我是要修仙的人，这回子为世情上倒望起叶子金来，这一念好俗呢。"便双手摸着那个小小攒铜的着夜手炉，笑吟吟起来。不时间搬了来，果是有的。黛玉不过要留些与晴雯、紫鹃，"我仙去了，给他两个做念。"便将六百两叶金另外装好，余者仍旧各自安放了。

便叫他两个说道："我将来这些东西一毫也用不着，这几个箱子你们爱的就留着念念我，不爱的就赏些院子里人。"晴雯也懂了，笑道："姑娘上天去么？"林黛玉顿着凤鞋尖笑道："差不多。"紫鹃也笑道："姑娘好上去，难道掉下我？我也不要。"黛玉笑道："你也要上去？好好。"

这林黛玉原是天下聪明不过的第一个人，这一句话却好笑，似他这个人要上天就上天定了，连丫头也跟着去，岂不好笑。可见黛玉心已定到这样，那里还有想到宝玉的分儿。真个听凭宝玉化灰化烟，也毫不相干的了。

不过黛玉听见晴雯不一同跟着上天，也就觉得他终是那一路的，不如由他各人奔各人的，黛玉心里触到，却也未曾露相。到了明日，王夫人、贾政先后进来，恰好遇着。黛玉便当着贾政，将叶金六百两交与王夫人，说将就凑着年用。

王夫人道："怎么倒动起你的体己来？"贾政便道："他这孩子实心，就使他的。"黛玉也喜。贾政去了，王夫人等候宝钗来了，李纨、惜春又来了，王夫人也去了。

王夫人倒不为这金子欢喜，却疑心黛玉回心过来，悄悄问晴雯。

那晴雯还不直说么，他要上天，不要这些俗物了。王夫人又惊又笑，只把头来摇，心里便忖道："宝玉这实心孩子便怎么样？"这日天晚，李纨等也都去了。

这里紫鹃、晴雯都说昨日搬箱子的时候，箱子原放在阁儿上。这阁前倒罢了，那一带阁道上隔着玻璃倒望得远。小丫头们还说，前日下雪的时候更好看呢。怪不得这班小东西整日间在楼梯上咕咚咕咚的，叫着他也不理，只往上头钻，一似掉了什么似的。黛玉道："今日几时了？"紫鹃道："昨日大月半。"黛玉道："这么着，今日月亮很好，不知天上云彩怎样？"

柳嫂子在院子里说道："云彩儿吹尽了，西风到晚也止了，你看这个天青的好看呢。"晴雯道："姑娘也大好了，咱们等月亮上来大家上去玩玩。"黛玉也依了。这些小丫头听不得一声，就咕咚咕咚上去望，乱说八道的道："东边亮得很了"。又说道："这里也射过来了。"又说道："咱们这竹子里也花花绿绿的。"又拍手道："慈鸭都家去完了。"只惹得柳嫂子在院子里仰着头、摆着手、悄悄的说他们，又赶到那一边去摇摇手。这晴雯听见也赶出来喝着。

谁知道黛玉的心静，只听见"慈鸭家去完了"，陡然间触起双亲亡过无家可归，忽然间泪落不止。那些老婆子们次第将阁上火炉温着，依了黛玉，只在中间点一盏小小玻璃灯，也用小镜屏遮着不许他分着月色。这里黛玉、紫鹃、晴雯便慢慢的转过曲屏风来。紫鹃便叫仔细些，只为屏风后花砖下年深月久，多有竹鞭行过来，要使花砖缝里迸出一笋，皆因曾经封锁之故。靠着扶梯边也还长起一根竹竿撑到楼板上，砍了一多半，还枯了小半竿。小丫头们常去摇着他玩。黛玉等到了阁上，索性将玻璃窗开了。这冷气却也不小，虽则护着貂鼠、暖着火炉也刚敌个住。远远的一轮明月涌将上来，这里天也大，阁也高，月亮也起得快，倒像有人赶着走似的，直把这一簇人全浸在大月光里。黛玉便说："你们不必拘着，各人随意走走。"黛玉便捡一月亮正面处扶了栏杆立住了。仔细看，恍恍的山河影子也辨出来，只见这大观园也不小，立在这里十分冷清，比从前凹晶馆同史湘云联句时看月亮还皎洁亲近些。便想："这月亮果然可爱，我最舍不得。谁还能做一两句赞他？就算鲍照的'纤纤如玉钩，娟娟似蛾眉'像些，也不能说出他的精神来。这样圆月怎么赞好，那杜甫、李白的'金盆''玉盘'更俗些儿了。见了白香山'照他几许人断肠'，王安石《梅花诗》'好借月魂来映独'，算好了，也不过旁边说说，有些意思罢了，其实这样空明精彩，谁人说得亲切。"又想："这月亮到底是个圆，照下来这样可爱。照上去便怎样？要得知道，总要上面去才好，不要天上还另有个月亮。我若立定志修成了，怎么不许我上面看去，也便四下里望望。这大观园中楼台上的瓦，明靓靓着了油似的，这些树木远远的同这碧峦翠障分别不出。近的也便水洗过似的，那一曲一曲的池子如镜子新磨。再望去远远的即是荣国府，这灯火之影也还如火龙一条。"暗暗点头道："这府里事情也难，舅舅年纪也渐渐大了，怎么得个经纬人出来把持把持。"忽然远远的深树飘出一声钟声来，真个地迥天空，倍觉悠扬入耳。也似有击磬之声，月里望去约是栊翠庵，便想到："惜春姐姐立志也坚，但只管念这些经做什么，我若是心里一明，立刻就去了。"紫鹃等怕他着了寒，半中间也将五加皮酒化了养荣丸催他服了，慢慢的一同下来。

进房坐定，半响这黛玉心头还亮汪汪有个大月亮，眼睛也还晃晃的。便慢慢的从头至尾想起来："从小儿父母双亡送到这里，老太太原也十分疼痛，否则小孩儿家怎么就与宝玉一房。这宝玉也可恨，前世孽障似的，缠着我，我也痴得很，怎么也看不破。我原也不糊涂，为什么像蜘蛛网儿似的就粘住了。到底算个什么？心里头七七八八的，还防着宝钗、湘云，谁知他们倒也各不相干。虽则宝玉缠得紧，难道不是我自己寻进苦海去的。这个凤嫂子同袭人一明一暗背后面前的竟弄到我这样。那宝玉疯癫的时候，我也迷了本性，一个女孩儿家想起来也害臊。到了凤嫂子闹鬼的时候我就比什么不如，到过去的时候烧这绢子，回过来还叫出他名字来，这是何苦呢！我如今是另一世的人了，各色各样看破了，天大亮了，他们还要来哄我，当我什么人呢？我的父母统亡过了，只有这个良玉哥哥，虽则叔伯兄弟，他也从小父母双亡，我妈怀里长大的。他这个孝顺，世上还有么？他爱我则敢比老太太实心些。我只等他来同他去。我的事情我自己做主，他敢不顺着我？我若不做一个兰香真人，也不是林黛玉了。"从来人的主见，最怕是从头至尾的想来，末后定个结局。如今黛玉这么想，主意真个定了。正想着，远远似有喜鹊叫，黛玉还舍不得这个月色，重新走到外间，叫晴雯移了椅子扶上去站着，扯开窗子又看起月亮来。远远望到那喜鹊叫处，似乎有好几个一群，惊着月亮，像天亮了，飞出窠来。黛玉便忆着"月明星稀，乌鹊南飞"之句，触起乡思。只见院子里竹影斑斑驳驳，如画谱一般，又触着《琵琶记》上"何处是修竹吾庐三径"，也就懒懒的下来。

　　这里紫鹃、晴雯恐怕夜深了，催他进房，催他上床，那黛玉还遮着灯，恋着窗上的竹树之影，不肯就睡。晴雯只得做起消夜活计来。叫小丫头子，捧了竹炉子进房来，只在火炉上炖起一勺水来，将白荷花兰花卤冲开，将宝钗送来的百合冷香丸化了，劝黛玉吃些。两个也陪着吃了，说些闲话。听得喧喧嚷嚷的好些人叩门进来，十分诧异。开了门时，听见说南边有家信到了，又说是良大爷有信来了，是老爷叫周瑞引进来的。黛玉大喜，便问："来的是谁？"周瑞便在外间答应道："是王大爷。"黛玉喜欢得很，便说："叫他进来。"这王大爷叫王元，小名叫孝顺哥儿，原是林运台的旧门工，亦是两代老家人，年纪六十六七岁，好不忠心护主，在林家的分儿也就是赖大身份。也有好些的子孙事业，只因一心向了小主，还在林府内总管一切事情。这番专差他上京，有许多的重大事情交给他办。这良玉的本生母虽与南安郡王亲戚，却因承桃过来，这边亲些，故此一直来到荣国公府中。

当下黛玉敬他是两代的忠心老仆，就先立起来。这王元走进来就翻身下去，一个一个的磕了三个头，站起来打了一个千，请姑娘安。黛玉道："你老人家罢了。你老人家还硬朗，路上很辛苦，你还好？"

这王元又打一个千，立起来挺挺的站着，垂了手立在房门边，替大爷请了姑娘安，然后卷起马蹄袖子，弯转腰向怀里取出书信，双手递与紫鹃，这紫鹃接过送与黛玉。这黛玉接在手且不看，先问："大爷好？"王元道："很好。"又问："家里事情好？"王元道："很好。"又道："大爷几时动身？几时到？"

王元道："小的临起身时，大爷吩咐说赶年内起身，那到的时候还拿不准。"又问："这里舅太爷处的信呢？"王元道："已投了，当面请过安了，小的才到。因为牲口车辆多，城门上累赘了，进城来天就黑了。小的还有同来的家人们十几个，先招了店去，小的先带他们的手本来请安。"说着，便将手本递交紫鹃。

紫鹃接过来送在桌上。黛玉道："你老人家也乏了，歇着罢。"王元道："小的明日还要上来回话。"黛玉道："晓得了，歇着罢。"王元应了一个是，便慢慢的退出，同这些人去了。这里黛玉方才拆开家书来看。

不知写些什么在里头，且听下回分解。

第五回

贾存老穷愁支两府　林颦卿孤零忆双亲

　　话说林黛玉接到哥哥林良玉家书，喜之不胜。王元出去之后，黛玉坐下来，叫紫鹃、晴雯剪了烛，移近灯前。正拆起看，心头里不知怎样的就疼起来。心里一疼，指头一冷，就拈不起这封家书，簌簌泪珠儿就滚将下来。

　　原来黛玉的父亲林如海本系金陵望族，嫡亲兄弟如岳，卒于两广总督任所。虽则弟兄皆为显宦，素日赁居京都，原籍祖居已为家庙。如岳的妻房系南安郡王堂妹龙氏夫人。如岳卒于粤中，龙夫人遗腹未产。如海接到扬州同住，数月后产了良玉。龙夫人痛夫不见，一恸而亡。

　　彼时适逢贾夫人生子不育，就将良玉乳抱过来，不肯叫奶娘周领。直到六岁后生了黛玉，始令嬷嬷们抚养分床。本来一子两祧先尽长房承嗣，况如海夫妇血抱过来，恩若亲生，故此良玉倍加孝顺。

　　到了如海夫妇亡后，黛玉贾母接去，这良玉便立志不凡，不肯定婚成室，卜宅营家，定要继了祖父伯叔，重到京师成就功名，大开阀阅。因此就在扬州公馆内整整的闭户苦读十来年，将一切家计分派与主管王元、蔡良、赵之忠、吴祥、单升、竹柏年、杨周儿汪福等管理。又因王元忠直，派他做都管。

这王元一面料理地亩粮食，一面在外路买贩，又在盐务里营运，这事业就泼天的兴旺起来。一则圣人之世薄敛轻徭，二则林氏积德不小，三则时候地面俱好，四则王元始终实心。各样计算起来竟有了一千八九百万的家事。

这良玉一心一意，想起："父亲亡过，两袖清风，母亲产后去世毫无所靠，全亏了伯父母血抱成人，受恩罔极，这些财产、家人都是伯父母遗下来，逐年滋生，方有这个家业。我总要成名后立起室家报答两边父母，将这些财产家人一总交还黛玉妹妹，以报在天之灵。"他这心迹自王元以下俱各知道，亦曾屡次寄信提起这事。这里黛玉身故，后如何不寄信与他，因信中说老太太一番遗念，要使贾琏送去，将次上船，是以差人来接。直至黛玉回转后，贾政赶了信去，良玉这一喜，就同伯父母重生一般。适逢自己又于是科中了乡闱第四名，故先遣王元到京买宅，欲于公车北上，迎黛玉同居。

这里黛玉为何见信伤心，只因触起父母亡故，没有父母家书，只有哥哥来信。又想起哥哥志向"真可对我父母，我现在光景，待要离尘而去，也就要别了哥哥。"故心上头一触，不觉的落下泪来。停了半晌，叹了几声方才拆开，看了又看，更觉伤心。

晴雯道："为这封家书，天天望着想着。到寄了来，又这样苦恼。不知道大爷到了，还怎么样呢。"紫鹃道："是呢，大爷这封书，连大爷写的时候还不知怎样呢，他那里想来也是这么着，你要疼他，疼疼自己也就够了，还这么伤心做什么。"晴雯却心头一心的忆着宝玉换棉袄的情分，一面劝他，一面也掉下泪来。

紫鹃摸不着，倒在旁边劝道："姑娘这么着，你也那么着，你倒招惹他伤起来。"黛玉终究是灵透的人，就猜着晴雯的眼泪远远的落在宝玉身上：宝玉从前送他过去的时候，怎么样换棉袄，咬指甲，扶着他送茶汤，他只担个虚名儿。也罢了，这样眼泪也不怪他。我从前过去的时候，明明的叫着宝玉，谁来答应一声？我烧这诗、绢子，比咬下指甲、脱下贴身衣服，各自各的路儿。我虽没有什么虚名儿，倒替宝姐姐顶个实名儿。宝玉果真实心始终，该和宝姐姐不好，怎么也好了？宝姐姐动便说起圣人、贤人什么道学话来，怎么而今也就有了喜了？好一个实心的宝玉，我到这个时候才醒呢。"一面想，一面掉泪。紫鹃只是摸不着，只有劝他的分儿。过了好些时，三个人方歇下。

　　到次日清晨，王元在骡马市店房内吩咐众朋友："开发车夫骡夫，收拾衣箱什物，照着良大爷谕单，分头送书信礼物办事去。等我上贾府回了姑娘，请了回信，再回店来细细写了禀帖，交蔡老三迎下去。"这王大爷说完了，即便套上玻璃后挡车，铺了狼皮车褥坐上车去。

　　三爷、四喜儿也将水烟管、槟榔荷包、擦手绢子带了跨上车沿。赶车的张小，便吆喝着那牲口就低着头、使着劲往荣府来。王元很知规矩，离着府一丈多路便喝住了牲口，走下来，步上台阶，转过弯进门房里去。这里吴新登即赶出来拉了手，府里众友也哈了腰。吴新登道："王老爹很有个时候呢。"指着天井里说道："你老人家只瞧太阳到那里，咱们才好上园子里回话。"王元谢了，坐下。

　　四喜儿便敲着火点着纸卷子，将水烟管送将上来。王元吸了几管，便嘻着口喷掉了。大家就说起南方的话来。只见门外一起一起的送进各店铺的年账进来，上千、千外的也有，十几两的也有。吴新登接了来，分开几项，戳上铁钎子。不时间又有一辆轿车到来，先送进条子，写王公茂三字，这个人便一直走进房来，站着拍着吴新登说道："好吴二爷，替我回一回。"吴新登道："还早呢，去一会再来。"这人走出去站了一站又进来，将吴新登拉一拉手道："好二太爷，做兄弟的路远，就替我回一回罢。"这吴新登厌烦起来，便道："回也是这么，不回也是这么，等候着就是了，瞎跑做什么？"这人忍耐不住，便发作起来道："晚上来，说迟了，早上来又早了，只管躲着，躲到什么时候才好？咱们西边人直性儿，你们家琏老二要来拉扯咱们，认什么兄什么弟，拉了账不肯还钱，只想躲。你躲得过是汉子。摆什么架儿，还要闹长随呢！"

吴新登便喝道："这府里有你老西闹的分儿？滚罢！"这人就跳将起来，把头儿摇一摇，腰儿扭一扭，直着脖子竖起大拇指来，喝道："咱们便是老西儿，算我泥腿，谁也不怕。好，滚罢，谁滚？谁看？咱们拼着性命把你这班没良心的王八羔子到提督府闹一闹去！什么东西，府里，咱们只知道欠账还钱。谁知道什么府里，你会滚就滚！"这吴新登就迎上去要打，亏的周瑞赶了进来拦住。

正喧闹间，又有三个人到，送进名条来，一孙茂源，一王大有，一叶隆昌。三个人一见便说道："咱们这王老五好个直性人儿，玩话也玩不得一句，你看他气得那么着。这吴二太爷也不要认真了，王老五你不要低了咱们同乡的名儿，难道堂堂荣国府欠你我几个钱不成？这府里还不放心，那府里便怎么样？你有话只好好的讲，虽则将本求利的苦营生，不是将钱买苦吃的，却也该两个里顾些前后的交情。"这里众人拦着劝着，周瑞忙同林之孝上面去回。谁知贾政告假在家，备细细的都听见了。当下周瑞往账房里招着贾琏一同到书房来见贾政，贾政只是叹气，无可奈何，只得将四百两叶金交贾琏开发去。贾琏不敢嫌少，只得领了出来，请这四个人到外书房内胡乱的道了好，告了耽误，就将金匣子搬出来。

这班老西儿，原是极势利的，见了叶金大家就奉承起来，都说道："二老爷原不肯差的，什么样人肯失信朋友，无不过开发的多，逐件匀着就是了。王老五性急做什么。"叶隆昌便将逐匣金子打开，验了成色，通是上等枯赤。便道："色是足的，但原票足纹，我们会账也要足纹交待过去。这个换数不一，就算府上肯吃亏些，我们接了手也不能交待出去。一则坐利，二则换数落了下来，我们做伙计的东家前赔不上来。二爷怎么样变了原银，交待倒也直截。"

贾琏明知他刁难，要讨便宜，便笑道："有了金怕变不出银来？咱们家原银也还拿得出来，不过转了几票的。大家都是弟兄们，也要看破些,十分接不得手,咱们过了年再讲也好。"这王公茂听了,连忙赔笑道:"好二爷,说那里话,论起来就过了年何妨,不过咱们过不去。如今咱们弟兄都在这里,好好的大家商量起来。"当下贾琏与众人算明,金数不足,便央及孙茂源转了一票,余者尽数开发,才把这起人打发去了。只见茗烟又走了来说:"老爷叫快请二爷。"贾琏连忙进去。贾政道:"我们顶大的庄子是黑山村乌庄头。不知那年里起手把这些好地亩零碎弄掉了,如今乌庄头送进年下物事来,他这个单子看得过么?"便将单子掷下地来。贾琏忍了气,弯腰下去拾起单子来,见上面写着:"门下乌庄头进孝叩请爷奶奶万福金安,并公子小姐金安,新春大喜,大福长寿,荣贵平安。"

后面写道:"大鹿七只、獐子十六只、狍子十六只、暹猪六个、汤猪六个、龙猪八个、腊猪八个、野猪八个、野羊八口、青羊八口、家羊八口、家风羊八口、鲟蝗鱼四十八个、各色杂鱼六十斤、活鸡鸭鹅各八十只、风鸡鸭鹅各八十只、野鸭野猫各六十对、熊掌四对、鹿筋八斤、海参二十四斤、鹿舌十二条、牛舌十二条、蛏干十斤、榛松榄杏瓤各二口袋、大对虾十六对、干虾一百六十斤、银霜炭上等选用八百斤、中等八百斤、柴炭一万六千斤,御田胭脂米二石、碧糯二十斛、白糯二十斛、粉二十斛、杂色粱谷各二十四斛、下用常米六百石、各色干菜一车,外卖粱谷牲口各项折银二千六百两。"其余孝顺哥儿们玩意活鹿、白兔、黑兔、活锦鸡、西洋鸭等倒还照旧。贾琏看了,回不出话来。

贾政道:"第一先尽家庙及府里,那年常勋戚们的套子,且推着些着个棋儿。只是各房的分例便怎样呢?要说是通没有呢,这祖宗传下来的好处,怎么到咱们手里笼箍笼统裁了。若是减派些呢,也减派不上来,这怎么样处?"

贾琏想了想道:"除非各房分给他些银子,倒也省减,也实惠。"贾政道:"这也是句话,但是银子在那里?"正说间,赖升上来回道:

"乌进孝要进来磕个头儿。"贾政道:"罢了,且伺候着,改日再见罢,他这个老庄头还老成,难道还藏着什么?"便问赖升:"才这些光景,你都知道了,推不过去的,你同二爷算一算,到底还要多少才打得过饥荒。"贾琏道:"外面的账目约有三千上下拖不过去,合上里头的一切总要七八千才可敷衍。"贾政道:"这就难了。"赖升便打千道:"奴才受主子恩典,儿子在任所寄到了过年盘缠。奴才还够浇裹,求老爷赏脸容奴才招架了外面的账目。"贾政便叹口气道:"怎样你们的钱也使起来。"

正在为难,吴新登上来问道:"林府来的王元要上园去回话,小的上园子里回了,林姑娘传见王元,才引他进去,上潇湘馆回话呢。"贾政点点头,吴新登又上来道:"小的还有句话。王元说起林大爷叫他置买房子。小的想起咱们家间壁这所房子昨日已经找断了,不如原价转过去,拂个尘儿就住得,他们也省好些修理,咱们也够过年盘缠,敢则老爷应了,那府里也帮贴的过来。"

贾政道:"王元怎么说?"吴新登道:"他说这么着很好,林大爷先也曾吩咐过,要近着咱们府里,寻也寻不出来。"贾政也喜欢道:"他自然要回过南安郡王讨示下。"

吴新登道:"他说林大爷吩咐过,一切事情回明林姑娘拿主意。林姑娘有什么不愿意的。"

贾政道:"只是自己至亲,只可送他住,那里好受他银子。"

这贾琏巴不得成了这件事自己身轻,就极力的赞成,说道:"林表弟来京原也不是暂住,是个长久住家的光景,倒是这么着他心里倒安,难得至亲,间壁开了,往来也好。"正说着,周瑞也进来说:"王元回过林姑娘,说很好,就这么着。不知老爷意思,叫小的上来打听。"

贾政道:"好是好,只是林大爷没有到,怕银子不凑手。"赖升笑道:"有名的林千万,而今加倍了。就内外城的银楼银号有多少!这两万银子说有就有，算什么。"

贾政道："也不必拘定原价，既然林姑娘拿主，随分便了。"贾政这句话有两个意思，一则良玉是嫡亲外甥，二则现使了黛玉的金子。贾琏道："原价原也不必拘，但只是这所房子原像个半价似的。通共正杂房子二百几十间，后面那片空地还小么？再盖一个大观园还有余，只因紧靠着咱们没人买。如今要平地里造这么个高大、坚固、富丽，怕不用了四五万银。咱们而今就叫王元进去瞧瞧何如？"

贾政立起来道："很好，也是两边都便，凭你商议去。"这里贾琏等便同了王元逐层去看过，回了黛玉，写了家书禀帖寄知良玉；一面立契交割，将店中众人家伙箱笼、什物、牲口、车辆一齐搬进，将原任两广总督部堂、原任两淮盐运使司的大红朱笺宋字封条贴起来，门墙阀阅好不威武。

这王元倒像一个老主，那些同来的家人个个受他的号令约束，好不整齐。王元便分了头遮厅、茶厅、大厅、内外客厅、内外书房、议事处、内外账房、内外门房以及大小厨房、仓库、下房、马槽色色派定。又从上房内办起家伙铺垫、陈设灯彩，也选了银楼上老成店伙，也买了本京人双身男妇几十房，粗细分派上册，牲口车辆也置了许多，好不壮丽齐整。心里要请黛玉去看看，黛玉总为哥哥未到，不肯过。只心里喜欢，慰劳着他，又吩咐了些约束众人的话。

这王元益发当心，真正一个冷落门墙，一时间的运转将起来，把荣宁两府都压下了。这里周瑞等见上头有这宗房价，一时从容起来，同事们也就心宽。不过说过了年又饥荒。赖升道："你们放心罢，到了明年咱们家也要旺起来。"众人都不明白，赖升道："你们看林府上这等热闹，林大爷的妹子情分那么好，将来林姑娘不配咱们宝二爷还配谁？分了他一半就千万了，只怕连那府里也照应起来。"

吴新登笑道："周兄弟也在这里，不是咱们牵扯你们的主子，从前你们琏二奶奶在日，连公中的也要弄些到房基里去，连我们月钱也被他老人家压住了盘放起来。你也曾跟我们埋怨过。如今咱们又想林姑娘嫁过去，倒反抠出体己的往公中使用，真个那样，也只宝二爷一个人受用便了。再则听说这位林姑娘比琏二奶奶还厉害呢。小则小，你看而今把他家王大爷使得像小孩子一样的，虽则这老人家忠心，咱们敢说林姑娘没劲么？"

赖升便点头道："有劲儿原也好，咱们老爷这样宽仁厚道，天理上也该起根擎天柱撑撑门户。不过林姑娘果真当了家，咱们难伺候些，少赚几个钱就完了，难道这府里还挣不起来？"吴新登笑道："你老人家老太翁，还等这府里的钱使么？只苦了咱们弟兄呢。"

不表黛玉心宽，众家人议论，且说贾政时刻去看黛玉，王夫人常常怕宝玉冷落宝钗，近年下几日时常催宝玉进房。宝玉总呆呆的想着黛玉，粘住了王夫人要进大观园去。王夫人屡托李纨、宝钗往潇湘馆打探。谁料黛玉心坚如铁，这件事竟如石沉大海。

宝玉又粘住了王夫人道："太太怎么样？几遍的说着晴雯肯过来走走，而今也跟紧了林妹妹不肯过来，只怕他两个人回转来的说话全然没有影儿了。"王夫人只得重新告诉他，又将黛玉、晴雯近日言语行事细细告诉。又叫他进房里央及宝钗。

宝钗也照王夫人的言语告诉他，又将林良玉寄信、王元进屋诸事一一告诉，总是黛玉拿主意的话也告诉了。宝钗之意总要宝玉知道黛玉、晴雯实在是回转过来了的意思，谁知两个人意见不同。谁知宝玉听见了倒反惊呆了。

宝玉想道："从前紫鹃原正正经经的告诉我说，林妹妹的家里实在有人，并且就要来接他家去。恍恍的也像有什么姓林的人来过，亏了老太太吩咐把姓林的都打去了，以此没有接去。而今又有这些林家的人来，老太太又没有了，谁还能打他出去，这林妹妹谁还能留住他？又且林妹妹的家更近了，说去就去了。又且紫鹃这个人也是要同林妹妹家去的，只不知晴雯在旁边可能替我说一句半句的话？你若能在林妹妹跟前说出‘宝玉’两个字，我就化了灰飞了烟也感你。”

宝玉只顾胡乱的想着，就哽哽咽咽糊糊涂涂的在宝钗床上躺下了。宝钗使叫莺儿将小狐狸的被儿替他偎着。

不多时王夫人寻了来，见宝玉在宝钗床上躺着，只道他要在这里，也不去问他。从此宝玉便在房内过夜，贾政夫妻心里也安。谁知宝玉、宝钗同床各梦，宝玉心里只惦记着黛玉，一见了王夫人即问黛玉，又粘住了要晴雯过来。王夫人只得变话儿哄他。

且说黛玉在潇湘馆内，自从病起之后，倍觉体快身轻。又见王元到后重立家门，哥哥友爱异常，指日见面，心里不胜喜欢，一心只想着良玉来到立刻搬过去，兄妹相抱痛哭一场。再将双亲的真容供起来，兄妹二人哭奠一番，从此间他要一个人迹不到的所在，立志修真。“他干他的功名，我完我的志愿；他将世上的荣华封荫，我将天上的因果超升。子女二人也还可以尽孝。”想到这里不觉的快乐起来，十分逍遥自在。

那紫鹃心里头起先原恼宝玉，后来因王夫人送他到宝钗那边。被宝玉千回万转的粘住了剖辩，倒也替宝玉可怜，替黛玉怨命。后来见黛玉回转来暗想姻缘复合，又见宝玉始终一意，真个死心塌地的，反怪黛玉过于娇激。又是晴雯一心的粘住宝玉，遇空便同紫鹃诉说。紫鹃本是一个热肠的人，岂不同了一路。以此同了晴雯不时间在黛玉面前提起宝玉来，逐时逐节替他剖辩：怎样的也迷了本性、怎样的发了痴呆、怎样被凤姐儿设计送进房中、怎样揭开方巾见了宝钗便就糊涂闷倒、怎样的过了许多时候才圆房、怎样的宝钗生日瞒着老太太赶到这里回去便哭泣害病、怎样的粘住了紫鹃哀哭、怎样逃走出去、怎样的回来在碧纱橱呆着、怎样的要来不敢来、怎样的而今在宝钗房里疯着……黛玉起先听了怪恼的拦他，到后来厌烦起来就冷笑，再不然立起身走了，只像西风过耳的一般。这紫鹃、晴雯暗地里只替宝玉苦恼。

却说贾政见宝玉回房，心里也放下去了，总等年夜拜过了家庙，新年上再叫他出去应酬各勋戚，拜见座师、房师，会会同年。幸喜年夜事敷衍过去，到了除夕这日，依旧两府内兄弟子侄及近房子孙俱到宗祠中来。那宗祠中供起祖宗神影，也照旧早铺设的十分整齐，便按着贾母在日的规矩，序着大小拈香点烛分献彻俎，一回一回的整齐行礼。内眷亦照前执事。

当下贾赦、贾政、贾珍、贾琏、贾宝玉、贾环、贾琮、贾菖、贾菱、贾荇、贾芷、贾芸、贾芹、贾蓉、贾兰，凡属男子孙俱在东，女眷们自邢、王二夫人以下俱在西。也将五间大厅、三间抱厦、内外廊檐、阶上阶下连丹墀内挤满。只听得环佩铿锵，靴履杂沓之声。礼毕，两府中各自往来行礼，众家人往来叩了喜，王元也来叩了喜。

贾政、贾琏、贾宝玉、贾环、贾兰等方同了王夫人等进内堂来。贾政便说："你们都替我坐下了，我同太太到潇湘馆去，瞧瞧林姑娘就来。"这里众人都要去，宝玉更急得了不得，恨不得扯住了太太，立刻跑过去拉林妹妹来一排儿坐着才好。

贾政道："我本意要他过来，一则怕他受了寒，二则怕他见老太太的房他要伤。"说着贾政就揉眼，"三则宝玉在这里也避着些。连明日大初一我还叫他不要出来呢，你们统依着我。要瞧他，新年上天天去和他散散也好。"说完了，贾政、王夫人就叫："宝玉、宝钗到薛姨妈处替我道贺。"

这贾政、王夫人就往潇湘馆去了。那宝玉又喜又恨。喜的是叫他避着些，俨然有个圆全的光景；恨的是不许跟过去，没奈何只得同宝钗到薛姨妈处。不防着香菱又向宝钗问起黛玉，招得宝玉咽咽的哭将起来。薛姨妈连忙劝住了，慌得莺儿、麝月送手帕不迭。也就懒懒的回来。

这贾政夫妻两个去看黛玉，黛玉原是知书识礼的，心里十分过不去，便迎上来请安。贾政、王夫人走进堂中，黛玉连忙拜下去，王夫人就拉住了。贾政也拉住了黛玉的手，说道："我的儿，你倒这么着，不是我来看你，是来闹你了。"

王夫人也顺着贾政的意思说道："手心儿倒也不凉，只是这屋子里火太旺了些，你刚才急忙掀出帘子去，可不着了些冷。"

黛玉这时候见母舅、舅母特意的大年夜来看他，又是这么偎贴他，心里很过不去，到底明日出去好不出去好？因说道："甥女原想过来替舅舅、舅太太贺节，只为不知在家庙多早晚才回来，舅太太倒来看甥女，这可也当不起。"

贾政道："我的儿，你只要能够疼你自己就孝顺了我。依着我便明日也不许出去，我明日没有空来瞧你，你若违了我出去了，我倒要恼。"

王夫人也道："好姑娘，你知道你舅舅的性情，你倒依了他好，总不要违了他。你只在这里存存神，他好不放心呢。"黛玉虽只过不去，却合了意，便也依了。

贾政放了黛玉的手，走进他房里看看灯彩陈设，又在玻璃内望了阁上下各色挂灯倒也齐整。王夫人挽了黛玉的手，笑吟吟的打量一番，见他满头珠翠，围着紫貂，耳带宝串，挂了个金鱼儿，身穿一领杨妃色绉绸，三蓝绣牡丹狐披风，下系一条鹦哥绿百蝶狐裙，腰系一条青连环垂须绦，穿上两块同心莲羊脂白玉佩，越显得神仙一样。正是：若非群玉山头见，定是瑶台月下逢。

这王夫人看得呆了，心里怪疼受的，便想道："叫宝玉怎么舍得这个人儿，怪不得他舅舅说两下里比将起来配不过些。"这黛玉被王夫人看得臊起来，就脸上红艳艳的，笑道："舅太太尽瞧着我怎样？"

王夫人没奈何，只得放了手，笑道："我心里也不知怎样的怪疼你。"连紫鹃、晴雯、玉钏儿、彩云都笑了。

那边贾政踱来踱去，看这些古董字画。原来这些老前辈在仕途上的，近年夜边有多少事物到得开发一清，守到除夕这夜，真个身体一轻，倒不喜在内堂筵宴，转喜到清净幽雅的所在散步散步。恰恰遇着这里收拾精致，况黛玉又是他心爱的，所以只管徘徊。

倒是黛玉先说道："那边哥哥、嫂子们也候久了，甥女益发当不起了。"贾政方才慢慢的同王夫人出去，还再三叮咛："明日依了我，不许出去。"又叫紫鹃、晴雯："你们守岁，也陪着林姑娘弄些玩意儿玩玩。"贾政、王夫人方才去了。

这李纨等也依了贾政言语，差了碧月、莺月、小红、墨琴、彩屏等过来，黛玉只得也差了紫鹃过去道贺。紫鹃到了上房，直把宝玉惊喜极了。那紫鹃顺着说下去，只得也说一句："林姑娘道贺宝二爷。"这宝玉直如听了旨意一般，惊喜得了不得。

可恨这紫鹃站也不站，头也不回，立刻去了。宝玉要起来拉他，又怕贾政，真个坐也不是，立也不是，就疯了。王夫人看见光景，就猜着九分，当着贾政面前只得说道："你看宝玉，喝不上几盅就醉了，莺儿、麝月且伏侍他去歇罢。明日一早好跟着老爷起身。"贾政也不留他，当下席间非不珠围翠绕，灯火辉煌，却各人有各人的心思。

贾政一心想着老太太过背了，便怎么样子孙兴旺也不在意，况且家道日逐艰难。王夫人只替宝玉担忧。李纨却因兰哥儿中了着实开怀，时刻把眼睛溜着自己的儿子。

贾琏已奉了贾赦之命将平儿扶了正，打算到自己房里两口儿带着巧姐儿替另喝酒。宝钗独自大方，将这些事一毫不放在心上，只劝公婆多进些酒。喜鸾、喜凤却忆着自己的亡过的父母。惜春也不得已出来应酬，吃些素点。独有环儿不正经，遇了空与彩云扮鬼脸儿嘻笑。

且说紫鹃，一路回来想着宝玉情影，越越的埋怨黛玉矫情："而今要这样撇清，从前何必那样，你还忘记了自己的眼睛哭得葡萄似的去看人。人家被老子打了，干你什么事，你害得那么样。又看是那边这样闹热，我们潇湘馆里只你爱清净，我偏要同着晴雯热闹起来。"走回来回了黛玉，就同晴雯叫了柳嫂子、老婆子、小丫头们烧了一架小焰炉柴点着，就将玉兰、珍珠帘、柏子屏、遍地梅、泥筒、满天星、遍地洋菊、绣球、金蝴蝶、双九龙、洒落金钱，无般百样的放将起来。

这里黛玉只在里间想着亡过的父母、在路的哥哥，滴着眼泪拈了铜筷儿在台炉里拨火，由他们闹着总不管。这里正闹着，只听得紧间壁震天的爆竹放将起来，骇得众人齐齐的到阁上望去。却原来是林府的新宅子紧靠着潇湘馆，一齐奔进来告诉黛玉，都说道："咱们家这新宅子里的火光比这府里还厉害多着呢。"

黛玉料想是王元的一番布置，不枉了祖父在日留下他来，将来眼见得帮着我哥哥兴起一番事业。想到这里也就喜欢，便也出了房门，看他们的玩意儿，直到得三更时分方歇了。到得五更，只听得千处爆竹响声不绝，渐渐天色大明了，只听纷纷的传进来说宝二爷身上大不好。紫鹃、晴雯听了也慌了起来，告知黛玉。

黛玉过去不过去，回心不回心，且听下回分解。

第六回

情公子血泪染红绫　恨佳人誓言焚书简

话说潇湘馆内听见宝玉身子不好，晴雯、紫鹃俱不放心，只在旁边打量黛玉的光景。那知黛玉佯佯不睬，却因大初一早晨，叫他们两个摆了香案，拜了天地，并亡过的父母，又远远的拜了哥哥，再到吕祖师前恭恭敬敬的拈香礼拜，默默的祷告了。来到中间，紫鹃、晴雯、柳嫂子、众老婆子、小丫头都磕了头。随后王元领了林府南边儿来的一众家人进来，一排儿的跪下，磕了三个头，站起来请了安。王元等退出去，站在窗户外阶沿上，众家人也一排儿的站在院子里。王元又将各店伙及一众新靠家人手本送上来。

紫鹃接了上去，黛玉逐一的看过，都慰劳了，便叫将王元送进的金锞子逐盘的托出来，递与王元分散了，说"不用叩谢"。里外人等都领了赏，王元便带着众人出去。这里黛玉坐下，心里想起来道："我便依了舅舅、舅太太的言语当真不出去，怎么丫头也不叫他出去？况且晴雯还有他的心上人儿，各人走各人的路，怎么拘着他。让他去，大初一早上会会再世缘也好。"便道："紫鹃你同了晴雯出去，到上头各房里替我道贺。说我依了老爷、太太的吩咐迟日再过去。你便回来，让晴雯到各处逛逛去。"黛玉这句话原也是体谅的意思。

那晴雯却因黛玉生平嘴头子厉害，要便藏个哑谜儿，莫不是说我惦记着宝玉的病来？便道："紫鹃姐姐一个去就够了，我也懒得走，在这里陪姑娘罢。"黛玉笑道："你要算我的人儿，我不信。"紫鹃也笑了。晴雯就急起来道："咱们原是老太太身边的人，难道姑娘也要撵出这个屋子去？"黛玉笑道："我肯撵你？敢则有人招呢。"晴雯也笑道："招到我还早。"黛玉眼圈儿红一红，啐了一啐，叫紫鹃拉着走，自己又推着的推出去了。

且说宝玉，自从见了紫鹃，听了一句黛玉的话，便呆呆的。幸喜王夫人叫莺儿、麝月伏侍他去睡了。他就在被里百般的思想起来道："如今是的的真真、明明白白有这个林妹妹了。到底心里记着我，叫紫鹃来问我，不知还有什么言语，可惜紫鹃在众人前不能替他告诉我。我想老爷已经告诉他不要出来，为什么还要叫紫鹃来？无不过顺便的问问我，通一个信便了。可惜老爷坐着，再也不能拉住他。我就不能拦住他，可恨这麝月、莺儿也不替我拉住了。"

又想那紫鹃的情景："回老爷、太太倒也明白，其余一概也不过随便的口声，算到了我跟前也随便得很。这样想起来又像林姑娘当真生分了我。况且他头也不回去的那么快，不像林妹妹有什么惦记着我。"

因又想起："林妹妹从前受的苦那么着，临过去时只说得'宝玉你好'四个字。林妹妹果然该应记恨着，那里还有问我的分儿？只怕连刚才这一句话也是紫鹃编出来哄我的呢。也可恨晴雯这个人，我们怎么样好，刚才这句话就替紫鹃走一走，给我见一见又何妨，还是林妹妹不许呢？还是你也变了心呢？"宝玉这么想，就烦起来。

又想起："明日大初一，还要跟老爷各处去，怎么好。自从回家来没见过人。大初一倒出去，臊也不臊？"算来算去，总不如装起病来省得了去，而且林妹妹听见了或者动动心。因此宝钗回房上床，俱若不知，可怜守岁夫妻竟若道旁陌路，到半夜里便说起身上不好来。慌得宝钗叫丫头拍着伺候了汤水。

这宝玉千头万绪的想了一夜，到天明时反呼呼的睡着了。宝钗连忙起来，到上房去告诉太太，太太便叫告诉老爷去。贾政闻知无甚大病，便叫他不必跟着出去，且避避风，节些饮食便好。贾政便会齐兄弟叔侄上朝拜客去了。

且说紫鹃、晴雯从潇湘馆一路来到上房，王夫人、李纨、宝钗、惜春、喜鸾、喜凤正要上车到家庙去，两个上去道了贺，行了礼。王夫人心里很喜，便凑着紫鹃耳朵边叫他拉了晴雯去看看宝二爷，王夫人等便上车去了。他两个便也到各处房里看看旧日姊妹。

紫鹃还是照常，晴雯却是个再世重来的人，虽则大初一早晨，心里头着实的伤感，顺了路便走到宝钗处来。只见雪雁轻轻的迎将出来，摇摇手，低低的说道："二奶奶才往上头去，宝二爷还睡着呢。"这紫鹃本来厌恶雪雁得很，一听了随即转身就走。晴雯也就傲傲的一同回去了。

这里宝玉将晴雯算做芙蓉花神，几次的做词吊他，做文祭他，不意生离死别再世后又聚一家，巴巴的要想见他一面，倒反在大初一早晨当面错过。正是：

> 有缘千里来相会，无缘对面不相逢。

这紫鹃、晴雯回到潇湘馆，紫鹃便说起雪雁的话来道："我原也不要到宝二爷屋里，难为太太千叮万嘱的叫我拉他去走走。我拉着晴雯，他还笑着说：今日真个花红柳绿的又去他屋里引他，只被我拉着走。这雪雁就鬼张鬼智的摇什么手。咱们大初一里倒有空儿在你屋里伺候？况且你又那么着，咱们不回来做什么？"

黛玉见晴雯脸上红红的，怕他害臊不肯取笑他，只说道："别管什么，你们且吃些莲子圆儿，若惜姑娘来快请进来。大初一里，这里又没甚多事，你们只管随意儿走走去。"正说间，真个惜姑娘一个先来了。

黛玉便笑迎出去，挽了手进来，彼此坐下讲道。紫鹃、晴雯也就往园里闲逛去了。这晴雯终究是回过来的，各处看看，要寻到怡红院里认认从前带了病临死撵出去的地方，却碍着紫鹃。直到紫鹃先自回去了，方才从山腰内穿到稻香村，沿着篱笆弯弯曲曲寻将过来。

　　走进门去，院子里却也扫得洁净。忽然想起撕扇子的时候，却像天上有一张凉床坐着宝玉，从天边一直的落在地上，就觉心里恍恍的，瞳仁儿酸酸的，慢慢的走上阶沿。陡见一挂紫锦灰鼠玻璃窗的软帘，又触起了得病根源。只因要吓麝月，不听宝玉言语，被窝里起来冒了风寒。心里头益发怪难过的，轻轻揭起软帘待要进去。

　　那边宝玉从紫鹃、晴雯去后，不一会子便醒了，转来问："多早晚了？"雪雁道："太阳到了院子里。"又问："谁来过？"雪雁道："紫鹃、晴雯才过来。"宝玉听见晴雯两字，本来和衣睡着，就一骨碌坐起来，道："晴雯呢？"雪雁道："知道二爷没有醒，回园子里去了"。

　　宝玉当下也就胆大如天，就撞着贾政也不管，他也不戴上暖帽，踹鞋一直的跑进园子，定要追着晴雯，要将所穿他临死换下的红绫棉袄并随身带他临死时咬下的指甲儿给他瞧。就求了他一同过去见见林妹妹，剖剖我的心事。这雪雁终是个丫头，如何知道，他只得去回太太。

　　那宝玉就一气的跑到园子里，过了蜂腰桥，相近怡红院，正望见晴雯掀软帘进去，便也舍命的抢上台阶，揭了软帘赶进来。晴雯回头过来，见了宝玉就惊呆了，说不出话，就在镜屏旁边大红锦绒软榻上坐将下来。宝玉赶上去倒在他怀里，喘吁吁的一句话说不出，只拉了晴雯的手揭他穿的红绫袄出来，晴雯看见了，也说不出一句话，只觉得泪泻如水。

　　宝玉咽了咽，才说道："你说担个虚名儿，咱们还有这见面的……"晴雯正不知怎么样，正要说话，忽听见院门外有人说道："我们宝二爷实在的寻也要寻死人。"慌得晴雯连忙将宝玉推开，也像林黛玉哭肿了眼睛，怕人见似的，飞风的往后门走了。

宝玉也似落了魂的走出来，恰遇玉钏儿、莺儿、麝月、彩屏四个人先后寻将来，解差似的跟回宝钗房里去，呆呆的坐下，王夫人就同了宝钗来看他。王夫人已听见雪雁回明，错过了晴雯，故此赶去，却不知他两个已在怡红院会了面，转因寻得紧，一句话未曾说出，就被玉钏儿等寻了回来。这又是：

> 人从死后能相见，话在心头说未完。

太太就安慰宝玉道："好孩子，你昨日心里烦，今日能起来到园子里散散，我也放心。晴雯这孩子原要来看你，只因年夜头，林妹妹那边走不开。故此今日来，虽没遇着，这大新年上大家没事，谁也要寻着谁玩玩呢。多早晚他也要来，咱们也要叫人去拉他，你且好好的，想着心儿里爱喝什么汤儿，你就告诉你宝姐姐，再不也躺躺。你近前来，我试试你的额儿上，才到园里去没戴暖帽可不着了凉。"

宝玉怪臊的走进来，王夫人摸一摸笑道："也不怎的，还好呢，你往后再不要那么孩子气。"又看了看宝钗，笑着道："差不多有人出来叫你老子，你还这么着淘气。仔细着你的孩子也要差你。"直把宝玉臊得没影儿，连宝钗也不好意思的。王夫人笑着就去了。

不一会儿到薛姨妈那里，薛姨妈也带了香菱过来，也同了李纨、宝钗、平儿、喜凤、喜鸾，随后又是邢夫人、尤氏、蓉儿媳妇也过来，大家都带了丫头成群结队往潇湘馆去，也望望黛玉，也看看大观园新春景色，倒把柳嫂子忙坏了。

不说黛玉这边热闹，却说宝玉，冷清清的一个人闷在房里，想起碰见晴雯的事：欢喜也欢喜，懊恼也懊恼不过。从前怎样的生离死别，而今当真的重新有这个人出来，怎么一句话也不许说完？一见面就拆开了，莫不是咱们缘分只剩下这一面儿？往后又有什么变故么？我怎么糊涂，就不问一问林妹妹？他也为什么不说起林妹妹？不要是晴雯回转来了，林妹妹到底没有这个人！又想道："不是呢，这个林妹妹到底算实在有了这个人呢，昨日老爷、太太明明的去看他，他又明明的叫紫鹃来说话呢，人是到底有了这个人呢。不要是林妹妹惦记着我，而且忆着这个怡红院，怪不好意思的，且叫晴雯去看看，回去说这些光景。而今晴雯到了怡红院，又碰见了我，不知回去告诉林妹妹，可也还提着我？"又想："晴雯也古怪，你怕莺儿、麝月做甚的，咱们从前在一处玩，大家不存心。莺儿也罢了，麝月这个人你们从前那么好，那么玩，你这病还是同他玩出来的，今日倒生分了他，叫我一句话也不能说完。我不说完也罢了，怎么你也只有伤的分儿？就连句话也说不出。你从前临死的时候倒反凄凄惨惨、伶伶俐俐的说几句伤心话，怎么而今倒连半句话也说不出来？"

宝玉想到此处，真个想出了神，心儿里伤极了，眼睛里不住的落下泪来。正一手翻出红绫袄来看，不觉的渍在襟子上。适麝月走了进来，瞧见他的泪落在袄襟上，低头一瞧就骇呆了，说道："二爷，你翻转袄襟子瞧一瞧。"宝玉果然翻过来，不觉骇了一跳，只见渍过去的斑斑点点多是血泪。宝玉便叹口气，将心里想着晴雯的言语一总告诉麝月，又道："我和晴雯的情分儿你知道，在先袭人暗里头陷害他你也知道。而今袭人怎样？他又怎么样？你叫我怎样不伤呢？"宝玉说了，又哭起来。麝月连忙解劝。宝玉知道他也和晴雯好，便将方才在怡红院碰见的光景说了。宝玉就走到宝钗镜台边寻一把剪子，将这小半幅血泪渍透的红绫袄襟子剪下来交麝月，央及他觑了便悄悄的递给晴雯："告诉他说，他临死咬下来的指甲我也时时刻刻带在身上。他的心里头若有我这个人，千千万万央及他在林妹妹跟前表白我的心。能够得了林妹妹一半句话，就林妹妹恨我、骂我、咒我，我都愿意。我就化了灰飞了烟也感激。"

这麝月一面也揉眼，一面点点头将这红绫袄襟子好好的袖去了。

这宝玉便立时立刻的催着他，麝月也就真个的往潇湘馆去了。宝玉便坐不是立不是的，巴巴地望着。

不要麝月到了那边，挤了一屋子的人。宝钗见道有事找他，便问道："没有什么话？"麝月道："没有。"宝钗只认他是来闲逛来的。这麝月起来起去是处都有几个人，就扯了晴雯也没有地方讲话。等得不耐烦了，生怕宝玉惦记着，只得仍旧袖了这袄襟子回转来告诉宝玉。宝玉再三央及道："左右没有什么事，你总什么不要管，替我瞧着空尽数地告诉他，就拿他的话告诉我。"麝月就去，可可的大家没有什么事，上上下下都在潇湘馆里分了两三桌玩起牌来，连紫鹃、晴雯都扯到上面去了。晴雯虽则心中有事，也不免应酬一番。这麝月又走回来走转去，做了个送家报似的，又像个风筝儿忽来忽去的，一连几日总没有空儿。到得潇湘馆没人的时候，不是王夫人叫他问宝玉，即是宝钗叫他找东西，偏又薛姨妈不放心宝玉，也叫他去问他。再则贾政也叫他去问问。再有喜鸾、喜凤、平儿、香菱等也拉他。不想宝玉要紧使着他，他就偏偏的事情多起来。他倒一片心，生怕来来去去掉了这袄襟子，只得拣了一双窄的玫瑰紫绉纱灰鼠小袖套紧了袖口。

且说贾政、贾琏幸喜打过了饥荒过了年，除衙门勋戚亲友照常往来贺喜外，也就免不得请了年酒。生怕重复了，两府里各自将请酒日子匀开来。遇着问宝玉的，也就大家替他遮盖些，只说在天津寺院里避喧数月，现已回来尚在感冒着。不期北靖王十分记挂他，南安郡王也惦记着，又是房师要自己来看这门生。贾政十分过不去，只得叫宝玉出去了数日，还不放心，总叫林之孝、赖升两人亲随，又叫兰哥儿陪着。

这宝玉就烦苦极了，晴雯的话麝月尚无回音，又是连日问换衣帽上车下车，见了人少不得也要想句话来应对他。到得回来时只自己一个人苦苦的闷着，又怕宝钗招怪，到底整日间淌泪不好意思，只有在被窝里咽咽的流泪。正不知林妹妹几时能见一面，晴雯几时才有回话过来。自己正在闷着，谁知麝月倒没有回音，反是莺儿来，讲起黛玉近日的言语行止，细细的告诉宝玉，宝玉听了忙拉了莺儿进里间房里密密的讲去了。

原来黛玉近日最相好的是惜春一个人，要便无夜无明的对坐着谈论些修炼之事，遇了别人进去便各寂然。黛玉心里头虽也爱喜鸾、喜凤，然觉得他终是富贵中人，不同一路。黛玉更想到心地上清白的功夫，不但男女嗔爱之念一切扫除干净，就是姊妹中间怜他的才爱他的貌，这一点牵惹的意思也像云丝儿翳了日月的影子。"就如喜鸾的才貌尤胜喜凤，也算世上第一等的佳人，就配我良玉哥哥也配得。就算他真个配我哥哥，做了嫂子，他有他的姻缘，我有我的因果。便是良玉哥哥，我将来也要与他分路走的。我心中又何牵惹，只有惜春妹妹同心会意彼此立志相同，因此越谈心越觉得知己。"黛玉虽于道书看过，向来未曾博览深究。原亏着惜春讲论渊源。惜春见的道书既多，而领悟不凡，却反不如黛玉敏悟，也亏得黛玉解说指点。两个人就一天天更觉亲密起来。这一日黛玉处众人都去了，单留惜春。惜春只留入画伺候他，这两个道友便毫无忌惮的议论起来，说元神是怎么样的，又说大丹是怎么样的，又说修成了功行是怎么样的，倒像成过仙似的，说得有凭有据。惜春忽然想起宝玉这等难割难分："宝玉这个人粘住了黛玉，有抵死不放的光景，而且老爷、太太前珠大哥也没了，将宝哥哥那么样疼，如何不顺了他的意。就算娶过了宝姐姐，咱们这样人家，一样的因亲结亲，便两个嫂子也使得。而今林姐姐追想从前受了凤嫂子的毒计，故此决计修行，只怕事到其间，也就由不得你做主呢。况且姑爹、姑妈通过去了，老爷是嫡亲国舅原也做得九分主儿。又是你良玉哥哥这么孝顺那么友爱，又这么势分，生生的放你单身修行去？你想你的光景，比起我来原是各别的。我便有你的家世，我怎有你的哥哥，叫说你不好，你原比我好，叫说你好，只怕你这身心性命上的事情比不得我。你怎么能跳出这个圈子。"黛玉见他说到中间忽然支了颐出神，便道："你心里头又悟出什么道理来？"惜春也不说破，只笑着道："道理呢，也没有什么想出来。只是林姐姐，论起你这个立志呢，原也坚。但则是你这个尘缘究竟的难斩断呢。"

黛玉便正色起来道："只有你的立志坚罢了。"惜春便叹息道："难道说你自己拿不定么？"黛玉便懂他言语内的意思，就说道："你说一个人全凭一个心，各人自己的心。果然认清了，立定了，还怕谁？岂不闻鲁阳挥戈，太阳也倒转过来么？人生世上不遇魔障自然入道的，原上上等的人。若遇了恶魔毒障，还不走转过来，只怕下愚人也没有的呢。"惜春明知说凤姐儿，便道："恨呢，谁没有？到了欢喜的时候也忘了。"黛玉便道："四妹妹你若不信，咱们就同到祖师前化个信誓来。"

惜春笑道："这也可以不必，只要心动神知便了。"这黛玉那里忍得住，便将宝钗送他的葱绿色印花衍波笺铺起来，研墨含毫，写出一篇信誓。无非是志心皈依，尘缘斩绝，倘有丝毫牵惹，愿谪到九幽苦海，万劫不得人身的意思。写完了扯着惜春同到吕祖师前点了烛，拈了香，恭恭敬敬的拜祷了一番，便将这个帖儿在金炉内焚化了。惜春暗暗点头，只惹得晴雯、紫鹃暗地里埋怨惜春不已。彼此姊妹两人，又谈了一会子方散。却因入画遇着莺儿，告诉了。莺儿便来告诉宝玉，真骇得宝玉魂不附体。宝玉益发悲悲切切的想着黛玉，倒将红绫袄襟子忘将下来。

偏又遇着北靖王独启小宴，单请宝玉一人宴赏红梅，戏班是集翠班，领班的小旦便即是蒋琪官。宝玉触起袭人嫁了他，虽则心存忠厚不怪蒋玉函，却因袭人害了黛玉、晴雯，见了蒋玉函也就是眼中针刺。偏偏演的戏是《苏武还乡》有生妻去帏的曲文，也演出《牡丹亭》杜丽娘还魂一节。这宝玉侍坐于北靖王，不敢十分苦恼，也不免将手帕儿遮遮掩掩。这北靖王不知就里，单晓得他少年钟情，就笑微微道："世兄略略的喝些酒，这是戏呢，不要伤了。"宝玉连忙站起来说道："谢王爷赏赐，酒多了。"北靖王恐怕伤了他，就翻过戏目，叫换热闹的。场上就扮起《安天会》来，孙行者商闹火云洞，红孩儿拜倒落伽山，锣鼓喧天，烟火四射。宝玉烦得很，好容易席完了，走上去打了千，告辞出来。

却说蒋玉函回去告诉袭人说怎样的北靖王席上见了宝二爷，到戏房里招他家李瑶儿、茗烟问明了宝二爷如何回来，并林姑娘和晴雯也怎么样回转过来，细细的告诉袭人。袭人听见了，暗里只叫得苦："我从前怎么样同宝二爷好，怎么宝二爷出去了等不及便走上了别船儿，又怎么样使心机去摆布黛玉、晴雯，太太前一说一听，箭无虚发。怎么而今他两个倒反回转来，我又偏偏的这么样走路，落在他两个的眼睛里，如今就死起来也来不及了，活着还好算什么人。"蒋玉函见他这个情景，只猜他惦记宝玉，谁知他心里别有许多的念头。从来做戏子的脾气，只要相与好了，便自己的妻室也肯替人通融，这蒋玉函便动了个将袭人结交宝玉的意思了。

却说宝玉从北靖王处回来，便见了贾政，告诉了北靖王多少的美意，并席间问他的诗文，及问贾政的家计，又叫宝玉致意贾政。贾政听了着实感激，便吩咐他早早的歇了，明日一早便去谢酒。又到王夫人房中说了一遍，也将戏文讲了一回。回到房中看见宝钗，忍不住又将遇见蒋玉函一节告诉宝钗，顺便就恨起袭人来。只因黛玉、晴雯受了他无穷毒害，越说越恨着他。也问问黛玉的光景，宝钗也淡淡的将将就就哄了他几句。正在夫妻说话，王夫人着玉钏儿请宝钗去商议请勋戚内眷的宴席。宝钗就去了。只见麝月笑吟吟的走来扯扯宝玉，举起右手来道："我这个袖子里空了呢。"宝玉知道晴雯有了回话，急急的拉住问他。

未知麝月说出什么话来，且听下回分解。

第七回

戏金鱼素面起红云　脱宝麝丹心盟绿水

　　话说宝玉听见麝月说已将红绫袄襟子递给晴雯，知道晴雯有了回话，便急急的拉住麝月问他。麝月就说道："二爷也不要慌，我而今逐节的告诉你。我今日去瞧晴雯，倒也没有到潇湘馆去，我才走到栊翠庵，就远远的望见他拿着几枝红梅出来。想是林姑娘叫他去问四姑娘要的，我就招招手拉了他到咱们的怡红院里去逛逛，各处也走走。他也各处看看，着实的伤。我就道：'你要伤这个屋里，你也念这屋里的主儿。'晴雯原也直爽，就说道：'我自从老太太那边过来，宝二爷原也没有薄待了我，咱们原也好。但是从前这个屋子里除了宝二爷，也还替另有个把主儿，他不容咱们便撺了。撺了有何妨，只是为什么上撺的，上头也不容辩一句的，便是我真个狐狸似的、妖精似的，也没有走了别路儿。而今想起从前来，好不恨呢！'我便说：'你该乐呢，还恨什么，不要说别人的收场结果，现世现报了落在你眼睛里。而今太太那么着疼你，你也傲够了，洗清了。还有宝二爷无夜无明为了你害得那么着。'他说这里前日碰着了你。怎样你一句话儿也没有？"宝玉便道："他怎么说呢？"麝月道："他说：'我原要同二爷讲句话，听见你们招着他，我就走了。'我就将袄襟子拿出来递给他瞧。我就说：'苦恼呢，罪过呢，你自己且瞧瞧。'他瞧见了也吓了一跳，眼泪也来了，便道：'我的小祖宗，这是何苦呢！'他就收进袖子里去，我也将指甲的话告诉他。他点着头哭得泪人似的，通说不出话来。我就说：'二爷还有要紧话呢，二爷说你们两个原也好，原也拆不开。还有林姑娘呢。'"宝玉听了急忙点着脚道："好姐姐，是的是的。"麝月接下说道："林姑娘和二爷的情分，你我都知道。怎么听得人说起林姑娘而今倒反变了心呢？就算林姑娘真个变了心，现在拿你这么好，你怎么不替二爷剖剖呢？论起他们后面的那些事情，你原也没有看见。这紫鹃就不是人么，那一桩他没瞧着？"宝玉点头道："很是。"麝月又说道："他若肯拿个天理，凭个良心，就该替咱们二爷剖剖了。他真果肯讲讲，你怎么不死劝呢？"宝玉道："是极的了。他怎么说？"麝月道："我的话也说完了，他就叹上气来道：'说起来呢话也长。这林姑娘呢，原也不是低三下四的性格。况且从前害他的人也不少，也有怕他夺了一席的，也有怕他压了一头的，生生的坑他，临了又叫他顶上个名儿。这么厉害着，他便有几条命也没了。他而今好不看得破呢，一心一意的在家出家，连他自己的哥哥也不顾了。只怕他这个人儿自己拿定了主意别人的话全不中用。便是他的姑太爷、姑太太也活转来，还不知怎么样的。你道我的话还少么？就是紫鹃也怪可怜儿，这么替二爷说，那么替二爷辩，就算二爷当着林姑娘说，也还不能这样呢！还剩下什么话来？无奈他的主意定了，毫不相干。近来还更可笑，一说起来，他倒也不怪，不过走开了，连西风也没有过耳的分儿。"宝玉就呆了。麝月道："我说：'虽则这样，难道你不拿个主意？'他说：'还有咱们家四姑娘，朝朝夜夜的一路儿说话行事，无不过讲什么修仙，出了神似的。我也想想主意，只有一个法儿。'"宝玉即便忙问道："怎么样？"麝月道："他说：'他们两个原也从小儿就好，而今虽则生分，到底人有个见面的情儿，虽则老爷说避着些，咱们府里头瞒着老爷的原多。太太原肯遮盖的。怎么样叫他们两个见一见，当着面讲一句，就算林姑娘恼起来也还有我同紫鹃在那里，怕什么。不过告诉二爷，别拉拉扯扯的。再则那里人也多，而今倒比上了老太太的房里。还不时有林家的人来回话。我如今给个信儿，你就告诉二爷说，倒要青天白日，只看潇湘馆门口插根竹叶儿，他就尽着碰进来。我这里林姑娘等着的插瓶梅，也不要耽搁了。'我们就走出来，他还转头将栏杆外竹林子指一指，我就点头回来了。"宝玉听了，喜欢的手舞足蹈起来，连忙的慰劳称谢了，即便叫他去刻刻的探望。一面自己巴巴的盼着，又着实的埋怨惜春起来。

却说林黛玉又接了哥哥林良玉路上的家书，知他同了同年姜景星同行。姜君在路抱病，良玉与他十分相好，不忍分路，故此逗留。现在都中一切事情虽有王元总管，亦且忠直，但则年纪上了，千叮万嘱的托黛玉拿主。黛玉也就推不开来。他们家这些事情南北东西都有个经理，倒比王熙凤管荣国府账房一席还觉得多了三四倍的烦。

一则荣府诸事出进都有旧账，家人们男的、女的、老辈的，就是不查账目，也回得出祖宗时的分例来；二则荣府不过田亩市房人情家用，这林府不但新造，一切要定个章程，而且四面八方家人店伙水陆营运，这总理一席实在烦难。黛玉无可奈何只得在外间堂屋内将总目总簿经理一番。

这日正在看完，王元带了两三个副总管在厢房伺候，不防王夫人、薛姨妈、李纨、宝钗、平儿、喜鸾、喜凤七个人一同进来，黛玉便丢下了迎接进去。这王夫人看见他账目堆着，下人候着，便道："大姑娘，你要不嫌我们，尽管把事情完了，咱们好舒舒服服的谈几句话儿。你若搁住了，我便同你姨妈回去，只怕连他们也走了。"黛玉不肯，一面让着一面要同进去。

这薛姨妈就要走出来，慌得黛玉道："既这么着，我就依了舅太太的吩咐，但只大嫂子、宝姐姐要替我做个主人呢。"

李纨便笑道："是了，你只管完了你的事情，快快的来。"黛玉便至堂中坐下，单叫传王元进来。这王元听见了，连忙走上前，在旁边站着听着。黛玉就说道："接连几日的总账我通看见了。你这么大的年纪，清清楚楚，有头有尾，又有些运动的算计，也很难为的了。只是你这几个副手，人虽朴实，他这才分儿也还副不上你。怎么好？我看你这个湖广、广东账，怎么呆得很？倒像州县衙门的报销似的。是么，这旧管新收开除实在的四柱，是跳不过的规矩么。但则民间营运的事情，早上不知午间的行情，那里有呆到这样的！难道是你老人家被人哄了？你从前办过多少大事，难道一路上被人哄的会替主子成出这个事业来？内中也有缘故。譬如一把刀藏着不肯用，就起了锈，一会子磨明了就快，倘如天天使着尽着明亮，他的锋芒已尽了。你老人家一辈子忠肝义胆，尽心竭力，上了这些年纪没有个副得上的人，你苦不苦？招架得招架不得？"

这王元就揉揉眼跪下去磕个头，站起来道："小的也当不起，实在姑娘教训得很是。"黛玉道："我如今拿个主意告诉你句话，叫作单坐庄不走行。为什么呢？咱们家的事情也很大了，你还干这些起手的苦营生。咱如今不论什么地方，什么货物，看准了时，就雇了健脚，三五千里内的行情，量着要比人家早知道半月，就便满庄的写下来。你只管发庄，余些转手让人家水陆上奔奔不好么？至于南边地亩，原也一天多一天，但只靠些管账的也管不着实。咱们将来总要上到三千亩的庄子，便造三所庄房，招人住房种地，使他有居有食，也就存一个小仓廒，预备借种抚恤。各庄责成庄头，记功过更换。再则分开地亩贸易，各自立了总簿，逐月逐日出有出总，入有入总。再则天下世界人那一个不奔着利上去，只因刻剥了，占了人的分儿，人算不如天算饶你会算终究折将下来。我而今不拘那项，总要扣个厘头下来，叫作培源。不论南北家乡，遇有水火疾病、词讼债负、死散流离的这些苦人，遇见便帮助。只不要上了做挡的道儿。这么着包你一切都好。"那王元听见了，心里服得很，便道："小的上了这些年纪，从没听见这番的教训。如今就照这么着办起来。"黛玉道："各路的路数也多，我总着一年内清爽就完了。你这些账都批了，就领了去。留心着有使得的人就带进来，等我瞧瞧试试。这寄大爷的回书也带了去。"王元便一齐的领了出来，连院子里站的几个人听了这番议论，个人心服，一班儿都去了。

这里王夫人、薛姨妈等在房内听见了，暗想："一向只道黛玉精细聪明，长于笔墨，那晓得他胸襟里有此绝大的经纬才情。外面又一毫的看他不出，比起从前凤姐儿的光景，直觉得地别天悬。"众人皆默默点头，自叹不及。这宝钗尤服他后面的议论："只道他尖酸刻薄，那知他是不得意的时候愤激使然，正经大道理上却做第一层工夫栽培根本。这个才情心地还有什么说的。"单是王夫人心里益发爱敬追悔，便尽着想起来道："我从前白白的没有看出这位姑娘来。我这府里若有了这么一个人把持，今日总不到得这个地位，你听他那番议论，件件精细。不要说把得住长起来，单看他那个存心，还肯像凤姐儿招财揽势，说官司，放利债，弄得发觉起来，一败涂地么？我也恍恍听见底下人说倒像我们烦难了，巴巴的要配这门亲，拉扯林家的支使。不要说我们没有这些想头，只要有了这么个人来主持主持，只就咱们两府里现在这规模，非但过得来，也还长得起。从古说'千军易得，一将难求'。怪不得他舅舅那么样疼他，连从前老太太也没有认出他的底子来呢。"这平儿也乖巧，看见王夫人许多光景，也就猜摹了好几分。

众人正想着，黛玉便慢慢的进来，笑嘻嘻说道："姨妈、舅太太，多怠慢了。怎么嫂子、姊妹们不拿话来玩玩？"薛姨妈笑道："我们听了，也长了好些学问，你们舅太太同你姊妹们头也点得酸了，那里还有讲话的分儿。"王夫人道："正经咱们从前通不知大姑娘胸中有这样经纬，怪不得你舅舅那么样疼你。咱们枉自的上了这些年纪。"李纨等也跟着叹服。

黛玉笑道："姨妈、舅太太不要笑话，还有嫂子们也顺着笑话我。

一个女孩儿家懂什么，无不过哥哥没有来，又写字来再三托我，怕他们太散了，略略的说几句罢了，当真的有什么用来。"宝钗笑道："看他好个谦谦君子的。"黛玉便撇开了，说起闲话来。随后王夫人、宝钗、平儿、喜鸾、喜凤都去了，只剩下薛姨妈、李纨。黛玉只想他两个去了要去拉惜春过来，谁知他两人倒反闲闲的坐下了。那李纨忽看见黛玉耳朵上不见了那金鱼儿，忍不住便问道："林姑娘，你那金鱼儿放在何处去了？"黛玉道："原来大嫂子也没有知道这个来历，我也没有告诉你。这原不是金子打的，是生成的一件宝贝，说起他的来路也很远呢。是什么安期岛上玉液泉内长出来的。但凡亡过的人，口内噙着他，千年不得坏。但是不在人口里含着，隔了十几天便要将雨水养他一周时儿，极迟一个月总要养一昼夜。"薛姨妈、李纨都诧异起来道："难道到了水里头还会游么？"黛玉道："有什么不会，晚上放在水盂里一夜，明日早晨就活泼得了不得，拿也拿他不住。你不信，给你瞧瞧。"即便叫："紫鹃、晴雯，好好的拿过来，给姨太太、大奶奶瞧瞧。"晴雯就去拿了一个暗花白定窑的荷叶盆过来，放在桌子上，紫鹃便走近前来也看着道："大家看，他好乐呢。"众人细细的一看，果然的一碗清水中间一个小金鱼儿在里面忽上忽下的。薛姨妈便将一枝簪儿拔下，要放下去斗着他，黛玉忙止住道："这油的使不得。"薛姨妈就在瓶梅上摘一段梅花梗下来，在水碗内斗着他玩。这个金鱼儿就掉过来转过去，团团的跟着这梅花梗儿咬。把个薛姨妈、李纨笑得了不得。紫鹃又一面送上一个显微镜说道："姨太太、大奶奶仔细着瞧，还更好看呢。"两个真个的接过来轮流照着细看，这鱼儿原本只有四分长，一照倒有四尺多长，浑身淡金色，眼圈上一线红耀得紧，身上还有赤金的两行字。一面是两行，是："亦灵亦长　仙寿偕臧"，一面是三行："一度灾劫，二贯福禄，三跃云渊。"原来都是篆文。薛姨妈辨不出，亏了李纨念将出来，真个惊奇不已。这里正看着，忽听得惜春走进来叫一声"林姐姐"，黛玉就迎出去。惜春手里正拿了一卷道书，黛玉恐怕薛姨妈、李纨瞧见，就同到吕祖师那边去了。薛姨妈终是个老实人，又有了年纪，沉吟了一回，却发出一番议论来，道："却也奇怪，你看这个宝贝儿，我想起宝玉的那块玉也有前二行，后三行，话语儿通也差不多。又是一个是娘胎里含出来的，一个是棺材里含出来的。这才叫作玉配金，金配玉呢！我们宝丫头的金琐倒是人工制造的，怎比得他天生的一对儿。不是我说，咱们这样人家谁大谁小无非因亲结亲，更难得一床三好。又且这林姑娘也生来和我们宝丫头好得很，我便要将这个真金玉的事情告诉你婆婆。"李纨听了，碍着宝钗驳回不得，就便说是也说不得，只得说道："真个也奇怪得很呢。"紫鹃、晴雯都点点头，三个人心里又想道："难得姨太太这等大方，又说得千真万当，说破了实在的奇怪。"这薛姨妈、李纨也就出来，黛玉、惜春连忙的送了，同走进去。

原来惜春也没有见过这金鱼儿会游，也稀奇得很，也就细细的看了盘问。这晴雯自从碰见宝玉又遇着麝月递了红绫袄襟子，益发将宝玉记挂着，正要借题发挥，就扯扯紫鹃。紫鹃也会意，趁着惜春盘问，也便是一是二的将薛姨妈的一番议论一字不改的尽数说将出来。这黛玉听见了，不觉的红云满面，一手到水碗里抢起这个金鱼儿往地下一掷，还要寻些东西砸他。慌得紫鹃、晴雯一头哭，一头将金鱼儿拾起来，说道："我的姑娘，你凭怎么生气，也犯不着砸这个命根子！"黛玉气喘吁吁的道："你们造出这些胡言，我还要这捞什子做什么！"急得惜春也再三相劝，便道："林姐姐，你便要各人干各人的事，也要留着你这个人儿。左右是人家的话儿，依不依由你，这么气着做什么！"这三个人闹了好一会，千言万语像哄孩子似的，终把金鱼儿依旧替黛玉挂上了。只苦了麝月，来来去去远远的望着潇湘馆，花门上那里有什么竹枝儿，只来来去去的整日间通有人往来，直把宝玉的眼睛望也望穿了。

且说薛姨妈真个到王夫人那边是一是二的告诉他。王夫人也稀奇也喜欢，也将贾政一到家的言语告诉，彼此意见相同。又遇着贾政进来，王夫人也告诉了，贾政也连连称奇。王夫人便叫玉钏儿跟着平儿到潇湘馆去探听。不一时平儿、玉钏儿回来，将晴雯告诉他适才林姑娘砸金鱼的情景，一一告知王夫人。王夫人只闷闷不乐。玉钏儿也就告诉了莺儿。这莺儿始终是宝钗体己的人，要宝玉细知黛玉无情便一心的向了宝钗身上，也将黛玉要砸金鱼的事情告知宝玉。宝玉听见了吓得目瞪口呆，却又细细想道："我这姨太太的话，不但要说他大方，那一个字还错呢？真真是真金真玉，天生一对儿，更奇在他的字文也差不多。真个这么着，我从前狠狠的恨着这个捞什子，如今就该急急的爱重他呢。"又想起："这点子小小金鱼儿也会游，实在奇了。我从前实在没有看见。林妹妹你就不和我好，你单把这个金鱼儿给我看看玩玩也好。我从前玩意儿的东西，大凡你爱的，你没言语，我只探了个风儿，我就送了给你。你若果真要我这块玉，就拿了去也没什么爱惜的。但是果真有那金玉的话来，就该好好的圆全了。怎么我从前要砸这个捞什子，他如今又要砸那个捞什子，连这金玉的两个东西也吃了多少苦，天下竟有这样印板的事情。造物也太板了，倒像人编出来的，人就要编这个也不犯着编得这样呆呆板板似的。算来太极图内这边一旋，那边也是一旋；那边一个黑点，这边也就还他一个白点。天地间的事情全是这样的了。这么看起来，他从前受过了多少苦，我如今也要照样的还他多少苦。不要又是印板儿的，我倒临了来配了宝姐姐，将来他也临了来配了别人。我不能见他，他就亡过了，不要他不肯见我，我也就真个的化了灰飞了烟了。但只他过去了还会转过来，我化了灰去了还转得过来转不过来呢？就能照样的也能回转来，底下的事情便怎么样，这也就难猜了。"

心里想着，不觉的走过大观园来，要望他花门上到底有无竹枝儿。只见麝月远远的摇着手，宝玉只得无精打采的走到埋香冢下山坳边来，看见开足的梅花也一片片往池子里飘下去。就便跟着这梅花片下来，好一池的澄澄绿水，自己便扶了朱红栏杆望着池子里。这池子里冰纹初解，静静的不动涟漪，将宝玉这个影子如镜面似的照将出来。宝玉看了自语道："宝玉，你这么个人儿，怎么近得林妹妹？林妹妹，你这个人自从在梦里走到琼楼玉宇中，被你传上殿去，侥幸的望了一望，就被那些侍女狠狠的立刻将珠帘放了下来。而今重来世上，再到园中反比天上还远。我若能望见你的影儿，像我这会子在水中间见我自己的影子，也不枉了我重返家门。"正在出神，忽见一行人字雁，叫的怪难过的飞了过来，影子在这池子里渡了过去，宝玉又将黛玉从前看呆雁的醋语触将起来。便道："我们从小儿原也好，什么外四路来了宝姐姐，他就从此起了心。也是凤嫂子不好，也是大姐姐为头为脑的赏了什么红麝串，叫林妹妹从此生起了别的心来。前儿太太还招出来，挂在我襟子上。"宝玉就要将他掷在池子里，又想起元春的恩义，从小儿周领的情况来，不忍掷去："我只从今后不再带他，不要被林妹妹看见还怪我就是了。总之这池水，照得出我的影照不出我的心，我只好自己明白便了。"正在想着，上流头游出一条鱼来，宝玉又想起从前众姊妹在此钓鱼，也想起黛玉的金鱼儿："连个真金的也会游起来，真是一件神物了。怎么鳞儿上又会有字？古来的鱼书都是在鱼腹内，他偏又在鳞上。莺儿也不能说出什么字，到底与我这个捞什子上的字同也不同？还就是一个字不改的？还是大同小异的。再不然详他的意思还是合得来离得远的？大嫂子自然记得，我且去问问他就明白了。"

宝玉想定了，便到稻香村来拉住李纨细问。这李纨看得清清楚楚，如何忘记，便逐一告诉。宝玉就写将出来，李纨一面教着他，也是篆字怎样的篆法，那鱼儿有多大，宝玉就依了他画了出来。李纨笑道："也差不多，只要填上些金就是了。现今在你林妹妹耳环上挂着呢。"宝玉颠颠倒倒的看了说道："这么看起来很好呢。"李纨也笑吟吟的将姨太太这番话说出来，宝玉道："莺儿也曾说过，便是老爷、太太也都定见了。只是林妹妹太恨的我过分些。朝廷家定人的罪名儿，也要问了口供定，不像林妹妹面也不容见，辩也不容人辩，自己说怎么样便怎么样的。"

李纨叹口气道："宝兄弟，据我说起来在你呢，原也不怪你，只是想起他过去的时节，你们这一家子还拿他当个人看么？堂堂荣国府中一个姑太太留下的一个外甥女，并不是林府上前妻晚后的；又且姑太太虽则过背了，老太太现在，远远的接他来的。就算老太太白疼了他，斫树枝的也颐个本身儿，就活活的闹神闹鬼，叫他无缘无故顶上个出嫁的名儿，他是个女孩儿，为什么顶这个名？他从前的那个病原也是不中用的了，也没有在你家磨什么三年五载，怪可怜的。上了床半个月就撂在那里，要汤没汤要水没水，也没个人影儿，怪可怜儿的。一口气还在，连他的丫头也逐个的叫去了，等到气也尽了，棺材还没有。你想想，你们贾家门里正正经经的人儿，只有我一个去送他的？而今众人也不要怪他和我好，现今他家的势分儿厉害着，想附着的也多了。只除了我，谁是他送死的人呢？他要不恨，谁恨？"李纨还要说下去，直把宝玉哭的要死去了。李纨急忙的缩住了口，只得回转来劝道："宝兄弟，我是个直性人儿，你问我，我就说。你若再那么着，我往后一句话通不说，就是你林妹妹那里我也通不管。"宝玉只得忍了伤收了泪，说道："大嫂子，你的话字字真字字字苦，叫我怎么不伤呢。我知道林妹妹到底和你好。总要你替我挽回他。"李纨也只得编几句出来哄哄他，生怕伤坏了宝玉，反受王夫人的埋怨。

宝玉只得别了李纨回到宝钗处，叫宝钗与薛姨妈商量起来。忽然麝月走来悄悄的附着宝玉的耳朵道："花门上有了竹枝了，快走罢。"宝玉就没命的跑进大观园来。

正不知宝玉此去果然见得黛玉，黛玉见了如何两相辩理，要知端的如何，且听下回分解。

第八回

亲姊妹伤心重聚首　盟兄弟醋意起闲谈

　　话说宝玉听得麝月告诉他说，潇湘馆花门上插了竹枝儿，大约就是晴雯的记号，可以进去见黛玉说话的意思。那宝玉听不的一声，就飞风的跑进大观园去了。麝月也便暗暗的跟了他走。谁知宝玉赶到那里，远远的一望，并没有什么竹枝儿。随后麝月到了，宝玉就埋怨他撒谎。麝月道："我怎样撒谎？想来晴雯在那里也就实在为难，不要他那里又有什么人进去，故此晴雯插上去又拔掉了。"正说着，只见潇湘馆里一群人出来。原来是林良玉到了，先叫人来报信的。麝月过去打听明白，就暗暗扯宝玉回去。宝玉只得快快而返。

　　且说良玉与同榜解元姜景星十分意气相投，路上因他病了，故此耽迟。今与他同到京师，就请他在新宅同住。这姜景星祖上也是个世家，父亲姜学诚做到翰林院学士，年老回籍，夫妻双亡，单留下景星一个，家业很好，并无叔伯兄弟。这姜景星十四岁上就入了泮，名噪士林，屡试冠军，共推名下之士。因与良玉同学同年，彼此俱无兄弟，就便八拜同盟结为异姓骨肉。良玉一心一意要到京后告诉贾政，将黛玉许配给他，也就入赘同居，完伊孝友的心愿。景星亦久闻黛玉才貌，十分企慕，也曾在良玉前屡屡说及。良玉也允，只等贾政一允，彼此立便圆全，这件事真是两下里拿得定定儿的。当下良玉、景星一同到了新宅，行李收拾自有王元等照料。良玉便吩咐王元："小心伺候姜大爷，待我往荣府去了回来再说。"说了，良玉即便过来。

贾政听见了，喜欢不过，先叫贾琏迎接出去，也叫宝玉、贾环、兰哥儿出来。贾琏陪了良玉到贾政书房，贾政就走出来去拉良玉的手。可也奇怪，虽则是林如海的嗣子，到底嫡亲侄儿，面貌也十分相像，贾政免不得揉揉眼。良玉先跪下去请了安，随后与贾琏等都相见过了。贾政道了贺，良玉也回贺了宝玉、兰哥儿，问问太太及那府里各长者的安。贾政也问些路上的辛苦。

贾政道："你尊公那么为官，就那么着歇手。皇天有眼，原该出个人儿，外甥英年高中，正是发兆之始。只是你尊公尊堂不能看见，连咱们老太太也不能看见。我今日看见了你，心里头也不知怎样的伤呢。"良玉道："外甥早失怙恃，毫无所知，叨蒙天恩祖德，外家的庇荫，中一名乡榜，侥幸微名，只有惶愧。外甥南边毫无依靠，现今只有姊妹两人，故此想近着舅家，住家靠傍。此后全望舅舅的教训，使外甥成一个人，连外甥的祖父、爹妈在九泉下也还感激舅舅。"

贾政听了，也着实的喜欢，就说道："好外甥，你舅舅懂得什么！虽则小时候也算读过书，但念书的功夫那曾用到，全仗着祖上功勋，天子的恩典，就现现成成的上了仕途。说起天恩祖德，真个地厚天高，何曾有分毫报效。"又指着宝玉同兰哥儿道："就是这两个孩子，更懂得什么，也叨天恩祖德中了举。那里赶得上你，难为你少年英俊，更这样谦虚老成。好，你尊公、尊堂也在那里欢喜了。我虽则上了年纪，精神也还好，你有什么事但凡我帮得的，你尽管告诉我。"又指着贾琏道："琏儿，你外面事情上还懂得，往后林表弟那里有什么事，你就当我的事一样，不要外视了。"贾琏便答应了一个"是"。

这里贾政指宝玉的时候，良玉就将宝玉细细的打量了一番。想道："这个宝玉就是衔玉而生的这个了。看他神含秋水，眼注春星，真个飘飘然有凌云之气。便细细看去，再看他的举动，不啻上八洞的神仙一般，差不多景星兄弟也被他压了几分去了。外貌如此，这样有凤根的人儿，胸中一定是不凡的。可惜他已经有了亲、圆过房，不然就便亲上结亲，岂不是件好事。还亏了这时候有景星兄弟在彼，家世人才，与宝玉兄弟比并起来也算个瑜、亮同生。"便站起来道："外甥女在此承舅舅、舅太太的恩养，外甥时刻感念。外甥要请过舅太太的安就去看看妹子。"贾政就站起来道："很好，就该快快的进去。通是自家的人儿也不用通报，孩子们就同进去，回来到这里吃饭罢。"

这里宝玉见了良玉分外觉的亲热些，又看了林良玉一表不俗，英俊非常，心里十分钦敬，就当先拉了良玉的手一直到王夫人房里来。那良玉眼快，一眼望去，先望见了两个绝色的闺秀。

一个年纪稍稚，头上珠串长垂，身穿紫墨色顾绣貂鼠披风，项带串如意结线云肩，下围水绿色花绣银鼠皮裙，五短身材，瓜子脸，眉清目秀，顾盼生光。一个年纪略长些，尤觉得容华绝代，生得面如满月，眉若春山，体态庄严，神情娴雅，头上满贴翠翘，项带连环金锁，身穿燕尾青五色洒线天马皮外盖，下系大红绉穿花百蝶皮裙。这年小的在前，见了客来就掀帘进去。那年长的在后，也就一同的进去，差不多连凤鞋尖也看见了。原来就是喜鸾、喜凤两个。这良玉见了，真个如嫦娥下界，玉女临凡。然他到底是大家子弟，知道这贾府里的规矩，却就站住了，等宝玉先进去告诉。自己只暗暗的出神，想着："这两个必定是舅舅处的表妹，不知曾否定有姻缘？"心里头不免胡思乱想。

少停，宝玉便揭开帘子请表兄进去。良玉见了王夫人，请了安，叙了些寒温，王夫人就叫贾琏陪着潇湘馆去。那良玉十分周到，先叫人跟了兰哥儿往平儿、李纨、宝钗处问了好，随后便同贾琏到潇湘馆来。黛玉见了，免不得兄妹两人抱头痛哭一场。真个的，天涯骨肉死后重逢，不由人不十分伤感。亏得贾琏在旁再三劝住，方才收泪坐下。

紫鹃、晴雯也过来见过，良玉也知道从前这些光景，也着实的慰劳了好些语言。良玉便将南边如何光景、路上许多事情、新宅里约略的规模告诉黛玉。黛玉也将王元如何得力、自己如何拿主之处，逐一告知，良玉十分快慰。

良玉便说道："妹妹光景已十分好了，我想禀明了舅舅、舅太太，就接过去。一则兄妹聚首，二则那边的事情也烦，为兄的十分摸不着，全仗妹妹拿个主意。"

黛玉沉吟道："我呢，原是时时刻刻的望哥哥来，只想哥哥到了，一会子就搬过去。况且间壁在此，我就过去了，回来看舅舅、舅太太也便。倒是一件，等哥哥娶了嫂子，我那时候过去觉得更便些。"良玉便笑一笑道："这也何必。"

贾琏也说道："表弟才到，那边虽有王总管，诸事停当，到底要料理一番。倘如表妹此刻就搬，总欠妥当。况且老爷、太太的意思是始终不肯放过去的。表弟、表妹倘一会子就说这个话，怕他两位老人家怪起来，只说表妹往常在这里像是住得不舒服的。往后表弟有事终究一墙之隔，如同一家，如管家们进出回事，原照先前一样往来，有什么不便呢。"

良玉听了，心里着实踌躇好一会子，方才说道："我而今想得一个两便的法子。听说这里正靠着那边的绛霞轩内小书厅的抱厦，不若在墙间开通了，不但我兄妹两人便当，就是两位老人家也便于过去。妹妹可将宪书看看，定一吉辰。"

黛玉便翻开宪书，合了他兄妹的年庚，又说道："多年老墙也要两家顺利。"也就合了这边的年庚，恰好的明日最妥。就托贾琏回上舅舅、舅太太。贾琏就叫周瑞回去。周瑞即刻回来道："回过了，说很好。"

良玉大喜，即便吩咐亲随小厮金斗儿，叫他快快的告诉王元。这金斗儿立刻去了。良玉又将义弟姜解元如何英年妙品，如何饱学高才，如何同学同年一路同来，异姓骨肉现在同住，赛过一人似的，现在尚未缔姻，要在春闱后定见的说话，逐一的说起来。这里黛玉、贾琏、紫鹃、晴雯也都猜着了良玉的意思。

黛玉便心里暗想道："好笑我哥哥不知我的主意，我便是宝玉也撇尽绝了，如何还知道什么姓姜的？你这番的选择可是枉费了心机。"

贾琏便想道："他家现有那么个配对，我们宝兄弟还有什么想头，只可惜这一分天大的妆奁，这府内没时运消受。那姓姜的也不知前世上修了几世，得了这么个便宜。那宝兄弟便罢了，这门亲事不成，将来这府里的过日子，叫我还怎么样的打把式呢？"

紫鹃便想道："咱们的姑娘也受这宝玉的磨难够了，只说道除了宝玉就没有别的人儿配上他。而今好了，真个大爷在南边招了一个好的来了，也压着宝玉，替咱们吐气。"

晴雯便想道："林姑娘真个的依了哥哥跟姓姜的，撇下宝玉了。你要干净，你真个的姓姜的也丢开才好。你同我虽则一样的担个虚名儿，我倒不是那有始无终一心两意的。林姑娘，我从今以后只替宝玉瞧着你便了。"

不说众人各有一个想头，那林良玉还只把姜解元不住口的赞，众人也只听着，没个人驳回他。

正说间贾政叫焙茗来请用午饭，良玉就别了妹妹来到书房，陪贾政用了午饭。贾琏在座相陪。这贾政说起林如海夫妻的旧话，又伤了好些。良玉也将黛玉近来身子大好说了，站起来谢了舅舅。贾政拉他坐下，良玉就便又将姜解元人才品貌、家世交情逐一的说起来，末后就将要与黛玉联姻的意思露出，料着贾政听闻一说便妥的。

谁知贾政支吾牵强、左避右掩的，说到了此事，就便说起别的话来。良玉心下十分疑惑："难道舅舅不曾见他这个人？我何不同了他来先见一见。"就说道："这个姜盟弟与外甥八拜至交，也就如舅舅的子侄一般。他今日原就要具两个年愚侄通家子侄的帖来拜见，只怕冒昧了，故此先叫外甥来禀一声。外甥明白同来，务求舅舅见他一见，外甥面上也光彩，就便看看他的人儿，试试他的才情学问。"

贾政便道："这个，外甥且慢着。我而今呢，原也很怕应酬。况且他们少年高第的人儿，如何看得上我这个老头子。就是你妹妹的姻事呢，原也是该打算的，但则是论起次序来，也该你的亲事先定见了。况且你尊公尊堂留下这个女孩儿，老贤甥既然与我商议，也不可草草着，这件事却慢慢的商量。"

良玉听了，十分诧异，也猜不出贾政的意思。只是心里怪摸不着的，口里却又不便驳他，就站起来道："那府里、薛府里、南安郡王府里，外甥通没有去，回明了舅舅，外甥就要过去。"

贾政道："很该就去，你尊公的世交，我都替你开下个单儿，写明称呼，该会的也曾打过圈儿。"

贾政就在紫檀小书架的雕花抽屉内取一个梅红的小折儿，递给良玉，说道："地方原也多，若是不去走走，人家也要怪。但则路上辛苦，又且临场，倒也不要忙着，分几天走走就是了。"又叫林之孝进来，说道："把我那一辆软替车儿套过去，帷子、牲口通要检点，马上就套起来送过去，伺候林大爷，连赶车的统留在大爷那里使。"再叫吴新登同了跟班："怕南边来的小子们道儿不熟，从前姑太爷到京你也跟过班，这折子上的你也指着大爷瞧瞧。"林之孝、吴新登应了下去，良玉便谢了贾政出门拜客不题。

且说贾政回到上房，在王夫人面前很夸良玉，末后将姜解元的话及自己回他的话说起来，好生不快活。王夫人道："老爷说个次序儿的话极是，林家外甥的亲事原也是个时候了。凭怎么样他上头没有什么人，你亲舅舅原该拿个主。我倒想着，喜鸾这孩子同这个外甥年纪、人才倒也相配。咱们何不亲上做亲，等他爷儿两个做了咱们家上下辈的女婿，这么着也慰了老太太的愿，也称了你兄妹的情，你看怎样？"贾政点点头，道："很好，咱们而今就定了。但只咱们是个女家，不好先讲。怎么吹个风儿，等他来求咱们。"王夫人笑道："这么怕南安郡王爷不出来么？"贾政也点点头。

那边林黛玉处真个到第二日就开通了门，王元回话也很便，黛玉事情更烦，也亏得紫鹃、晴雯两个人的帮衬。黛玉看见伺候姜景星的帐同他哥哥的一样，家人们说起姜大爷也就同主子一样。黛玉不觉的暗笑起来，说道："我哥哥若为结义情分上这也尽该，若有别的意思儿在里头也就好笑极了。"紫鹃、晴雯也要试试黛玉，偏将姜大爷的帐零零碎碎的尽着回起来。黛玉也明白他两人的意思，也顺便的玩玩他，就说道："姜大爷既是大爷吩咐的，要怎么样伺候就那么样便了，敢说他不是主儿？"

这紫鹃、晴雯探了这个口气，明明是黛玉顺着哥哥，心上有这个人了，宝玉还有什么分儿。紫鹃尚在猜疑，唯独晴雯直性，着实的相信了，替宝玉恨起来。便嵌起字眼来道："咱们林大爷原也为人义气，这姜大爷也太便宜了他。若是没趁了大爷便，难道他坐了西洋船来的？不是大爷那么护着，差不多要赶他出去。就算咱们姑娘顺了大爷的意，他自己也想想，到底算咱们那一宗的主儿？"

紫鹃听了个个字针锋相对，禁不住笑嘻嘻的拿眼睛看着黛玉。黛玉也笑起来，想道："你看这两个丫头一响一哑的拿字眼儿刺着我，等我索性玩他一玩。"也笑道："倒也不是这样讲呢，左右这一家子大爷是个主儿，他若拿个主，这林家里的事谁还拗过他？他同这个姜大爷好，就分一半给他谁拦得住？要算个主儿他就是个主儿。"紫鹃、晴雯听着，越信黛玉属意在这个姓姜的身上了。

紫鹃便想道："论起来呢，小孩子的时候大家玩玩儿，也没什么别样的。况且宝玉现今配定了，难道把林姑娘反给他做个二房？这林府上何等的势分，正正经经的原该替另择婿，不过宝玉枉自的苦了一场。你这个苦只我知道便了。"

晴雯便想道："林姑娘，我倒不知道你这个人就狠到这样呢！你要而今这么样，从前何必那么着。你这个心孔里巧得那么样，你就单把宝玉的情儿忘记了。你到底也想想，到底宝二爷差待了你什么来？他把他从前到后那一番的苦处全个儿撂下水里去了，你也太狠，你也太糊涂。从小儿知心着意好的怎么样似的，撇得干干净净，单听了你哥哥的一席话，就把什么姓姜的待得那么样。好个女孩儿家，臊也不臊？主儿主儿叫得那么响，我也不是这屋里的人，散的时候也快了。"便讪讪的一直走了出去，这黛玉只管笑。

忽见良玉走了过来，叙了些闲话，兄妹两个又密密切切的说了好些时，说了又笑，笑了又说，通不知讲些什么，良玉又过去。原来林良玉着实的为喜鸾出神，细细问了黛玉。黛玉也早有这个心叫他托南安郡王求亲："这里面的事情总在我。"良玉即喜喜欢欢的去了。

良玉又同了姜景星来拜见贾政，贾政上衙门未返，宝玉、兰哥儿出去相陪。大家叙些年谊，姜景星见了宝玉，自叹不如。宝玉见了景星也骇了一跳，便想到："原来秦锺之外，还有这么样一个出类拔萃的人才，又是新科解元，名驰四海。"心里头也自叹不及，便同着兰哥儿格外的殷勤接待。

那姜景星十分谦恭，不肯就座，要上去请老伯、伯母的安。宝玉不敢叫人进去，只得同景星进去回明了出来，方才坐下。王夫人也悄悄的在帘缝里张着，看见这位姜解元同宝玉坐着，就如琼林玉树互相照映的一般，心里头又喜又恼。喜的是外甥识人不错，恼的是要来夺黛玉的婚姻。外边谈了一会就别。临走又握了宝玉的手，约他朝夕会见。宝玉也割舍不得，说明日回过了家严，一定早来的。

到了明日，贾政差人致意，宝玉、兰哥儿也就过去。那南安郡王真个的摆了全副执事来拜贾政，替良玉求亲。贾政大喜，立即依允。一则得了快婿，二则亲上加亲，不怕黛玉的亲事不成。那知良玉心里早定定的要把黛玉许字姜景星了。

这里贾政为着喜鸾的亲事，见系南安郡王玉成，没有人配得这个大媒，也就请出北靖王来。到了吉期，都不敢惊动王爷，只王爷门下的头等官儿代王爷送帖行礼。这里贾政公服迎于大门之外，只请贾赦做陪。那林良玉也自己做东，就请姜景星陪宴。说不尽的彩舞笙歌，山珍海错。黛玉也喜欢得紧，却暗暗里触起亡过的父母不能看见。喜极了，倒反掉下些眼泪儿。

从此以后喜鸾就不到黛玉处来，连喜凤也来得稀了。只有宝玉还出了神似的，早早晚晚去望什么竹枝儿，连影响也没有。晴雯自从心里头怪着黛玉，也不把麝月的暗号放在心上。就真个没有人的时候也不去插什么竹枝儿。连黛玉叫着也只懒懒的爱动不动。黛玉心里明白，只管暗笑。

此时宝玉总觉得无精打采的，也没有什么消遣，只好遇空去会会林姜二人，倒也谈天说地论古道今，以至诗词歌赋，件件都讲。这贾政虽则心里头厌恶着姓姜的，也闻得公卿大老俱夸他的才学，实是第一个不凡之才。不说金马玉堂中人，就便进了翰林衙门也是数一数二的，倒把贾政暗暗里折服倒了，也只得去回望他。

这姜解元偏偏的执子侄之礼甚恭，贾政很过不去，心里想道："这么一个人才，普天下选他不出，又是个未定亲事的。兄妹分上求也要求他，怎怪得良玉愿意。宝玉到底比得他什么来？只是外甥女果然配了他，宝玉这个孽障便怎么样！"以此也乐得宝玉去亲近他，长些学问也好。因此宝玉不往园里来，便往那里去，同姜景星好得很，做了八拜至交，真个无言不尽的。

这姜景星也一心注定了林黛玉，要想问问宝玉，苦无其便。不朗这日说起："良玉已出去许久，怎么还不回来，不要反往我们潇湘馆去了？"姜景星装做不知道的说道："他一个人往那里去做什么？莫不是约什么朋友在那里，再则府上那馆里现在住着什么人？"

宝玉听了，心头一撞，面上一红，很怪他不该问，却又不好不告诉他，只得说道："这就是舍表妹住在那里。"景星就问道："这么说起来，不是我们这一个义姊么？"

宝玉心里更不受用起来："怎么我的林妹妹，他又无缘无故横进来叫他姊姊。"益发不能驳回，便勉强的道："是了，正是舍表妹了。"

这景星得了一个话头，又问进来道："兄弟只听得良大哥说，我们这位姊姊聪明绝世，书无不读，胸中笔下赛过从古才人，还有绝大的经纬才情，赛过计倪内经、陈平六出。可见天地问灵秀之气钟于女子，我辈还算得什么。二哥处想有令表妹的笔墨，可否把一两件给兄弟瞻仰瞻仰？"

这宝玉听见了，越发的恼起来，想道："他称个姊姊已过分了，还可恶得很，竟称'我们姊姊'，实在的可恶极了。"只得说道："我们这个舍表妹虽则长于笔墨，但从不许人携出只字。若外面有人提起他的名儿，他就要恼的。"景星便自己知道造次了。又想是果真黛玉性情如此，也不疑心宝玉另有一番醋意在里头，就说道："原来这样。"宝玉就很不快活，别了回来，招雪芹闲话去了。

一连几日通不过去，也就怏怏闷闷的害起病来。大夫也尽着瞧，说是肝界上很不舒服，心气也短。慌得贾政、王夫人心里头十分烦闷，明知他不能进场去了，只得叫宝钗慢慢的哄着他。只叫兰哥儿跟了景星、良玉结实用功，打点进场去。

一日，黛玉正与惜春谈道，听说良玉过来，惜春连忙回避了。

良玉坐下来说了些家务话，随后又将喜鸾的下聘、过门日期相商；又托他将应办的事逐一逐二的分配起来，又说南边还有一起的斯文朋友着实相好，随后也都要到了。一个白鲁骊善于书法，又有万有容、章禹门精于山水花卉，还有言泗水、张昆生、杭三泉、杭四泉长于词曲音律，一齐送安家的，这班朋友到来怎样的分院安顿。又道："还有一件顶要紧的事，要烦妹妹。"说罢便在靴桶里抽出一个小小梅红封儿，封儿内再抽出一个摺帖儿来。

未知摺帖上写些什么，烦黛玉怎么样的办法，且听下回分解。

第九回

瑶池宴月舞彩称觞　甲第连云泥金报捷

　　话说林良玉往潇湘馆去看林黛玉，说了些家务诸事，就拿一个摺帖儿出来送与黛玉，说道："这是咱们家新宅里的图儿，各处也都没有上个匾额对联，要替妹妹打算。"黛玉笑道："哥哥又来了，这些事是你们的本领。女孩儿家如何懂得，哥哥也不要笑话我了。"良玉笑道："好妹妹，你也不要谦，不要刁难。我听见宝兄弟说，连这大观园许多匾对也有一半是你定的。这自己家里的你倒要推起来，终不然我为兄的擅长了这个还拉你么？"黛玉道："既这么着，咱们大家商量着也好，到底过去看了一遍才好定见。"良玉道："我早就说过，要你过去走走，你只懒懒的。前日正月廿八亥时交惊蛰的那晚，有个朋友住在那里，也说人家的匾通去掉了，光光的不成个模样儿。你看明日二月初一甲寅，日子很好不过的，咱们就过去。你还是就这里过去，还是套了车从外面进去？"黛玉道："这个又要套什么车，我就在这里过去，穿过长弄往大门首一样进去岂不好。我明日吃过饭一准来。"良玉笑道："自己家里为什么不早过去？"黛玉笑道："可知哥哥早晨还有差使使唤着我，要等嫂子过去了，我才能够交待呢。"良玉也笑着的回去，说道："务必务必！"

　　到了明日，姜景星先回避出去了，良玉性急，反到这边来同着黛玉吃了午饭，兄妹二人慢慢的过这边宅子里来。这里男妇数百人一队队的站开排齐，随着各人该管执事及住家的门口沿路儿打千叩头请姑娘的安。良玉吩咐账房里重重的赏赐。良玉请他坐了软椅，叫老婆子们抬着。黛玉不肯坐，只白白的跟在后头。半日间到了门首，远远的望见门外蹲着两个大石狮子，这阀阅高华还在荣宁两府之上。到底新收拾过的觉得壮丽了好些。正门不开，东西两角门开着，便从西角门进来。良玉再三的央及他上了软椅，慢慢的进去。进了垂花门，便是超手游廊，正中是穿堂，中间放一个紫檀的架子，竖起一扇赤金嵌八宝镂空花海上三山水乐钟。背后起二扇九尺高一方洋玻璃的屏风。转过屏风，又是一个大院子，四棵大木樨，四周游廊皆有侧门。上了阶去便就是二层仪门，长遮厅、四围廊槛，愈觉得整齐富丽，一色的挂了绿丝长帘，摆列花卉。上面五间大正厅，两旁各两间书房。两边厢房，鹿顶耳钻山，四通八达。两角门内，各有东西五间书厅，也有花卉山子。黛玉就下了软椅，各处走一走。这所宅子实在造得坚固华丽。黛玉就同良玉坐下了，说："这大门首不用匾额倒觉得大方些。"

这穿堂上题个"凝息堂"三字。挂一联："扉近紫垣高绮树，阁连青琐近丹墀。"遮厅上题个"来仪堂"，挂一联："红叶阶墀新吐凤，碧槐厅事旧骖龙。"正厅上当面正梁上将两淮总督、两淮运司的诰命用赤金龙蟠朱红金漆的敕命架，悬在正中。正中间用一个赤金九龙石青地的大匾，将赤金嵌出从前御赐的"济美堂"三个大字，要放到二尺五六寸围圆方称得住。挂一联："桂树一枝掌白日，芸香百代溯清风。"又："帘幕垂衣珠不夜，林花剪彩景长春。"

黛玉又前前后后各处看了一遍，上房内厅也是分了几层，说不尽的精致富丽，也有些仍他的旧名儿，约略是：松风竹月轩、春棠社、绿梅院、寒梅影、藕花香榭、小灵岩、小栖霞、半云阁、雪坞、月华亭、竹林舫、墨妙处、带耕书屋、锦香楼、燕来堂、理古堂、紫霞轩、星聚斋。良玉因紫霞轩紧靠着潇湘馆，自己就用了杜诗忆弟看云的意思，题了"看云"二字。也合着这一架古藤花的景致，又题一联："春草池塘千里梦，夜床风雨十年心。"黛玉也点点头说好。又道："还有些小去处，你请教请教那边的曹雪芹先生，这曹先生的学问实在的好，差不多做得起你们的师傅呢。"良玉也说道："很好。"黛玉道："我这里也近了，我也要回去了。"良玉道："妹妹乏了，为什么不坐一坐去？"黛玉道："乏倒也没什么乏，只是那边有四妹妹等着我，我可不也该回去了。"黛玉说着就过去了。这里良玉真个的就依了黛玉悬挂起来。这宝玉不懂事，单单的拉了曹雪芹过去，说起黛玉拟的许多匾联。曹雪芹赞道："这位令妹真个的赛过了曹大家、谢道韫。"并说："原是雨村先生的门人，只怕青出于蓝，连雨村先生也逊得多呢。"这姜景星听了越发的倾心向慕，恨不得立刻捉住了良玉定下这头亲儿："我如今也没法儿，只好立个志，用个功，再连上两元，方可启齿。"从此一发的攻苦。

　　转眼将近花朝，良玉心里头为的二月十二是黛玉的好日子，要替他大大地的一个生日。无奈这日自己进会试二场，不如挪到十六日月亮团圆之夜，倍觉有趣。因此到前十天二月初六这日，先过来与黛玉商议。黛玉心里却另有一番的意思："我而今总然是超凡出世的人，也应把这些浮华都看得雪淡。但是我哥哥这么样爱我，我也只好趁着这一节，领他一个情儿，也将旧日的姊妹们，连那府里的舅母、嫂子、史大妹妹，又闻得探妹妹明后日也到了，一总请来叙一叙可不好？从前都笑我无家，而今也有了哥哥，有了家，我为什么不热闹一场？只可熙凤姐儿、袭人不见罢了。"因此也高兴起来，就依允了。良玉道："这么着，而今是妹妹的好日子，我总包管你一毫的不用费心，你只管做主人，外面的事我包管妥当。"黛玉道："要能这样，我可不更舒服呢。"良玉便即过去同了姜景星细细商议了半日，就叫总管王元及几个能干的副总理上来，逐一的吩咐他。这王元听见姑娘的生日，先就跪下去乞恩，要孝敬三天的戏酒，并各寺院挂幡念经。良玉道："通不用。姑娘的性情儿怕烦，只许了家宴一天，外客们通不知会。你们要尽个孝心儿，只在这一日加倍的用心便了。"这王元伺候过黛玉，知道性情，便只他一个人悄悄的请齐了四十九位法师，志诚念经做法事。又使着一万多银子周济孤贫，连放生也不敢。这总是王元的孝心儿。后来良玉知道告诉黛玉，再三要还他，他只一意的不肯。这也实在难得。

却说二月十五日，良玉等完了三场出来，大家得意。到了十六日这一日，黛玉满头珠翠，身穿大红二色金满妆云龙缎紫貂披风，十分灿烂，系着泥金色绉绸缀珠绣球百福裙，套着淡鱼白戳纱海堂纹滚金挂线天鹅绒的小袖，项披着连环如意富贵不断的云肩，系一条金青色丝绦，扣了个双鹤蟠桃的玉佩，两腕上带了小小的四个响金镯，凤头尖鞋缀了一双耀眼的东珠，又是元青网的拈线鞋帮，内衬着羊皮金儿闪闪的。真是打扮的花羞月避，百媚千娇。紫鹃、晴雯也出色的打扮了，大清晨起来就跟了黛玉，老婆子抱了洋红毡条儿往王夫人上房让去。不期来得早了，贾政已上朝去了，王夫人还没起来。黛玉便在李纨、宝钗、平儿处过一过，着人告诉一句就回来，无非是要避了宝玉之意。这黛玉随即回来，穿过潇湘馆一径往紫霞轩去了。

这里宝玉听见莺儿进来说一声"林姑娘在外边让着二奶奶"，一骨碌披衣起来，奔出去已赶不上的。只看见一群人簇着一个花蝴蝶仙人似的一个人往那屋里去了。这宝玉回府之后却是第一回到这潇湘馆中，要望望黛玉的卧室，已经锁了。往窗户玻璃内张望，却有灰鼠的窗帘遮住，真是室迩人远，咫尺千里，心里就说不出的百般懊恼起来，想道："林妹妹，你这个人就狠到这个地位，你就给我见一面又何妨？"又要推他的房门，看他外间屋里到底有些什么道书。可恨一个白铜小横闩儿闩住了，动也动不得。正在出神，那边莺儿、麝月怕他着了凉连忙拉他回去。他又站住了细细的问柳嫂子："林姑娘今日好日子，穿戴些什么？"这嫂子就笑吟吟的一一的告诉他。宝玉益发出神，又望着绛霞轩内林家的人，男的女的，也来往的多得很。听说道是女眷们家宴，不便过去。这莺儿、麝月也催着，只得无可奈何的回到自己房中。宝钗正在打扮，也十分齐整。宝玉也无心理会，仍旧躺下了。

　　且说黛玉到了那边，良玉笑容可掬的走过来拉了手道："太阳才出了，寿星就跟着来。"黛玉也笑着让起哥哥来，兄妹二人就亲亲爱爱的同拜了天地祖先及供的神佛；随后二人对拜了。紫鹃、晴雯也磕了头，众家人男妇二百余人，分班进来叩过喜。王元又替姜老爷进来道了贺，他兄妹二人便到燕来堂看玉兰及各种的草兰。先在兰花多的炕床上用了些早点。黛玉便笑道："妹子才往上头去让让舅太太，也让让我们的嫂子，好个嫂子还没有起，敢则在那里梦着哥哥呢。"良玉也笑道："你嫂子梦我，好妹妹怎么就知道了？"黛玉笑道："这原是想当然的。好呀，嫂子还没过来，哥哥就那么圆着，将来过来了还不知怎样的惧呢！"良玉笑道："这也打算到了，有什么过不去，难道姑娘不会讲个情儿？"黛玉笑道："讲是肯讲，也要先讲了谢仪。"良玉就慢慢的带笑说道："这谢仪呢，原也不等到讲情的时候，难道先不谢媒？不过说道'谢仪'两字，为兄的总也有个对账儿罢了。"黛玉面上红了一红，就啐了一啐。

　　兄妹二人正说笑着，忽报史大姑娘来了。黛玉道："到底他来的爽快。"良玉速即避了出去，随后薛姨妈、香菱也来了。这史湘云本来与黛玉好，起先原要来看他，听见王夫人阻拦，故此耽搁住了。今日请他，如何不早来？虽则服色不便，也穿一件宝兰银鼠披风，相见之下说不尽的悲喜。还有邢夫人、尤氏、探春一齐到王夫人处会齐了。大家从潇湘馆穿过来，这里便是王夫人、邢夫人、尤氏、探春、惜春、李纨、李纹、李绮、薛宝钗、宝琴、邢岫烟、平儿十二位带了一众丫环过来。黛玉央及湘云陪了薛姨妈，自己便赶紧的迎出来，慢慢的逐位让了进去，一总来到燕来堂，当时除了黛玉共是五位。黛玉先请薛姨妈、邢夫人、王夫人上去，自己行过礼，然后众姊妹团拜了。众人看这个坐落果然富丽，大宽展五间，两旁各两间，紫楠雕花柱擎着一色的紫楠雕花梁。正中间青石地嵌乌银，飞白大字写着"燕来堂"一匾，一字儿六扇锦屏风。紫檀天然几上，中间放着一座篆狮金铜橘皮绉的宣和炉，两旁点着八只全红大蜡，中挂一幅钱舜泰《瑶池宴月图》。一字儿十六张紫檀太师椅两旁摆，八十余张葵花紫檀小便椅儿靠两边放下。八席正席，花砖上满铺大红漳绒滚绣球，桌面铺垫也说不出的富丽辉煌。中间亮隔全下了，戏台儿即在院子里。一色的五彩漫天幛，把院子通遮满了。廊檐下挂着些画眉、鹦鹉笼，摆列着百十盆的花石小景，柱子上都挂个乐钟儿。黛玉走上去送了酒，定了席，又听丫环来说："良大爷进来请安。"

众姊妹只得往书房内暂避，让良玉进来。这里薛姨妈、邢夫人、王夫人便与良玉见过了。良玉赔着笑道："外甥女儿的生日如何敢劳姨妈、舅太太的尊驾，只怕折了福分。无不过是疼孩子的意思，总要请多坐坐，给些脸，也等这孩子沾着些太太们的福气。"薛姨妈在前，就说道："咱们都是至亲，原先就要过来看看新宅子，巧的很，遇着大姑娘的好日子。这里不请咱们也要过来，单不要醉了招笑话呢。"邢、王二夫人也说道："咱们原要在那边园子里替大姑娘乐一天，难为大外甥十天前就约了，咱们今天到这里真个的要醉呢。"这良玉与王夫人又添了个半子之分，格外的殷勤，就说道："怕酒不中喝，戏不中瞧，总求太太包容些。"说着也要上来定席送酒。这里薛姨妈等就拦住了。良玉即便倒身下拜，拉也拉不及，磕了几个头儿，又向黛玉道："好妹妹，替我请嫂子们、妹妹们的安。告声简慢。"黛玉便去告诉了。王夫人笑道："这也太多礼了。"这里李纨等通使丫头出来回谢林大爷。这良玉方才恭恭敬敬的打一个躬，道："外甥女儿伺候着，外甥告禀出去。"

良玉去了，黛玉便请一众姑嫂出来，叙齿入座。薛姨妈无可推辞，只得上座，其余也依次坐了。略坐一坐用了些点心，便起来散步。黛玉与李纨、宝钗、香菱本来好，便托他三个人帮着做主陪了他三位老人家，到各处闲逛散步。这里探春、湘云便粘住了黛玉，拉到锦香楼小套间内诉说别后的话。真是，再世重逢，悲悲喜喜的如何说得了。转是探春有主意，说道："今日林姐姐是主人，你我怎么好粘住他，横竖我今日住在那边，要便空闲了咱们细细的讲。"史湘云便道："要便林丫头咱们今夜一床睡，拼着一夜讲到天明。"黛玉道："很好，便是四妹妹也在那里过夜。"

三个人仍旧回来。这里惜春便同着众人往小栖霞去了。三个也不顾他们，一直来寻薛姨妈并邢、王二夫人，却在春棠社遇着。三位老人家都在绒榻上靠着个靠枕儿，小丫头子捶着腿，李纨、宝钗也陪着闲话，只有香菱在旁边小书架上呆呆的看那些书签。黛玉、探春、湘云便含笑走进来，道："太太们走得快，难为着我们寻得苦了。"王夫人笑道："这里坐落也实在多，我们一路逛一路坐，倒也不乏。只是他们一群儿没笼头马儿似的通跑到那里去了，累你林妹妹张罗的费劲儿。"薛姨妈、邢夫人也笑道："正是呢。做客的也要体谅着些主人。你看他们那班年轻的，也高兴，也会走，不要还分了两起的玩，把大姑娘累得了不得了。"黛玉笑道："左右这点子地方，收拾又不干净，太太们肯看看就赏脸。这班姐妹们通是好不过的，谁也算得主人，甥女也空闲得很，倒是姨太太、舅太太逛了些时，腿也乏了，也受饿了，怎么样点点饥才好。"正说着，只听得许多笑语之声并环佩叮咚之响，只见惜春、平儿等一班人儿都走进来。王夫人笑道："你们逛的好，把你们林姐姐东奔西走累得那么着，好个玩客人儿！"平儿也笑道："还是拉转来的，大家还要逛呢。真个有趣，又曲折又精雅。"黛玉笑道："不要笑话了，咱们跟了三位老人家前面去罢，再闹一会子。"差不多乏得支不住了，薛姨妈坐着不动，说道："怪不好意思的，你们再要让我坐这首座儿，我就赖在这里吃面。"

这邢、王二夫人那里由得他，老妪娌两个就拉了他走。薛姨妈笑道："今日的主人真个多，一个帮着外甥女，一个帮着小亲家，通算我做了一个客人儿。"

黛玉又让众姐妹一起的上了席。戏班里参了堂，唱过了八仙上寿，一面打着十番，一面送上戏目。黛玉就叫紫鹃、晴雯送上去，说道："请姨太太、舅太太爱点什么，切不要存着一点子忌讳的意思。"

这里三位老人家大家让了又让，通点了些吉祥的戏儿。姊妹们打量着人多，一会子换戏班，通不肯点。黛玉只得自己点了《雪拥兰关》《扫花三醉》。一面让着酒，一面的演起来。薛姨妈就心里想道："我们从前豪盛时候，本底儿原也赶不上这里，却也还撑得起一个门户。不料被蟠儿闹了几番弄到这样。要靠靠女婿，那府里的光景又不好得很。偏偏的林家来到这里旺得这么样。我在这热闹丛里好不凄惶儿。"

邢夫人、尤氏想道："而今这里这么火焰盆的兴旺，将来林姑娘过了门，那府里自然好过。只是我们那边便怎样，也不知那府里可还用着琏儿？两下里可有照顾？"

王夫人也不免这些想头，又看见黛玉静静的从容得很，在席上差遣他林府里的蔡良家的、赵之忠家的、单升家的、吴祥林家的、柏年家的、杨周儿家的、汪福家的、徐顺家的，又是什么徐喜家的、王用家的、无不精细妥善；又使紫鹃、晴雯，让着同喜、同贵、画纨、玉钏儿、彩云、三多、五福、珠儿、侍书、入画、翠墨、莺儿、彩屏、臻儿、碧月、秋云、文杏、翠缕、丰儿、小红等，在两边的书厅内一样的桌面款待，真个的整齐严肃。又是良玉殷勤谦逊，心里十分欢喜。李纨、史湘云、宝钗、探春也想道："今日林丫头十分得意，你看他二十分的从容娴静，总要踬过凤姐儿的意思。你看当真的被他踬过去了。"只有惜春心里知道黛玉今日的施为，就在这戏里头略略的露了个作别离尘的影子。

不说这里笙歌画锦，且说宝玉回房后，独自一个人冷冷清清的，只有麝月陪着，因叫人去看看曹雪芹。原来曹雪芹被姜、林二人连行李拉去有一月余了。这曹雪芹只因名场蹭蹬，降了志做个广文，觉得拘束的很，就起一个别号说芹生雪里，取名雪芹，挂了冠来到京中。虽遇着贾政款留，却未能深知其才品。今遇着林、姜两个少年，虚己愿拜门墙，曹雪芹如何敢当，只是师友相处。故此搬过去，十分的契厚。这日正在济美堂右书厅与良玉、景星、贾琏及门客们看戏吃酒。良玉本要请宝玉，听说病了未曾请他。宝玉因雪芹也过去了益发扫兴，无可奈何叫人看看兰哥儿。小丫头回来说道："关着门狠狠的念书，叫着他不听见，倒是环哥儿拿着弹弓在稻香村一带打雀儿玩呢，二爷要便同他去玩玩。"宝玉听了越发闷得慌。只听得那边宅子里吹过来一片笙乐之声，宝玉便问麝月道："你且看看太阳，到底什么时候才晚下来？"麝月走到外间去看了一看，就道："这个太阳呢，要他慢着他偏快快的跑；要他快快过去他又延延捱捱的走。也讨人嫌呢，只得才过了午呢！"宝玉也走了出来，呆呆的看着太阳，只觉鸦雀无声，人影绝少，就问道："这府里到底过去了有多少人？就静得这样？"麝月道："我也不知道去了多少人，大约喜姑娘姊妹两个同着琥珀、鹦鹉在家么。听说戏班儿有好几班，潇湘馆的便门又开得好，那别屋的老婆子小丫头有看、有吃、有赏，谁不去。"

宝玉暗暗点头道："林妹妹，你原也该这样。想起你从前那些苦楚，你这么样才称了你的心。只可熙凤嫂子没看见，你就叫宝姐姐看看也够了。只是你撂得我太罪过了。你如今怎样不把一丝的心眼把我照一照？怪可怜儿的，连个面影儿也不许见一见。算你是个神明，也容的人祷告剖白，没有个不许见面讲话的。算来这些时候晴雯也着实为难，我难道不好回明了太太央及了他过来？只是他若再过来，林妹妹旁边还有谁能够替我讲一句的？我想紫鹃这个人从前弄了来，我那么着央及他，他还那么铁石心肠似的。而今又跟定了林妹妹，就算晴雯肯讲句话，他还有好话么？只怕林妹妹恨，他也跟着恨，骂也跟着骂。怎么前日晴雯说紫鹃倒还肯帮着我。细细的剖起来是呢，晴雯是不哄我的呢。这么看起来，林妹妹待我连紫鹃通不如了。算紫鹃见我后面的光景，林妹妹自己没看见，难道没看见的事情就不容人剖辩么？"宝玉尽着伤心。薛姨妈、邢夫人、王夫人、平儿、宝钗先回来了，也就来看宝玉。

那边散了席，重新又换戏班，挪到绿梅院来叙齿坐下，便是李纨首座了。可可的这班戏就是集翠班，领班的便是蒋琪官。紫鹃就上来附了黛玉的耳朵，黛玉只笑吟吟的不言语。急的史湘云定要问明了，就一口声嚷出来道："我也要看看这个袭人家的。"黛玉便笑道："单是你急得很。"探春出尖，就点了《逼休》一回，要他唱一个"覆水难收"。原来这琪官惯唱花旦，这正旦的戏唱不上来。史湘云就叫他唱一回《商妇琵琶》。黛玉笑道："你们也会闹，这又何必呢。"李纨笑道："左右宝兄弟不在这里，咱们乐一乐怕伤了谁？"晴雯也笑嘻嘻的倚在黛玉的椅子边看，口里也插一句道："倒也真个的打扮得花红柳绿，你这琵琶娘子儿真个狐狸似的、妖精似的。"席上众人，也有知道的不知道的，通笑将起来。这琪官下去又扮了别的戏上来，黛玉就叫人暗暗的吩咐王元："说是我吩咐的，这个琪官的屋里人，也是今日的好日子。将上等酒筵两席赏他，又赏他对缎两个，说好生难为了他。"这琪官着实感激，一面上来谢了，一面先叫人送到家里去，并将林府上姑娘的话告诉他。这袭人看了酒席对缎，好不凄惶洒泪。当下点上灯再唱了一回，众人皆倦了，只得散席。良玉先差蔡良家的上来道乏，随后陆续都去了。黛玉千叮万嘱叫紫鹃、晴雯先过去拉住探姑娘、惜姑娘、史大姑娘。黛玉也谢了良玉，吩咐了些家人，随后到潇湘馆来。晴雯就说："探姑娘原也坐着，上头几遍的请去了。探姑娘随后又打发人来说姑娘们不用等着，明日再过来。那边两位喜姑娘又打发人过来谢午上的送酒。"黛玉道："既这么着，一面道乏，一面再送两席上去。"黛玉便进房来陪着惜春、湘云。早已点得灯彩晃耀，暖着炉，熏了香，桌上三层的小粉定暗花盘儿一百盘，工工致致的摆着。黛玉说："只开了上好的茶送来。"可可月光又大好了，又叫他们："支起窗子放些月光进来，咱们大家有了酒，就有些风儿也不怕。也将所有的兰花尽数的放上了高架子，一总靠在窗儿外，借些兰花的香味过来助助茶兴。也将灯儿吹着些，让让月亮。"这好姊妹三个便促膝谈心起来。

史湘云重新的提起旧话，备细的问了一遍。又伸手过去摸摸黛玉的金鱼儿，也伤心，也叹息。末后黛玉又问过他寡居情况，就渐渐的谈起道来。黛玉、惜春一句一句说得高兴，史湘云只攀着个茶盅儿冷笑着不言语。黛玉便道："你只是不相信便了。"湘云摇头道："倒也不是不信，我笑你们通讲的皮毛儿，就这么样用功还远得很呢。"惜春道："你说不是，你就讲来。"湘云便将阴阳配偶坎离龙虎的真解逐一解说出来，又有些不传的口诀，逐时逐刻的依诀做去。黛玉、惜春听了十分喜欢叹服，根问他道原由。史湘云不肯将遇见真仙将成大道的话说出，只是笑而不言。黛玉、惜春道："这么看起来，你做我们的师傅呢？"湘云道："师傅呢，原也做得。只是你两个通不是这路上的人，怎么样引你。"黛玉笑道："你看云丫头好狂呢！论起来你的见解自然比我们高了许多，单只是也没有成什么气候，怎见我们走不上这条路？"湘云笑道："这也不是单讲什么见解呢。我就认真的传了你们真正口诀，你们果真依了做去，怕不效验？怕一面效验一面就有魔头来呢。"黛玉道："我们两个都也打破了梦觉关头，还怕什么魔头。"湘云就仰起头来呵呵笑道："可怜儿的，你这两个准准的还没有入梦呢。"黛玉、惜春也半信不信的。三个人谈到三更，方才下了窗，一床的睡下了。黛玉、惜春舍不得湘云。湘云自寡居后，也别无牵挂，就搬到栊翠庵来。有些费用全是黛玉支应，也不许平儿开入公账。过了数日，王元来说："南边师爷们通到了，行李晚上要进城。"黛玉就说："晓得了。济美堂右书厅留着会客，左书厅请曹雪芹、白鲁驷两位老爷住。背后连着松凤竹月轩，请姜老爷住。小灵岩请万师爷、章师爷住。小栖霞请言、张、两杭四位师爷住，跟的也跟着。曹、白二位老爷伙食月费跟上姜老爷，余者五分之一，每日每位许开销库平银一两。"王元答应了是，就去了。黛玉除处分家事外，每日只同湘云、惜春讲道。李纨、探春、宝钗虽则好，却另一路儿。喜鸾、喜凤又回避着，倒是宝玉有了探春回来，时常可以解闷，不时往来。喜鸾吉期将近，平儿一人弄不来，王夫人叫探春帮着照料，大清早就过去。王夫人那里倒只有喜凤做活计，陪着闲话。王夫人便想道："喜鸾配了良玉也完了老太太心愿。还有喜凤未曾择配，看他体态端庄，虽则不言不语，却也心高气硬。将来除非等他姐姐过门后，叫他良玉姐夫在同年内留心。昨日老爷提起有人要来求他，说是做外官的。老爷本也不愿意，他姐姐心里也想在一处儿。总来姻缘前定，便谁也不能拿定了。你看林姑娘从小在这府里，而今又变出这个局面来。天下事谁还拿得住呢。"

不说王夫人替儿女担心，且说贾兰、林良玉、姜景星跟着曹雪芹用功，进过场，曹雪芹许了必得，贾政也曾着实的欢喜。只有宝钗看着宝玉似病不病的过了场期，心中着实的烦闷。谁知宝玉竟一毫不在心上，还叫麝月探什么竹枝儿。麝月也怪烦的，一径走至潇湘馆细问晴雯，晴雯就将"起初时，像着依了大爷言语，怎样的猜他心里像似有了个姜解元，我同紫鹃也十分的怪他。而今看起来，越看越不像，越发的修行定了。从前一个四姑娘，而今又添了一个史大姑娘，讲得好不密切。像是只等林大姑爷娶过了，将家事交待过去，就一心的各人奔各人的了。你而今回去告诉宝二爷，倒也没什么避忌，也不用暗号。只等早晨头那边王元过来回过话，二爷先到栊翠庵瞧着史姑娘、四姑娘在不在，二爷就碰进来。我便将那边角门儿关上，明公正气的当面讲一讲怕什么。你只告诉宝二爷，我也没有什么别的法儿，叫二爷自己看罢。"麝月回去，便学着的告诉了。宝玉也欢喜，也愁烦。喜的是可以过去，烦的是只怕黛玉不肯回心，就便走到栊翠庵去探问。巧巧的入画说道："两位姑娘到潇湘馆去了。"宝玉恨的了不得，只得回来。

这里黛玉、惜春、湘云又谈到更深不能分手，依旧的一同住下，也说起妙玉来，替他可惜。惜春也说起遇盗的时候也这么夜深。怎样的房檐上就响起来。一直说下去，倒怕将起来。紫鹃也帮着说，直到四更天睡下了。到得天色将明，只听得外面有人喊起来道："不好了！强盗似的，门也打破，拥进来了。"

这里众人骇得一跳，急急的叫人去问，不知什么事情，且听下回分解。

第十回

惊恶梦神瑛偿恨债　迷本性宝玉惹情魔

话说黛玉、湘云、惜春谈了一夜，直到天色将明方才睡下，只听见外面喧嚷进来说："强盗似的一班人，将府门打开拥进来了。"大家骇了一跳，正要着人打听去，只听得传进来说兰哥儿中了八十名进士了。又是那边角门响，说林大爷高中了第十三名，那位姜老爷更高中了第二名。黛玉心里着实的喜欢，就连忙起来叫人先往上头及那宅里道贺。自己便同湘云、惜春往稻香村来。半路上遇着探春，彼此道了贺。探春说："大嫂子往上头去了。"黛玉就叫紫鹃告诉去，自己却回来。这探春道："林姐姐，你今日那边事自然更烦了，我替你上头告诉去，你且快快的回去张罗着，只怕还要过去呢。"黛玉笑道："好妹妹，这么着很好，只是我们的喜嫂子那里也要替我回，还要替我哥哥回呢。"探春笑道："这黄门官通是我包了。我正好替我们喜姐姐讨个喜酒儿。"

探春就同湘云、惜春一总往王夫人那边去。黛玉便回到潇湘馆来，恰好的良玉带了王元已在那里，彼此欢喜道贺。王元嘻嘻的也上来打了千。良玉就道："王元，你且在这里伺候着姑娘，商议那边的事，连姜老爷的也要一样的妥当，快快的过去。我这会子先上舅太爷、舅太太那边去。就在府门口上车到南安郡王府里去，也不用多时就回来的。你先请姜老爷同各位师爷用早饭，等我回来了再同姜老爷出门。"王元一一答应，良玉就兴兴头头的去了。这里黛玉就逐一吩咐了王元，王元也过去了。黛玉心里着实喜欢，一面摆了香案拜了天地，拜了父母，一面再传王元过来，端整见老师的礼物门包。一连几天倒也烦得很。

却说贾政、王夫人、李纨三个人，见兰哥儿连捷了，十分欢喜，也忙忙的应酬了一番。宝钗却为宝玉错过这场，心里头未免有些怅怅的。幸喜他素性大方，一毫不形于词色。倒是曹雪芹素来和他好，见四个人中了三个，单是宝玉病着不曾进场。要想别了林、姜二人移过来伴他寂寥，无奈林、姜二人再三不肯放，只得常来走走。无如宝玉心绪不佳，长久不出来，连焙茗、茗烟、李瑶也久未见面。曹雪芹只得回过来，只在那边与他们三位讲些殿试朝考的工夫，亦与白鲁驷十分契合，倒也聚得快乐。这宝玉听得他们三人中了，却也并不放在心上，只到父母、嫂子前道了贺，跟了贾政到宗祠内拈了香，仍旧闷闷的坐在房内。也不时到王夫人处走走，与探春及喜鸾闲谈。探春也帮着喜鸾、平儿料理账房的事务。宝玉无情无绪的要便往栊翠庵内打探湘云、惜春是否在潇湘馆，谁知他两个一天倒有十个时辰在那边，要便住在那里。宝玉心里益发烦得受不得，去了几遍仍旧回来。这一晚王夫人因喜鸾的吉期将近，叫探春约了李纨、宝钗上去商议。宝玉就一个人冷清清的独自睡了，在枕上翻来覆去，看着一盏银灯半明不灭的，只听得窗儿外瑟瑟的一阵一阵下起雨来。这雨又不大，只是一点一点的滴在阶墀上，房檐下挂的风马儿也叮叮当当的响。恨得宝玉叫麝月出去将那风马儿解掉了。再过些时，雨却住了，倒反模模糊糊的窗上有了月色。宝玉在枕上烦得了不得，只有叹气掉泪的分儿。只见晴雯急忙忙的走进来说道："宝二爷，林姑娘在那里等着你，你还不快走。"宝玉立刻站起来，跟着晴雯便走。正要走出门，只见袭人走进来，张开手拦住了门，说道："宝二爷，现在咱们二奶奶在屋里，你往那里去？"宝玉恼起来道："你而今还要管我么！"就推倒了袭人出来。正走间，遇着王夫人，便道："宝玉，你往那里去？"宝玉急得很，就哭出来道："我要去看看林妹妹。"王夫人冷笑道："好个傻孩子，你死了这个心罢。林妹妹已经许了姜解元，早晚就要过门去。你这会子做什么还跑过去？你老子叫他躲着不见人，你还想去拉扯他，仔细着你老子要捶你！"宝玉听了这个信，急得没了命似的，也不管王夫人，一直望着潇湘馆跑进去。只见潇湘馆门口许多灯彩火把，彩轿也在那里。宝玉赶进去，见黛玉艳妆着正要上车，宝玉就跪下去，抱了黛玉的腰，哭道："林妹妹救我，你死也不要到姜家去，我情愿跟着你一块儿。"只见黛玉呆着脸儿，笑道："这是我哥哥做的主，不干我事。"宝玉哭道："好妹妹，这是什么事，由你哥哥做主呢。"黛玉笑道："你而今守着你的宝姐姐就是了。"宝玉哭道："我往后总与宝姐姐不见面、不言语。"黛玉笑道："不中用了。我做了姜家的人，终究要去的了。"宝玉哭道："你就到姜家去，我做奴才也情愿，也要跟你去，总要妹妹做主。"这黛玉就总不言语。宝玉拉了黛玉的衣哭道："林妹妹，你向来是和我最好的，又最疼我的，到了紧急的时候怎么全不管？不要说而今，你只看从小相处的分儿也该顾恋些。"只听见黛玉说道："紫鹃你过来，送宝二爷出去歇歇，我正要上轿，倒被他闹乏了。"宝玉情知不是路了，不如剜出心来，便一手拿着刀，要剜出自己的心来。只见黛玉笑道："你道我真个的到姜家去，我而今已经是没心的了，管你什么心来。"就一会子把妆饰卸去了。宝玉道："真个的，你也瞧瞧我的心。"就一手伸进去剜出一个心来。黛玉只冷笑着，掉转头去走开了。宝玉自己只血淋淋的站着，疼又疼的很，就放声大哭起来。忽听见莺儿、麝月叫道："宝二爷，宝二爷，怎么魇住了？快醒醒儿罢。"

宝玉一翻身，原是一场噩梦，冷汗浑身，心里还像剜过似的十分疼的紧。枕上肩下早已湿透了，冰冷似的。见宝钗尚未回来，因想起姜景星果然有因，现今又中了高魁，怕良玉不是这么着？倘然林妹妹真个的姜家去了，我这做和尚的还在家里做什么？又想起梦中情景，黛玉那么样不瞅不睬，当真这样我还要活着做甚的。一时间痛定重思，神魂俱乱，又咽咽的哭了一回。又想起黛玉梦中的光景，原也卸了妆饰不肯上轿去，只怕真个的被姜家聘定了。这林妹妹自己拿得定，一心的惦记着我也还翻得转来。只是又说而今是没心的了，这又怎么解？又想道：“常听说梦儿反样，梦红穿白，梦死得生。果真反样起来，林妹妹又是个有心的，真个的不到姜家去了？这也不好，林妹妹后面说不去，倘如反样起来，又是真个的要去了。”正是哽咽寻思，莺儿已请了宝钗回来。这宝玉听见宝钗回来，就翻转身朝着里床装做睡着了。你道为何？只为梦里头许了黛玉，从今以后与宝钗不言语不见面，故此不肯失信。宝玉这个孩子主见，痴也痴极了，可笑不可笑？宝玉到了第二天乏也乏极了，勉强的支起来到栊翠庵去打探。仍旧的闷了回来，也闷有十来天。

　　一日傍晚，来到栊翠庵，打听得二人都在庵中，喜欢得很，就一径往潇湘馆来。晴雯正在那里望着，一见宝玉就招招手。宝玉抢前一步就走进来，跨上阶沿进了门槛。只见黛玉穿着粉紫刷花的夹衫，下系葱绿色墨绣裙，勒一条金黄色三蓝绣的绉绸汗巾儿，一手在鬓侧插几条蕙兰花，还拿了一个雨过天青的葫芦式的瓷器瓶放在茶几上，拿剪子到兰花盆里去要剪。这宝玉自从梦游太虚幻境，上了殿阶望着珠帘卷起的时候见了一面，直到如今，今日真个的觌面看见了，谁也不能说出他的喜欢来。宝玉就走近黛玉的身边，等得黛玉回转来，正面见他的时候，只说得“林妹妹你身子”六个字。不料黛玉就柳眉斜起，星眼含嗔，把粉杏娇容一霎时红云遮起，回转身向房里便走。宝玉正要跟进来，噗的一声两扇门就关上了。宝玉正想在门外辩几句，只听见黛玉叫着紫鹃道：“紫鹃！你们凭什么人由他碰进来？要这么着这个地方真个的住不得了。”说着听见就走到里间去了。这宝玉闷也闷死，气也气死，几乎跌下去。亏得晴雯着实的可怜，连忙扶住了他。随来的莺儿、麝月就扶了他回去。宝玉回到房里咽了半晌才哭得出来，想起梦中光景，越想越是的了。宝钗问知缘故，倒也放心："让他去碰个钉子，便好死心塌地的回心。"倒也不放在心上。不过黛玉把宝玉这么样奚落，宝玉也该明白过来，还迷着做什么？却原来痴心男子负心女从古就有的。这女的尽着心变，男的还是尽着迷。多少绝世聪明到这里就看不破。所以宝玉经此一番不但撂不开去，益发的出神起来。这边黛玉见了宝玉，心里头不但不可怜儿他，倒反着实的生气，连晚膳通不用就上了床。原来黛玉自从与史湘云谈道之后，心里恍然透明，见性本快，天分又高。日里头虽则分拨些庶务，到了人静时候便静静的打坐做起工夫来，已经呼吸调和通过两关，只一关未过。这过关的消息也渐渐的近将起来，不期到了这夜打起坐来，到第二关就过不去了，左不是右不是的，心里十分着急。因悟起来道："这件事全要心如止水，云净天空，冰轮自过。怎么见了宝玉就恼怒起来，往后就是一百个宝玉到来也一毫不可动念。"因此上先自观心一回，将心地上打扫的洁洁净净，徐徐的再运气往来。这第二关就轻轻过了，差不多第三关也就有些意思起来，心里十分舒畅。

不说黛玉、宝玉两下里云泥各别，苦乐不同。且说姜景星、林良玉、贾兰努力功名，又有曹雪芹、白鲁驷切磋之益，渐渐的殿试朝考已毕，而且引见过了，一甲一名状元便是姜景星，一甲三名探花便是林良玉，贾兰也用了庶吉士，说不尽两边府里的合家欢喜，也各受贺答谢，喧天似的烦过了好些时儿。这姜景星授职修撰以后，就托曹、白二位向林良玉去求黛玉的亲事。曹雪芹因与宝玉至交，素常来无言不尽，知他的隐情便不肯作伐。那白鲁驷是南方来的那里知道，就替他转致了良玉。良玉本来心头拿定了将黛玉许配景星，又是个状元花烛，就密友上做个至亲也称了心，也对得过父母，便一口应承。只等回过了贾政出帖，即便过来告诉贾政，说等舅舅知道了，再告诉南安郡王。这贾政听见就十分的为难了，逐层想起来，一句通驳回不出。一则林如海夫妇双亡，原凭良玉做主；二则南安郡王也要掌些主见；三则宝玉已经娶过，姜景星又是结发姻缘，再则俗见上簇新的状元；四则与良玉同学同年自幼交好；五则这么样也对得过如海夫妇，真个没的驳回他。末后一转念间想出一个主意来，想着外甥女儿从小与宝玉过得好，虽没有什么别的，看他们过去的这些情节也分拆不开，不如叫良玉问他，他若真个肯，也没法了。难道果真的黛玉定了别的亲，宝玉就活不成了？便沉吟了一会，说道："这姜殿撰呢，原好，但则外甥女儿的性情你也知道，虽则女孩儿跟前不便明说，也要影影的讨个信儿。我们再定见。"那林良玉只认定了贾政单是个郑重的意思，就答应了一个是，便即依了贾政言语，到潇湘馆来探他。黛玉正供着一瓶素心剑兰，在那里细细的看着道书。良玉便坐下来笑嘻嘻的道："妹妹尽着看这个做什么？"黛玉笑道："哥哥你只好讲你们词林的学问，这个上你还没懂呢。"良玉也笑道："我若要懂这个，还同你商议嫂子的事么？"黛玉也笑道："这个自然，正是各走各人的路，父子兄弟不相顾的。"良玉见他话里有因，就说道："兄弟呢，自然比不得父子，不过爹妈过了去，为兄的也要拿个主儿。"黛玉见他说话儿针对着，就便道："哥哥无书不读，可还记得一句'匹夫不可夺志'么？"良玉笑道："志，原不是好夺，只要这个志定得明白。"黛玉道："一个人立得定自己的身子，就是明白了。"良玉又笑道："依你这样说起来，从古的女圣贤通是立刻到云端里去了。说什么梁鸿举案的，大凡一个人，只要凤根福缘选择的好，我看人中龙虎、天下英雄莫如姜殿撰了。"黛玉听见了，就眼圈儿通红，拿起剪子来说道："哥哥，你真个逼着我，我就绞掉了头发便了。"急得良玉连忙跑过来抱住黛玉，要夺剪子。黛玉死不肯放，说："我不绞掉了，你总逼着我。"

原来晴雯起先听见良玉的言语知道替姜家求亲，心里就很怪他。后来听见黛玉的光景就侧着耳朵来听，听见他要动剪子，心里就想道：

"好个林姑娘，不负了宝玉。"就跑进来死命的夺那剪子，等到紫鹃赶进来，剪子早被晴雯夺去了。黛玉就哭起爹妈来，吓得他哥哥打躬下跪，左不是右不是的劝了好些时候。黛玉重新发起性子，要操起剪子来。吓得良玉千招万认："从今以后凭你做主，再不讲起一个'姜'字。"又闹了好些时方才劝住。黛玉便歪在床上，良玉也快快的不回贾政，且过那边来，见了白鲁驷，只支吾着。

这边晴雯自从懒散之后一直的懒散下来，黛玉也知道他身心两地，不大使唤他。今日见黛玉这个样子，只道一心拒绝姜景星，专向宝玉的意思，就十二分的殷勤伺候，比着紫鹃还亲近些。谁知黛玉心里一切扫除了，黛玉也看透了晴雯的心里，也可怜他为宝玉的实心，也暗暗的冷笑。晴雯又叫麝月来，是一是二的告诉他。可可玉钏儿也送物事来碰在一处，就大家讲了一遍。玉钏儿就告知王夫人。王夫人与李纨、宝钗等皆晓得。王夫人便告知贾政，贾政点点头，正合了他的意儿。麝月也忙忙的奔回来告知宝玉，真把宝玉喜欢极了，想道："好个林妹妹，什么姜景星想吃天鹅肉呢！怪不道前日'我们我们'的拉拉扯扯的问，你往后再敢说'我们我们'的？"只有惜春、湘云听见了，却知道黛玉另有一个意思。惜春就说道："好个林姐姐，亏他拿得定，连我从前也是那么样才得自由自在。"可怪史湘云，只冷笑不言语。惜春道："云姐姐，你怎么样只管笑着，难道林姐姐还不算立得定么？"湘云笑道："你不要说他，只怕连你也还立不定。惜春就不然起来，说道："云姐姐，你还是激着我，还是料定我？"湘云笑道："只怕料着些儿。"惜春道："你左右是胡闹便了。"湘云道："胡闹什么，正正经经的我讲给你听：大凡人要……"正待说下去，宝玉碰了进来。原来宝玉听了林黛玉拒绝姜景星，只疑心林黛玉回心向着他，前日奚落他一番也是黛玉从前的脾气，只要说明了依旧回心。因此又想去见见他，剖剖心事，却恐湘云、惜春在那里，以此先来探探。不期走到这里，听他们高谈阔论的，宝玉就叫进来道："大凡人要怎么样？"湘云、惜春倒吓了一跳。湘云便道："你且坐下来听我讲。大凡人要成仙，不但自己心上一毫牵挂也没有，也要天肯成全他。天若生了这个人，定了这个人的终身，人也不能拗他。你看从前这些成佛做祖的，也有历尽魔障，也有跳出荣华，到底算起来许他历得尽跳得过，这里头也有个天在呢。这个根基也不是一世里的缘故呢。"惜春道："这样看起来，天定人总不能胜的了。"湘云道："天也由着你做去，你只将几千几百的善果逐渐的累上去，做到几世上，真个的你自己立了根基，这便是人定胜天。到底也还算顺着天罢了。你要巴巴急急的立地便怎么样，你知你前生是怎么样的人儿？这不是初世为人，就想上天么？"宝玉想起自己从前走误了路，也点点头，心里叹服湘云道："这么说你自己的根基便怎么样？"那史湘云已经悟道，岂肯说破，便道："我便怎么样，不过有些因儿，一世一世的做去，等个时候便了。你们而今静静心，也好落得百病消除呢。只是一个人的心自己如看得不清就着了魔。"惜春也笑道："可笑云姐姐，你还不知道我的心，我得剜出来你瞧瞧，我只自己认清白了，即便着魔不妨？"

宝玉听到剜心一句，忽的迷乱起来，面色雪白，身子就恍恍荡荡的忽然迷了本性，就立起身来向潇湘馆走，脚步儿也健，比往常时快了许多。一走进去，紫鹃、晴雯看他疯疯傻傻的，眼光一直的呆得很，叫他也不应，就一直的走进黛玉房里来。看见黛玉坐在那里也不站起来，他就坐下来嘻嘻笑着，黛玉正没理会处，宝玉就傻笑道："林姑娘，我为你想的病了。"只瞅着黛玉嘻嘻的笑，黛玉也知道他疯了，就掉过头走往林宅里去。晴雯就走上前，拍拍宝玉道："二爷回去歇歇罢。"宝玉点点头，笑道："可不是，这就是我回去的时候了。"说着就立起来，迎着便是莺儿进来。紫鹃先告诉他着了迷。这宝玉走得飞快，一直地的要走到贾政住的老太太房里去，亏得莺儿、玉钏儿抱住了，叫道："二爷醒醒儿，回去歇歇罢。"莺儿便同玉钏儿扶他回来，将近进去，莺儿看不过，就说道："苦恼子，这不是林姑娘害的！"只这一句话提醒了宝玉。宝玉身子便就往前一栽，叫一声："狠心的……"哇的一口血直吐出来。玉钏儿慌了手脚，飞风的往上头告诉去，骇的一家子一起奔了来，问的哭的挤了多少人。

未知宝玉性命如何，且听下回分解。

第十一回

昏迷怨恨病过三春　欢喜忧惊愁逢一刻

话说宝玉迷了本性，自潇湘馆回房。将及进门，被莺儿提醒了一句，即便栽倒了，吐了一口血出来，登时昏迷不醒。慌的一家子都赶了来，把宝玉扶到床上去，只是昏昏沉沉。试试他身上，微微的有些汗点儿。王夫人、宝钗只是眼泪鼻涕的。李纨也慌了，贾政又有公事未回，贾琏飞风的叫人骑着马请王太医去。去的人一会子就转来，回道："王太医出城去了，小的已经叫人打着车沿路招去，也留人在他家里省得错过了。小的听说大街上到了一位广东的名医汪大夫，脉息药味儿通好，门口也热闹的很，通说他强，小的也请了来。敢则先诊诊脉，再不就打发了马钱，单等王太医瞧。"贾琏心下踌躇，王夫人便道："这小子倒也活变，且请上来瞧瞧。准，就吃他的药呢。"贾琏听了，随即出去陪了进来，内眷们就回避在里间听着。先是叫人告诉贾琏，不要告诉他病原，只让他自己看自己讲。这贾琏就陪他到了宝玉床前坐下。这个汪大夫倒也不问什么，按了寸关，低着头只管静静的想。众人看见他这样光景，都说这个大夫有些意思。一会儿又换右手诊了，讨了纸拈子瞧了一瞧，大夫就自管摇起头来。众人皆呆了。又捏捏他的人中儿，宝玉就哼一声。大夫道："还好。"众人略觉得放心些。大夫站起来，向贾琏让一让道："外面讲。"贾琏就跟了出来，贾琏忙问道："老先生看得怎么样？"这汪大夫摇着头努嘴咂舌的说道："二老爷这个症候也不小呢。据晚辈看来，胃火热得很，故晡脉弦洪，火急上升，从肺窍而出于咽喉，故为咳血。总由胃虚不能摄，血为火逼，热经在心，移热于肺，切不可喝水。只恐转经火盛，到第七日后，还要发斑。"贾琏及内眷们通骇呆了。王夫人就隔着壁问道："问问大夫到底碍不碍，有救没有救？"汪大夫道："二老爷，回上老太太，晚辈细细的瞧准了，怎么没有救？但请放心，只是这个病来的快去的迟，却是急性不得。如发斑，锦纹者为斑。红点者为疹。疹轻斑重，防他变紫黑色，以致热极而胃烂，一经出汗就难治了。晚辈总要好好疏解，化做疹子，这便轻下来，也好得容易。"王夫人与贾琏着实的称谢。这汪大夫就定下方儿来说道："请二爷送给老太太瞧，这是犀角地黄汤，外加当归、红花、桔梗、陈皮、甘草、藕节，叫他快快的引血归经。先吃了两剂再瞧。晚辈还出城去有事，改日再叙罢。"就出去了。这里正在疑惑，王太医就来了。熟门熟路的，听见要紧，就一个人同了吴新登上来。贾琏慌忙同进去看了。王太医知道惊惶，连说："不妨不妨，可回上太太，尽着放心。"贾琏道："可要纸拈子？"王太医道："不用，不用。"也便让出来坐下，王太医道："这二爷的症候呢，原不轻。但只要看得清楚，大要在血虚肝燥，肝火乘肺，火盛烁金，自然冒了些出来。大凡肝经的治法，只可疏肝，不可杀伐。一面疏肝，一面保肺，就便涵养心脾。而且气统血，肝藏血，只可顺势疏达，解散肝郁，这心肺两经自然和养起来。"便提笔写了一帖道：

六脉惟肝经独旺，郁极生邪，以致左寸微弱，心气衰极。总因木旺不达，侵克肺金；肺气不流，凝而为痰。血随气涌，法宜疏肝保肺涵养心脾。拟用逍遥散参术越鞠丸，以疏肝理气为主，肝平气行郁散，再进补剂。候高明酌定。

王太医便将方儿定了出来，这里贾琏就送上去。王夫人见两个大夫意见不一，益发惶惑起来。贾琏就说道："这王太医在咱们府中从没有错过，且将汪大夫的方儿给他瞧瞧。"王夫人点点头，贾琏就将汪大夫的方儿送出去。这王太医瞧一瞧，吓了一跳，就便道："可吃了？"贾琏道："没有。"王太医笑道："还好。这了不得，了不得！他竟看做了伤寒症内胃热的症候去了。岂有此理！还说道'转经发斑'，可笑可笑，了不得。还说'喝不得水'，笑话笑话。明明的《海藏》上说道：'大凡血症，皆不宜饮水，惟气则饮水。'你看宝二爷醒转来就要喝，也只给他杏仁米饮汤，少少的加些陈皮润润他的脾胃二经。这个方子吃一帖明日再换，只不要再给他气恼儿。"这王太医也去了。这里众人听了这番议论，见他说的针对，也都定了神。大家都骂起汪大夫来，说："亏着没吃了他的方子，这可还得了呢！"贾政却也回来，听见宝玉又病了，心里也烦得很："这个孽障，真个是前世的事，磨不清的！"只得叫了兰哥儿到书房里说话去，倒也不查问贾环。贾环也总不敢上去。这里王夫人、宝钗、李纨正闹着宝玉，那边喜鸾的吉期渐渐逼近来。王夫人一总交与探春、平儿。平儿账房的事原亏喜鸾相帮，至于自己的喜事如何管得，虽有喜凤，也替他姊妹避着些儿，单是探春拿主。探春也时时刻刻过宝玉那边去，忙得两下里照顾不来，又苦的物力艰难，刚刚的过了端午节，贾琏账目上还支不开来，先有兰哥儿的一番应酬，接手又办起这事。贾政又是爱体面的，遇着这林良玉的亲事，总说要厚些，留我的老脸儿。到银子上面便不管几遍的请示，只说："你且照常的打个把式儿，等我慢慢开发还人家。"这贾琏真急得要死，外面家人们便谏着说："二爷空手儿办什么？"里面平儿又一件一件的说这也少不得，那是要紧先办的。又闹着宝玉的病，不是招算命的就是请太医，再不就到处问个卦儿求个签儿。单只因从前马道婆闹了鬼，贾政吩咐："宝玉这孽障死也罢活也罢，单不许你们闹鬼闹神的，其余凭你们闹着罢。"这王夫人，便一会子叫请琏二爷进去，又一会子催琏二爷快去快回来，恨的贾琏只跺着脚的抱怨。又是林之孝、周瑞进来回话说："绸缎铺通不肯上账了，前日开下来喜姑娘用的单子虽则硬着的取了来，他这会子现在门房里要兑这宗银子。又是西客的月利儿，通说过了期一个多月了，要候着二爷。"这贾琏就逼着没路走了，就走到前头与贾政商议要向林良玉借挪借挪。贾政喝了一句："没脸面的！"贾琏没法，只得走了转来。这林之孝、周瑞也没法儿，只得走出去安顿了人。贾琏只得垂头丧气的走到自己房内躺在炕上，歪着靠枕呆呆的想。平儿也叹气道："我也知道你很难了，走又走不去，撂也撂不开，到了这个地位，谁还知道我们的苦呢？我们剜得下肉就剜下来也肯。可怜儿的弄到这样，还存得个什么在这里？我也千思万想没有法儿，总要上了万才得过去。今日三姑娘看不过，拿二千银来支应支应。他倒也告诉过林姑娘，悄悄的瞒着上头拿五千过来。横竖是他们家的大事，只好且使了再讲。"贾琏就跳起来道："可准么？"平儿道："不准还讲他做什么。"贾琏就走出去，一面说道："也紧得很了，既这么着，我且去约他们的一个日子。"平儿连忙叫住他道："你且住，除了这两路也没别的了，不要尽先不尽后的，好挂的且挂些儿，这里头也很怕断缰呢。"贾琏就点点头出去了。

　　且说林黛玉自从宝玉碰进来发病傻笑，黛玉避了他，随后闻他死死活活，一家子吓得什么似的。黛玉便想起来道："这宝玉也实在的可笑。从小时什么光景，今日已经折断了。他也是个聪明人儿，他从前也曾悟过道的，虽则走了错路，回过头来正好干他的佛门事儿。怎么重新又迷的这样，可见他这个人到底是个浊物了。就算为了我害出这个病来，关我什么事呢？还是我去招他，还是他来招我的呢？便算真个害死了他，我也没有什么罪过。从前凤嫂子害的贾瑞好惨，虽则贾瑞该死，正正经经的凤嫂子也不该同他说那些歪话儿。谁见这么样的人家做嫂子的好说出那样的话儿？就算巧计儿害他，这也不必。各人只守得住各人便了，害人家做什么？我从前同宝玉，那里有那么样的一字儿。据凤嫂子这样存心，怪不得他们说他临死时终究被贾瑞的魂魄拉拉扯扯。不要说尤二姐了，只就贾瑞的冤账也还他不清。而今宝玉这样，就算宝玉死了，宝玉也不能比着贾瑞恨凤嫂子的来恨我，真个干着我什么事。倒是舅舅、舅太太那么样待我好，宝姐姐待我也不差，我若在这里看见宝玉有什么的，也怪不好意思。不如打听他凶的时候，我先搬了过去，倒也干净，谁还问谁来？"便叫紫鹃、晴雯打听宝二爷的病信。这晴雯听见有这一句话出来，喜得了不得。只说林姑娘从前那些光景通是假的，今日听见宝玉病得重了，便就露出真心来。随即自己悄悄的赶来告知宝玉。谁知宝玉疯的什么似的，只是傻笑，人也认不出来。这晴雯坐一会儿，没奈何也回来了。晴雯却并不知黛玉心里头实在的意思。

再说林良玉见吉期将近，心里原想黛玉过来主张一切事情，只因为姜景星求亲一事得罪了他，心里十分过意不去。又有许多为难。一则黛玉说嫂子过去才肯过来，二则姜景星现在同居恐怕黛玉疑忌。总之惧怕黛玉，怕他受气生病，就如伤了父母一般，故此不敢接他过去。却又遇姜景星同着白鲁驷只管低声气下的探问口风。良玉从前应承的那样结实，而今怎样的改过口来？便也右吾左支的。这姜景星又借着良玉的吉期近了，借影着说出些对面文章来，吟了两句道："独向桃源问春色，刘郎不与阮郎游。"又说道："蓬莱宫阙容联步，未许梯虹到广寒。"句句是打动良玉的话头。良玉也着实不好意思，又不便再向黛玉处探问，真个说不出来。倒亏了结亲的事，内有黛玉，外有王元，又有一班朋友相助，自己乐得会同年吃戏酒自在逍遥。不过闲话中间要受姜景星的嘲讽。这良玉本来天性友爱，又敬服黛玉的才，业已大闹了一番，如何还敢在黛玉眼前提起这事。只好慢慢的想别的出路便了。

且说王夫人、宝钗天天守着宝玉。这宝玉有时糊涂有时明白。明白的时候只管哭泣，糊涂的时候只管傻笑。也没有什么话告诉人，就便悄悄的问他，也不语言。这王太医的药吃下去也像见效，也像吃疲了，总说这是心界上起的，总要趁他的心愿，尽管用药治不得他的心儿。半中间也是太医的意思，叫停了几天。到得厉害着又请他过来。他也皱着眉说道："告禀过了，左右是这几味药儿，就尽着的加减些，也出进的有限。倘如用了别的，总不稳当。这血症儿原也千奇百怪，到了牵扳着心肝两经，总不好治的。并没有什么大推大扳的。"这里王夫人听了，也没什么法儿。宝钗虽则大方，见宝玉这样光景心里也烦。只是每日里五更天就起来，点了香烛，望着空里，暗暗的拜祷。你道他拜祷的什么神明？却原来一心观相，只拜祷了亡过的老太太。每日天色未明便跪下去祷告道："我那仁厚慈悲有灵有感的老太太老祖宗，你在的时候这两府里若大若小谁不荫着你老祖宗的福分儿？你老祖宗的仁心大量儿谁也不感激。皇天也知道了你在先把宝玉这个孙儿连心合命的，那么样疼他。他孝敬着你什么来？我这个孙媳妇儿算什么，你老祖宗偏选中了，那么样疼我，教训我，要了我过来。我那世里与你有缘，疼到这么个分儿。而今宝玉病到这个分上，我知你老祖宗在阴空里瞧见了，心里头也不知怎样的疼呢。你老祖宗有灵有感的送林姑娘回转来，交给他帮着宝玉兴旺，这两府里谁不知道？我只求你老祖宗快快的阴空保佑圆全了这件事情。宝玉也好了，你老祖宗的心事也完了。你老祖宗在世为人，去世为神，只可怜儿的，快快的圆全了。"这宝钗一个人天天祷告，自然志诚通神了。有一天值王夫人赶早过来，在院子里遇着了，悄悄的在背后听见，禁不住流泪伤感，也跪下去差不多的祷告起来。这边探春一心办喜鸾出阁之事，不便问喜鸾就问喜凤，有两边的话儿也来问问黛玉。两亲家的事，时刻见面商量，倒也十分妥当。贾琏有了银子，事情上也很支得开了。外面铺户见贾府又有整秤的兑出来，料想是元妃娘娘赏下来的银子还多，账也肯上了。这荣国府依旧热闹起来，连那府里也容易拉扯。那贾芸、贾芹仍旧想挨身进来，讨些小差沾些汁水。这贾琏想起巧姐儿的苦楚，只要摆布了他们心才爽快。却碍着顶了一个贾字，如何还理他。又想起这些人多是凤姐儿引进，不料自作自受，害了亲生的巧姐儿。若不是刘姥姥、平儿两人，这还了得，所以连贾环也恨起来，如何见了他们不恼？随即喝开了。这贾芸、贾芹又去求赖大，也被赖大数说了好些。大家想一想，原来银子这件东西就是这样的，没有他便走不开，有了他就行得去。不过做人两字，全仗着这一件做去便了。罪过得很，不拘亲情友谊，日用生活巴巴的全靠着他，所以天下世界的人为了他什么都不管了。又奇怪得很，越有越要，越多越贪。这苟完苟美之心，谁也没有。偏是个没有他的，有了时也见好，没有了也过得。越到这荣国府的势分，尽着消磨，尽着要支架子，可怜儿的，这空架子好难玩呢。这也有个法儿，人生世上穿衣吃饭。饭上头，只要顾我的肚腹；衣上面，总不管人的眼睛。有人奉承我也这样，笑着我激着我也这样。这便银子的权柄轻了些。不过，荣国府这样人家也要这样做人，学也学不上来。倒好借端譬喻，如颜夫子学道一样，欲罢不能，既竭吾才，如有所立卓尔。

且说荣国府中喜鸾吉期越发逼近，可可的宝玉病体益发沉重起来。林黛玉闻知很要过去，又碍了前日的说话，说要等嫂子过门方才过去，怎么自己说的自己也改过口来。却也怕看见了宝玉有什么事情，便告诉王元道："两边都有事，我在这里也不便，怎么好回回大爷自己照应些。"王元就懂了，却晓得黛玉不好说话，不敢探问，就笑笑道："小的也那么想，单是大爷如何照料得了，又且日子快了，小的且回回去。"这里良玉得了这个信儿，喜得了不得，立刻过来要请黛玉即便过去。黛玉道："我呢，原要去，只是时候没到。"良玉也懂得，就道："好妹妹，不要耽搁了。"黛玉正色的说道："怎么样改的话儿，凭什么说话通改得的了？"良玉懂得不提姜字的一句，就打躬央及道："好妹妹，我而今叫你做哥哥，你这女哥哥的言语谁敢不依。我若除了一句话，再叫你改别的话儿，凭你打就是。"黛玉也嗤的笑了，道：

"我也没见做妹子的好打哥哥，只要哥哥明白了我的心就是了。"这良玉就大喜，忙叫人来搬。黛玉道："我只住绛霞轩，就便嫂子过来了也不挪到上房去。我爱这几竿竹子儿。常要来瞧瞧他。"良玉道："这么样我也移到绛霞轩。"黛玉道："烦也烦极了。要那么关我就不过去。"良玉道："是的了，是的了，你搬我不搬，通依着。王元快快的就搬。"王元答应了，便叫人搬。黛玉就说："上头这几天因宝哥哥病得很，也很烦，我也懒得去。你替我悄悄的回一回。"良玉道："交给我，我就穿出去，回过来接你。"说完了良玉就去了。黛玉又叫晴雯道："你怎么的？"紫鹃就拿话儿取笑他，嘻嘻的说笑道："他是骑两头马儿的。"急得晴雯要撕他的嘴，便道："你便是会骑马的，闹什么皇帝身边只许有一个官儿。姑娘要撺，我也等姑娘，我剥你什么分儿的。"紫鹃笑道："讨人嫌的，人家玩了你一句，你就说上这些话儿，怪不得袭人嫌你。我告诉你，你要走，便是姑娘肯我也不肯。我替你收拾去。"把个黛玉笑的了不得，说道："晴雯，我是不肯放你的呢。"晴雯又急起来道："姑娘也跟着闹，只护了紫鹃。莫说姑娘不放我，就撺着也不走。"黛玉知道他的性格儿，那里肯再招他的话出来，便道："好妹妹，真个的，舍不得我敢则好。"这里就从从容容的搬。良玉也就过来，欢天喜地的接去了。

　　到了这个吉期，可可的天也热得很，单不过早晚上阴凉些，到了午间也同南边差不多儿。上面尽着放下帘子摆着凉冰。外面这些办事的，通跑得汗淋淋的，手巾儿尽着抹不迭。还是林家的规矩，这正日子通不见客，就道贺也在明日，还觉得清净些。只贾府上会齐了本家祭祖先，倒也很烦。还亏李纨、探春有主意，因为宝玉这个病闹得越凶了，就在宗祠内摆祭，也在那里吃饭，也略觉得清净些。这里喜鸾已经躲了人好些时儿，想起配了这样富贵双全的人才，心里也快活。想起父母不见，也就凄惶。又是嫡亲的喜凤妹妹还没有人家，难道还要累着这边的父母？只好自己过门后好好的成全他，只不要嫁远了，还留一个同胞姊妹时常往来往来，知心着意的。喜凤也想道："一样的没爹没妈的两个同胞姊妹儿，姊姊而今已这样了，谁想还跟上他。只是我这个人便怎么样？现今太太待我比着亲生女儿也差不多。只是这府里的事情也难了，怎么还顾得到我身上。倒是我们姊妹情分儿很好，只要我这个姊姊念着同胞的情，照顾着我就好。只是我一个女孩儿家，姊姊如想不到了，我怎么好说。"原来他们两个同胞姊妹一房一铺的又那样好，也就有彼此说不出的话儿。这喜鸾、喜凤两个守住在房里多时了。到了这日，王夫人也免不得同了李纨来伴伴他，看看各件随身物事。恰好宝玉这日清醒了些，喝了些稀粥，大家也放心，连宝钗也两边的往来。这边宝玉正在床上闷着，隐隐的听见哭泣之声，便叫雪雁不管谁拉了他来。可可的这雪雁又是没窍，招着去，见是傻大姐就拉了来。宝玉见是他，倒欢喜，就叫雪雁也走开，问他道："谁又难为你？"这傻大姐就傻头傻脑的噙着泪道："琏二爷打我。"宝玉道："为什么？"傻大姐道："他说从前宝二爷娶宝二奶奶时，通是你告诉林姑娘。如今林姑娘已搬到林家去，你再不要乱说。说着就打我一下子。"这雪雁听见了，就连忙进来将傻大姐拉了出去，悄悄的道："琏二爷叫你没说，你偏又说了。你再说要命。"傻大姐吓的走了。这宝玉不听见犹可，一听见黛玉已经搬到林家去，恍恍的耳朵边鬼也似的有人说道："合着姜景星——姜景星了。"就肝胆里一路火冒将上来，一声咳，又吐了一口红，面上火也似的，只管悠悠的喘着。慌的莺儿、麝月、雪雁等赶到上头去告诉。这里王夫人、宝钗、李纨、探春、惜春、平儿、薛姨妈就一总的赶过来。只见宝玉眼睛不住的往上翻，脚底下渐渐的冷上来。一家子那里还管什么忌讳，都就哭起来。贾政也慌着手脚忙赶太医。王太医赶进来，摸了脚脉尽着摇头，叫"且将独参汤灌着罢"。

这里正乱着，外面吹吹打打，林良玉要进府奠雁，直把个贾政、贾琏急得乱跳。上边喜鸾房里一个正经人儿通没有，倒是平儿有主见，拉了香菱过来照应着。李纨也两边走走，也叫兰哥儿："你瞧着太爷、二爷，你且往前进些。"兰哥儿连忙告诉贾赦、贾蓉。贾赦也知道大家张罗着。这宝玉的光景越看越不好，王夫人就哭起"没福的儿、剜心的儿"，宝钗也哭得要死了。还是探春抹着眼泪擎着茶杯，弯转身将参汤去灌，一面向王夫人、宝钗道："正要静着些定他的神，再不要哭着闹着。"正在那里劝阻，那晓得府前震天的响了三炮，开了凤凰叫似的府门，林良玉就摆着两广总督、两淮运司及自己的翰林仪从，掌号、打鼓、鸣锣、喝道、粗乐细乐一拥的闹进来。王夫人住着哭跌脚道："罢了，冤家路儿，催这个命便了。"林良玉偏生的坐一坐，再放着炮闹着去了。王夫人催着，快快的打发喜鸾上轿，偏又林家的人上来回道："还要等个时辰儿。"贾府里越发不耐烦。这宝玉定了一会神，倒受了些参汤，正要打算再灌，忽然间放着六个大炮，大吹大打的彩舆迎了喜鸾出门。这宝玉像跳一跳似的，气也不喘，紧闭牙关，参汤也不受了。这王夫人、宝钗等就放声大哭起来。贾政也知道不中用了，只送了众人出去，独立一人坐在外书房内掉泪叹气。贾琏将外面林家的事支使开了，飞的赶进来，见哭得震天动地的，也不管，便走上去，浑身上下摸一摸，立刻回转来，摇着手道："没闹！没闹！"众人住了哭。贾琏道："虽则气息儿微细，浑身温温的，手脚也软，闹什么。慢慢的尽着灌参下去。"王太医也在外间看着参罐，也说道："通要悄悄的，再定定神灌着参下去。"众人就寂然无声，连脚步儿都不响。偏这一晚月亮明得很，不知那里一个老鸦回去迟了，呀呀的叫过去。众人只暗暗的骂。那林家的笙歌鼓乐之声，一晚上直到夜深了还不绝。原来林良玉迎了新人进去，交拜坐床已毕，便请黛玉陪了，自己出去陪了曹雪芹、白鲁驷、姜景星等看了半夜戏。这黛玉十分快乐，又爱喜鸾，又替哥哥做主，千方百计的自己不饮，单把喜鸾灌得个二十分的醉，自己十分的玩；同着紫鹃、晴雯悄悄的遣开了他的丫头墨琴、筠秀，竟服事他睡下了。自己一面暗笑着回去，一面叫人去请哥哥。良玉还不肯进去，转是众人催他进去，外面众人喝着酒，看着戏，足足的闹了一夜。原来王元听得宝玉病凶，恐怕喜事中间有人说什么，日里头就叫柳嫂子去潇湘馆内叫老婆子、小丫头一总过去，关了潇湘馆，锁上角门，故此宝玉这样，通不知一点信儿。正是：

东院笙歌西院哭，南宫欢笑北宫愁。

王夫人守到三更时分，只见宝玉的面上红气清淡了，颜色也呆呆的黄起来，倒觉得喉间有些响，连忙灌汤，也受了些汤，渐渐的回过气来，"嗳"了一声。王太医知是回光返照，急说道："这倒不好，快将这参膏子尽着赶下去。"随即灌下些。宝玉张开眼来道："太太呢？"王夫人摸着手含着泪道："我儿，我在你身边呢。"宝玉瞅了一瞅，流下泪来道："太太，你同老太太白疼我了。"探春再要上前灌参，猛听见宝玉叫道："黛玉、黛玉，你好……"说到好字便住了，浑身就发起冷汗来。直慌得王太医在外间屋里跌脚，王夫人等倒反哭不出来。忽然宝钗栽了一跤，连忙扶他起来。宝钗说道："奇怪的很，明明白白见老太太颤巍巍的走上去，我就栽倒了。"王夫人、宝钗再看宝玉时，面也不很黄，气息儿也有，汗也住了，身上还只温温的。王夫人便叫悄悄的快快供起老太太香案来。这宝玉半死半活的闹了几天，那边良玉家里却热闹的很，天天戏酒还闹不清。

这林良玉完婚之后，得意自不必说，却怪喜鸾总不交一言，直像哑子一般。遇着良玉转身时，却又娇声细语千伶百俐的。这良玉心里不解，不知什么上得罪了新夫人，就问黛玉。黛玉也和嫂子好的很，单单不知道这个。良玉便悄悄的叫了墨琴问他，墨琴就说出来道："奶奶只怪老爷头一天故意的出去了，叫大姑娘陪着。又叫大姑娘千方百计的将奶奶灌醉了；心里为这个恨得紧。说要和老爷讲话，只要老爷将大姑娘也醉得这么着一番，心里就不计恨了。"良玉笑道："原来这样，这是大姑娘玩人家，我并没有支使他。奶奶果真要这样也容易。只是我原喝的酒，大姑娘气体儿弱些喝不多，喝多了怕不舒服。咱们今日就赶晚凉喝一会儿。只是尽着醉，大姑娘也喝，他也要陪着醉。再则往后不许装哑子了，再装着我真个的再同大姑娘灌醉他。"墨琴就说去了，喜鸾也笑着点点头。林良玉真个往北窗后梧桐芭蕉的院内摆着些剑兰、珠兰、茉莉、夜香花儿，支起藤床竹席，拉他姑嫂两个着实的喝起酒来，也叫小丫头子带着扬琴、弦子、琵琶、鼓板，唱个新雅的消夏暑儿。这黛玉的酒量本来有限，又遇着了他们暗算，不觉的酩酊大醉，就便坐不住立不住的，脚底下写起之字来。良玉夫妇连忙扶他回去。这黛玉就倒头睡下。

　　谁知黛玉因这一醉，就醉出一件天大的事情来，要知端的如何，且听下回分解。

第十二回
观册府示梦贾元妃　议诰封托辞史太母

　　话说黛玉被良玉夫妇灌醉了，喜鸾因在报仇，也笑嘻嘻的扶他到绛霞轩去，同了紫鹃、晴雯替他宽了衣，扶他上床。喜鸾还笑着替他下了帐钩，放了压帐，告诉晴雯说："大姑娘今日很醉了，停会子醒转来定要喝茶，不要给他凉茶喝。我那里办着醒酒的茶膏汤，就叫人送来，由他在银碗内温着，点的碗座子显灯草也由他。等他带温的喝便不怕停冷了。"晴雯答应了。喜鸾、良玉就含着笑去了。这里晴雯、紫鹃都笑道："怪不得大爷支开了我们，怕我们做手势提线，你看姑娘醉得这么着，我们伏侍了一辈子头一次看见。"晴雯笑道："你懂么？"紫鹃笑道："有什么不懂，不过喜姑娘要报个仇儿。"晴雯也点点头笑着。紫鹃笑道："这也不算得报仇呢，咱们姑娘醉便醉了，干干净净的一个人睡着，怕什么？"晴雯笑道："好姐姐，你要记清了，你将来不干净的时候，可不要被人哄醉了。"急的紫鹃赶过来一气的将晴雯按倒在凉榻上，一面呵着手格支他，一面笑骂他道："我要把你这狐狸精似的嘴通撕了。"晴雯笑得受不得，便道："好姐姐，饶了我罢，再不敢了，放我起来凭你打罢。"紫鹃闹的自己头发要散下来，也就将晴雯放了。晴雯坐起来还喘吁吁的，说道："紫鹃姐姐，人家玩一句就猴急得这样，你看我这个汗还了得？今日的浴汤儿白洗了。"紫鹃定定神，也取笑他道："晴雯妹妹，你呢，原也干净，只怕惹的人家袄襟上不干净些，将来藏着这袄襟子不知还做什么用，只怕清醒白醒的不干净呢？"晴雯也急得什么似的，要来闹他，被紫鹃再三央及讨饶。正说着，那边送了茶膏汤壶儿来，这里紫鹃、晴雯恐怕黛玉醒转来要喝茶，大家上了床，带醒的睡下。

却说黛玉大醉回来，到了自己床上一毫人事不知，只觉得这个身子非云非雾、飘飘荡荡的如在空里头。回头一看，同了一位姑娘坐在一辆绣车内，仔细将这同车的人一认，原来就是惜春。正要说话，就下了车一同的上路走，只见祥光涌现，瑞霭飘扬，当面前金碧珠珊显出一座琼瑶宫阙，就有两个绝色的垂鬌仙女引他进去，一层一层的玉阶金殿，走过好些路儿，遇着出进的仙姬也就不少。黛玉、惜春两个人彼此挽着手，跟着这仙女前走。不时间就到了一处院子中，有碧玉色高树两章，亮得水晶似的。树底下通有些翡翠鸟儿，在那里上下翻飞。上了玉阶，到了偏殿后，那仙女便打开一座白玉雕花嵌珊瑚的橱儿，橱里面放着许多册子。一个仙女便拣了一册给黛玉、惜春瞧看。那黛玉、惜春接过来就看。只见这册面上明明白白的写着"金陵十二钗"五个大字。翻过第一页，是一派水几片云，黛玉就猜是史湘云，后有几行字，逐句的分开，写道：

> 亦凡亦圣，混俗和光。洁净如天高月朗，变化如云涌波扬。一朝笙乐上瑶京，鹤背仙风星路冷。

黛玉看过了，惜春说："往后再看。"便画着一幅美人像，王妃一样的妆束，也有字在后头。写的是：

> 着意留春留得住，春事将阑，又发珊瑚树。凤藻访婵娟，黄衣上九天。恩深求合德，喜庆衍瓜瓞。日月有回光，荣宁久久长。

黛玉与惜春彼此惊骇，猜是惜春。急往下看，就便是两边树林交柯接叶，中间悬一颗翡翠玉印，印上挂着个金鱼儿。惜春骇道："这不是你是谁。"后面写的是：

> 月缺重圆，仇将恩报。死死生生，喜欢烦恼。劫灰未尽尘缘重，不合春元合春仲。寿山福海快施为，不配清修配指挥。

再看下去便是一天的雪花，横着一根簪儿。后面也一样的写着道：

> 言智不争人先，福慧不居人后。汪汪似千顷之波，独享期颐上寿。鸾翔凤诰起回文，一百年间两太君。

约着像是宝钗。再往后看便是一枝李花，一柄纨扇，又是一幅鸾，一幅凤，后面的词儿通吉利。又一幅画着一轮明月，一朵彩云。疑心是晴雯，看他的字却是：

> 霁月重生，彩云耀景。灵光不散，合镜完盟。魑魅魍魉尽潜形，两世恩仇都报尽。

黛玉、惜春看了十分惊奇，再看下去一盆紫鹃花，一幅上画一个黄莺儿，又一幅画了各色名花，旁边立一个美人儿在那里探望，末了一幅却是一个香炉下面画一簇菱花，词语儿通好。

这黛玉、惜春还要看。早被那个仙女夺了去，仍旧收入橱内。又另有三个仙女来传引着他两人走去，曲槛回廊，走到丹墀之下，只听得金钟响亮，传宣："贾仲妃、林太君上殿。"两人就上殿俯伏，只见珠帘高卷，坐着元妃，贾母也凤冠霞帔的坐在旁边，便听见赐了两盏玉液下来，黛玉、惜春就跪饮了。谢恩毕，便有侍班的仙女将贾母的凤冠递与黛玉戴了，将元春的凤冠递与惜春戴了，衣服也换过，就扶他两个下阶。这黛玉戴上这凤冠儿不知怎样的疼得紧，去又再三的去不下，惜春也这么着。黛玉一会子疼的受不得就哭起来。慌的紫鹃、晴雯连忙进去叫醒他。黛玉醒转来，原来是一场大梦，浑身上汗淋淋的。黛玉咄咄诧异，连忙喝了茶，起来用了水，换上席子，就说道："这新奶奶了不得，连大爷也做一路儿，灌得我好……你们也木头似的通不过来。"紫鹃、晴雯笑道："姑娘还说呢，大爷关着门，不许我们来呢。"黛玉道："岂有此理。昨晚谁服侍我睡的？"紫鹃怕说出喜鸾代脱衣，越发要生气，只得说道："大爷、大奶奶亲自送过来，是我们两个人服侍的。"黛玉定了一会神，说道："瞧瞧钟表上什么时辰了？"晴雯就说道："亥末子初了。"黛玉道："不好了，几乎误了，你们出去罢，只留下灯儿。"

紫鹃、晴雯重新净了帐子，候黛玉上了床，就出去了。黛玉就急急的打坐起来。

原来黛玉近来打坐工夫十分静细，久已通了两关，单单的第三关难得过去。只通了这关过去，便是醍醐灌顶滴露成胎，所以黛玉十分要紧。不期黛玉这一夜一样的收摄心神，静静的打坐，这运的气不知怎么样的就一关儿也不能过去。再则心里头不知怎么样横七竖八总触起宝玉来。黛玉慌了，急忙的拿住这个心，再不许胡思乱想，手指儿又狠狠的掐着，重新静坐起来。又不知怎样的，倒反连宝玉从小儿玩耍害病时疯颠的形状一直的攒上心来。又像宝玉也来了，站在帐门外叫："林妹妹，林妹妹……"直闹到四更，那运气的工夫还怎样着手？黛玉就恨极了，即便下床来，剔亮了灯，独自坐下，将前半夜的梦逐一逐二的想将起来："明明白白与宝玉的姻缘粘住了分拆不开，若说是个幻梦呢，那里有这般清楚。又有惜春同众人的图儿、诗句，又与贾母替换着戴这个冠儿。这么看起来，像是惜春将来也要继元春的一席。可怜见儿的，我已经跳出红尘死心塌地的认清了路儿走，怎么天就派定了我？只有湘云的福分大，真个要遂他的意儿。宝玉这个冤家，真正是前生孽障，活活的要拖我下这个苦海，好恨，好恨！原来天也这样，定了人做什么，人定要跟着依了他行。可恨的很。我半年上用的苦功怎么一会子就丢完了，连一关儿通过不去的！"黛玉心里越想越苦，泪珠儿直滚下来。又想道："天呢，原是拗不过的，我而今只有一死，天也不能奈何我。"黛玉气伤了心，立起来要寻刀子，忽又立住道："也不好。我若死了，倒还被人家说是为宝玉死的，谁还替我分辩？"左想不是，右想不是，重新坐下来百分的怨毒。又想："这个梦那里有这样清楚，那些图儿、词儿默也默得出。不要四妹妹真个的同做这个梦，明日且问问他。他若果真的也是这样，这还有什么说的。"又想："史湘云的一路言语，多像个未卜先知，怎么样，他已经成了？看他也同我们一样的人儿，只是真人不说破，说破不真人。他果真成了也未可定的。只是这个天，派的他那么好的，派我这么苦。"又想："头上这个天，从古来英雄豪杰都是跳不过的。怎么样诸葛孔明要想吞吴灭魏，到了秋风五丈原也就不能动手。又是岳王爷一心恢复，到十二道金牌催转，只好回马转来。我而今竟被宝玉这个冤家捆缚定了，死也由他，活也由他，他要我怎样天也顺着他怎样，摆布得我好苦。我那世里就一刀的割断了他。"想到此处，不觉的放声大哭起来，哭得个泪人儿似的。吓的紫鹃、晴雯睡梦里惊醒，赶到房中，只怪他无缘无故的睡着，为什么坐了起来。就算灌醉了，而今醒转来也犯不着伤到这样，实在的古怪性儿，一毫也摸不着。再三的劝他："喜喜欢欢的，为什么有话说不出？"黛玉也就恨良玉夫妇，就说："关了这边，通不许一个人进来。天明了快快的开过潇湘馆，请四姑娘过来。"这两个那敢拗他。

　　且说惜春是夜在栊翠庵里做了一梦，与黛玉一般无二，心里着实惊疑，连忙起来打坐。功夫儿也全丢了，再三静坐，一毫没有个影儿。也吓慌了，拉起史湘云问他，史湘云着实的笑了一笑，说道："告诉你入了梦了，通不中用的了。"惜春打量他用话儿唬着他，说道：

"你猜猜，到底是什么梦？"湘云笑道："这又奇了，你做你的梦，谁又知道来。不过黄衣上天便是了。"这惜春就骇极了，走过来拉住说道："好姐姐，你真是个仙人儿，你已经知道了，要告诉我。"湘云笑道："好笑，好笑。我不过随便口中混诌，知道什么？你要知道问你一路上同走的人去。"惜春还要问，湘云就用手推开他道："总也不干我的事，不要闹，我要睡呢。"惜春还跟着的要问，湘云就上了床，不知是真是假呼呼的睡着了。惜春也没法，只等天明就带了入画到潇湘馆来。正要叩门，里面紫鹃已开出来迎面看见，彼此暗暗称奇，就同了过去。一直过去，只见黛玉哭得什么似的。惜春又道："奇了。"当下惜春、黛玉两个关了门，大家说起来竟是一样的，彼此骇了一跳，就便一递一个，大家将册子上的画儿、词儿背出来。黛玉先背了湘云一幅，就说道："这云儿是不用说了，总要成的了。"惜春就将湘云晚间的话说一遍。黛玉益发出神，道："这样看，他是已经成的了。"随后惜春背黛玉，黛玉背惜春，轮流着直背到香菱。大家诧异，原来人生世间凡百事总跳不出一个天。到了天意转来，这人心就不由的不顺了。况且惜春也和宝玉好，就慢慢的替宝玉数说起来。又将宝玉现在临危，前日也遇着老太太回转的话说了。黛玉总不言语，只叹口气。黛玉也替惜春解说册子及梦儿里与元春换冠戴之事。惜春也叹气。这两个便密密切切的讲一会子，又叹气又掉泪。外面丫头们通猜不出什么缘故来，也笑他们着了迷似的。一会子又要请起史大姑娘来。也将史湘云请来了。黛玉、惜春直把个史湘云敬得了不得，尽着盘问他。史湘云总笑着不肯说，两个粘住了告诉他，外面众丫头方才知道了，也很诧异。湘云笑道："你们亲眼看见的就是了。可笑得很，我倒知道什么？"两个知道他不肯泄露天机，也不再问，就同惜春回去了。那惜春回去，只隐起自己的册子，便请探春、李纨、宝钗商议，告诉贾政、王夫人，大家聚在一块商议起来，连喜凤也跟着听。

且说良玉夫妻，清晨起来不放心黛玉，夫妻二人同过去望他，见关了门。隔着门叫，又听见传出黛玉的说话，说关住了，只走那边。良玉就慌了，恐怕黛玉生了气，仍旧要搬过去。从府门里走过去，又碍着新亲未曾回门，就埋怨喜鸾起来。喜鸾知道他兄妹好，又是自己起意醉了姑娘，也只得笑笑的说道："包给我，姑娘不恼。"喜鸾就想出一个主意，叫人去说，奶奶身子不好得紧，快快的请大姑娘过来。黛玉也不好意思，只得开了门要过去。这良玉夫妇连忙过来道了乏陪话，千不是万不是的央及他。喜鸾也笑着道："姑娘只容我这一遭儿，我也很知道了，你哥哥很抱怨我呢。"黛玉倒也过不去，便道："嫂子要报仇，哥哥要奉个命也容易，犯不着这么玩儿，而今说开了，谁还记着就不是了。"大家又坐下来，说了一会子方散。这良玉细细的察看黛玉的颜色十分惨淡，一则怕他乏了，二则怕他存着心，便悄悄的叫墨琴去央及紫鹃来细细的盘问。这紫鹃本来怜着宝玉，又见黛玉这会子转来，就便从头至尾连册子上的话一一的说出来。喜鸾也要成就这个亲，也帮着说。林良玉听了如梦方醒，便说道："就便亲上做亲也好，只是碍着薛氏表嫂的次序儿，怎么好？"紫鹃也便回来告知晴雯，晴雯便告知平儿，大家欢喜。

却说贾政与王夫人商议定了，便与贾琏商量。这贾琏巴不得立时间成了，就请曹雪芹过去致意。隔一日，曹雪芹回来将良玉因宝钗的次序难定，故此迟疑的缘故说了。贾政道："这个我也虑到。"曹雪芹去了，贾琏上来问知缘故。贾琏就撺掇道："这也容易，侄儿向来知道二弟妇贤惠，二弟妇也和林表妹从小儿说得来。依侄儿的愚见且瞒了里头，不过请老爷先叫二弟妇来说一句，一时间且从些权儿，日后姊妹们排行有什么过不去的？二弟妇那么大方贤德，岂有不顺着的。"贾政一时间没法儿也依了，就悄悄的请了宝钗出来，婉婉转转的告诉他说道："宝玉这个孽障若不是这么样原也没命儿，也害你。怎么样一会子从个权，暂且哄过了这个关儿，将来姊妹相称依然序齿。"宝钗虽则大方，到这个名分上也就沉吟起来。贾琏就打一躬道："老爷也是没奈何，圆全的法儿，弟妇没有不依的。"宝钗也只得还了一礼。贾政道："很好，我原要赔个礼儿，你且替着我。但是婆婆前姊妹前且慢慢的提着。"宝钗没法，只得勉强的道："但凭老爷做主便了。"贾政、贾琏大喜，就安慰了宝钗一番。宝钗也没言语，想起"老爷只听着琏二爷，毫无主意，又挡住我不许开口。我只凭着他们闹，看太太怎么样。"就闷闷的进去了。这贾琏就七张八智的哄着贾政催着曹雪芹过去说："从前老太太当着宝玉说，原说聘定的是林姑娘，到了拜堂进房还这么说着。也曾叫上下人等大家齐声传说，说给宝玉听，连丫头也是雪雁儿。而今应了亲事，自然过门的时候要请林姑娘穿戴着世袭荣国公夫人的冠服过来。现今出帖下定，先把祖上世袭的丹书铁券、敕封诰命送过去为信。将来薛氏奶奶原也一样的有个位置，总等宝玉自己的功名封荫。宝玉的进步看来也不小。为什么呢? 论起完亲的次序来自然薛先林后。若追到结亲的名号上，到底林先薛后。又是老太太亲口的吩咐，谁敢违他。"这曹雪芹本来和宝玉好，就一是一二是二的过去告诉。良玉也即便立刻的应允了，回话过来。贾政也将请两位王爷作伐，各事说明，也将日子选定。贾琏就到宝玉处，一一告诉宝玉，把宝玉欢喜坏了，不多几日就好上来，王太医也很乐。

且说黛玉自从梦见册子以后，不由人似的心儿里渐渐的顺将转来，又是晴雯、紫鹃打量他回心转意，早也说晚也说，总搭上个宝玉在里头。黛玉起先还假意的嗔怪，后来也便低了头。又想起贾政夫妇两人那么样的周旋，自己做得那样，也觉得太过些，也时时的想起宝玉前情，忆着宝玉的病。又想起宝钗从前怎么样和我好，而今势败了，我倒反要下了他才好。也就整日间的思量。真个的人随天转，也可怪得很。如此看来宝黛两人的姻缘也就即日聘定了。谁知天地间的事千变万化，谁也料不定来。忽然间又闹起一件故事，叫他两断断的结不得这个亲。

要知后事如何，且听下回分解。

第十三回

谒绣闱借因谈喜凤　策锦囊妙计脱金蝉

话说宝玉、黛玉的亲事千回百转变化离奇，将到成功的时候又碍着了宝钗的次序儿。亏了贾琏想出个权宜的方法，把林良玉说妥了。这件事情就这么圆全上来，中间的磨折也够了。谁知两位王爷作伐已经通知，日子也定了，又闹出一件绝大的故事来。你道为何？原来贾琏因为成了这件大事，四面讨好，将来自己的干系也轻，也还可以沾些好处，就在晚上同平儿两个细细的说起来。这小红是会说会话的，听见了学与玉钏儿听，玉钏儿忍不住就尽数的回了王夫人。王夫人正拿着一个茶盅儿将要喝完，把玉钏儿的话听完了，就脖子里起一股酸劲儿，颤到指头上，一失手把个茶盅儿跌得粉碎。这眼睛里的泪，水也似的。口里只顾咽着。玉钏儿骇呆了，喜凤走上来也着实的惊惶着。王夫人只不言语，停了一会就到床上去。喜凤、玉钏儿就明白了。王夫人一面暗泣，一面想道："这琏儿干的事情天理也没了，王法也没了。老爷就跟着糊涂到这样？我便是妇道人家各人凭个理。你这个荣国公的世袭，你知道可是你自己派得定的？也等你过去了才到得你的儿子身上。就到了你的儿子身上也要分个长次。就算珠儿过去了，长房也有孙。就算长孙得了官让着宝玉，也要候朝廷挑选。这个总罢了，世家子弟完姻仗着祖宗的荣耀儿、顶带儿，取个吉利罢了，怎么好连丹书铁券、敕命诰封也送去？朝廷是给林家的？要像凤丫头叫张华告状的手段，我就拿住这个讹头顽儿。我怎么肯闹这个？拿定我闹不出，就把我当什么人儿？宝丫头你好可怜儿的，你也不是我拉扯来的，在先老太太怎么样的求，谁不知道？不过薛家也穷了，蟠儿不成器，越越的算不上了，赶不上人家的财、人家的势，又不是贾家的祖亲。琏儿这没志气、丧良心的，他而今再拉扯了姓薛的也没有什么想头。白鸽儿旺边飞，怪不得，只是老轿夫会抬人也不踹人倒。怎么宝丫头可可是个垫脚跟儿的？宝丫头你也苦，又踹着又堵着，怪不得这几天你只呆呆的。宝玉这个孽障，怎么好得这么快？通不过把我蒙在鼓里便了。我想这位林姑娘人物儿、才情儿，原来好，怎么不疼他。只是他性格儿也够受呢。他舅舅见了他怪臊的，亲生也没这个分儿，从他回转来，一直到而今，我只像添一位老太太似的。够了，够了！我也算孝顺过了，宝丫头在我跟前怎么样的，宝丫头的娘家也败了，哥哥又不学好，人家又有财又有势，将来讨过来，公公是儿子，丈夫是孙儿，好泼天的势。全家吃着他，靠着他，奴才们的眼珠儿、心孔儿还了得。这琏儿的势利东西，不用说了。不过我从前忤逆了老太太，对不过老太太。现世现报，再伺候一位小太太，往后的日子也长不过，叫我做一个到死方休的苦媳妇便了。宝玉这孽障，将来眼里还认得我？我还守他做什么，索性等他老子、儿子公请这一个娘来，天长地久的住着，我只带了宝丫头到姨妈那边去过一世，今世再不见面，苦苦的做活计度日也好。宝丫头也还怀着胎，你只赶上珠儿媳妇便了。"

王夫人愤极了，立刻起来套车往姨妈家去了。这边喜凤、玉钏儿、彩云等也吓慌了，只得请李纨、探春、平儿过来告诉，却也都不敢说起小红来。也猜不出王夫人心里头藏着什么意思。不多一会，薛姨妈就叫同喜过来立时立刻接了宝钗去。随后又是同贵、臻儿过来同了玉钏儿、彩云、莺儿、文杏手忙脚乱的将王夫人、宝钗的被褥帐幔并几个随身箱子也立时立刻一总搬了过去。探春、李纨、喜凤、平儿等只骇得目瞪口呆。这时候宝玉已经大好了，在史湘云、惜春那边不知天东地西只像小时候的玩耍。贾琏也办着过帖子的事情出去了，贾政倒也没有公事，倒反是北靖王、南安郡王先后差官致意。说到两位王爷，通是世交相好，到了这日，要约会了自己过来。贾政再三的谢，差官那里肯依，说王爷当面吩咐一定要来的。贾政连忙上这两个王府去。北靖王又拉住了吃起便饭来。贾琏也往外城去，为了事情上烦了，住在城外。这荣府里便没个做主的人儿。偏生的兰哥儿也上班值宿，碰在一处。探春要自己过去，却又被账房里支发的事情烦着。平儿一个人也支不开，只得叫周瑞家的、林之孝家的伺候，俱被王夫人喝回。直到黄昏后，贾政方才回来，得意洋洋的要进来告诉王夫人，探春就迎出去一一的告诉。贾政慌了，便跌着脚叫宝玉去。宝玉去了许多时候方才回来，说门也关上了，叫也叫不开。贾政就查问起开首的缘故。众人只说是姨太太那边来的话儿。贾政也一句话说不出，只自己走进房里叹着气，摩着肚子。贾政只得叫众人："且睡下了，明日一早晨，琏儿、宝玉同过去请太太、二奶奶就过来。我下朝回来就要见面的。"

到第二日，贾政下朝回来，贾琏、宝玉还没回转。几遍的叫人催去，总没信儿。等到日过午了，外面招贾琏的人也多，贾政气急了，着人去叫回来，说宝玉也要来，迟些时就要打。贾琏、宝玉只得回来。贾琏呆呆的，宝玉只是簌簌的掉泪儿。贾政跌脚道："怎么样？你两个是哑子吗？说不出一个字儿！"贾琏道："侄儿同宝兄弟到那边，上了厅就关住了，不放进去，连蟠大哥通不见面。只有蝌兄弟木头一样的不言不语的陪着。侄儿就说道：'我也罢了，宝兄弟须让他进去，他有家叔的话儿，要上去回一回。'蝌二弟就道：'宝二爷进不去，这个门儿近来低了一尺了。'侄儿便赔笑道：'二弟你也太过了，这个话至亲分上如何当得起。'他就说：'敢则是有亲，不过是提到这个字，咱们仰攀着呢。'侄儿就说：'什么话儿，你我兄弟们见老人家有些不如意的。彼此圆全些。二弟怎么个人，再不要这么着。央及你快快的同宝兄弟进去，我也要跟着走。'可怜儿的宝兄弟就死命的碰这门儿，那里碰得进。蝌二弟还说着许多嵌字眼的话儿，叫人当不起。宝兄弟就哭到这个时候。蝌兄弟就说：'有个破碗儿穷板小菜儿，贵人踏着贱地给个脸儿。'侄儿就说：'二弟不要那么着，咱们还要要着吃呢。'侄儿就在那里吃了饭。宝兄弟只吃不下，看他就哭到这个分儿。"贾政又惹气又为难，一会子没主意，就将他两个喝开，自己进房去一个人坐着出神。这宝玉就回到自己房里，空萧萧的闷着哭泣。贾琏便出去张罗事情。

且说林良玉，虽则应承了贾政，到底没有黛玉的口风，恐怕临时变卦做了话柄，也对不过姜景星。林宅里，外面除了曹雪芹，不肯告诉别人。里面只与喜鸾商议。喜鸾自从过门后，一心的记着喜凤，就想了一计，告诉良玉："喜凤和黛玉最好，要向黛玉探信，总要喜凤过来。"良玉便央及他。喜鸾就像前日哄黛玉开门似的，说自己有急病，要请喜凤过来。喜凤听了急的很，就要过去。偏生贾政为了王夫人、宝钗的事恐怕传到林家去，吩咐把潇湘馆锁了门。喜凤只得告诉贾政。贾政也叫他不要说起，就让他上车从前门进来。喜凤到了济美堂，下了车走进去，不期姜景星从内书房走出来，刚刚的正面遇着，避也避不及，只得低着头进去，即被姜景星看了个饱。这里喜鸾姊妹相逢，挽着手说出想他诳他的缘故，说说笑笑同到绛霞轩去。黛玉心里欢喜，就留他同住了。良玉也进去见过了出来。谁知姜景星见了，想起天下世界还有这么一个人，也是前生结定的姻缘，就把西子、太真都比下去了。良玉听说他遇着喜凤正在出神，忽动了个以李代桃的意思，就走出去埋怨他不回避。姜景星说明了回避不及的光景，就问是那一位。良玉便装着个赧赧的道："就是舍妹。"姜景星说不出别的话儿，只说得一句道："怪不的了。"良玉就笑了笑，变转话来道："告诉你，这不是舍妹，实是替另一位。"景星呆一呆，也笑道："谁被你哄。"良玉笑道："不论是不是，你说过的'桃源广寒'可也当得起？"景星便跪下道："只怕桃源广寒还没有呢。大哥真个提携我，不枉了平日心腹至交手足情分。"良玉便拉起景星说道："实实的不是舍妹。兄弟若果然定准，我也可效个五分劲儿。"景星就再三央及道："我也通不管是什么人，总是贾府上的，总要求大哥实心实力，再不然我就跪下去，只等应了再起来。"良玉便大笑起来道："是了是了。人且慢慢告诉你，我只招架着在我身上便是了。"景星也大笑称谢。良玉就跑进来告诉喜鸾，喜鸾更觉喜欢得了不得，嫡亲姊妹两个配了同榜的两位鼎甲，只怕贾府上自先妃以下就是数一数二的人儿。良玉心中也想着，不料接这位小姨过来要探黛玉的亲事，一会子倒先定了他自己的亲事，实在是天定姻缘。这里喜凤与姜景星结姻后文再表。

再说贾政，见王夫人带了宝钗搬到薛姨妈家去，连宝玉也不许见面，坐立不是的。探春就请同了李纨过去，贾政也说该去，这姑嫂二人立刻要去。宝玉哭上来说要跟着过去，贾政也说很该的。三个人连忙上车。到了薛家，一直进去。只见里面关上门，有人传话说道："等宝二爷回去了，三姑娘、大奶奶请进去。如若宝二爷在这里，便不用进去。若宝二爷一定的粘住，三姑娘、大奶奶通回去，并不用见面儿。"众人就呆了。宝玉那里肯回，就粘住了他两个。探春道："二哥哥痴了，难道当真的太太总不见你，你快走，让我们进去，我不为你为什么来！"宝玉没奈何，就哭回去了。坐在房内细细的想起来道："这件事越搅越不好，论起理来，琏二哥说的话，追着老太太的治命，那一个字儿是编出来的？我在先若知道林妹妹身上不好，逼着我同宝姐姐结亲，我原是抵死不肯的。虽则老太太听了凤嫂子的诡计，我的耳朵里到而今却也还记着那结亲的话儿。今日琏二哥自己翻转妻房的话儿，也是良心难昧。巧巧儿碰着了太太在里头，替宝姐姐评什么次序儿。有什么次序的？我从前同晴雯、芳官这班姊妹也不拘大小，有时候他们坐着躺着，我尽着的站定了服侍他也有的。不要说宝姐姐的年纪原长些，林妹妹也和他好，也让他。就算林妹妹坐在宝姐姐上头有什么奇的？我怎么小似宝姐姐，我也曾僭他。这云儿们算个客人不用说了，咱们家三妹妹、四妹妹也曾僭着宝姐姐坐过，谁还拘什么次序儿，到了正经的座位上，谁又错了什么次序的。难道林妹妹、宝姐姐连这点小事情也要计较起来？我将来玩儿的时候，还要同晴雯、紫鹃也一块儿同着坐。若有人拿这个短，我就要说在先老太太玩的时候，怎么连鸳鸯也叫他坐在里头。若有人说鸳鸯不知大小，鸳鸯这个人谁还赶上他，连老爷也说过赶他不上呢。而今太太倒在这点子上要操这个心，我就不明白了。宝姐姐也不劝劝，难道你也要在这个上存心？宝姐姐，你若真个的在这个上存心，在先老太太说你凡事不存心就假了。我而今不知大嫂子、三妹妹进去怎么样讲，看来也不过将这番话说了，太太就没有不依的了。"宝玉走来踱去，总不过是这些孩子的想头。下午时候，李纨、探春也回来，宝玉进去，李纨、探春就笑着道："来了，正有话呢。"宝玉问："太太怎么说的？"探春笑道："太太说全要问宝玉。宝玉便不许见面，却要问他的说话。"宝玉道："这又奇了，这些事我全然不管，通是老爷拿主，有话要同到老爷上头回去，叫我说，我说什的？"李纨只抿着嘴笑，探春笑道："我们怕不是这样说，太太说'也不要牵扯什么老爷，你们回去只叫宝玉评个理我听。'"李纨笑道："宝兄弟你第七名举人也中了，文章上朝廷还赞个好，你这个理评不出来？"宝玉道："大嫂子不要笑话儿，叫我评个理我就评个理。"就把刚才这些想的话一字不改的都说出来，还说："果真这样的去说，太太有什么不依的。"这李纨、探春听见，都将手指头指着宝玉，连肚肠也笑断了。探春笑道："好，真个的这样说去，太太就依定了。太太还有话问你说，你当真不拿主是呆呆的病在床上的，怎么样得了一个准信儿，好得这样快？也罢了。怎么林妹妹搬出去你就病，太太、宝姐姐搬出去你不病？叫你也评出个理来。"李纨只拿眼睛看着宝玉尽管笑，要听他评出个什么来。宝玉道："这益发容易了。人家谁会装出什么病来？就算病是个假的，那王太医的药难道假的？从来说对症发药，没有这个病，怎么受得这个药？若说是为什么好的，我若自己拿得住怎样就好，在先为什么自己不拿定了不病？而今又说太太带了宝姐姐去也要病，这么着我们一家子连大嫂子、三妹妹也该病。就算比着林妹妹，印板儿似的单单要我病，我现今实在没有病怎么装的来？罢了，凭着太太帮着宝姐姐，真个要我病一场我也依了太太，装起病来，这王太医一定将前日的药方给我吃，我没有病如何吃得？不吃又不是的，你们想想，我就该怎么样了。只怕太太倒也不愿意。而今你们也将我这个话回上太太，请太太评评，再不然宝姐姐也帮着讲讲，太太难道还不依？"李纨、探春益发笑坏了。宝玉还跌着脚说道："人家正正经经的，你们反倒当做玩话儿。人家只有生气的分儿。"李纨笑道："宝兄弟是极的了。我们真个这样说，太太依定了。"宝玉道："到底是大嫂子明白。"正说着，有人来回：曹师爷请宝二爷。宝玉就去了。探春笑定了，说道："你看这个傻子！"李纨道："我们原也要就过去的，到底替他编几句话儿。"探春沉吟了一会儿，说道："大嫂子你不要糊涂了，太太难道不知道宝哥哥的为人，无不过过水筒儿，过到老爷耳朵就是了。今日原是替老爷过去的，怎么样也回明老爷才好。"李纨道："这却使不得，意思原来是这个意思，我们做儿女的却不好那么传话。只可编个谎，求他两位老人家开释了才好。"探春也点点头。迟了一会，探春道："话便是这个话儿，编这个也就难。你想想，要编除非替宝哥哥编，怎么样编法算宝哥哥揭老爷的短，再则凡百事情也要个出路儿，这件事到底打算个什么出路，你我也实在的为难。"李纨道："难则难，刚才回来的时候，你我通回明白，去去就过来，太太还我一句'你们还不厌弃我，而今也是这个时候了'。到底怎么样回复去？"探春想一想，笑一笑道："有了有了。我们只拿宝哥哥方才这些言语一字儿不改通学与太太、薛姨妈、宝姐姐听，且逗了笑，将今日过去了再讲。"李纨笑道："也好。"李纨、探春就讨去了。

这里曹雪芹请宝玉出去，原来是林良玉托他先替姜景星求喜凤的意思，宝玉一向疏了他。只因他问着黛玉的话，心里也防他和林良玉好，要夺这个黛玉去，故此疏忌十分。而今听见他另选了一个人，也是自己的要好姊妹，放开的是黛玉，去求的是喜凤，心里头倒反快乐起来。便一力的担当，也许了五分的劲儿，又请贾琏过来一同商议。贾琏见这府里，新得了个探花妹夫，接连又得了一个状元妹夫，心里头有什么不乐，也时常看出贾政敬服姜景星的意思。便横身出来许了十分。这曹雪芹就欢天喜地回去告知林良玉、姜景星，连喜鸾姊妹、黛玉通知道了。人人快乐，只等贾政应允了立便选日请媒。

却说王夫人、宝钗自从搬到薛姨妈家，三个人十分怨恨，通埋怨凤姐儿夫妻两个的，前前后后干些什么事儿。而今王爷通知道了，日期也近了，怎么样改转来。无不过见我们人财两败，奔着势利上去。我们只一辈子大家守着过，他们也不要上门上户的。到底还有冷眼的人瞧着他，凭着他无法无天，也有人暗地里揭他的短处。老姊妹两个只是个伤不了，又怕薛蟠知道，性子儿不好。从前发性的时候，也曾要赶过去打宝玉，不要碰着了再闹出故事来，两边不好看。先打发他下山东盐务里走一遭，等贾家的事过了再回来。又叫薛蝌不要应酬贾家的人，各人过各人的日子。这老姊妹两个只是掉泪把这事数说。宝钗虽则大方，也不免闷着，只闲闲的同香菱、莺儿、文杏、彩云、玉钏儿等做起针线活计来。正是：

谁知绣阁金闺女，也作牵萝补屋人。

这边李纨、探春第二次过来，薛姨妈、王夫人也就请进去。宝钗、香菱也慢慢的放下针线活计出来，一同的坐了。李纨、探春只笑着，这边三个人也不来问他，探春只得笑着说道："我们过去非但要问宝玉，也要回老爷。老爷只是不回来，等到这早晚还没有转，我们就学着太太的话问着宝玉，他当真的评出个理来。"王夫人道："我倒要听听。"李纨、探春就你一句我一句的全数儿学上来，也把王夫人、薛姨妈笑的肚子疼了。连宝钗、香菱也忍不住笑起来。探春道："宝哥哥还正正经经猴急的很，叫我们学着这样回，太太准准的依定了。"王夫人就望空的啐了一啐，使劲儿骂一句："糊涂死的小子！"姨妈也笑道："罢吗，这个实心孩子。亏他文章怎么样倒明白。妹妹你听听，你还气甚的？你还要问他？可怜见儿的。"探春道："二嫂子，你尽该知道这番话不是我们编得上来的。"薛姨妈道："好姑娘，我们宝丫头而今也配不上你称他嫂子。"李纨道："姨太太怎样的好说起这么当不起的话，他不配谁配？"王夫人道："有个配得的人儿？"探春道："就算添个姊姊妹妹，家常的次序通是好姊妹，谁配谁不配？我们大家也要平个心儿。"李纨见他说的急了，恐怕招出王夫人的恼来，就横插进去说道："老爷呢，今天原也要过来，只是公事忙，也告过假没有准。只怕一半日就要过来请姨太太的安，回太太的话，也问问宝妹妹的好，先叫我们过来的。"王夫人笑道："亏你图的一个八面光。"探春也陪着说。薛姨妈、宝钗总不言语。王夫人便道："老爷呢，原也很大呢，又是王亲，又是世袭公爵，大的什么似的。咱们姊妹娘儿在这边还算什么人！评起根基上呢，原也不是灰堆里出来的，只是而今势也败，家又穷，人才儿也不出色，那一种赶得上人家。没有什么力量贴得起人家的过活。况且也同贾府上没什么拉得上的祖亲。咱们还要自己算个人，也害臊，赶紧的让人家，人家还嫌的迟呢。老爷这样的分儿，还要到咱们这里？真个要来你们也该赶着谢了他，实在的当不起。我们的二侄儿很明白，昨日宝玉过来，他还说咱们家的门儿近来低一尺了，走不进，多谢罢。他小子还走不进，况且老爷那么个大人呢。"李纨、探春也笑道："我们倒是头一回听见太太的趣话儿，然而回家去倒不敢不回的。"薛姨妈也道："真个烦你们两位谢住了，什么样的门儿好烦渎老爷过来。"正说着，薛蝌叫人进来回道："宝二爷粘住了，准定的要进来，乱嚷的说是大奶奶、三姑娘一样的人儿怎么能够进来，为什么单单的不许他进来？"这问话的人也抿着嘴的笑，这里众人又好气，又好笑，薛姨妈又笑道："罢吗，这个实心孩子还要问他什么，可怜见的。"探春便道："也叫他进来走走。"王夫人连忙喝住，叫撵着走，再不走把这个糊涂死的小子打出去！探春道："不要气疯了他。你只告诉宝二爷说，是我同大奶奶说的，他的话尽数的回明了姨太太、太太，真个的依了，快些回去罢，我这里也就回来的。"这回话的人就请薛蝌出去，将宝玉哄回去不提。李纨、探春又寻些闲话来散闷，也带着解劝。倒像姨太太有个转过来的意思。又大家去看看针线活，配些颜色，插上几针，陪过晚饭方才回来。

这边贾政回来已久，先是贾琏回过了喜凤的话，贾政也随即应承，喜出望外，吩咐："明日等我与太太商定了，再回复过去，不要又像前一件的事儿。"贾琏去了，贾政想起黛玉的事，日子也近了，王夫人、薛姨妈又这么一闹，外面连两位王爷也通知到了，怎么样我就惧着内里拿不得主来？若就这么行去，也不成个事体。就算做定了再挽回，这边将来婆媳姊妹中间也不妥当。正在为难，听见李纨、探春回来，就叫人请去。这两个人便将王夫人薛姨妈的言语斟酌了好些回上去。贾政也十分为难。贾政终是个讲道学的人，如何肯下气柔声到闺阁中去？这件事却不便不去。因想起现有喜凤一事，何不过去借这个题目商议商议，顺便的就劝他回来。只是碍着姨太太如何落平？千思万想，只得叫了贾琏过来，密密的商到二更，一总推在贾琏身上。

贾政倒反学着王夫人支使李纨、探春的意思，也去央及宝钗转弯。主意已定，明日下朝后，也不回荣国府，一直往薛家来。薛蝌终是个至亲小辈，敢不恭恭敬敬接进去？贾政也自知理短，如何计较零碎话儿，就叫："侄儿，一面叫人回上去，自己的人；一面我就进去请安。"贾政就携了薛蝌的手一直进内堂坐下，叫请姨太太、太太的安，请宝二奶奶出来。王夫人就挡住了不许出去。贾政尽着催，倒是薛姨妈不好意思，推着宝钗出去。宝钗也替姨妈、太太请了安，贾政都问了好，就说这些寒温。又说："家里事情也零碎，我今专请太太同媳妇过去分拨开些，尽着的再过来。"又将姜景星的亲事说一遍，说是"女孩儿事全要太太定见才好回人家，人家现在等着。或者回去商议，或者这里就有回音。就是太太不愿意，也候有了言语我就回他。"宝钗正要进房去，这王夫人终是疼着喜凤，恐怕气头上参差了，误了这个亲事，就便说："这个凤孩子呢，原也是老太太一点遗念儿，而今攀这亲，老太太心里也喜欢，我有什么说的。总听凭外头主张应承了就是了。单则是女孩儿的事便问我，别的事尽着人同琏小子商量。"贾政本要推在贾琏身上，顺势儿便道："敢则贾琏办差了什么事情？"王夫人冷笑几声，就将丹书铁券、敕封诰命的话说出来，单不提宝钗的次序，只说了一句"人到了糊涂偏听的时候，连个前后大小也忘了"。这真是王夫人的身份，虽则意见参商，却不反目。就那规讽的口气，也还相敬如宾。贾政便站起来道："原来琏儿这么着，我通不知道。但只凭着他，我也不是。我回去就叫他过来请两位老人家狠狠的教训教训。"贾政就朝上打一躬，慌得薛蝌、宝钗连忙退下来。贾政又打一躬，就回转来斜对着宝钗也一躬，慌得二人赶步上前扶住了。贾政道："好生的谢姨太太，回上太太，请太太同着你就回来。"宝钗只得答应了"是"。贾政即便别了薛蝌回来，贾琏随即过去。坐了一会，方跟了薛蝌进来，只宝钗、香菱避了。薛姨妈便站起来，王夫人坐着不动。贾琏只是站着。王夫人就尽力数说了一番，贾琏也不敢辩。王夫人又说："你夫妻两个前前后后干的好事，成也是萧何，败也是萧何。只看人家势分儿好坏，你们眼睛这样看的清罢了。你们总是贾家门里，倒是你从前那位有才有智的巧巧头上也顶个'王'字儿，你不看僧面看佛面，怎么样把我们姊妹娘儿踹到这个田地！"又将丹书铁券、敕封诰命的话尽数说出来。又说："好一个知法度的同知官，你那有才有德的人儿活在这里，也防着他拿住这个劲。"王夫人一面说一面还揉眼。贾琏看见这个光景，不住的碰头还解不开，只得像贾蓉陪凤姐儿似的，两只手左右开弓，掌自己的嘴，自己打自己骂。薛姨妈等通过意不去，王夫人也便心慈，就道："你这么样做什么，你有话尽讲。"薛蟠也忙忙的拉他起来。贾琏道："太太容讲就讲，不容讲不敢。"王夫人道："你有话尽讲。"贾琏道："若说起丹书铁券敕封诰命这些事，实在是侄儿讲的。他只是祖宗的荣耀儿，子孙的吉利儿，排在执事的道儿上两边好看的。不要说咱们不好送了姓林的，林表弟现在当个翰林他怎敢收着。也还不止这些，但是祖宗上遗下来的仪从，现在两府里的仪从，到了这日通要摆过去。况且从敕命架子以下的东西，前日喜妹妹到林家去已经送过一遭。林家那曾留下一件？姨太太、太太想想，这个就透明了。至于林表妹的事情，也还没有定准，无不过老爷压住了，叫侄儿在里面张罗些小事儿，就算定准了，将来过门了，两个弟妇也分个年纪大小来，谁还不懂得这个理。现今咱们家里要来一个状元女婿，将来宝兄弟怕不是个状元子孙。到游街的时候，他两位夫人只一并着两辆车，一字儿的游街，只拣宽阔的街道走也好。"薛姨妈等都笑了，王夫人也道："你听他油嘴，好个花面儿。"贾琏打一个千道："侄儿花面也做，苦情也回，侄儿一辈子的养活全仗着老爷、太太，也说不尽的感激。又是侄儿媳妇从前闹得那样，到而今人也死过了，人不提他，侄儿也要牵扯他。侄儿算没有家的了，那府里回不去，人也知道侄儿现今又办差了事情，惹得太太生气，侄儿也没脸，以且只好快快的弄个分发儿往外省混饭去。看运气补偿得老爷从前的恩典也好，补偿不得也好，回来也好，流落也好，体谅了大人的志气，揩揩眼泪别处去，再也不想在林妹妹身上沾什么光拉什么账。求太太恩典，饶侄儿的全盘错着，请交过这账房。太太若不肯回，侄儿也不用进这府里。"王夫人听了，停了一停，倒也为难，只得说道："真正贾家门里子孙傻的傻到那样，刁的刁到这样。他这个口江河似的，倒把我要顺转来，还求着他。"这里薛姨妈家人，也尽着劝。贾琏道："太太肯回去，侄儿凭什么总情愿的，还敢要太太求着我。不过我这番也有个苦情便了。"外面贾政又来到客厅上坐着，几遍的叫人请宝钗。李纨、平儿、探春、惜春也都来了。又送过来几席酒，里里外外，又叫彩云、莺儿等将被褥衣箱搬过去。贾政又见了薛姨妈说些家常，直到晚饭后方才惊天动地的将王夫人、宝钗请了回去。宝玉接出来，王夫人喝他："走开！"贾政也喝着。又叫麝月、玉钏儿等教导宝玉好好的招陪宝钗。宝玉也心里头想起来，自从回家之后十分的冷落了宝钗。又想起从前与宝钗好的时候，心里也十分惭惶，便来殷勤体贴。宝钗也不理他，只往里间房内另自收拾睡了。宝玉独在外间房里睡下，一夜千思百转，恐怕黛玉过了门婆媳姊妹不和，不能设劝转来便怎么样？又想起王夫人喝他的光景，远不像个依了的。怎么大嫂子、三妹妹不将我从前这番话逐句儿讲给太太听了？便又将这些话像小孩子背书似的又一句句重新背了一遍。"这么样说去已经透明了，太太还有什么不依的。只怕大嫂子、三妹子倒底忘了些。"就叫起莺儿来，着实的盘他。莺儿只笑着。宝玉益发急起来说道："到底大奶奶、三姑娘可曾把我这些话儿全个儿学给太太听了？"莺儿也笑死了，就道："是真个学的，只是我却记不清。"宝玉道："也记得一两句。"莺儿就将宝玉玩起来，说道："要便二爷再说一遍给我听听，等我合一合看。"宝玉真个一字不改又说一遍。莺儿就笑死了，一面点头道："全学上了。"宝玉道："这么着太太还不依？"莺儿笑道："真个的太太听了这个才依了。"宝玉道：

"依了为什么还恼呢？"莺儿道："这个我却不知道。"宝钗在里间床上听得清清楚楚，只想宝玉这么个孩子气傻到什么分儿，只好长久的被丫头们玩儿便了。

且说王夫人回来几日，心气渐平，又忆着喜凤，彼时潇湘馆也开了，仍旧叫玉钏儿同着林之孝家的过去接回来。一则几天不见，二则现与姜景星说亲，不便再叫他住在一个宅子里。也是王夫人的主意，贾政也说很该接回来。那边林良玉见喜凤又去了，探不出黛玉的言语，又与喜鸾商量。喜鸾知道黛玉与惜春好，就请惜春过来，背地里先与他说明。惜春因与黛玉一同梦见册子一节，打量黛玉断然立不定了，又问史湘云，像是黛玉与宝玉终究分拆不开，也顺同众人来劝他。这黛玉虽则无可奈何，却也初心不改，想起"良玉哥哥果真要成这件事，不能不探我的信儿，我如今另想一个妙计，做了个不回之回，岂不很好。想着宝玉这事现今仗着舅太爷做主，我只等舅太爷恼了我便不要我了。这终是个妙计儿。我而今只打算了三句话对付他。第一，一生一世只叫舅舅、舅太太，照先一样，又与宝玉分居，各人干各人的事。第二，单拣舅舅最恼的是戏班儿，我偏叫蒋琪官领班，袭人跟着我服侍过去，连芳官、藕官们定要押着他还俗到府里头仍旧唱戏。可记得舅舅打宝玉的时候也为着戏子，彼时还有老太太护着也那么样的打，何况而今。况且这蒋琪官是王府里的，如何肯来，就是芳官们还俗也费力。第三是舅舅、舅太太素常恼恨宝玉是在姊妹丫头中间混，我而今偏要住在大观园，时常接这些姊妹丫头回来同住。这三件事件件触伤着舅太爷，好等他嫌弃我，这便是我的金蝉脱壳的妙计儿。"黛玉早已想得停停妥妥，遇着惜春再三的问他，也就说将出来。惜春也笑着，很明白他的主意儿，就笑道："你这个锦囊三计，果然妙计。但不知可能够果真斩断尘缘？"黛玉也只笑着。惜春便告诉喜鸾，喜鸾即告诉良玉。良玉只管摇头。惜春回去也告知王夫人等。王夫人等俱各为难，也尽知他单单的触怒贾政。也有说他古怪的，也有说他决绝的，也有说他豪华吐气的，单只瞒了贾政一人。独有史湘云说了一个"好"字。惜春跟着问，史湘云总不说明。众人心里明知此事婆婆闹一番，公公也要闹一番。但不知贾政听见了到底依不依，恼不恼，就算恼了，可也有人挽过来？就算依了，黛玉可另外还有什么妙计出来？

要知端的如何，且听下回分解。

第十四回

荣禧堂珠玉庆良宵　潇湘馆紫晴陪侧室

　　话说林良玉，听见了林黛玉的锦囊三计，头也摇掉了。只想着黛玉的算计太凶，单单的顶门一针，要触怒舅舅。若叫他做了男子，真不知要做出什么事情来，没有法儿只得告诉曹雪芹。曹雪芹笑道："一点不错的，真是令妹的手笔。我也没法儿，只好告诉琏二世兄去。"

　　曹雪芹便过来告知贾琏。贾琏也先知道了，今听了雪芹的话，骇得吐了舌头缩不进去。雪芹又说道："林世兄也讲过，他枉做了哥哥，实实拿不住这一个妹子。若是这三件不妥，一万年不能成功的。"贾琏着了急，细想了一会，没个主意，只得千万的央求曹雪芹道："老先生是几代的世交，这件事侄儿实在没法了，单只袭人的一张文契没还他，中什么用。况且还有别的。不拘怎样，倒只好求老先生想出个计算来。"雪芹笑道："也罢，等我过去想想看。只是姜兄的事情，可曾回过令叔？"贾琏便将贾政夫妇一口应承的话说了。雪芹也欢喜，便说："也好，我这番没有说成这个，倒先说成那个，兆儿也好。我且过去，想着了什么就过来。"这曹雪芹回到林家，先将贾琏的话告知良玉，良玉一喜一愁，也往内里告诉。雪芹又回复了姜景星。景星大喜，叩谢不及。曹雪芹打量宝玉黛玉之事也就可以告诉景星，随即说出来。景星倒一直根究，曹雪芹也只得全数说出来，景星如梦方醒，也将宝玉的醋意儿悟过来。雪芹又将黛玉三计，贾琏转求打算之语说出。姜景星也说为难。这两位通人，大家关切，就商量了半日半夜，倒像议军国大事的，还有什么不妥。曹雪芹便通盘打算定了，便走过来告诉贾琏，两个人悄悄的到小套房内密密的讲，只附了耳朵说话。雪芹道："我而今三件都有了。"贾琏益发将耳朵凑上去。"第一件称呼，是不忘本的意思。二老爷正在姊妹情深，依着说，没有不依的。至于分居的话也好说，只说现在要分居，只等明年恩科会试过了再说，这便算做激励宝世兄的意思。老爷非但依了，还要说好，且骗过了门，就不等到会试，凭里头太太们想什么法儿。第二件蒋琪官在忠顺王府里，近来也很烦难，行头儿通修不起了。而且忠顺王是南安郡王的晚亲，我们只求良玉兄求南安郡王，说袭人的身契还在这里，要传这个人，也要蒋琪官使用。忠顺王现在也仰仗着南安郡王拉扯，立刻就要送来。这个只算我们那边陪嫁过来的，也把蒋琪官名字改做蒋涵，老爷怎么查考到。林姑娘那里，都说是老爷应承了。送过来那些女戏子的事情更易，姜兄很感激你们的盛情，也和宝玉世兄好，情愿办这件事做个贺分儿。大凡拼着些银子什么通要办过来。那班尼姑们得了银子自己也肯替人串戏，何况几个徒弟们。这姜兄现在新亲，老爷碍着脸，怎说的不收？就算不收，那边送过来怎么说出养不活退回去？这也停妥了。第三件益发容易，只回上老爷说，要在园子里常会会旧日的姊妹，老爷怎么却得他？琏世兄，你要我效个劳，我只有这点子法子儿，也是姜兄帮着商议的，连林兄也没有知道。你打量着妥不妥？"贾琏笑得什么似的，只是称谢不及，道："这位林姑娘果然厉害，可可的遇见老先生也就周郎遇了孔明了，这样布置实在妙极。侄儿也有个意思，而今倒反先将姜公的亲事结定了，他随后送这个班儿，老爷便却不得情。不然，恐怕老爷道学性儿，说是少年高第，未免高兴些儿。到得过了帖便不碍了。"曹雪芹也说很是。两个人倒反不提起黛玉的语言，因过去见了贾政，说起姜殿撰的过帖日期选得近的很。贾政就说："很好。日子总挤在一块，索性正经事儿办过去也好。这一天林外甥回门同一个日子更妥。两边也简便些。只是小弟却有个意思……"就沉吟起来。曹雪芹只管追问，贾政先走下去打一躬，曹雪芹连忙还了礼，便道："咱们世交还拘着这个么，老先生有什么话尽管谈。"贾政道："据兄弟的意思，姜殿撰不知怎样，小弟却有一个鄙见，致意姜公，咱们这样相好，承他不弃要做至亲，有什么话不好讲得？兄弟恐怕姜公的光景要请大人先生出来作伐，倒觉得生分些。不如恭恭敬敬就请大驾光辉光辉，做兄弟的更乐。一则诸事费心，全仗执柯之力，二则那一天小女回门，里面也有些事情，至好盘桓，尤为两便。想来姜公也有此意，不知老先生可能俯从？"曹雪芹道："不瞒老先生说，姜殿撰也曾这样说起，晚生也不便推辞，倒是晚生恐怕府上要请位大人先生出来，晚生就自惭形秽。不敢瞒老先生，不要说请列位老先生，就请林公，晚生也陪不上。晚生果真奉命，到这一日反倒不愿意穿公服儿。晚生从前的五斗折腰，只见了别驾、刺史，也要打个千儿，便是谦虚的上台拉着，也不免略略的交着手，献一个小式样儿，怎么好同翰林先生分庭抗礼呢。只许晚生布衣落拓，还有一样的同着行礼方可效个劳儿。"贾政笑一笑道："先生，老先生太言重了。兄弟相交了多少年，也能仰体仰体。兄弟原打算叫薛家二外甥跟着老先生学学，尊意如何？"雪芹道："这位薛二哥原是不凡的，同晚生原也素好，这么着还有什么说的，这会子过去，就告诉姜殿撰叫他去登堂拜求。"贾政道："很好，兄弟也要自己去，真个的是人熟礼不熟的。"雪芹就去了。

不说林良玉夫妇双回，合家喜庆，及姜景星、贾喜凤结亲之事。且说曹雪芹见姜景星过帖了，就同贾琏将商议过之说告诉贾政。贾政只管点头，连声的道好，没有一个字儿驳回。他两个也快活的很。曹雪芹顺便就说道："令甥处还有几房下人陪过来，内有一房说是府上的旧人。"贾琏也说出袭人来。贾政道："这又奇了，也还是老太太的旧人，听说他嫁了什么人了，怎么又卖身起来？"雪芹道："想来老太太身边的人，府上恩典也宽，外面去小家小户的过不得苦日子，所以借着林府上收用的便，又重新上府来。也还算个犬马恋主，不忘本的意思。"贾政说道："这也很好。"便就定了过帖迎亲的日子。曹雪芹仍旧回来。这边贾政却进去告诉王夫人。王夫人近日来心上也明白了，又见宝玉活龙活现的绕着身转，又是宝钗将近临月。王夫人往宝玉处走动，见宝玉夫妇也和，心里也顺，听了贾政的话也说个"好不过"。贾政是一个直性人儿，心口如一，尽着夸黛玉有才有识像他母亲似的。王夫人也不免含着醋意，觉着他将自己的外甥女太偏爱些儿。独有贾琏的把式打不开，一起一起的办些大事，渐渐的支不上来。倒亏了赖大的儿子寄了许多宦囊回来，赖大料定了这府里重新兴旺，情愿将二万金算作客账，借与贾琏。贾琏从中也有些转手，所以趁手的很，一面就办起事来。那边曹雪芹回去说明，林良玉也和姜景星两人高高兴兴的逐件办去。又是姜景星打量着黛玉的机关厉害，怕的三件过去了又闹出别的件来，只叫良玉先过帖，随后告知黛玉。良玉也依了，三件事也办的妥。到了过帖这日，真个的黛玉那边不通一点风儿。直到过了几日，蒋琪官、袭人并芳官一众多齐全了，各处分开，总安顿的妥妥当当，也还不露出来。这便是势与利两个字的手段。

且说林黛玉自从惜春过去之后，那边宝玉的话倒反一个人不提。转是喜凤的帖儿定见了，料定他们开不得口，就算开了口，一定的触怒了贾政。故此石沉大海，再也无人敢来烦琐。真个的这一班人皆中了计了。黛玉心里头好不得意，仍旧打起坐来，只苦的照前的运气观心毫不见效，而且一件一件的总有了宝玉起来，自己也说不出口。这一日，喜鸾嫂子慢慢的走进来，带笑的说道："大姑娘好个模样儿。"黛玉脸上红红的正不知怎么样，那喜鸾就挨着他坐下，低低的说道："可不是，咱们说过的那三件事，少一件咱们也不依的。"黛玉点点头，喜鸾道："若满依了，咱们也依着。可不是的。"黛玉便呆着，喜鸾就低低的凑到耳朵边说道："改不过口来了，通依定了。"黛玉慌起来，说道："你不要哄我。"喜鸾道："我敢哄你？通是老爷、太太亲口依定的。还更奇呢，实在的料不出，这袭人、芳官们全个多来了。你要他们进来，这会子我就替你叫进来。"喜鸾就要去，黛玉便慌了，拉住喜鸾道："好嫂子，你且坐着，我不信二舅舅当真依。"喜鸾道："二舅舅不依，这些人为什么来？"黛玉停了一停又道："到底这些人怎么样叫的来？"喜鸾道："这些事我不知道，只是这些人全个儿齐齐的在这里。他们原也要进来，倒是我拦住了。等我告诉了你，再传他们上来。你而今不信，我只一起叫进来便了。"喜鸾一面说，一面便要叫去。这林黛玉就慌极了，拉住喜鸾道："好嫂子，真个这么样咱们再商量。"喜鸾道："商量是没有了呢，你还不知道，那边不知谁的算计，一面送这些人过来，就今早晨两位王爷过来做媒送帖，已经逼着你哥哥写了回帖去。你哥哥通做一路，直到帖儿过去了，方带了他们进来叫我告诉你。这些离着外面也很远，凭他闹，有心瞒我们，谁也不知道。你哥哥又说是你自己定下的，怎么商量得来？还说两位王爷过来闹得什么似的，这府里的声名又大，满到处传遍了，看的人也多……"喜鸾要说下去，黛玉已经哭出来，又害着臊不便高哭，只跑到床上去朝里的倒下去，呜呜咽咽不知伤心到什么分儿。喜鸾不便劝也不便走，只得叫了紫鹃、晴雯告诉他。这两个也喜极了，齐声叫好，都说道："原来也有这一个日子。"那黛玉一面哭泣，一面恨毒追悔自己，原不该闹什么小聪明儿。而今是真个被宝玉拖下苦海去了。"宝玉，宝玉，你害得我好苦！我那世里害了你，今生今世送在你手里。你的时运儿又这么强，千方百计，天也顺了你，叫我跳不出你这个圈儿。我也糊涂到一万分，怎么样一个女孩儿嫁了人还拿得定，我从前讲这话也就臊了，见不得人。罢了，罢了！我只再世为人，再顾着自己的身心性命便了！"

那晴雯便要立时立刻去见袭人，倒是紫鹃拦住了，就说道："晴雯妹妹，你也不要太狂了。论袭人来，咱们原是一块儿的人，就算走错了路儿，怕的他心里不难过？你这个嘴头子是好的尖刀似的，出口伤人。趁着你的性还留什么旧姊妹情分儿。你在先也要压着他，况且而今的你，现在的他，还有芳官们一班儿在那里，好个串戏的人儿，你不揭破他，他们还要提着个牌名打趣他，你倒去先做一折戏文给他看。你也是夭折过的人儿，只苦了五儿妹妹，才有个今日的晴雯，你再修修后世罢。"晴雯听他一席话，倒笑起来道："大奶奶，看这个紫鹃姊姊，好个仁慈有德的人儿。晴雯要看看他们也念着旧日情分，当真一见面就揭人家短处。况且芳官也和我好的，怎么不要看他。"喜鸾道："他的话呢，也是的，你也没存这个心。只是大姑娘还没有传他上来，又是姑娘这会子心里烦，你们要见旧姊妹，也缓宽些儿。"喜鸾说罢，约莫黛玉到其间，再也闹不出别的巧儿，只叫两个丫头进去相陪着。又见紫鹃和袭人好，怕的惦记着他，又说："你们也放心，我也很知道袭人的分儿、才调儿，也不拿他当众人使唤。只专派他西院里照料那些衣装针线儿，便是芳官、藕官也怕的戏路儿生了，在西院里近着小灵岩、小栖霞一带，跟了教师近了清客在那边素串，等他们熟溜了，吉期时候好到那边伺候去。你们给他什么吃的东西，只管叫蔡良家的传过去罢了，左右是一家人儿。见面的日子长，有什么不能看见他。你们两个人只不要离着大姑娘。姑娘的性情儿、事情儿只有你们拿得准，你们一时走开了又找准。"紫鹃、晴雯便说："谢了奶奶，晓得了。"喜鸾就去告诉良玉，良玉也笑，只服着曹雪芹的好意。喜鸾也时常到黛玉处，有意无意的同着紫鹃、晴雯慢慢的解劝。

　　且说宝玉，过帖之后细问贾琏，知着他与曹雪芹的一番布置，十分感激姜景星，心里头说不尽的快乐。这时候宝钗就近临月，连上房也不大上去。宝钗本守胎教，又是宝玉回家之后漠然相处，彼此并不戏言。宝玉此番快乐了，转觉得自己有许多不是，倒要去亲近他，总被宝钗远着了。宝玉便东去西逛，一会子到栊翠庵、稻香村；一会子到怡红院，要便往潇湘馆的门缝里瞧着听着，只像个走马灯儿。贾琏遇着便笑道："二哥哥，你看风水可曾看完？"焙茗也笑道："二爷送朝报忙极了。"宝玉只笑着不理。到了这一天吉期，恰是个壬辰年戊申月戊子日，先一夜子时立秋，这半夜秋天气还不很凉，只比得林良玉的好日子觉得凉爽些，也穿得住实地纱了。这林、贾宅接连的铺设了好几天，好不热闹。

不说林良玉的祭先宴客，且说荣国府的内外规模。这府门口的灯楼彩球已经出色。自赖大、林之孝以下华冠丽服的十余人，一排儿分两边坐着。正门、两角门六扇齐开。一直望进去花园似的，一路的街牌摆着也数不清。到了垂花门口便是十来个五彩扎绸的香云盖，涌起一座鳌山，上挂着各色各样的彩灯，两边超手游廊卷起半帘，一总结彩悬灯垂下络索，穿堂上通是官灯明角，廊檐下间着五色玻璃灯。从大理石屏风过去，越觉精雅。金钩珠箔映着各色顾绣，各处地衣绒毯十分灿烂耀眼。那些陈设古董也尽数配着颜色，间着花盆。那自鸣钟一响便应了一二百座一同的响起来。再夹着鹦鹉、画眉的雕笼鸟语，又到处放一个朱漆画金的圆缸盛了凉冰，堆高几尺倒像个水晶山子。一路直到内室，转到大观园，直如月殿银阶一般。真个依了黛玉，就潇湘馆做了洞房。益发收拾的繁华齐整。这林良玉送来的珠簟宝簹鹤绫鸳绮，也就不可说了。真个兰麝浓熏芙蓉满绣，说不尽的富贵风流。又是到处有个玩意儿，除正厅演出《满床笏》正本，怡红院内却演的档子班，缀锦楼便是一班清客清曲，也间着芭蕉鼓儿，什锦杂耍。含芳阁便是芳官一众女孩子打个细十番，末后又挪他们到藕香榭去了。紫菱洲也有两三个人变着戏法儿，便是稻香村空地上也叫了两班走索叉缸的妇人儿，打着鼓唱着曲，说是贾环的主意儿，都骂他蠢。那些去处通派定执事家人看守古董照应客人。凡是贾政的本家亲戚尽着逛。

潇湘馆内的吕祖师像已被史湘云移供栊翠庵去了。众宾客来到潇湘馆，见有三个洞房，大家诧异。原来两边商议过，恐怕黛玉性情古怪真个不肯同房，误了好日，就算日后劝转，总不能应这个吉辰，因此上想起紫鹃、晴雯都是偏房数内的，不如趁这一日一总圆全。因此另选了四个上好的丫头与黛玉，叫作香雪、素芳、碧漪、青荷。又选一个菊香与紫鹃，选一个绮霞与晴雯。几日间花锦凑齐，一时会合。紫鹃、晴雯也赧赧的跟了黛玉避起人来。众人都赞宝玉福分，谁还赶得上他。

到了吉时，宝玉便穿了二色金百蝠镂云深紫戳纱袍，二色金霞鹤双丝天青满装纱褂子，头戴国公品级的凉帽，着青缎粉底小朝靴。拜过祖先、父母，告过了尊长，就正厅上上了八人大轿，上首出门奠雁去。道上的执事儿排去有二里多路，真个的千骑云腾，看着的人也不知挤倒了多少。那边林黛玉到了这个时辰，怎么样能够变出什么计策，也只得苦苦的哭着依了哥嫂起来妆束，不免痛哭一番。良玉也伤感着抱了出来，扶入轿内，被宝玉迎了回来。一色的油绿哆罗呢两乘八轿，背后元青哆罗呢四轿两乘，便是紫鹃、晴雯。一路上大吹大打，绕远着走个上首进荣国府来。凡龙虎号头管金鼓粗乐，只许到穿堂便住，便细乐也只到垂花门站住。到了正厅上有芳官们十二个女孩子用笙箫弦索云锣小鼓板引导。林黛玉扶出轿来，罩了方巾，也穿了国公夫人蟒服，与宝玉行过礼，随后紫鹃、晴雯也站在下首行了礼，便上了软椅，一字儿八个小厮抬一乘送往潇湘馆来。单只蔡良家的、柳嫂子先跟过来。袭人还留在那边收拾照料。宝玉到了洞房，交杯合卺，坐床撒帐已毕，宝玉便出来见贾政、王夫人及各亲长，直伺候得席完客散，王夫人方叫送回。宝玉先往宝钗处问安，莺儿说已经睡下了，宝玉也怪臊的，一径就往潇湘馆来。谁知黛玉先用话儿支使开晴雯，早与紫鹃同房歇下了。宝玉就招着了晴雯，拉着手只管笑，倒反说不出什么话来。晴雯也低头羞得了不得。宝玉这一晚就同晴雯歇下了。他两人这一夜的论心叙旧也难于形容。到了次日清晨，宝玉一早起来要看黛玉，倒是紫鹃先迎出来道："宝二爷，你而今还有什么？诸事通遂意了，可怜见的。"便低声说道："可怜见林姑娘羞得很，在那里千万央及我，又哭又求叫我告诉你，且不要去看他，罪过的很。他说你若去拉拉扯扯，他就要寻死了。"宝玉倒吓了一跳，晴雯也赶出来拦住宝玉说道："二爷，你总慢慢着，且请史大姑娘、四姑娘伴伴他，慢慢总好，你不要性急当真的逼出人命来。"宝玉跌脚道："你们把我当做什么人儿，我为什么要拉扯他。我只问问他的身子，说我的心事儿。"晴雯道："可怜见的，你便真个这样，他这会子不相信了。"宝玉道："这么着倒不好了。"紫鹃道："什么不好，不过缓些时儿。你而今倒有一件要紧，姑娘这样光景出去见老爷、太太还早呢，你且上去说他的光景有些病儿，不要上头怪下来。"宝玉就连忙去了。这里紫鹃、晴雯两下里彼此取笑着，只乐得个柳嫂子牙缝放出花来。

却说贾政、王夫人因晚上乏了还未起身，见宝玉上来，问明了在晴雯处过夜，打量着黛玉的意思原要说病，大家也谅着他。又怕他害着臊反倒不便来看他，先叫姊妹们来走动，也叫他们不许取笑。

贾政只打点了外面贺喜的应酬。都说黛玉自从进房之后不肯见人，连惜春来也不肯言语，只闷闷的睡着。众人也自谅他。到了晚间，宝玉到宝钗处走了一走，体谅着黛玉就来寻紫鹃，紫鹃也不肯，一则怕黛玉寂寞，二则不肯僭先，三则也害臊，总推着晴雯。晴雯也没法，一连几夜总和宝玉歇。这也不提。谁知王夫人不知黛玉害臊不好意思出来，反疑心黛玉倚了家势，仗着贾政，看不上王夫人，就将黛玉这个新媳妇想出许多不是来。这便如何剖得？

要知端的如何，且听下回分解。

第十五回

玉版蟾蜍郎承错爱　金笼蟋蟀女占雄鸣

话说王夫人不知林黛玉害着臊，倒反疑心他倚了家势，仗了贾政，看不上婆婆，心里十分不快，要在宝玉面前发挥几句。一则疼他，二则打量他孩子性儿疯傻得紧，就发作他也不过招出一番呆话来。还恐他去告诉黛玉，倒像一进门就寻着他似的。一则碍着贾政，二则众人心里不平，三则又像是护了宝丫头似的，所以王夫人尽着烦恼，总说不出口来。从来做婆婆的就是生身的母亲一般，凡是做媳妇的果真千依百顺，不叫着走也走，不叫着动也动，知心着意见景生情。这做婆婆的有什么不喜欢。你道为什么呢？譬如做婆婆的没有个女孩儿，倒也羡慕有女儿的人家，说为什么我就没有。譬如做婆婆的原也有个女孩儿出嫁了，又想着从小儿梳头、裹脚教训成全他，到底是别人家的人儿，留不住的，眼巴巴总望这个媳妇子进门，打量他什么的才情性格。到了，心里头爱着这个媳妇也如亲生女儿一般，一毫无二。多有帮着媳妇说儿子不是的。这婆媳中间谁家没有一半句闲话，倒要婆婆畅畅快快索性的教训一番，也就说开了。怕的是媳妇心里为那个，婆婆心里想这个。若是做儿子的能够体谅出做娘的一片苦心，婆婆也依了。最怕的是两种儿子，一个是偏心着自己的妻房，不去婉转说明也罢了，倒反要出个头儿说出媳妇的许多是处来。你想，媳妇便是了，做婆婆的岂非反要担个不是么。又一个是疯疯傻傻，说着他也是这样，倒还要招出许多笑话来，这便叫作婆婆的千回万转，想起从前自己做媳妇的时候那么样，而今又这么着，上上下下总吃着亏，更受不得了。婆婆果真这样，那做媳妇的可还做得出一个人来。当下王夫人十分烦恼，无人告诉。要告诉李纨，恐怕他也学坏了，只拉了薛姨妈悄悄的说，也淌着泪。薛姨妈倒也认真的劝，总劝不过来。到了三朝这日，众人自李纨以下除了宝钗不出来，其余一总会齐了到黛玉洞房中，共是李纨、平儿、探春、惜春、史湘云、邢岫烟、薛宝琴、李纹、李绮、香菱、喜鸾、喜凤十二人，随后又是邢夫人、尤氏也到了，不由黛玉做主，大家簇拥着把黛玉打扮起来。可怜他还是个女孩儿，就把面来开了。李纨、平儿画他这两道淡淡的眉儿，尽着笑，黛玉那里懂得。一会子梳妆完了，粉妆玉琢的打扮起来。可笑宝玉探头探脑的要挤上来，只被晴雯撵着走。众人笑也笑死了。黛玉就如吃醉了似的，羞得面上通红。史湘云笑道："林丫头好个能言擅辩的，怎么这会子装起哑巴来？"薛宝琴也笑道："林姐姐笑也不笑笑儿，要请他的宝二爷来逗着他才肯笑呢。"倒是李纨老成，拦住他们道："人家那么样，你们反这么玩，也不顾人家害着臊。你们可也成个人儿。"众人坐的立的都笑了。黛玉只是个低了头，可怜他雪白花容红云飞满，倒像成过亲似的。李纨心里着实的疼他，只横身儿护住了，要将这班人撵出去，碍着邢夫人也坐着笑，众人那里肯走，闹了好一会方才穿戴完了，黛玉就珠冠玉佩的扶出来。宝玉也穿戴了公服，笑嘻嘻的挨上前跟着走。到了上头，排着次序儿见过礼，家人们分班见过了。王夫人一见了黛玉就爱他，又见他低着头臊得很，怪可怜见的，又想他倒反让着晴雯，还这么样害臊。从前凤姐儿怎么说他不尊重呢，真个的委屈死人。王夫人就笑吟吟的心里疼的他不知怎样似的，走上前一步拉他的手儿。黛玉只低低的叫一声："舅舅、舅太太。"王夫人笑道："好孩子，我疼你。"贾政的欢喜更说不出来。贾政夫妇又回头看看宝玉，真个儿的一对佳儿佳妇，宝玉虽则差些儿，也还配得上。黛玉便到宝钗处去要让宝钗，宝钗未曾穿戴，半路上就叫莺儿谢了，重复回来也就送酒定席坐卯筵。黛玉只名色儿坐了一坐就回去了。宝玉也要跟着回去，被王夫人喝道："一个不害臊的东西，人家尊重到这样，你还要去闹他，快替我到前头去跟着你老子。"宝玉只得无精打采的走出来，跟着贾政陪客。这一天荣禧堂上排了二十四席正席，唱戏劝酒，实在繁华。等到两位王爷并众勋戚散了，又坐一会，客气些的又散了，还有十来席。主人自贾赦、贾政到兰哥儿还不够陪客，又是贾环不许上席，单在书房内同贾芝等陪些没要紧的人儿，外面连林良玉、姜景星也做主人，闹的豁将拳倒铜旗起来。贾政虽则拘方，也禁不住，直到了一更天方散。里面却是芳官们一班女孩儿伺候，比着外面清雅了许多。这服侍的人也闹得手忙脚乱了。

正在外客散完，只听见府里一片声闹起来。贾琏忙忙的赶出去问，原来是那府里的焦大喝醉了，怪着林之孝叫他焦老哥，就平地的跳出门房闹起来。只听得焦大骂道："什么东西，你要叫我老哥，告诉你知道，你的祖爷爷见了我焦大太爷，还赶着的叫大爷呢。大太爷在这里连老爷们的衣袍儿也见过，大太爷撒起溺来还高似你的脑袋。你自己瞧瞧看，算什么人儿？大太爷跟着老太爷出兵的时候，你们这班王八羔子通没有进出来。你说我喝溺，大太爷真个的喝过马溺。你问问老太爷的功勋那里来的？大太爷清醒白醒的，你说醉了。大太爷只要一个脚尖儿踢死你这个杂种，什么东西！"贾琏听明白了，喝叫快快的捆起来抬过去。众人也恨的慌，真个的由他骂着喊着捆起来抬过去。不多一会里面戏酒也散，宝玉就赶到潇湘馆来，明知黛玉处还不是个时候，要来闹紫鹃。晴雯心里也要让紫鹃，就将他软软的骗在那边等着。黛玉却有素芳等伏侍歇下了。宝玉一进来看见紫鹃在那边就走进去，紫鹃倒也不防着他。晴雯使一个眼色，宝玉就走过来猴住在紫鹃身上。紫鹃红了脸就死死的推他，那里推得去。紫鹃急了就拧起晴雯来，晴雯也趁他的手笑吟吟的按他下去，说道："宝玉就咬他的嘴儿。"宝玉真个低下头去。紫鹃发急了，就说道："宝二爷你玩到这样，我就要喊呢！"宝玉笑道："我而今还怕你喊么？"正在闹着，只听一个人走进来说道："不好了，三个洋在一块了。"吓得他们连忙散了，站起来见是李纨，都也不好意思。李纨便说道："我来看看林妹妹，那边关了门静的很，听见这边热闹走过来看看，不料看见了故事儿。"晴雯就笑说道："大奶奶也在这里，论起理来紫鹃姐姐也长似我，况且林姑娘这么着他也该陪陪宝二爷，代个东道儿。他就偏不肯，倒像是受了林姑娘的戒，也化过去了。"紫鹃也笑道："怪不的你和二爷这么着，想来是二爷化过了。"李纨、宝玉也大笑起来。晴雯就赶上去要打他，紫鹃趁势的逃出去，将自己的房门关上了。李纨点点头道："宝兄弟，你们这些事情我原也不管，不过我有句话。我打量着你们这位紫鹃姑娘，难道不算得林妹妹一个忠臣，他如何肯僭了主子？这几天宝妹妹身上不便的，倒不如晴姑娘陪着些。"宝玉、晴雯也依了。宝玉真个听了李纨，非但不闹黛玉也不去闹紫鹃。只是黛玉白日里时常关着门。宝玉只在门儿外窗户边，时时刻刻去叫声"林妹妹你可好？"又说："你为什么不理我？"黛玉心里正不知怎么好，惹的李纨、探春、平儿等将这些光景当做笑话儿，齐来告诉太太，也去告诉宝钗。宝钗尽着点头，太太虽则笑笑，心里头也叫好，也敬重起黛玉来。不过又想起林黛玉这么娇生娇养的，虽则聪明机变，若长久的这样，怎么主持得家务来。

　　林黛玉到了回九的日期，不肯上车出府门，只同宝玉从绛霞轩过去。这一天宝玉虽不能同他言语，倒也亲近一天。到得天晚起来，黛玉就要赖在那里，慌得王夫人自己过去同了双回，仍旧各自住开，不交言语，不过在姊妹面前有句话，也不肯往上头去。就便惦记着宝钗身子，也只叫紫鹃、莺儿两边往来。

　　却说贾政见亲事已过，应酬已完，上来就叫贾琏将受礼的账目送来瞧瞧。逐一看去，见姜景星送了一班女乐、教师、子弟们通共有十六个人，场面八个人，行头另一折子。又有这女乐的供应是前门外一座字号店，除了各项开销，每年还余下三千多息金添补行头。各项下开着：

开发敬使元宝六个。

贾政就叫贾琏上来说道："这个我怎么不知道？"贾琏道："原是老爷吩咐收下的。"贾政想一想说道："有是有的，不过那几天事情也烦，礼单也没有看过，又为着姜殿撰是个新亲，没有不全收的，也只打量着是什么套礼戏酒儿。而今回又回不得，怎样呢？"贾琏道："听见姜妹夫为的是老太太的旧女乐儿，特地办过来。"贾政道："也罢了，你且拣花园内空的所在先叫他们住下了。等我再慢慢的商量。"贾琏答应了"是"，随即进来回过王夫人，王夫人也喜，就叫贾琏去看看地方，就将梨花春雨一景叫他们搬进来住下。便是芳官、藕官、龄官、蕊官、葵官、药官、爱官、荷官、芰官、艾官、芍官、茑官十二个人连女教师、场面共二十四个人，一总的住下来。那林良玉处赠嫁的家人仆妇们，自袭人以下通没有过来。这是良玉要义让家业的本心。后文再表。

却说探春听说这些女孩子进来，喜的了不得。就悄悄的约了宝玉、惜春、史湘云、薛宝琴、喜凤到李纨处商议定了，将宝玉打扮成一个女孩儿，耳朵上也挂着环，面上也扑了粉，·只穿一件宝蓝驼绒金黄四色斗的夹纱衫，束着一条葱绿汗巾，底下是杏红洒花夹裤散着裤管。头上齐了顶编着无数小辫归总到顶心，结一根粗辫拖在背后，垂须上系了两颗镶金珍珠儿，鬓角边塞上一枝手掌大半月牙香花，越显得玉骨冰肌，花容雪貌。宝玉只笑的了不得，惹得众人都喝彩，也换了一双蓝缎满帮花鞋儿，学着芳官们的脚步。宝玉就问李纨讨了镜子照一照笑道："我真个做了女孩儿倒好呢。"李纨笑道："那就要嫁你出去。"探春笑道："单嫁予林姐姐便了。"宝玉道："果真的我也情愿嫁他。"探春就叫芳官、龄官、藕官来。三个小人儿见了宝玉倒吓了一跳，仔细认出来也笑的很。探春就拉着他们过来悄悄教了，他三个人都也点点头。这里众人商量得妥妥当当，单瞒着潇湘馆一起人，又叫平儿、探春、入画先过去，支开了紫鹃、晴雯。探春等也分了几起走，倒像个不期而遇的。当下探春、史湘云先过来，黛玉正同丫头们讲闲话，看见了就站起来。探春按住了，先说些闲话，探春就说道："林姐姐，你这个红烛太耀眼，差不多月亮要过来，倒是灯儿好。"黛玉就叫素芳换了，倒是壁上的银荷叶灯儿留他点着。随后李纨等也渐渐进来。史湘云道："大家亏这个月亮高兴些，咱们今日又在一块了。"薛宝琴道："正是呢，我盼他已经长久呢。"李纨道："敢则这里映着些竹子影儿分外有趣些。"黛玉便叫开了好茶来。探春就道："林姐姐，你可知芳官们一班儿到梨花春雨住下？"黛玉道："我也听见说。"探春道："大嫂子可曾见过他？"李纨道："他们也来过，可怜见这班女孩子散了班重新合起来，也换了几个了。"宝琴道："听说换了一个很好的。"探春道："就是什么爱官了，这个孩子实在好，前日几天那一个不夸他？"宝琴道："莫不是扮规奴的？"探春道："是了。"李纨道："现在太太叫上去了，说单单的叫了四个人上去。"宝琴道："这个爱官，自然上去的。"李纨道："太太为着姨太太喜欢他，原只叫他那三个，是叫他们一同上去的。"黛玉听见说得这样好，就道："我倒没见过。"李纨道："咱们等他们下来了，叫他们来玩玩儿。"众人都说好，李纨叫碧玉去了不多一会子，只听见嘻嘻笑笑的四个女孩儿走进来，芳官等三个人在前，宝玉在后，只远远的靠着探春站住。众人便拿些话来问芳官们。黛玉一眼看去，只有宝玉面生，又像面熟，就说道："那边一个就是爱官么？"宝玉笑笑点点头。黛玉心里也爱他，便说道："真个的配得上一个爱字儿。"探春笑道："你爱他给他些东西。"黛玉就头上插的玉版蟾蜍嵌金点翠的簪儿拔下来递过去。探春接过来替宝玉簪上了。宝玉只嘻嘻的笑着。黛玉问道："可有爹妈？"宝玉点点头。又问："有姊妹？"宝玉也点点头。再问："会了多少戏？"宝玉又是点头，只是笑。黛玉便笑道："你这个傻孩子，怎么人家问着你总不言语，我诸凡爱上你，单不爱你这个不言语。"探春等忍不住大笑起来。黛玉仔细一认，认出来了，面上就通红起来。站起来道："不好了，他们闹了鬼了。"宝玉就大笑起来道："好林妹妹，人家不言语你就恼，为什么人家问着你，你不言语？"史湘云也跟着嚷起来道："而今这个爱官言语了，林姐姐快些爱上罢。"惹得黛玉接连啐了几啐。紫鹃、晴雯听见了，也赶进来同着芳官们笑的了不得。众人又闹了好一会儿方才散去。

黛玉恐怕宝玉逞了兴要去拉拉扯扯的，就拉了湘云、惜春同歇。又过了好些日子，虽则不避宝玉了，总不同他说话，倒像怕得很似的，只拉了姊妹丫头做伴儿。探春、惜春、史湘云时常被他拉住过夜。后来王夫人吩咐三个姊妹晚上不要过去。黛玉又巧得很，只拉了紫鹃同住，做一个护身符儿。到底是熟悉了些，间或也到上房走走，又去看看宝钗。但则是在自己房里的时候多着些。宝玉便时时刻刻的拉了探春到李纨处商议。李纨道："怎么样想个法儿，大家同着他玩玩，宝兄弟也在里头，混熟了他就不害臊。"探春算起来，黛玉也没什么心爱的玩意儿。忽然一片声传过来说道。宝二奶奶得了小哥儿了。大家就奔过去。已经挤了一屋子的人，黛玉也在那里。原来荣国府的家教，大凡太太们怀了孕，便静静的一个人养着，也不乱服药。只到临产的前一月，每清晨将大桂圆二十个，带了壳用小银簪戳遍，配二钱老苏梗浓煎服下，晚上只服人参养荣丸三钱，到了临盆无不顺利。所以宝钗身子甚健，连小孩儿下地声气也高。随有王太医进来看过脉息，说道："恭喜恭喜，康健得很，通不用服一帖药儿，只是益母膏一样便够。干净了，单把养荣丸熬做膏子儿服下更好。"王太医就去了。贾政、王夫人也很喜欢，就叫平儿、李纨、探春多在那边照应陪着姨太太闲话。谁知账房里闹不清起来。王夫人就请黛玉上来道："好孩子，你瞧着琏儿那边闹得那么样，平儿一个人往往来来的，你又没有满过月儿，你们凤妹子也嫩嫩的，你怎么好暂时间照料些。"黛玉就应了。原来，黛玉闷了一二十天，心里也将过去的事逐一的想过。自从回转过来，舅舅、舅太太那样的待我，倒做了老太太似的。我只道被我立定了，谁知终究也走上这条路来。而今虽则躲了宝玉，那能一世里洗得清。况且进了这门拜了公婆，做了媳妇，怎么样不思孝顺。况且这个荣国府被凤姐儿闹得这样，有些志气本事偏要蹑到了凤姐儿，重新兴旺起来。黛玉这些想头别人通没有看出，今日见府中有事，王夫人又那么样托他，他就显出才情，励精图治。彼时道喜的人也多，先就各人的赏封款待，预备齐全，分派的家人也明，处分的事情也妥。贾政、贾琏、王夫人也十分服他。

宝玉见他出来办事，借着这个因儿奔着账房去。挨上前要写写字献献勤。黛玉偏只是不理的，宝玉偏当着家人面前揽事儿。问黛玉，黛玉也略略的答应几句。只不过回去了仍旧是冰冷的一个人儿。到这一日三朝洗儿后，众人都往宝钗处来。那生下来的小哥儿贾政取名芝哥儿。穿一件大红衫儿绿袍裙，挂着宝钗带的金锁，一个奶母王嬷嬷抱在怀里哇哇的哭。贾政走上前摩摩顶，看一看，笑吟吟走出来，众人都来看他。可怪这芝哥儿正在哇哇的哭着，见宝玉走过来便住了哭，小眼睛就看他。众人都笑道："这奇怪了，这点子小哥儿会自己寻他的老子。"王夫人道："好个老子傻得什么似的，叫芝哥儿大起来倒叫他做兄弟罢。"这宝玉就害着臊跑去了。这王嬷嬷便抱着小哥儿一转的拜过来，说道："拜拜舅太太、祖太太，还拜你奶奶，好不过的姨奶奶也是你的亲奶奶。"恰对着黛玉拜了。黛玉又臊起来。宝钗在床上躺着看见了心里头很乐。黛玉便将汉玉寿星骑鹿同东珠朝珠揣在王嬷嬷怀里，李纨就将兰哥儿的翰林金花送过来，教小哥儿："抱着这朵金花，中个头名状元。赛过你兰哥儿，百年长寿，富贵兴旺我这府里。"薛姨妈道："芝哥儿你真个的依金口。"当下王夫人、宝钗实在快活的说不出来。贾政、贾琏又为着这件喜事忙忙的应酬去了。

一日宝玉正往蜂腰桥来，只见芳官、蕊官一班儿女孩子爬在山子石边，不住的你抢我夺。宝玉问着他，只不应，真个出了神似的，拉住了芳官看他的手里，原来拿住了一个蟋蟀儿。宝玉道："拿他做什么？"芳官道："二爷你原不知道，他会斗呢。"宝玉就要他斗着瞧。芳官道："这里怎样斗，你要瞧等蕊官拿住了那个好的，跟着我去斗给你瞧。"宝玉果真等他们拿住了，跟了去瞧。也有养在碗内的，盘儿合着的，也有个盆儿盖着的。这班女孩子就放在盆儿内，咬咬的真个好看。宝玉就跳起来道："这样有趣，怎么不告诉我？"藕官道："这算什么，外面玩这个开了个栅，整千整百的输赢，都论的花枝数儿。咱们琏二爷在外头玩得大，只瞒着老爷呢。"宝玉听不的一声就走去，去粘住贾琏要这个。贾琏只得将几罐斗败的输鸡送了他。宝玉就告诉了探春，众姊妹也试一试，便大家聚到潇湘馆来。大家又将蟋蟀来斗一斗，都也高兴的很。宝玉就叫李瑶上来问他。这李瑶南边人儿，有什么不知道？便一五一十说出来。众人听得这样有趣，便各人各自的养起蟋蟀来。议定了黛玉要开栅，请李纨掌柜，便百般的查了书置了栅，金丝紫檀雕漆陈泥戗金瓷罐，各色各样争奇竞巧。这大观园内连小丫头也养起蟋蟀来。最多的是潇湘馆便了。宝玉选了一个好的，替这些小丫头的咬，都被这个咬败了，就贵重得很。晚间与晴雯歇下，一会子爬起来说："这个虫儿厉害的很。"怕他跳起罐盖儿逃走了。押着晴雯出空一个箱子，锁在箱子里，宝玉方才睡得着。谁知这个虫儿喜的是土性，闷在箱子里一夜就呆了。宝玉只好又弄了一个好的，放在屏风后楼梯脚边。到了这日斗的日期，果真请李纨过来，将各人的蟋蟀儿入了白纸封，兑了天平准了码子，情愿饶个厘头的加些花儿，议定了打了数，也分了黄旗红旗，众姊妹就先吃了饭。只听得蟋蟀之声不住的叫。宝玉道："不要说斗，便是这个声儿就脆亮得好，宛如月白风清。怪不得古人说蟋蟀在堂，在我床下，这也是赞他的声音。这个小小虫儿，不听见他的声音如何辨他的所在？"黛玉道："而今要把《毛诗》上改作蟋蟀在箱了。"众人问知缘故，几乎喷出饭来。众人饭后茶罢，李纨就排起次序来。宝琴配李绮，惜春配岫烟，李纹配平儿，探春配湘云，紫鹃配芳官，晴雯配香菱，恰好的黛玉配宝玉。其余不配厘头，收进了罐子不斗。他们猜帮，斗了几个时辰，各照输赢分了花去。末了斗到黛玉、宝玉。黛玉的是个大青头，宝玉的是个梅花方翅，两个虫慢慢的出了紫檀关，李纨就将草儿赶着他。这个青大头了了关就站住了，张着两个钳儿等着。那方翅儿盘盘旋旋的走上去，宝玉尽着用草赶，方翅便上前去碰一碰，连忙的逃回来。这大青头便站起腿，鼓着翅叫个不住，李纨就拍手道："宝兄弟输了。"众人都笑起来道："原来这个虫儿也怕到这样！"探春坐着笑道："虫儿不差呢，也还碰一碰呢。"李纨也公公道道的替他们分了花。散了局大家又说说笑笑起来。只见焙茗进来说："曹老爷过来请二爷说要紧话。"这宝玉就连忙出来。

不知曹雪芹此来为了什么事情，且听下回分解。

第十六回

姜殿撰恩荣欣得偶　赵堂官落薄耻为奴

　　话说宝玉听见曹雪芹过来，连忙出去相见，彼此坐下叙谈。知姜景星因和上诗，蒙恩赏了许多珍物。而且召见之后圣情十分宠眷，就从修撰上超升了翰林院侍读学士之职，甚为恩荣。因将届吉期，托曹雪芹过来商议。适逢贾政、贾琏外出，故托宝玉转致。宝玉这些上头一毫不懂，只说道："这也容易得很，只等二家兄回来侄儿告诉过了，自然就来谢步。诸可面商，无论至亲至好，彼此不必拘文。况且两宅接连，诸事便当，就烦致意妹丈，也告诉薛二表兄。"曹雪芹道："弟昨日原到薛二哥处，打算约了同来，也没遇着。今日令妹丈也去会过了。"宝玉道："很妥。"正在说着，贾琏也就回来。贾琏已知姜景星超升之喜，就先说道："姜妹夫高才，不次升擢，圣恩如天，连咱们这两府里也光辉的多了。"曹雪芹就将来意再说一遍。贾琏就道："这个咱们这里已端整的了。"又指着宝玉道："也亏了我们二弟妇林表妹，里外的事调处到二十分，想来也有多少情理在里头。一则现在是自己的姑嫂，二则是嫂子的姨儿，三则是他令兄林表兄的义弟妇。还有两件……"雪芹问那两件，贾琏笑道："老先生还要知道那两件？一则是老先生为大媒，二则大媒的老先生又和我们这个宝兄弟至好。舍弟妇舍表妹敢不巴巴急急的？"惹得曹雪芹、宝玉一齐笑起来。宝玉就说道:"二哥你不要取笑,咱们也没有交句话儿。"雪芹道:"不要哄人。"
贾琏道:"话也没有交一句儿,我只知道男妆女扮的串戏,两个人又
斗个把蟋蟀儿。"雪芹就笑嘻嘻拉住了宝玉问他道:"世兄你扮了什么
女,还要知道世嫂扮的什么男。"宝玉赖说:"实在没有。"雪芹笑道:
"罢了,你只将世嫂扮的告诉我。"宝玉笑道:"实在内人呢没有扮什
么,无不过姊妹们玩,将侄儿扮去哄他的。"宝玉也得意的很,就一
直说将出来,惹得曹雪芹、贾琏大笑起来。宝玉道:"二哥还说咱们讲
话呢,直到而今终说得一句'蟋蟀在箱'便了。"曹雪芹又问他缘故,
宝玉也说了。曹雪芹、贾琏又复放声大笑。贾琏就将宝玉的脸抹一抹
道:"你还不臊着,亏你还告诉人。"曹雪芹道:"世兄我还猜着一件,
你这个蟋蟀一定输了。"宝玉道:"怎么知道?"雪芹道:"你要同着世
嫂斗怎么能够不输!"贾琏道:"宝兄弟,老先生拿话打趣着你,我看
你着实的臊。"雪芹道:"你说他臊,我料他乐呢。"三个就笑了好一会
方散。

　　且说黛玉自从经手账房,治得内外井井,上下钦服。又有宝钗的
月子里事情,喜凤出阁的事情碰在一处;又是喜鸾的才情赶不上黛玉,
十有八九王元、蔡良要上来回话。这两家事务也实在的烦。黛玉故意
从容闲暇,要自己卖弄才情,只一早晨办荣府的事务,晚间回到潇湘
馆内方办林家的事务。王元、蔡良早就伺候在园子里,差不多说到一
更时分,到了王元、蔡良去后,黛玉开了房门,自有素芳、香雪、碧
漪、青荷四人服侍,也并不去使唤紫鹃、晴雯。宝玉一发不便去闹
他。这紫鹃也古怪,看见黛玉事烦,也在旁边帮着笔墨写算,到事情
完了也就带了绮霞关门。真个主仆两人一般无二。只把晴雯一个人十
分为难,要将宝玉推出去,外面自王夫人、李纨、宝钗以下都叫他且
陪了宝玉,照顾他早晚的饥饱温凉;里面这黛玉、紫鹃二人又像生成
是晴雯一个人该陪伴宝玉,他们两个竟像天长地久只好真个担虚名儿
似的。也时常去劝劝,只被他两个着实的取笑。紫鹃取笑他还好回敬

两句，偏是黛玉这个人名分儿又尊，嘴头儿又尖利，说笑一句半句着实的难当。晴雯说："二爷的东西东抛西撂。"黛玉就笑说："抛掉了也没有什么奇，只不要撕掉了。"晴雯说："二爷寒暖不知道便卸了衣，不怕着了冷。"黛玉就笑说："倒不要大冷天穿着短衣裳吓人，惹得人家疼。"晴雯说："二爷这样闹连衣裳都闹破了。"黛玉便说道："怕什么，连雀金裘破了还有人会织补呢。"晴雯道："天气渐渐凉起来，二爷也该添件把袄子。"黛玉又笑说："怕没有红绫袄？单只要配全了袄襟儿。"真个也说不尽的尖酸话儿。紫鹃又跟着笑，惹得晴雯面上只是个白一回红一回的。宝玉自从听见了"蟋蟀在箱"一句，心里乐得很："林妹妹已经同我说一句趣话儿，我正该从此进一步。"又想起黛玉的性情古怪，总要拉住了紫鹃商量。这日正遇着黛玉上头去了，紫鹃、晴雯都在那里。宝玉便同晴雯走到紫鹃房里，先把紫鹃的丫头菊香叫出去了，宝玉就关上门，掇一个椅子儿靠着门自己坐下。紫鹃不知宝玉存着什么意思，就发起急来道："你们两个不知商议什么主意，青天白日要做什么？你们要拉拉扯扯我就喊起来。况且太太那边有事情，姑娘也在那里等着我，快些开了门让我过去。"晴雯只笑得了不得，便道："二爷，断断不要开，咱们这会子尽着的玩他。二爷你不用怕他喊，你爱怎么样便怎么样。你也不用听他哄，太太那边并没有使着他，姑娘也不等他去，通是个谎话儿。我替你守住门，你尽着去。"紫鹃急起来就道："你们真个闹，我就寻了死。"宝玉就可怜儿他说道："紫鹃姐姐，好姐姐，你当我什么人儿？你这么个人儿我肯闹你？晴雯姐姐看你急得这么样，他就拿话儿来吓你，你不要信他，我不过来同你商议怎么叫姑娘同我说句话儿。"紫鹃好气又好笑的便道："好个孩子气儿，真个这样为什么关上门，你快些开了门，给丫头看见咱们青天白日在这里做什么，传到上头去也难听得很。"宝玉道："怕开了门你就不肯应承了。"紫鹃笑道："实在是个傻孩子，叫姑娘同你讲句话儿也容易，怎么要关上门？你不开了门我断不依。"宝玉真个的开了，紫鹃便走出去。宝玉、晴雯跟上来拉住道："不要走。"紫鹃道："走什么？"三个人就坐下了，紫鹃道："好好，你们两个通做一路儿。"就拿起指头来算算道："原说是百夜恩，你们不知几千恩了。"晴雯就啐了几啐。宝玉就央及紫鹃道："好姐姐，不干他事，是我拉他来的，你怎么叫姑娘同我说句话儿。"紫鹃笑道："这也奇了，嘴是姑娘的嘴，他肯说就说，他不肯就不肯，我怎么样劝得他。"宝玉再三央求，紫鹃道："二爷，你不要性急了，你不知道罢了，我何尝不劝过他，就是姑娘呢，也不比在前了。前日太太向姑娘说：'宝玉近来玩不玩？'姑娘就说：'倒觉得安静些。'昨日老爷问姑娘说：'宝玉看书呢，也还无心情，倒不要叫他丢完了。你也警戒他！'姑娘也答应了。姑娘回到房里来又说：'二爷的性儿爱吃生冷，怕他停了，你们也当心，我也不同他说话儿，怕他上头上面的。'又说道：'晴雯的心孔儿也想得到，有什么照应他不过来，上头还巴巴的问着我。'宝二爷你想想，而今姑娘没有你在心上么？还说道：'宝姑娘房里你们也常叫他过去，陪陪姨太太，不要那边怪着了。'晴雯你们想想，他有什么想不到？你要同他讲话，正正经经、斯斯文文的讲句话谈句心，有什么不依的？你若像刚才关门的形状……"紫鹃就顿住了，冷笑一声道："只怕不但不讲，还要闹到搬家呢，我难道不为着你们的？"宝玉、晴雯就慰谢了。宝玉仍旧托他婉劝不提。

且说姜景星到了吉期，照依宝玉一样热闹，将喜凤娶了过去。这姜景星少年殿撰，又是圣眷隆重，新近超迁。从中堂起至各衙门贺喜请酒的也不计其数，还有同年同馆的这班好朋友送诗送画分外密切，送席复席通共闹有十余天。从此，景星、喜凤女貌郎才十分相得，又是林良玉卸了责成，完了心愿，喜鸾又得姊妹同居，真个的乐事赏心，花团锦簇。外面的人倒也不替姜景星称羡，倒羡慕贾政起来，说政老爷门楣到底高，一科两个鼎甲都做了东床。又有人说道："这算什么，他的大姑娘就是一位娘娘，一个凤胎里长不出燕雀来，况且皇亲国戚，连这两位鼎甲公也上去的快。多着这不是我攀他，也是他求我，你看北京城里富贵人家的姑娘也很多，他这两位为什么不求别人家，就约齐了同求这府里，你看他到底升的快。只苦着那个榜眼公婆过了，若是没娶过求得他一个义女儿通好。"

不说这些没见识的人，且说姜景星将回九之期适逢贾赦得了员外郎，贾政升了京畿道御史，这贺喜的又忙起来。却只得并了一天，请过酒席，黛玉的帐房一席真个十分的烦。到烦过了，黛玉回来，恰好王元、蔡良的话也不多，容易开发，黛玉便走进房来。只见宝玉正正经经的坐在那里，紫鹃、晴雯也在旁边。黛玉便叫香雪、碧漪打了灯到栊翠庵去。宝玉连忙赶过去，遮住了门坐下，就苦苦的说道："林妹妹，我很知道你是一个冰清玉洁的人儿。就是我这个人儿，你也相信。你想想我们从小儿在一块，我难道得罪过那一个姊妹来？偶然间或有一半句儿戏话，其实心里头没存着一丝儿的歪心。这是你知道的。我若不是这么样，我就立时立刻化了灰飞了烟，连烟丝儿通被风儿吹灭了。我只恨前生前世不曾修行着投得一个女儿身。我若能前生前世修行的好，今世里也做了一个女孩儿，我不过比不上林妹妹，我这个心却也要比上呢。为什么呢？"宝玉说到这里，黛玉就不知不觉的坐下来了。宝玉道："我也能够知道林妹妹的喜欢，也很知道你的厌恶，也很知你连根到底牵前搭后说不出的苦儿。"宝玉说到这句，林黛玉就揉揉眼。宝玉道："包管我做了一个女孩儿跟了你，不拘算姊妹丫头儿，总能够知你的心着你的意，你也不至于半点儿生分了我。怎么我就偏不能做一个女孩儿？叫你在这点子上嫌弃我。我从小同着你一块儿的时候，你也时刻刻的恼我，我总也辩得明，我那一桩儿不记着。你为什么恼我呢？你的心里头无不过是一句话儿，无不过说：'我林黛玉一个人连宝玉通不能知心了，还不委屈死呢！'你可是这个意儿？"黛玉就忍不住掉下泪了，宝玉便道："你若不是这个意思，你为什么不恼别人，单单的容易恼着我？但只是我自出娘胎同你见面来，没有一件事不向你辩明，单单是娶宝姐姐一节，我同你生离死别……"说到此，宝玉就哭起来，黛玉也尽着淌泪。宝玉道："提起这一节实在委屈死人呢。一家子，从老太太起个个说娶的是你，临进房时还只见雪雁挽着了你。到得见了宝姐姐我就骇死了，我不打量宝姐姐害着臊，我也顾不的他，我就叫出来：'林妹妹，林妹妹，你往那里去了？宝姐姐，你怎么霸占住了！'谁也没人理我。罢了，罢了！往后的事情我也不忍说，只怕紫鹃也多说过了。我从前说过做和尚。林妹妹，好妹妹，我只不曾负了这句话呢。"当下黛玉、宝玉、紫鹃、晴雯四个人一齐伤心起来。宝玉道："我好容易我们两个人重新见了面，又是千难万难的聚在一块儿，又是千哀万求得这一个时辰儿剖一剖。好妹妹，你不想而今，想从前，你怎么狠心到这样地步，连一个字儿不回呢？"黛玉一面尽着掉泪，一面也说道："晴雯妹妹你同他去歇罢，我也被他闹烦了。"宝玉就站起来恨道："罢了，罢了，我枉的为人一世！林妹妹始终恨着我，说不明白了，我还要活什么，我就将这个刺出我的心来。"宝玉说着就要抢旁边小桌上的剪子，慌的紫鹃连忙拿去了，说道："这又何苦呢，倒是闹姑娘了？"黛玉就跌着脚说道："你已经拖了我下这个苦海，你而今到底还是要取我的命呢，还怎么样呢？"宝玉也知道自己错了，紫鹃、晴雯也劝他出去。宝玉道："我好容易得这个时辰在这个地方，走是不肯走呢，还有话没说完呢。"紫鹃就哭道："原来二爷的话还多。"黛玉道："你就说，索性说完了好走。"宝玉又掉下泪来道："你们看林妹妹还是这个声气儿，并没有半点子怜念儿。"宝玉说到这里，黛玉也就心里头软将下来，说不出伤他的话来了。宝玉道："你们大家叫我傻就傻，嫌我烦就烦，我也不说别的，我只要单单的说出林妹妹的心事来。你从前只恨着无家无室举目无亲的，又恨凤嫂子、袭人儿这班闹鬼的。是了，一点不错的。无不过今日看起来气也吐尽了，现世也报尽了，还有巧姐儿、袭人现在你手里。不知道的便说你要报复，只我一个人知道你另有一番作为，叫地下、地上的人愧死都罢了。你还有什么气儿不伸出来？无不过你便各种各样的趁心满意，单把我的心压住了，沉在九幽地狱底下，不能够照着你心孔里一线光便了。"黛玉不得已，说一句道："罢了，算我知道你不负心便了。你的话也完了，好好的替我歇罢。"黛玉只觉得说话儿太重了些，面上就红起来。宝玉听见了这句话就喜的了不得。又想，他有"好好替我"四个字就有无数的转念儿。便道："林妹妹肯说这个，我而今死也瞑目。"黛玉道："谁又说死说活的，不要招起我赌咒来。"宝玉连忙住了口，只笑道："妹妹，好妹妹，我既然说明了，你叫我走就走，也不敢停一停。只是往后的日子遇着你空闲了，咱们常常久久这样谈谈，你终是不恼我。"黛玉道："什么时候了，说走不走的，定要画个死字在你手里？"紫鹃、晴雯也推着宝玉去了。这边黛玉歇下，不住的想了一夜，着实的伤恨，也就前前后后感激着宝玉不提。

且说宝玉，自从与黛玉面谈，彼此说明之后，心下十分畅然。回到晴雯房中又与晴雯将他两人的事，彼此也叙了一遍，足足有四更时分。一觉醒着，直到太阳老高才起来。走到上房，除了贾政、贾琏，一家子都聚在那里。宝玉见黛玉分外觉得亲热些。黛玉也不大避他了。王夫人看见他两人的光景，觉得和好些，想着叫他们说句话，就向黛玉道："晴雯这孩子呢，心里原也细密，宝玉身上他原也会照料得过来。只是宝玉这孩子性儿瞒不过你的，他倒也肯听晴雯的话儿，也要大姑娘你早早晚晚看顾着他，也替我教训他。他若有什么不依的，你就告诉我。你可知道他不依晴雯，晴雯也碍着他，也碍着你，通不敢上来告诉我。你往后总不要替他瞒着什么，这便是大姑娘你替我的心。你知道他这个孩子性儿，连饥饱寒暖通不知道。论起年纪来他大似你，论起世务上他一辈子学不上。"黛玉只得说道："真个的饥饱寒暖通不知道。"李纨笑道："林妹妹你招架定了，往后宝兄弟有什么不依，总问林丫头便了。"黛玉道："大嫂子也来取笑。"王夫人、宝玉心里就很乐起来。正说着只见贾琏从外面笑嘻嘻的走进来，一面笑一面说道："林表妹的耳朵也长，打点也快，真个的笑死人，爽快也爽快的很，怎么办的事办到这样妙。笑话，笑话！"惹得众人连忙问他为的什么来。原来锦衣卫堂官赵全犯了大不是，拿交刑部问明治罪，给发功臣之家为奴。黛玉听见了这个信儿，想起紫鹃告诉他查抄之时赵堂官怎样刻薄，亏得西平王到，宣了恩旨，赵全方始回去。及至审案之日，遇事搜根剔骨，百般的折磨，又是焦大被他们捆了猴急拼命等事。黛玉就着人打点，将这赵全给发到贾府为奴，正是今日发到。黛玉就批与焦大服事。两府里的人个个称快，都奔着到焦大那里说："恭喜大老爷，收了一个上好的三爷。"焦大这个人原是撒野得了不得的，今日见黛玉如此开发出来，正合了他的意。就将草绳一条缚了他的腰，袖着一根马鞭子，拉了他走进荣国府来。府里人连忙告知贾琏。贾琏问知所以发到府里乃批与焦大的缘故，一面笑一面说，进来要太太们到屏风背后听听去，大家开个心儿。当下贾琏告诉众人，众人大笑。李纨就带了笑指了黛玉道："好个捉掏鬼儿，却也办的爽快。"

王夫人就同众人走出去。只见焦大真个的把这个赵堂官牵进来，口里大骂道："我把你这个不成材料的杂种，猪狗似的王八羔子，你就认得我焦大太爷也迟了。你瞧你自己，瞧你算什么！你算做了锦衣卫的堂官，要趁着查抄的名儿掳掠我府里的东西，狗头狗脑狐假虎威的。告诉你这狗攮的，你知道朝廷的恩典大，咱们府里的福分儿也大，查抄去的全数儿赏还了。你可曾尝得着一点子什么东西？你贪赃犯法，做了咱们府里奴才的奴才，现世现报，逃到那里去？狗攮的王八蛋，先吃我几鞭子！"焦大就呼呼的抽了几鞭子。这赵全终是做过堂官的，由他打，总不言语。焦大又骂道："王八蛋，睁开了龟眼珠瞧瞧你焦大太爷。大太爷跟着老太爷出兵搁过多少人，倒叫你捆我！你瞧着，而今到底谁捆谁？你坐在堂上的架儿那里去了？你的大班儿那里去了，大太爷瞧你这个东西算什么，你这个王八羔子！"焦大又架了鞭子抽。黛玉打量得贾政要下朝了，晓得贾政忠厚，若看见了必有一番更动，连忙叫贾琏说："快快的带他回那府里去，敢则老爷要回来，万一老爷瞧见了，必有更动的。"贾琏连忙同林之孝去劝焦大，焦大那里肯依。只见周瑞飞跑进来说："老爷回来！"贾琏、林之孝着急的劝，焦大那里听得，益发抽的狠起来。赵堂官只得叫焦大太爷。

　　未知贾政进来碰见了，如何开发，且听下回分解。

第十七回

林良玉孝友让家财　贾喜鸾殷勤联怨偶

话说焦大正将赵全打骂，众人听见贾政回来，连忙劝他。焦大性起了，如何拦得住，幸亏贾政到林良玉、姜景星那边去了。这里焦大直打的满心足意，方才肯饶了他，就丢下鞭子，一直的大骂去了。众人便拉赵全出去，赵全却久仰着贾政的仁慈，拉定栏杆，定要候贾政回来见一回。众人见他打得可怜的，也就由他，只叫他端整了衣帽儿，跪在院子里等候。王夫人等就笑嘻嘻的进去了。不多一会，贾政回来，赵全连忙磕头。贾政连忙一手拉了他起来，说道："赵老哥，你的不是呢原也不小，亏得天恩高厚，发到这里来，到底是个旧同寅儿，我怎么肯慢你。况且咱们自从祖宗下来，从没敢刻薄待人。你往后再不要这样，咱们大家侍候主子，当今至上就是一个天，大家戴着天，拿出个良心就好。你往后只要自怨自艾，做过堂官的人怕没有个弃瑕录用的分儿？我本要留你在府中做个朋友，但是朝廷家的规矩，不敢不钦遵。我且检一个小庄，请你住去。你也是得了大不是的人，查抄过的人，家口没有养活，一起儿同去也好。咱们见了面，就请罢。"这赵全要见贾政，只望免了他服侍焦大，谁知贾政倒反这样施恩，想起从前自己来查抄贾政的光景，真个愧也愧死，只得再爬下去磕头。贾政就吩咐贾琏，安顿他去了。

贾政一直进来，看见王夫人众人都在那里，也将赵全的事说了一遍，说道："咱们世代忠厚人家，时刻留些有余，还恐怕天恩祖德承载不起。大家伺候过老太太，想着老太太怎么样的仁慈，咱们敢忘记了？"王夫人众人无不叹服。贾政又说起："下朝回来，姜姑爷约我过去，我也不知什么事情，到了那边，才晓得良玉外甥这番古道，然而所说的话也太过了，却也断断不能依他，就是中间人的话儿，也决然不能从命。"王夫人便问："说的什么话儿？"贾政就将林良玉痛哭流涕的话说出来道："从小儿父母双亡，毫无家业，全亏这边父母血抱成人，现在这些产业家人统是这边父母遗下来的。他而今已经得了官，除现在房屋及殽浇奠外，全数要让与他的妹子，苦死苦活罚神赌咒的求我做主。姜、曹诸公见我恼怒起来，再三的说，兄妹二人各分一半，全了他的孝友至情。林外甥还不依，说我们果真不依，他就赌下誓，要挂冠而逃的。我也十分敬他，也说不出什么样的话。停一会子，他们还要过来，这便怎样？甥女也在这里，这便怎么样的调停？"王夫人也说："果其太过了，真个中间人说的也就过分的很。"

　　黛玉心里却已长久知道了，到这时候也不能说出一句话儿。为什么呢？若说不依，就不知他哥哥的至性；若说依了，又不是贾政的意思，只管回不出。贾政道："甥女，这件事情到底是你们兄妹的情分，你要好好的回他。"黛玉就说出一番不亢不卑的话来，叫贾政以下人人敬服，没有一个字儿好驳回他了。黛玉就说道："论起来，哥哥这种苦情，中间人这番议论，也不便不依。无不过舅太爷、舅太太的性情只爱帮扶着人家，不要人家帮扶咱们，祖宗下来统是这么样的。但则哥哥的意思，却不是单单的惦记渭阳，要想尽些心力。不过想到罔极无报之处，还留下甥女一个人儿，爱本及枝，出于至性，就算全数推让，才满他的愿儿，不过咱们没有这个理便了。而今亲友商劝各半均分，我们如再不依，就不算成人之美，爱人以德了。"黛玉不谦不让，说得轩轩昂昂的。就贾政、王夫人心里也道是的，不过贾政说一句：

"这么样，我总不能担承。"

　　正在说着，喜鸾、喜凤也就过来，外面林良玉、姜景星、曹雪芹也来了。为这一件足足的往来五六日，方才将各半之说说明，就选了好日子，送过册籍来。总账细账倒有二十余套，像一部大书。送过来的双身家人，便是蔡良，算一总管事，其余副管事九个人，单升管内外城各银楼字号，相军管南边庄地买卖，汪福管湖、广、川省的账目，徐喜管浙、闽、广东的账目，周秀管河南、山、陕西的账目，吴昌管天津、山东、淮扬的账目，曹诚管盐务贸易，卜胜管洋行贸易，蒋涵管各色衣饰行头，带管领班，余外零星的执事也不计其数。这蔡良便有个王元的身份，统计一千万有零。却说袭人，自从到了林府，逐日间检点尺头衣服，照料各项成衣，又添了戏班里的行头，事情也尽烦着。又不能一直到喜鸾处回话，总要候蔡良家的示下儿，将来伺候黛玉受些折磨，不必说了。还听说紫鹃、晴雯也收了，还要跟着他叫声姑娘儿。这紫鹃老老实实的，只怕还有些旧姊妹的情分儿。唯独晴雯，仇也深，嘴也利，性也刚，只好三零四碎受他的牵扳便了。想起从前自己的身份，原是宝钗以下第一个人儿。怎么样就错了主意，跨出这个门，又走到别条路上去。不要说见不得宝玉，也没有脸再见宝钗。我也错了主意，已经这样，何不搬到他州外府去了，偏生的被林府上千方百计弄了过来，巧巧的遇在黛玉手里。从前宝姑娘原也待的好，出来的时候，也是他娘儿两个哄我出来。我若能跳到那边去还好，若长久在黛玉身边，那就罢了。袭人这些想头，一日也想有百十遍，独自一人的时候，眼泪儿也不知流了多少。这一日，一众男妇家人过来，黛玉先叫往各处磕头去。袭人见了宝钗，也哽哽咽咽说不出的苦，宝钗也尽着揉眼，说道："你快快的去见你奶奶，等个空闲儿，咱们着实讲讲话。"袭人就同众人过去了。

　　那边黛玉预先吩咐已定，拉定宝玉叫他会会袭人，偏是贾政叫宝玉去了。蔡良便传出黛玉的话来："男女家人分两班进去，单是蒋奶奶末了一位替另进去。"袭人便猜不出黛玉的什么意思。袭人果真等候众人见了出来，方才进去。见了黛玉，方才要跪下去，只见黛玉满面笑容，揽了他的手再三拉住他，道："从小儿的姊妹，你要这么着我可恼，你不知道我的心里头很有你这个人儿。而今重新在一块了，你不要生分了我。"袭人那里敢说出一声。黛玉又笑吟吟的说道："可曾有个孩子？就算不是个时候，也该有个信儿，小门小户的人家也是要紧的呢。"袭人只得赧赧的说道："没有。"黛玉又附到他耳边，低低的笑道："宝玉还要同你叙叙旧呢，你可也却不的，可有个人儿防着些。"袭人越发羞得要不得，面上通红了。黛玉就说："素芳，请两位姑娘过来，快些看看旧日姊妹。"不时间紫鹃、晴雯也打扮了过来。袭人便叫："姑娘。"他两个却也照旧的情分，姐姐长，姐姐短，说些想念的话儿。袭人正不知怎么样才好，黛玉道："袭人姐姐，你来的正好，你的为人儿才分儿，我也统知道。不要说宝玉的衣服照管得好，就是我的衣饰零碎也全个儿托你，要你检点着，省的我操这个心。"就叫："紫鹃妹妹，晴雯妹妹，把账折儿、锁钥儿交给你袭人姐姐。"他两个真个的送过来交代了。黛玉道："我怕你往来不便，也替你收拾个房儿，若是你们的琪官儿放心，你也分几天进来伴伴我。"又笑向紫鹃、晴雯道："你们瞧着，宝玉一定还要闹你们这个姐姐，敢则要央及琪官儿讲个情儿。"两个也笑了。黛玉道："你们且同着袭人姐姐，认认他的公寓办的好不好。"袭人遂到他们两个房中，随又两个同了袭人到了袭人房中，只见这两间房陈设一切与他两个一样的体面，也拨两个丫头全儿、簪儿，给他使唤着，而且紫鹃告诉他，同他们两个一样的，月钱每月十两。袭人真个的喜出望外，就将这些账折锁钥领过来，也检点着房里的东西。

正在忙着，只见蔡良家的走进来，袭人连忙让坐。蔡良家的悄悄告诉袭人道："咱们姑娘有话吩咐你，说你呢，原是个旧人儿，姑娘也很抬举。但只是要你眼睛里算他一个主子，要你前前后后自己思量一番。又说你往后到上头去回话，要斟酌些。又说宝二爷交给你，不要戏班里引坏了。"又说："大姑娘不托你别的话，只这几句话，要你存神些。"袭人听见了这番话，骇得魂都掉了，就暗泣起来，央及道："好个蔡奶奶，姑娘的吩咐我一字字统记得，往后总求你老人家在姑娘跟前提拔我。不说姑娘是主子，便紫姑娘、晴姑娘两位使着我，我也是个奴才。我尽知道走错路来，算不的人儿。姑娘高着手，我便过得去，低着手，我就过不去。我往后要不拿出个良心，不要等姑娘气恼，我也不得好死。总求你老人家慈悲，长久在姑娘前帮衬我，我也有孝顺你老人家的情分。"蔡良家的就点着头回话去了。从此袭人服侍黛玉一发小心尽职。王夫人、宝钗等见他相处得好，也说黛玉大方，此是后话。

这一日宝玉见了贾政回来，也要见袭人，就走到黛玉处。恰好袭人在那里，见了宝玉，就磕个头。宝玉倒只嘻嘻的笑了一笑，没有什么问的。袭人不免走开去，十分不好意思。宝玉就到晴雯处拉了蔡良家的，细细问他，知道黛玉恩威并用的光景，明明的学着汉高祖接待九江王黥布的意思。重新走到黛玉房里。这时候黛玉与宝玉已是叙旧论心，毫无嫌疑的了。天气渐渐沉寒，两个近着火炉说些旧话。黛玉道："宝姐姐满月后，你去也有限，只管的守着晴雯，晴雯也很嫌你闹他，你今日务必到宝姐姐那边去。宝姐姐呢，那里存这个心，只怕上头要说晴雯。你不依了我，我就恼，咱们一辈子不要讲话。"宝玉笑嘻嘻的看了黛玉，又不忍违拗他，就便道："是的了，你叫我去，我去就是了。"宝玉也要将黛玉待袭人的话过去告诉宝钗，宝玉就往宝钗处去了。过几天，一阵阵的刮起风雪来，雪霁了，越发的冷。袭人因是宝玉、黛玉更换些皮衣，便看着老婆子们晒晾着些衣服。就便走到院子里，望着天说道："只怕还有雪下呢，你们看天上云头儿乱的很，不知道东风西风。"黛玉也走出来，看看天说道："不知东风压了西风，西风压了东风。只恰是上风儿压着下风呢。"说着就带了晴雯、素芳往宝钗处去了。袭人只一声儿不言语，忆着从前打探的旧话儿。

　　过几日，渐渐近年起来。王夫人便与李纨商议道："林姑娘与宝玉直到而今还没有圆过房，到底不成事体。他们两个也不生分了，悄悄的打听，也有话有笑，只没个法儿劝回林姑娘。我瞧瞧宪书，今日很好。你可想出一个主意儿。"李纨沉吟了一回，说道："劝呢是不中用的，我们且请喜姑娘姊妹过来，大家商量。"王夫人也说好。就悄悄的接了他两个过来，彼此商量，也都没法。喜鸾忽然想起自己成亲的那一晚，就笑将起来，道："有了，咱们倒要哄着林姑娘，说宝哥哥今日往别人家去，晚上通不回来，咱们再想个法儿把林姑娘灌醉了，再等宝哥哥进房去，岂不好？"探春、李纨都说好。王夫人便叫探春、李纨去教了宝玉。吩咐了外头，就叫人请众姊妹上来。

　　黛玉、宝钗、邢岫烟、史湘云、薛宝琴、李纨、李纹、李绮、探春、紫鹃、晴雯、平儿先后都到齐了，宝玉也上来。王夫人便喜喜欢欢的说道："今日姜姊夫得了关东的异样海鲜，叫凤妹子带过来，替咱们做个消寒会。姨妈不肯过来，已经送过去了。咱们今日且乐一乐，领凤妹子的情儿。"喜凤笑道："没有什么好的，不过借景消寒罢了。"平儿道："怕他们弄坏了，也曾告诉他们，老老实实的，原汤原水，就便掺和些什么，也不许太翻新。"王夫人道："真个儿的，这么天气，谁爱变什么新样儿，只要配的口就好。"众人挨次的坐下，宝玉只说跟定了王夫人。王夫人也叫兰哥儿过来。方才上了几色菜，都说收拾的配口。只见焙茗慌忙赶进来，说道："老爷现在北靖王府里，说王爷请宝二爷、兰哥儿马上就过去。"王夫人问他："为什么事情？"焙茗道："说是上了新戏。"宝玉跌着脚道："我这里正乐得很，谁爱着什么新戏，兰哥儿你去走走罢。你替我回明了，说我身上不大好。"王夫人也说："很好。"兰哥儿正要起身，只见李瑶又上来回道："老爷吩咐，说王爷的话叫宝二爷立刻就去，等着开戏，连兰哥儿也一定的跟着，快走。"王夫人便说道："真正的冤家，你老子这么说，你知道他的性子，你快些走罢。到底这本戏文几时才完得了？"李瑶道："老爷已打发人取了衣服去了，说是一夜呢。"黛玉就叫晴雯过去同着袭人收拾宝二爷晚上的衣服。晴雯答应着去了。王夫人益发喜欢。宝玉就假装着怏怏的去了。

这里大家就行起打五更数月令的令来。众人算计黛玉一个人，黛玉也不知他们的计较。还有喜凤、宝钗、紫鹃陪着他喝到了更深，黛玉就醉的人事不知了。王夫人恐怕他着了风，就像小孩子似的遮着被，用椅子扶着抬着，自王夫人以下一总送他到潇湘馆来。宝玉欢喜得什么似的，在那里迎着。也悄悄的化了和会喜神，点着成双画烛，一进房来便是水安息香隔水温着，香得恬静幽飏。紫鹃、晴雯、宝钗便悄悄替黛玉宽衣，轻轻的扶他睡下了。

王夫人等已经散去。宝玉送宝钗出来，宝钗将宝玉推进去，紫鹃便代宝玉送他回房。这一夜黛玉、宝玉的燕好，自不必说。也不知黛玉酒醒过来如何悔恨涕泣，宝玉如何央求。到底是天定姻缘，圆叙之后，自然相亲相爱。

到了第二日，黛玉怪不好意思的，害着臊，就不肯出来。王夫人告知贾政，也都喜欢。王夫人又为了他害臊，告诉姊妹们千万不要取笑他。王夫人、李纨、宝钗、探春、惜春也天天过来，宝玉又天天晚上守着黛玉。黛玉也渐渐的大方起来，夫妻之间彼此叙旧谈心，倒也无嫌无忌。只是黛玉一生爱洁，立志修行，今遇了作合姻缘，若不能自行己意，也就落泪叹气，暗暗的惨伤。虽则宝玉十分体贴他，一时间那能变他的冰霜本性，所以伉俪新谐，每每分衾对语，也是人人不肯相信的。

却说荣国府中，自从黛玉过门以后，贾琏也从容的十二分，不用说宿逋一清，也还顾得那府里的用度。后来蔡良过门来了，贾琏有什么商议倒反不回贾政，也不及回黛玉。倒是黛玉说："琏二哥，有什么支发，统问蔡良。"以此将典出去的产业，也都恢复过来，荣国府依旧轰轰烈烈，倒是蔡良掌了个七八分主意。贾政开首也还分了房基公中，到后来看见大势儿这么样了，也就由他。黛玉还更周到，打量着薛姨妈处艰难，也叫蔡良一样的照应，所以王夫人、宝钗也十分的感激黛玉。这年过年，诸事一切阔大开张，竟同林家的豪富光景差不多儿。近年边，一样的祭宗祠、庆家宴，新正里加倍的请年酒唱戏，说不尽的富贵风流，恰好当今采访声名，确见得贾政居官端方清正，就超升了少司寇之职。新年上又添了些贺喜的酒筵，真个锦上添花，福禄并集，合家大小不胜喜欢。

　　一日早起，黛玉正在梳着头，只见晴雯走进来，说一奇事，说是从前埋香冢上长起一棵树来，一年来就长得很大了。众人原也不认的他什么树，而今开出一种花，谁也认不出来。黛玉、宝玉便要去看。又有些小丫头也进来说道："实在的稀奇古怪，说是梅花也不是梅花，要算别的，算个什么名儿，颜色还那样好看。"黛玉、宝玉益发要紧去看。

　　不知到底是什么花儿，且听下回分解。

第十八回

拾翠女巧思庆元夕　踏青人洒泪祭前生

话说黛玉听见埋香冢上开了奇花，头也不及梳，只挽了一个懒云髻，披上浩然巾，护上貂鼠，就同宝玉从山坳内穿过去，沿池转过石洞，一级级走上来。果然这棵树生得古怪，曲折夭娇，宛如舞鹤翔虬。叶儿也似桃非桃，似李非李，似杏非杏的，只觉得繁阴琐碎。这开的花十分奇怪，深蓝深碧二色最多，也有淡将去像翡翠玉的，也有转变做红白黄紫各色的，花如盏大，好个大千叶的梅花儿。近前去嗅着香气，也辨不出什么花香。黛玉、宝玉正在诧异，只见地下落了一朵翡翠色的，黛玉拾起来，心里想道："颜色娇到这样，倒该一些香也没有才配得过呢。"就嗅了一嗅，果然像生花似的没一些香。又想道："只有梅花的幽香还配这朵花。"又即有了梅花的香韵了。宝玉笑道："妹妹不要疑惑了，你的心里我都猜着了。不过我同你两个人前前后后葬了无数的花在这地底下，他这地下的精英融结不散，进做了一枝透出地脉来。譬如天下才人一生偃蹇，潦倒终身，转世去定要发泄一番；也如倩女怨魂，回生现影。因那样发起，自然就这样开出来。但只是与我无干，总因妹妹而起，也就有妹妹的许多精神助着他。而今且替他起一个雅名儿，叫作黛梅，也叫作如意梅，不知可还配得过？"黛玉想了一想，笑了一笑，就说道："起这个名儿倒也算得，亏你。"

宝玉笑道："我别的学问儿统不如你，只这点子强些。"黛玉笑道："怎见得？"宝玉笑道："不过鬓卿两字，也是我起的便了？"黛玉笑道："既这么着，怎么不也弄出一个替声字儿，又要牵名道姓的？"宝玉笑道："名是牵了，却没有道出姓来。为什么呢，只为你的贵华宗出了一位和靖先生，已经把这个梅花儿占去了，若是道着姓，怎么能够分别了他。故此牵了名，也配上个渊明'菊茂叔逆'的意思。不过他爱的是一种，就还他一个名。你我葬的花儿谁也辨不出多少种数，现在这个梅花谁也辨不出什么香，故此又加增了一个'如意'的名号，也只算人家的别号儿。你且评一评配不配？不过我的葬花辛苦全个儿隐在你身上去了。"黛玉道："为什么你不自己起上个花名儿？"宝玉笑道："我不拘什么，只想隐在你身上，我就乐了。你我谁还分得出两个人来？"黛玉眼圈儿红一红，就啐了一啐。

两个正说着，只见探春、宝琴、李纹、李绮、邢岫烟、紫鹃、莺儿、晴雯一群的走上来。探春道："好呀，宝哥哥你们有了好花，只同了林姐姐瞧，瞒着我。"宝琴道："咱们就罚他东道赏这个花。"史湘云、惜春、李宫裁、香菱也来了。湘云道："好个林姐姐，你们只是一对的人儿看这样好花，不过我同大嫂子、惜妹妹不配看，就不告诉我一声儿？"李纨笑道："林丫头、宝兄弟，你们这两个真正的该罚，有了这种异样的好花，也不告诉人，只许你两个人私情密约的悄悄的这么看？你们还不知道，连上头统知道了，敢则也同了宝丫头来看。"黛玉道："我本来不知道，倒是晴雯赶来告诉的，我就赶来了，也是才到这里，你们不要怪。大嫂子也不要学着他们取笑我。"宝玉笑道："林妹妹又猴急了。大家爱看这个花，所以这样。而今正正经经到了这里，大家不看花，倒先说起笑话来。你们真个的瞧一瞧，到底像这样的花瞧见没有，你们再闻一闻。"众人争先到树底下一看，湘云、邢岫烟、薛宝琴还高兴的很，走上山子石攀着个树枝儿。急得宝玉东赶西赶，口里急急的道："好人儿，大家只瞧瞧闻闻，再不要折他下来。"宝琴笑道:"我偏要扳他一大枝拿去供在瓶里。"急得宝玉只是打躬作揖。众人一齐诧异起来,说道:"实在奇怪得很,这个花算什么花?这样香也算什么香?"黛玉只点点头,又仰着头看。王夫人、宝钗、平儿也来了,也尽着的瞧瞧闻闻。大家诧异,说:"这个花到底算个什么名儿?"黛玉、宝钗都说:"正是呢。"宝玉就将"黛梅""如意梅"的意思说出来。王夫人笑道:"趣呢倒也有趣,只是天地间的物事儿多的紧,谁也不能全个儿知道。也有在书上的,不知道这个书,就叫不出他这个名儿来。不要原生的有这一种花,你们叫他不出,你倒去查查看。"宝玉笑道:"查也不用查,单只要问一个人儿,这个人说没有,只怕查也不中用呢。"黛玉笑道:"是了,除了曹雪芹先生只怕没有别人。"宝钗、李纨也笑嘻嘻的点头。王夫人道:"真个的,你就写个字儿去问一问。"宝玉就采了一朵花,飞跑去了。王夫人叫道:"慢慢的走,看栽了一跤才好。"

这里众人就商议怎么样的赏他。宝钗道:"要赏他,先替他遮个花幔儿。"宝琴道:"配什么颜色?"平儿道:"有个现成的五彩锦幛,好不好?"李纨道:"嫌他上下一样的。"探春道:"白亮的最好。"王夫人道:"太素净些。"湘云道:"也耀着太阳。"黛玉道:"我那里有一顶鱼白绡露水梅白地幔天帐,配不配?"众人都说很配。就叫柳嫂子、林之孝家的支起来,果然映的好看。李纨又与王夫人商议,扎起大红绸飞球,并富贵不断的曲栏杆,八角围着。不知怎样的传开了,贾政、贾琏、贾环、贾兰也来了,都也稀奇了一会方去。王夫人等却就山子石上铺垫子坐下,看他们编这个栏杆。

忽见宝玉笑嘻嘻的赶上来,道:"书上呢也不知有没有,不过曹先生说并没有。咱们再问什么人,再查什么书,不叫他黛梅、如意梅,叫他做什么?"王夫人笑道:"大姑娘,宝玉也很是呢。"宝钗笑道:"林丫头,太太也顺了这个花名儿。"李纨、探春一齐道:"太太就顺着这个花名儿也有理,咱们今日不是来看花,通是看你了。"黛玉笑道："舅太太不要理宝玉胡闹。舅太太是玩宝玉的话儿，姊妹们就搭到我身上来了。"众人就扶了王夫人下来。商量着摆席在什么地方，也有说在花下的，也有说在树外冈子上的。宝钗说道："花下太近，冈子上太凉，再支起幛子来也没有法儿。依我说，不如在池子那边曲亭上，你们大家瞧瞧，可不见个全身儿。还更好呢，你们看池子里定得那么样，我们到那边望着，还替他添一幅喜容儿？"王夫人、黛玉都说好。黛玉笑道："舅太太，今日赏我做个东。"王夫人笑道："一定的。"黛玉就传蔡良家的告诉去："今日通不拘什么，只要各人面前摆各人爱吃的物事，也不拘样数。"蔡良家的答应了去。把这宝玉喜得了不得，黛玉也就乐得很。

不多一会，摆设妥当，众人都到亭子上来。芳官、藕官、龄官、蕊官等也只随身装束，带了琵琶、扬琴、小筝、鼓板、洞箫六件，唱个小令儿伺候，只在亭背后小套间内等着。这座亭子本来起在水面上，旁有翠竹高梧荫着一棵大耐冬，对面山子上无数的乱峰，曲径盘旋，翠螺重叠。这一棵黛梅树巧巧的对着亭子上倒影池中，又映着绿幔红栏，飞香送艳，两旁各种的树木，恰如侍从奴婢围着夫人。黛玉心里好不快活。这里王夫人、宝钗、李纨等尽着评论。黛玉却只是一个人暗暗出神，千思万想的想着道："我从前葬这个花，原只有宝玉同调。就作的那首哭花诗，也只有他伤心。今日我与他果真团聚，自然这些看花的，也只好算他一个人是同心人儿。也奇的很，人也会转过来，花也会转过来，这些姻缘莫非前定？"黛玉正想到这里，史湘云就走过来，笑笑的拍着黛玉说道："姻缘前定，呆做什么？"黛玉吓了一跳，明知他仙机隐约，也不便说破他，只是大家听歌喝酒。

到底天气正冷，席散也快。宝玉、黛玉就回到潇湘馆来，宝玉便将黛玉在亭上所想的话一样的说出来。黛玉又奇了一奇，想道："宝玉真正算得一个知己，怎么我的心这样他也这样。"黛玉口里倒反说道："我倒不是这样想。"宝玉道："你在想什么？"黛玉笑吟吟的道："我也不会想。"宝玉笑道："是的了，你不会想就是了。"宝玉就与黛玉商议："等这一树花谢了，咱们再就这树根上埋了他，仍旧将各色各样的花近着他再埋一冢，等他再发起一树。"黛玉笑道："好好，你把满京城的落花儿笼箍箍扫将来埋了，就有这样的花塞遍这个大观园呢。告诉你，大凡天地间可惊可愕的事情，每不常有。也就如人物一般，千古来有几个西子、太真？有几个谢灵运、李太白？这灵光透露统不过一点儿。他这一树花，我还很嫌他开的多，只该开这一朵呢。"说完了，就将拾起带回的这一朵，叫素芳拣一个白粉定暗菊的盘儿，少少儿盛些水，将这朵花养在盘里。宝玉听了黛玉的一番议论，十分叹服。这里两个人方在商议，等这树花谢了，也好好的葬他在埋香冢上去。

谁知第二日清晨，紫鹃、晴雯、素芳、碧漪、香雪等一齐进来，说道："昨日这一树的花儿，开也开的实在奇。咱们今日赶早的上去瞧瞧，一朵花儿也没有了，采也采不到，这样干净。天开出来，就天收去了。"晴雯道："若说是有人去采他，不要说太太那么着爱他，谁也没这胆敢去采他。就算有人去采，这花，那里采得这样干净。我们大家瞧过他，这棵树高得那么样，怎么样上去的，况且横斜里许多枝梗儿，凌空去碍着山子石的，斜到池子里去的不知多少，谁还能够去采他。"宝玉听得骇呆了，只管跌着脚，就奔出去，一直的到了树底下。果真一树绿荫，毫无一花一蕊，就出神起来。想着这树花本来开的稀奇，但自索性没有开出来也罢了；怎么样芳霏馥郁开这一天，就叫花神收去了。可怜见的，不知林妹妹还伤到什么分儿。况且这树花应着了林妹妹回转来的祥瑞，若是这样开落的快，我同林妹妹相聚的缘分，也恐有限的光阴。宝玉想到这里就水也似的流起泪来。又走近树身边，盘桓抚摩，忽然转悲作喜道："我也糊涂了，花儿虽然落尽了，好好的树本身儿原在。你果真的应了林妹妹，林妹妹也就同了你百岁长青。无不过树到花开吐艳，也如人的密爱私情。我想林妹妹这个人，虽则艳如桃李，却也冷似冰霜；虽曾共枕同衾，也只如宾如友，比这个花的光景，也就差不多，何尝不妖娆香馥，却不许恣意流连。比方起来，真个一毫无二。但是从前葬花的时候，彼时同泣残红，而今连一点红也不见了，不知他伤得怎么样在那里。我想出他的心，我就该去劝劝他，只是越劝慰越伤心，便怎样呢？我只有倒反躲过他，等他伤定了再去。只是我的心事，除了林妹妹还告诉谁？"宝玉一面的想，不知不觉就寻曹雪芹去了。

这里黛玉听见晴雯等的言语，料着宝玉心上定要伤感一番。黛玉心里非但不伤，倒反说道："很配。"原来黛玉、宝玉两个人却又各自不同。宝玉只爱的繁华热闹。黛玉只喜的幽静凄清，虽则现在的光景富贵无双，却也心净神闲，仍旧一尘不染。所以听见这一树花忽然的花神收去了，便说："这才是天宫仙府的奇花儿，要这样开落才配呢。"就叫素芳："你快去瞧瞧，咱们盘儿内的一朵花不要也走了。"素芳、晴雯、香雪连忙看了，说道："很好的在里头。"就拿过来送与黛玉细看。只见这一朵花果然可爱，香也香得紧，黛玉只管点头出神了一回。黛玉忽然的叫着他们将纸条儿卷着铁丝，寻出极轻的绸子，配了盘儿内的花颜色，一会子就扎起一盏梅花灯来，也细枝细梗的扶从了些枝叶，又将金粉笔勾出花茎，真个好看，就下了帐子在锦帐中间挂了，点将起来。这貂帐绣衾之间点起这盏绿萼梅花的灯儿，实在可爱，连床前小香几上的一瓶红绿梅也分外好看。这一盏灯旋旋儿的，倒像飘出些香气来。黛玉同紫鹃、晴雯等看了十分欢喜，连柳嫂子、老婆子、小丫头们统叫来看看可像不像，众人都说像的了不得。

众人正在说笑着，黛玉忽又想道："宝玉这会子不知伤得怎么样，一定寻曹雪芹去了。他回来见了这盏灯，不要又触起他的伤感来，可怜见的。他心里头千回万转，也不过为了我一个儿，就从前的许多伤感害病，也只为了我一个。我们而今一块了，他还时时刻刻想起许多分离的苦况来，实在也可怜见的。我而今却有一个法儿，索性连各色各样的通扎起个花灯来。再不然连鱼鸟人物一总也扎他几盏，横竖元宵也近了，赶着试灯日，从上房起直到大观园，各到处挂满了，连树顶上也挂些滑溜儿扯将上去，等宝玉爱热闹的，尽数的畅他意儿。我记得从小儿在南边的时候，也见了多少灯，这些下路的灯儿全个儿通买了挂在运司衙门里，那苏州的纸割剥灯也蠢夯，单算常州的扎彩灯儿最有趣。

　　黛玉正想到这里，李纨、宝钗、探春、惜春也过来告诉这一树花不见的光景。黛玉只是笑吟吟的，并不回言，只拉了他四个人揭开幔子去看这一盏灯，也将盘儿内的花比着看。四个人都说有趣得很。黛玉也将要扎灯的玩意儿说出来。探春连说有趣。宝钗笑道："我们不会做扎灯匠儿，我只等你们扎完了，我现现成成的瞧，遇着我爱上的挑了去就是了。"黛玉笑道："宝姐姐，你从来是个道学人儿，到了这个上反要占便宜，我就限定你扎一个宝丫头出来，果真扎得像，等宝玉挑了去罢。"宝钗道："你们看林丫头，始终嘴尖舌薄的，我不撕他的嘴不算我。"宝钗就要去拧他，慌得黛玉连忙讨饶，道："宝姐姐，饶了我罢，我再不敢了，等我讲这个扎灯的有趣给你听。"李纨、探春、惜春也劝道："真个的暂且饶了他，等他讲这个扎灯的巧劲儿。"宝钗方才放了手。大家慢慢的坐上，黛玉就说道："你们统没有到过南边，不知道常州的扎彩灯有趣呢。也有豳风图灯、月令灯、十爱灯、千家诗灯、二十四孝灯，我最爱的是庾亮爱月、陶渊明爱菊同那爆竹声中一岁除。许多山石花树，一家人家开着门看烟火，也有奶奶们、姑娘们、小孩儿，还有人贴着半幅春联，也有放炮仗的小厮们。他这些奶奶、姑娘，也打扮的华丽，提着个小手炉儿，真个活龙活现的。我就挂到清明时候还不除下呢。"众人听了，都高兴起来，道："这么样有趣，咱们而今马上就干起来。"黛玉道："咱们也不用约定，各自各的凭个意儿扎出来，大家赛个巧。"探春也喜，就同李纨、宝钗、惜春去了。也去告诉了众姊妹，又叫入画、秋云去约了喜鸾、喜凤。这里众姊妹就各自各的无般百样扎将起来。

却说宝玉闷闷的走到曹雪芹那边，谈了半日，用了饭，方才回来。不知黛玉伤到什么分儿，到底伤定了没有，就一直的往潇湘馆来。只见满桌满的统是些铜丝儿铁丝儿，青黄色的竹丝竹片儿，麻丝麻线也料了无数，这柳嫂子、老婆子、小丫头子都拿把剪刀在那里削这些竹片。宝玉诧怪的很，问着他们，都只嘻嘻的笑不肯说。宝玉走进屋里，只见黛玉坐在炕上，炕桌上铺了好些纸儿。黛玉拿着笔，在那里画什么图儿似的。近着去看看，也有树木房屋人物各色各样的花样儿。问着他，也只笑笑不言语。黛玉就跨下炕来，拉宝玉进幔子里，指给他看，说道："瞧瞧这个就懂得了。"宝玉就喜得跳起来，道："好妹妹，你弄的玩意儿实在出人头地的有趣。我而今也帮着来扎，同他们去劈这些竹片儿。"急的黛玉拉住他，说道："宝玉，你不要淘气了，你那么着我就不弄这个玩儿。我告诉你，这些楼阁人物花卉谁耐烦编他，不过打个稿儿，外面传些扎彩匠，叫哥哥那边的清客相公们教着他扎，也快也好，我们不过斗笋接缝的装起来就完起来了。那边大嫂子、姊妹们通是这样。他们老婆子、小丫头们闹的不过是些粗玩意儿，由他们闹去，扎得成扎不成随他们便了。真个的你也同着他们闹去，你只好好的坐在这里，瞧着我打这些稿儿。"宝玉真个的就喜喜欢欢坐在炕上瞧着他画，也帮了他写些颜色尺寸的字样。

这荣国府、林府两边，一众姊妹就无夜无明的扎起花灯来。到了十一二两日，渐渐的齐集起来，你来我往，大家瞧着评着，着实的赌赛，就把东西牌楼的灯市也比下去了。李纨扎的是美人纺织课子图、秧歌车水图，一样的转着桔槔踏水。薛宝琴扎的是孟襄阳踏雪寻梅。邢岫烟、李纹合扎的是四回西游记。李绮扎的是吴王采莲。探春扎的是沉香亭李白醉酒，又一只船灯，是东坡赤壁。惜春扎的是唐帝游月宫。喜鸾扎的是陶朱公三迁。喜凤扎的是麒麟孔雀。香菱扎的是挑灯觅句，又是梁鸿举案图。紫鹃扎的是四柿如意。晴雯扎的是彩云笼月。香雪、碧漪、青荷合扎了一盏凤穿牡丹。香雪扎了个瓶梅。入画扎了个五色罗浮蝶。碧月扎了个狮子滚绣球。翠螺扎了个二龙戏珠。吴新登家的扎了个聚宝盆。单则是史湘云、平儿不扎。宝钗也叫莺儿、麝月们扎几个一卷书、黄金印、寿鹤蟠桃，哄哄芝哥儿。只有贾环扭住了彩云帮着他扎些马蹬。还有梨香院的芳官、龄官一班女孩子同些小丫头们扎了些鱼灯、滚灯、狮象兔鹿虎豹灯、小红鞋灯、香袋灯、关刀月斧灯、大方胜满池娇，大的小的不计其数。

这黛玉是个为头的人，心里总要出人头地。先扎了两座郭汾阳庆寿，题上一个"世受天恩"的匾额送到贾氏宗祠、林府家庙里去。再扎一座裴晋公的绿野堂，送上贾政王夫人。又打听宝钗、平儿不扎，宝钗外送了一座李邺侯童子朝天图，把个宝钗喜得了不得，连忙用暖帽罩好了芝哥儿，自己抱过来道："谢你的奶奶。"黛玉也就接手抱过来，对着他玩了一会儿，就埋怨起宝钗来道："宝姐姐，你真个的太高兴了，这点小孩子，也不顾着天气，你就抱过来，叫我心里怪痛他。"就有王妈妈、麝月、晴雯、素芳接过手抱回去了。贾琏那边也送了一盏和合双刘海。还送一座西王母群仙奏乐与薛姨妈。这潇湘馆中挂的灯，一座是十六面的画纱绢马灯，写出一匾，是长江万里图，从岷源导江，一直到三江归海，一段段的人物故事，都用头发丝铜丝儿做出各样活动的机关，这是黛玉从小在南边，忆着南边的意思；一座是五真七祖图，全用西洋法，五官都自活动，装点出这些列仙出身得道的光景；一座是淮南王拔宅飞升，云中鸡鸣犬吠，那些云霞人物活动不用说得，连鸡犬也叫出鸡犬的声音来。

到了十三晚上，先是贾政、贾赦等同姜景星、林良玉、曹雪芹、程日新、白鲁驷等，先请内眷回避了，细细的各处进去看过。到了潇湘馆，看见这些巧灯儿，益发新样，就坐将下来。白鲁驷一面看，一面说道："瞧这样的好灯，主人家不拿出酒来也不配。"姜景星瞧得太太们也要来瞧，不便在此喝酒，就说道："要喝酒，寡酒不中用，若是个寻常的按酒也配不上这个灯，而今且将好茶来喝了。咱们叫宝兄弟好好的备下了好的，咱们明日晚上大家约定了到这里对着灯月痛喝他三更天。"众人都说好，就将上好的茶喝了。二泉兄弟两人就说道"咱们喝了这个好茶，洗亮了嗓子，咱们就今日晚上同梨香院一班教师女孩子大家赌赛过叫百龄好不好？"宝玉说："很好。"就叫人一面传知梨香院，一面向缀锦阁铺设，也叫人往林府取家生。随后便是薛姨妈、邢夫人、王夫人等领了一众姊妹各处的逛，一路儿看到潇湘馆来。这时候林良玉那边的清客们只在大观楼上，一套清曲一套十番。那梨香院的女孩子也分了两班，在缀锦阁、藕香榭两个清曲细唱。大观园的树林上都挂起各色各样的灯，连池子里也用木板漂着鱼灯、鸳鸯灯、鹭鸶灯，也有小灯船唱着采莲歌，合着扬琴鼓板放些小焰火。真个的七华九彩，绿焰红辉；结彩分四照之花，沉香吐三珠之树。只有栊翠庵里挂几盏素玻璃灯儿。那些小丫头只管拿了些各色的鱼灯、鸟灯成群结对的往山子上下绕过去穿过来，远远的望去，不见人走只见灯行。那些树林上绿光也分外的可爱。这些太太姑娘们尽着说说笑笑，吃果子喝茶。宝玉一个人就乐坏了，东跑西走，拉着姊妹们，批评这个那个。王夫人只说不要闹乏了。黛玉、宝钗笑道："他本来叫一个无事忙，这会子的忙不用说了。只是你也体谅着太太的惦记你。"这荣国府的玩灯，一直闹到土地生日。宝玉只是一天天的巴着天晚，要点起这些灯来。

　　一口天晚了，大家点起灯，史湘云也来看，黛玉就说道："云妹妹，你本来是爱玩的，怎么这样素净起来？就算看不起尘世的繁华，你知道麻姑仙人也曾掷米成珠呢，你何妨游戏游戏？"史湘云只笑着。黛玉、宝钗、宝玉、探春再三的央及他。湘云笑道："也等人静了，给你们玩意儿瞧瞧。"众人都诧异起来，道："你原来藏着什么灯儿在那里。"湘云只笑着，黛玉宝玉便问惜春，惜春道："实在没有，早早晚晚一同的，并没有什么灯儿。果真有了，他便不挂，我也会挂起来呢。"众人便说湘云哄他们。湘云笑道:"哄就哄罢了。"宝玉又再三的央及他,湘云便笑道:"就扎起来,也要好一会子,我已经叫人扎去了。你们要看,总要人静了才有。"黛玉、惜春便知道他有什么变法儿,就说道:"是了,人静了自然有得看的。但则是我们过去看,还是拿过来?"湘云道:"在这里看就是了。"众人只道拿过来,就摆些小碟儿吃酒等着。看差不多人静了,史湘云道:"你们果真要看我这个灯,大家上阁去。我这个灯点得很高,你们要瞧,要往阁上头望去。"众人真个的依了他,同到阁上去望着。栊翠庵里静悄悄,只怪他说谎。史湘云用指头指着说道:"你们且瞧一瞧。"只见栊翠庵里三四只白鹤儿灯飞出来,飞到半空里,回翔飞舞,随后又有三四只跟上去。末后有一只老鹤,直翀上去,口里吐出五色霞光。这八只鹤就跟着他舞。把阁上众人都惊得呆了。湘云就走到栏杆边挥一挥手,只听得半天里一阵回风,飘下些笙乐之声,那一群鹤飞到云端里去了。黛玉、惜春只怕湘云也上了天,连忙拉住他,说道:"你真个的是个仙人儿了,鹤也被你召了来。"湘云笑道:"你们也糊涂得很了,谁看见鹤肚子里会点起蜡来,这不是煮鹤。真正笑也要笑死了,统是一班孩子的说话。"宝玉道:"好妹妹,你这个玩儿实在比人家不同,我就很爱他,怎样再飞只鹤灯儿给我瞧。"湘云笑道:"多也没有了,一两盏只怕还有。你们不要性急,只替我瞧着看罢。"正说间,只见栊翠庵内果真又飞起两盏鹤灯,一大一小,子母似的,也上上下下舞了好一会,也往空里去了。宝玉道:"再叫几声更好。"湘云笑道:"这是张姑娘送亲,又响又亮了。而今凭你们千方百计地弄巧赌强,我不过用个西洋法儿,你们就说是仙法儿。这样看来你们的巧思儿也有限。"众人只是不信,便跟了湘云下来,黛玉、惜春只紧紧的跟着,湘云笑道:"你们当真的不信,再叫你们看小玩意儿。"就叫翠缕去将床底下一筐的纸团儿搬过来,真个的翠缕就搬过来。众人看一看,只是各色各样的纸团儿,不信他有什么奇处。湘云就叫丫头们两人拿一个都往院子里站着，教他们一同地点着了。那些纸团一会子鼓满起来，一齐飞升上半天里，就如十几个月亮呼风疾走，好些时方才不见。这就是湘云留下的洋灯儿，众人惊奇不已。湘云便将一个遗下的拆开来，讲这配的法儿，说是在先的鹤灯也只是这样的。黛玉道："怎么样那个群鹤儿会舞呢？那笙乐之声又是何处来的？又是谁在庵里点的呢？"湘云笑道："算着时刻点了走线有什么奇，顺着风儿也会舞，我倒没有听见什么笙乐之声。"众人差不多被他瞒过了，只有黛玉、惜春知道他不肯露相。众人便收拾了各色的灯，只玩这个洋灯儿。

　　一日黛玉正在闲坐，忽见宝玉走进来，望着黛玉只嘻嘻的笑。黛玉问他："笑什么事情？"宝玉笑道："事情呢没有什么事情，有一件好得很的玩儿东西在这里。"黛玉就叫他拿出来。宝玉只是笑着不说。黛玉道："也没有什么奇，我也不要什么玩儿东西，不像你那么孩子气。"宝玉道："你真个不要，我为的是你心爱的东西，费了多少劲弄来的呢。"黛玉也想不起，就拉住了宝玉搜他。宝玉笑道："搜是搜不出来呢。你果真的要他，你只许了我也拿金鱼儿游给我瞧瞧。"黛玉笑道："金鱼儿昨晚上在水盂内的，这会子正要捞起来。你只要拿出什么好的来，我就将金鱼儿游给你看。"宝玉道："我就拿来给你。"宝玉就跑出去，一会子走转来，说道："来了，来了，就挂起来罢。"黛玉便走出来看，只见竹林上挂了一个金笼，就是从前这一只绿鹦鹉。黛玉真个喜得了不得。鹦哥望见了黛玉，就叫道："林姑娘，林姑娘，林姑娘来了，我想的你好，快给我洗个澡儿。"黛玉就叫素芳、香雪快快的替他洗澡。宝玉笑道："我今日下衙门回来，走到西华门瞧见他，我倒不在意，他就叫了我的名儿，我就下了车瞧他。他就念起诗来，可不爱他呢。也不知谁偷出卖给他，这个店是一个花儿店，给了他三十两银子，才给我提过来。你说不孩气了，不要玩儿的了，真个不爱玩儿他？瑶儿你拿了去，赏给你罢。"瑶儿也只笑着。黛玉笑道："你也没有说明，我怎么不爱他。"那鹦哥洗完了澡，抖抖翎毛，跳上架子，将嘴儿琢刷了一番。这素芳就去喂他，鹦哥也乖的很，略饮了几口水，就念起"侬今葬花人笑痴，他年葬侬知是谁"来。直把个黛玉、宝玉笑得了不得。瑶儿也便出去了。宝玉笑道："咱们瞧金鱼儿罢。"黛玉就叫香雪取出来。宝玉赶着的瞧他，也要了显微镜细细的瞧他两面的篆字，真个活泼的很。宝玉连声说道："有趣。"晴雯也走进来，大家说说笑笑。晴雯过来瞧这个金鱼儿，说道："本来今明两天是下水的日子。"宝玉就叫晴雯取出来，仍旧给黛玉挂好了。宝玉还去瞧瞧，说道："实在有趣，真个的稀世之宝。我这一块玉只是个呆的，谁有这个灵劲儿。"黛玉道："没有他也不被你拖下苦海去。"宝玉笑道："没有这个金鱼儿，你还瞧得见这个鹦哥么。"黛玉道："我要瞧鹦哥，南海去也瞧一个，要这捞什子做什么。你那个捞什子有什么锁儿锁住了，真金真玉配的好不过，又要什么佛了仙了。那仙佛说定的仙佛话，配金配玉好不过呢。"宝玉笑道："罢了，一班拐骗的僧道，弄的隐身障眼法儿。你这揭我的短，你再这么着，我就弄出从前的隐身法来，暗地里捉弄你。"黛玉笑道："谁怕你，我也会学了老爷拿些秽物淋了你，怕什么。告诉你，现有真钢实货的史真人在家，我只要告诉了他，尽着的破你的邪道。"宝玉便笑着道："罢了，我就怕定了你。"黛玉啐了一啐。

这时候渐渐近了清明，到了寒食禁烟。宝玉等聚些相好，骑着小川马出去游玩。黛玉也约了姊妹，大家走到山子上边，远远的望些春色。黛玉就走到最高处，便是凸碧堂。只见晴雯独自一个人扶在栏杆上，凄凄惶惶的只是个拭泪不止。这黛玉日在锦绣丛中，绮罗队里，喜孜孜的长久没有伤心；又且晴雯近来也诸事满心足意的，王夫人以下也都待他到二十分，还有什么烦恼？黛玉只怕宝玉小孩子性儿又有什么委屈了他，就悄悄走上去挨着他，拍他的肩儿道："晴雯妹妹，你这会子还伤什么？"晴雯只是哽哽咽咽的。黛玉又再三的问他，晴雯拭了泪，将手远远的指道："姑娘，你瞧见那个地方么？"黛玉仔细的望一望，便道："那是一丛树林，伤他做什么？"晴雯哽哽咽咽的道："可怜见的，那就是晴雯的坟墓儿，晴雯的前身就葬在那树底下。"黛玉听了，也就忍不住的滚下泪来，说道："可怜见的，怪不的你这样的伤。但是你虽则苦了前身，还亏了这个五儿，才有了今日的你。我若是同了你一样，也葬在地底下去，一样的地底下，还要葬到南边去，今日就回不过来。"黛玉说了，自己也十分的伤起来。晴雯倒反来劝黛玉，黛玉倒伤个不了。晴雯道："姑娘，我总想到自己坟上去走走，虽不能见着地底下的枯骨，也还踏着自己棺盖上的地土。"黛玉道："这也是必该的，我们这个大观园背后，到那里也很近了。明日听说老爷太太们统要往城外扫墓去，咱们何不借一个踏青的名儿约了姊妹，大家开了后园门出去踏青。也预先约过，各人各自的结伴携壶，不必聚在一块。我就同着你再带了柳嫂子到你坟上去祭你的前身，也只当我奠了自己的前生。你也再替这个现身就这家左近拣下一块地土，定下了一块寿域，倒替五儿立一块碑，叫宝玉作一篇碑文刻上去。你将来百岁过去了，仍旧将这个现身还给五儿。我们这番话只告诉宝玉、柳嫂子，统不告诉别人。你说好不好？"黛玉这番话倒把晴雯说的快活起来，便道："这么着，我可不满心满意了。不是姑娘这么说，我倒也想不起来。"两个人就约定了。

到了第二日，果真姊妹们大家约定，也只随身衣服，并不打扮。这大观园一班姊妹们一齐开了后园门，出去踏青。正是禁烟时节，扫墓人多。古人有赞这寒食的诗句，如"万井闾阎皆禁火，九原松柏自生烟"，又如"云淡古原青草短，风吹旷野纸钱飞"之类，也不可胜数。只是一路上桐花半白，李萼微红。丝丝弱柳低斜拂水面之风，阵阵飞桃历乱度朝阳之影。又是些吹箫摇鼓卖饧糖儿的，又是孩子们嘻嘻笑笑放风筝儿的。大家走着这几条淡青的路径，转过了好多树竹篱笆，倒比得大观园内觉得幽雅闲旷，耳目一新。姊妹们也有闲望的，也有采些草花儿的，也有看那些扫墓人村的、华丽的。独有黛玉、晴雯瞒着众人悄悄走到晴雯墓上去。柳嫂子也提了壶跟了上来。看见这些松树也不过一人高，间看些冬青古柏。树林深处显出一座石碑，碑面题着"芙蓉神晴雯女子之墓"，旁写"某年月日贾宝玉题"，后面碑阴上刻的是宝玉所作祭文一篇。黛玉、晴雯就感激宝玉不已。转过去便是晴雯的墓了，也收拾的很整齐，也围了好些凤草根儿。晴雯、黛玉看见了，只管洒泪，两个人都浇了酒，化些经卷儿。晴雯真个的依的黛玉，一字儿并着插下标记。后来真个的立了佳人柳五姐的碑，刻上宝玉作的碑文。柳嫂子也倍觉感伤，说着："林姑娘，我现现在在有这个心疼的女孩儿在这里，苦的不是他的真气儿。"黛玉也洒泪道："晴雯妹妹，你晓得你的墓草已青，真身已坏。你而今重新完你的凤愿，你不肯忘了你五儿妹子，你便要孝顺你这个生身的妈。柳嫂子，你也不要伤了。譬如你心疼的女孩子做了地下的晴雯，也没有我这个金鱼儿，真个的同那个晴雯一样，也不如有了这一个五儿。难道这个女孩儿不是你自己亲生的皮肉？"晴雯也滴泪道："姑娘说的很是了，我若没借着五儿妹妹，怎么还有这个人儿。你不是我妈，谁是我的亲妈？"柳嫂子也就转悲作喜的谢了。他们三个人恐怕众人寻了来，便依了旧路走回去，同着李纨、探春、宝钗等一齐回到大观园来。大家高兴看见那些小孩子放风筝，你喧我嚷十分热闹。一群人也走得乏了，便各自散归。

恰好宝玉等也踏青回来了。宝玉正在潇湘馆等黛玉，看见黛玉进来，便笑道："你们也玩的太高兴了，竟微服而行起来。你便衣妆雅淡，总也认得出来。"黛玉道："只许你们小子们逛便了，我明日还骑了牲口出去打一个小围呢，你瞧着罢。"宝玉笑道："好，益发强得了不得了。林妹妹，你快快的打围，我就跟着你做一个马夫，瞧准你打几个蜂蝶儿回家罢。"倒说的黛玉笑了。黛玉坐下来便将晴雯扫墓的话告诉他，也赞他的碑文好得很。将晴雯立愿要等自己过世后，将现身还给五儿，并要宝玉另替五儿立碑的话说出来。宝玉大喜道："是的了，是的了，这样处分也对得过五儿了。"

正在议论，传说太太回来。宝玉、黛玉便同众姊妹来到上头。不多时贾政也便回来，说明日要带了宝玉、兰哥儿到铁槛寺去祭奠贾敬。就请齐了四十九位高僧，做功德超荐亡人。到了次日清晨，贾政、宝玉、兰哥儿便一同去了。贾政因为公事多不能守在寺里，便叫贾琏在家照料，将宝玉、兰哥儿留在寺里住宿，按子午卯酉随班行礼，自己不时往来。

到了第二日，可可的天色阴阴，下起雨来，一连三日雨点不绝。黛玉为的宝玉不在家十分纳闷，独自一个人挑灯独坐，闷了几个黄昏。虽则一日几遍，人回报平安，心里却十分记挂。又为的同晴雯上冢回来，默默的伤了好些时候，觉的坐立不宁，就约了晴雯来挑灯闲话。那雨点一声声滴在竹叶上，听得人厌烦，又是檐前风马儿趁着暗风叮当不绝。两个人就前前后后的说起旧话来，也滴了好些眼泪。晴雯道："五儿呢，原也伤心，真个的俗语说'白白的做人一场，枉自为人在世'，那比得林姑娘你这个真身真气呢！就是我呢，也有一件缺陷，好好的父母血气，追不上自己的真身。"黛玉道："罢了，你我的苦也差不多了，通是死死活活过来的。我倒也厌这个血肉之躯。从前若将我这个身借给你，留着五儿，倒也两全其美。"晴雯道："咱们算什么人，真个依了姑娘所说，这荣宁两府还有重兴之日么？良大爷若不为着同气的分上，还肯这样么？"

两个正在闲谈，那雨声一阵大一阵小，只是连绵不绝。到了临晚的时候，那竹叶上的绿光益发射入玻璃内，连女墙的苔影也映了进来。两个正在纳闷，忽听得蜡屐之声，只道是宝玉回来了，那晓得是李瑶从寺里回来，赍着宝玉的一封字儿，问太太奶奶姑娘们好。李瑶交代明白，就去了。黛玉、晴雯便点起灯拆开观看。原来宝玉也因雨天在寺中纳闷，晨钟暮鼓闹得不清，便拣一处僻静僧斋，将五儿的墓道碑文作起，一脱了稿，便赶紧誊清，寄与黛玉观看。黛玉便读道：

盖闻生也如寄假焉，必归。

　　桃根梅干，犹开同蒂之花；鸠距鹰拳，仅变化生之性。他人入室，哀莫甚于借躯；招我由房，幸孰深于附体。虽凌波洛浦，不留影于江皋，而陨涕岘山，必正名于陵谷。此芙蓉神之晴雯女子之必还身于佳人柳五姐也。昔者张宏义借躯李简，不汝汝阳；朱进马附体苏宗，顿醒彰郡。他若桐城殇女，东西门俱认双亲；晋元遗人，新旧族曾添两子。爰及淮阳月夜，惊瞟持灯；上蔡风晨，欣观解竹。宁少见而多怪，可近信而远微。当夫玉烟化尽，珠泪抛残。积长恨于泉台，杳难遘觌；叩传音于蓬阆，祇益荒迷。就使玉箫再世，韦郎则鬓发丝丝；倘教徇情终鳏，倩女则离魂黯黯。今乃死如小别，珊珊真见其来；可知生是重逢，栩栩如醒于梦。又且眉梢眼角，具肖平生；即与刻范模形，无差阿堵。以此先天之巧合，完彼后世之良缘。彼无恙也，双适故人。子慕予兮，一如夙愿。古无似者，斯足奇焉。兹者节届禁烟，人来酾酒。酬卿何处，自借枯骨以代生身；偿尔有期，自表白杨以营生圹。姑娘墓里，不必以一美而掩二难。苏小坟前，自当以三尺而分两兆。此日独留青冢，魂归即依我前身；他年相见黄泉，尸解共归全造化。等逆旅之同还，奚索浦之抱憾。誓言返璧，莫怆遗珠。原期同穴，难分一体之形；爰泐双碑，共志千秋之感。

　　某年月日怡红院主人贾宝玉题并书。

　　黛玉看完了，只管点头说好。晴雯也接近着瞧，黛玉又一字字讲给他听，惹得晴雯只管掩泪，晴雯道："难为了宝二爷作出这一篇碑文，五儿也不虚生一世了。"黛玉叹道："宝玉呢原也实心，不经这一番风波，也不见得他的心肠。"晴雯道："可不是呢，从前姑娘回转过来，还那么着执意，又磨得他死去活来。"黛玉叹道："这也是前定的磨折，谁还强得过头上这个天。咱们在此听雨凄凉，他在僧寺里也不知怎么样的孤栖呢？"晴雯也叹道："自从咱们圆聚以后，天天聚在一块，这种光景也不能不尝些儿。"两个人正在洒泪磋叹，那雨益发点滴得厌烦起来。黛玉道："这种光景只有两句唐诗'垂死病中惊坐起，暗风吹雨入船窗'说得像。"晴雯道："死呢，也不过那样，咱们两个人通算过来人。不过死者倒也渺渺茫茫，随风逐露，那活的人伤心起来，才难受呢。你想想，咱们这个宝二爷倒也没有死过，那半死半活的光景也难为他，也只好算个回转来的罢了。"黛玉点点头，倒反笑起来道："他若果真要回转来，除非借着甄宝玉。"倒把晴雯也说得笑起来。黛玉又笑道："他若借了甄宝玉回生，倒同你配个对儿。"晴雯不好驳回他，只笑嘻嘻的说一句："我算什么。"黛玉登时悟过来，眼圈儿就红了，就啐了一啐。

忽然窗外一阵风，将一竿竹枝吹折了，倒吓了一跳。晴雯便说道："夜深得很了，你听听钟上的响，已经子末丑初了。"黛玉道："今夜的夜雨倒也配景，索性坐到天色明了，替他写这篇碑文出来。"晴雯道："前日宝二爷说姑娘从前烧去的诗稿，二爷一篇篇都补全了。"黛玉道："你也知道的，我从前做过的他都见过，也不知他怎么样全个儿的记了去，抄出这几本来，就连改香菱的诗也抄在里面。别人也罢了，也该替宝姑娘一同抄下，偏又不抄。幸亏宝姑娘不存心，若揭起短来，砖儿能厚瓦儿能薄。况且闺阁中笔墨，原不许传扬出去，宝玉也枉费了这个心。"晴雯道："这总也见得他的心肠了。"黛玉只叹息个不了。两个人真个的坐到天明，将宝玉做的碑文写了出来，袖了去与宝钗看。宝钗也说很好。方才同众姊妹往上头去。

可可的天雨不歇，直到第七日散花谢将方始晴明。贾政十分喜悦，完了功德，带了宝玉、兰哥儿一同回来。宝玉便到黛玉、宝钗处议论泐碑一节不提。

宝玉为的踏青不畅，又约了景星、良玉出去清游。李纨、宝钗也因天色初晴，浓桃可爱，约了众姊妹一起到沁芳亭赏玩。恰好王夫人又往薛姨妈家去了，姊妹们更畅意玩笑，也有拿了钓竿儿钓鱼玩的，也有采花攀叶寻些香草的，也有扑蝶的，也有蹲在池边撩水荇的，也有携瓶汲水供花。李纨、宝钗、黛玉、湘云也乏了，只将手帕子铺在太湖石上坐着瞧他们玩儿。便有小丫头送上点心攒盒来，也只就着各人心爱的吃些。只见这些桃花，也开得茂盛极了，一团一簇，十分娇艳，有些开得早些的，却被雨打坏了，太阳一烘，经风一吹即纷飞如雨。就这花雨里映着这些姊妹们，愈觉风韵。姊妹们一面玩儿，一面也扑去身上的花片，无一个不尽兴的玩儿。也有掉了手帕、香串香囊的。探春在那里指点各房的小丫头，各人将主子的物事儿检点。黛玉只管点头，宝钗却触起一件旧案来，便笑道："好不要又弄到抄检大观园起来。"黛玉笑道："宝姐姐，你不知道晴雯又公报私仇么？"众人连忙问他。黛玉笑道："这事也巧，可可的王善保家的偷了那府里的首饰，转辗变钱，弄到晴雯的丫头手里。被晴雯认出来送过去，那府里连人送过来，被晴雯发出去打了四十，还革了半年的月钱。"众人都笑说："爽快。"众人又走到紫菱洲，看见一座秋千架子。宝琴道："咱们园子里立了这一座架子，也只听见玩过一遭儿，咱们今日何不上去玩一玩。"原来这座秋千架子着实的华丽，本身竖架是朱红金漆描金云龙，横架是油绿彩漆描金云蝠，一色的五色软丝彩绦，挽手攀腰统是杨妃色，豆绿色的交椅绣花绸，映着这几树垂杨，飘飘漾漾十分好看，怪不得宝琴高兴起来。众人齐声说好。李纨便道："琴妹妹，这个却使不得，一则怕腿软了掉下来了不得，二则也着了凉，三则我们前日出去踏青，人家瞧见了，也不知是谁家的内眷。而今玩这个，墙外有勋戚瞧见，人家子弟们瞧见了便要传说开去。咱们真个要玩儿他，也有一个法儿，只叫梨香院这班女孩子过来，也不要强他，只叫他们会上去的上去，他们打也打的好，我们只在底下看，岂不好呢。"众人都说好。李纨就叫人去传了芳官一班来，都是丽线绣花衣裤，踏着花鞋。龄官、藕官、艾官、葵官都说会的。当真的四个女孩子就站上去系好了。那班女教师就同芳官送起来。也有许多的名儿，套花环、盘龙舞、莺梭穿百花、丹凤朝阳、双仙渡海、一鹗凌空、侧雁字、一帆风，各样的打将起来，真个翻翻有落电之光，飘飘有凌云之志。也使双枝笛吹着"霓裳舞衣"的套曲儿，击云罗，吹横笛，拍板小鼓，十分应了节奏。到了后面，四人又联臂上去，打起蝴蝶会来，这乐器就单用丝弦鼓板，越发的袅娜娉婷，仙仙可爱。众人正在打得有趣，只听墙外有许多人喝彩起来。慌得李纨立时立刻叫这班女孩子下来，连忙乐器也一齐叫住了。众人一定不肯歇，李纨决然不肯叫他们再玩。黛玉、宝钗、宝琴等再三的问他，李纨只说："外面的人儿看着不雅相，不要疑心到我们身上来。不好再玩了。"

毕竟墙外喝彩的是些什么人，要知端的如何，且听下回分解。

第十九回

林黛玉重兴荣国府　刘姥姥三进大观园

话说大观园内正在那里打秋千玩儿，听得墙外有人喝彩，李宫裁连忙叫女孩儿们下来了。这墙外喝彩的，原来不是别人，便是林良玉、姜景星、贾宝玉三个人，带着几个小么儿，溜着几匹小川马踏青回来，正从园外望见，所以喝彩。这林良玉、姜景星就回去了。宝玉便回到园中来，仍旧要他们再弄这个玩儿。李纨打量着，王夫人回来不说，他的年纪长些不领了众姐妹看针线，倒反为头为脑的率领了众姊妹们玩儿起来，王夫人便不露辞色，但略略的借影儿说一句，就受不住的，所以李宫裁便不肯依，叫这班女孩儿即便跟着师父回去，他也就同了一众姐妹来到上头。宝玉也只得跟了上去。又谈了好一会，王夫人也便回来，外面贾政、贾琏也回到书房中去了。

却说贾琏见这府里的规模气局，比前大不相同，却只是办事的规矩倒有些不顺。为什么呢，一应公中支发，无非是黛玉处的银钱，黛玉却在潇湘馆中，贾琏不能时刻过去商议，一切事务总须问问蔡良，蔡良虽则知规着矩，垂了手说话，但则蔡良这个人也精明到二十分，贾琏分毫不能瞒他，却暗地里受他的号令，也不能挑他的短处，差不多自己的才分也赶不上些，如何挑得。因想起自己的光景，从前夫妇两人来到这边，原也是个权宜的局面，也只靠着老太太的庇荫儿。而今不是这个时候了，长久接下去也不是件事情。若是辞了这边回到那府，也没有一点儿的底子。又打量着黛玉的为人，从前个个说他尖酸，而今变得像两个人似的，行的事这样开阔，难道记着恨没有一个安顿我的地方？倒不如趁此向贾政说明，一面将账房交割，一面讨一件办得来的事情，随他们的发付，倒也是个知己知彼的情理话儿。因此就逐一逐二的趁了闲空，细细向贾政回明。

贾政开首疑心他有什么别的缘故，及至说明了，倒也只管点头。就同了他到老太太房中，请王夫人、李纨、宝钗商议。王夫人也说："平儿的事情全亏着探春，商议将来亲家姑爷到京，也就要接他同去，平儿一个人终久照料不来。看林姑娘的聪明才分，比从前的凤姐尽着的跨得过他，又是公中一应支发统是他那边的，大势也不得不然的了，不如全个儿交给他。这个话我也不便说，倒像他们圆过房，一家子的事全个的料在他身上。不如等珠儿媳妇同他去妥当商议，他两个本来说得来。就是安顿琏儿的地方也商议了，难道林姑娘近日这些光景倒肯委屈了琏儿？大家瞧他待袭人的光景就是了。"贾政连连点头。又商议了议事的地方，依旧在园门口三间小花厅上。一则近了黛玉，二则内外俱便。

王夫人、贾政商量停当，李纨便到潇湘馆来。见了黛玉，略略的说了几句家常，就将贾政、王夫人的话一总的述将出来。黛玉只推年幼未谙，李纨尽着劝，黛玉也只有谦逊的分儿。李纨终是晓事的，就说道："你的意思我也尽知道了，我自然要替你回去。只是大势儿趁到这上头，上头也没有什么法儿呢。"李纨就到上头来回复了。贾政、王夫人很知道他谦逊的道理，只得明日再谈。

到第二日，黛玉过来，王夫人就留住他。等贾政下朝回来，大家见过了，贾政当先说起这个话来，黛玉也只谦逊着，李宫裁又让着宝钗。王夫人就笑道："大姑娘，我却有句话儿，咱们多是自己的人儿，而今一家子的事情谁不仗着你，便是那府里，再有姨太太那里，也靠的你，你就尽着让，也不过让的名儿，况且通是几个姊妹，谁不知道谁。大媳妇呢，原也稳当不过，宝丫头呢，也还细心，只是心口慈软，谁还怕他？你知道的，这里不论什么事情，人总要打算我们，不是你如何对付的过！你若过于推逊，我也没有别的话。不过从良外甥到京以后，我们十分过不去就是了。"贾政也说道："很是呢，虽则至亲忘形，谁也到不了这个分儿。"黛玉听见说起这样的话来，就站起来道："舅舅，舅太太，说到这个话儿，甥女就当不起了。甥女的意思实在为的是自己年幼不谙练，所以请大嫂子、宝姐姐担当些。而今两位大人一定吩咐着甥女，甥女也不敢辞了。至于琏二哥呢，不要说曾经送过甥女到南边，帮着甥女办过先人大事及运司衙门一切交代，就是琏二哥哥在咱们府里，也没有办差了什么事情。便说为了凤嫂子闹过饥荒，这凤嫂子也为的府里出多进少，打些小算，上了些小人当儿，也干连不上二哥哥，怎样的不叫他管事呢。而今甥女却有个愚见，不知说出来中听不中听。"贾政、王夫人道："原该大家商量。"黛玉道："甥女愚见，既然交给甥女，往后这府里一切事情，统是甥女一个人拿主，连那府里同姨太太那里，也交给甥女。只将这府里原先产业一总交给琏二哥，单单的管这个进账，每月提出百金与二哥哥用度。他房基里也一样的在公中支发，这个进账却也按四季交给甥女查查，不要被人开销隐瞒过了，只是有进无出，往后去原会长起来。再则甥女禀明二位大人，这府从赖大以下有脸儿的人也多，就祖宗遗下来的人也不少，既然吩咐着甥女，却要听着使唤。依了规矩严肃整齐，不许错了一步的。若有错误，重则官法，轻则家法，却也不能饶让分毫。"贾政就喜欢起来，道："好孩子，你真个的能够这样，就是我贾家的祖宗有福，只当替你母亲尽了孝罢。"王夫人也喜欢的很，说道："我们这个大姑娘叫我心里怎么不爱他敬他，他安顿的琏儿也好，单则是他的身子儿单弱，宝丫头、大媳妇，你们通是好不过的，大家也帮着的照料些。"李纨本来和他好，宝钗一则好，二则又为着娘家现仗的他，也很感激，一齐笑起来道："太太便不吩咐，我们也疼着他。"黛玉也笑道："我原也仗着你两个护身符呢。"真个一家和好，大家喜欢。贾琏、平儿也乐的很。贾琏笑道："表妹操这个心，谁不喜欢。就是我呢，那里还敢推辞。"便指着平儿道："他往后尽管快活了，也还该尽点子心力，大家帮扶着，存不得半点子的懒才好。"黛玉也笑道："可不是呢，也要烦二嫂子长在一处提醒我。"平儿笑道："这个还等姑娘吩咐的，便是周瑞家的也要叫他过来讨个差。"当下众人用了饭，拣一好日子定见了。

到这一日，就逐件的交代过来。黛玉接过来一毫不查，只说："送到房里去，闲着瞧瞧就完了。今日一天，还请平嫂子费个心儿。"贾政等仍旧往外书房去，王夫人却请了姨太太、邢夫人、尤氏及喜鸾、喜凤等过来，分了两席，玩一天牌儿。这黛玉也只陪着玩牌，并不发一号令。只有这府里的各执事家人及家人媳妇巴巴的等候着，总没有一点子信息。到了客散后，黛玉就告诉贾政、王夫人道："蒙两位大人这种吩咐，甥女再也不敢辞。只是甥女还有句话儿要回明。"就把紫鹃同宝玉还没有圆过房，再三的问着他，他要拉莺儿。莺儿的为人原也好，并不是宝玉有什么拉扯。单则是事情上大家帮着，要请舅舅、舅太太问宝姐姐，要这个人给宝玉收了，也就大家的帮着办事。贾政、王夫人、宝钗都依了。倒弄得莺儿躲起宝玉来。

黛玉就回到潇湘馆中，蔡良就上来替众人请示。黛玉吩咐："明日一早晨议事处伺候。"众人就战战兢兢的回去了。到了第二日早上，黛玉先往上房请过安，就过来到议事厅上坐下。先叫蔡良传出规条去，共有十四条：

第一，两府里的奴才，子孙便做官，自己不许换名字受诰封，违了朝廷的制度。家常也不许违借服色。进府来主子赏坐，只许拿着垫子坐在地上，也要叩过头谢了坐才坐。赖大看了，先就惧怕起来。

第二是家人们有敢假主子的名在外招摇撞骗，不论旁人告出、上头访闻，除即送官重治外，即将所有房业交上来。

第三是家人们亲戚朋友不许混入册籍，顶名当差，便有儿女出户，不论批准没批准，出去未出去，见了主子坏不得规矩。

第四是家人们一概布衣，不许绫罗绸缎，坐的车不许飞沿后挡，车墙门儿通改做两扇门。

第五是家人们领的月米月钱，照旧加二倍支领，预支一月，不能多支，稍有预支，及经手人通同作弊，支一罚十。

第六是家人们婚丧一切事情，照旧加五倍支领，不许同事中斗会拉扯及拉外账。

第七是家人们上班时候，回话的所在，不许错一刻，过一步，违者处四十板。

第八是家人们通报亲友，不许疏慢，不许结交，违者处四十板。

第九是家人们买办各账，日有日总，月有月总，一总会交总理蔡良，逐日送呈。

第十是家人们四季衣服，加倍赏给，不许典当借押。

第十一是家人们除有正经执事的，不许用三爷四爷，便是自己浇裹他也不许，现即查明撵出。

第十二，凡各庄各铺各字号，有家人们的分例一总送到上头，不许照旧按股派分，只拣出力轻重，随时分别赏他，上头也不留这一项的存余，也逐年赏完了这一项。

第十三，家人们不许有分毫店账，一有一罚十。

第十四，家人们得了不是，不许同事代求，违者一同处治。

这荣国府自赖大、林之孝以下，一众人都看见了，骇得伸了舌头缩不进去。

黛玉又吩咐紫鹃、晴雯："我同宝二爷的事全交蔡良家的同袭人两人，叫他上下班替换。这里的事我也不用费心，只交你两人便够了。紫鹃很细心，管进账。晴雯很有个杀伐，管出账。莺儿很伶俐，一面管着太太们往来的许多事务，遇着你们倦乏的时候，谁乏了便替着谁。柳嫂子总管内外厨房。有应手的人儿不拘男的女的，凭着他报名上来。单升家的、柏年家的、林之孝家的、汪福家的、徐喜家的、周秀家的、周瑞家的、吴昌家的、曹诚家的、卜胜家的十个人分做两班，管出进上下回话。蒋涵、焙茗、茗烟、李瑶单侍候宝玉。"

这黛玉各项分派已定，便叫蔡良出去传男妇家人分班上来。众人骇得了不得，就小小心心恭恭敬敬先后到院子里，磕了头。真个的鸟雀无声，整齐严肃。黛玉只问一句："统晓得了么？"众人齐声答应了一个"是"。黛玉就说："守着规矩，起去。"赖大等走了出来，一齐伸头咂舌的道："这才算见了个主儿。"贾政、王夫人只说黛玉要整顿一天，叫人过去跟着打听。一会儿就走过来回复说："差不多大姑娘要上来了。"把贾政、王夫人直喜欢的说不出来。贾琏、宝玉等也只管点头。李纨、宝钗也笑道："实在这个林丫头剪绝得紧。"正说着，只见林黛玉从从容容没一些儿事的走将上来。贾政夫妇也赞不出来，只笑着道："真个吩咐的快，谁还不服着你。"黛玉笑道："舅舅、舅太太，规矩在那里，他们敢不守着。"

黛玉回到潇湘馆来，再吩咐将大观园各景亭及山子树木一切重新收拾。这些看守各院的老婆子，仍旧是老田妈管稻香村，叶妈管蘅芜院，各人照旧依了探春、宝钗派的，照旧管理。随请李纨依旧住稻香村，宝钗、宝琴、香菱同住蘅芜院，探春、邢岫烟住含芳阁，李纹、李绮住缀锦阁，史湘云、惜春住栊翠庵，喜鸾、喜凤同住浣葛山庄，紫鹃、晴雯、莺儿同住怡红院，紫菱洲、桐剪秋风二处都安了榻，预备内眷们另有不速之宾。大观楼、藕香榭二处做了公所。黛玉自己仍旧住在潇湘馆。各内眷有回去的，各人留一个丫头看守。各院内另有个小厨房、小茶房，统是柳嫂子一人管理，一应月钱统加五倍支发。梨香院一班女乐，统交袭人。这大观园里就比从前益发热闹起来。柳嫂子也得意的很，只是早早晚晚弄些体己的吃物送给晴雯，怕紫鹃、莺儿怪起来，一送总是三分。晴雯天性是个爽直的，再三的拦他，当不起柳嫂子的心肠，见晴雯多吃一些儿都是好的。尽着拦，他那里肯听。晴雯也很孝顺他，看见他诸事亲身，就说："我的妈，你坐坐儿罢，尽着我的脸儿也尽着照看得你。你年纪也一年一年的上起来了，我做女儿的瞧着心里还受得么？"柳嫂子也感激，到底只是手不住脚不住的，说道："姑娘带曳我上了这个地方，好不替你争个脸儿！"晴雯就益发的疼他了。

且说曹雪芹自从移到林良玉那边，贾政几次自己过去，要拉他回来，当不得林良玉、姜景星再三留住不放。贾政又去坐定催着同回，曹雪芹也却不得情，只得移了过来。这年是恩科会试，宝玉已经错过场期，贾政只想曹雪芹过来劝着宝玉做些应试的工夫，宝钗也再三的约了黛玉，彼此劝宝玉用功。这黛玉却是另一种的性情，只要父母夫妻长长守着的过，积些忠厚阴德，培些根基，渐渐地超脱尘凡，证他仙果，那些浮名荣耀真个的看做了浮云一般。以此口里虽则答应了宝钗，却并不十分地劝，只常常地推他到宝钗那边去，任凭宝钗怎样的劝。自己却反闲闲散散的，会会湘云、惜春，讲讲玄理上的功夫。可恨湘云只是笑着，说他两个总还走不上这条路儿。

宝钗一心一意要宝玉求名，就说道："你从前说个天恩祖德，只要上了一步，便从此而止。我很知道你的话单为的林妹妹一个人儿，而今林妹妹是一块了，你还想从此而止，也断断不能。上头只有你一个儿子，怎么样盼着你，又不逼着你，你可也该存心儿。"宝玉笑道："你们呢，原改不过禄蠹的脾气。若说混几句诗文儿，骗个进士，也不算难，但则是场期已过，下科甚遥，谁又耐烦到这个上头。"宝钗又再三地日日夜夜劝起来。宝玉要回到潇湘馆中，黛玉、晴雯那边，两个人又拒住了，还有王夫人闲着便说他，宝玉也就厌烦得很。

不期这年会试榜发了，天子将进呈文字逐一看过，嫌他平平无奇，忽忆起从前看见的宝玉乡举文字来，便查问前科走失的第七名举人贾宝玉曾经招着没有。及至奏明了在家养病，错过会试之期，现在病痊居家等因，圣情大悦，即命将贾宝玉钦赐进士，一体殿试。报到贾家，举家大喜。贾政随即带了宝玉入朝谢恩，回来免不得又是一番庆贺。贾政便叫宝玉跟着曹雪芹着实的用功。圣恩如此高厚，不要辜负了，快快的做殿试功夫。那乡试的主司房官也来苦劝。贾政又约了林、姜二位过来切磋。王夫人、薛姨妈、宝钗自不必说。连黛玉也只得怂恿了好些言语。宝玉也就不得不用功了。谁知殿试策问，问起《汉书》的列传，宝玉就将《列女传》大加议论一番。读卷官见这一卷不谙体裁，虽则写作两绝，不便进呈，列于二甲十名之外。幸亏朝考的诗赋题趁手冠场，考了第一，就用了庶吉士之职。贾政也甚喜欢，却也不知这个缘故。直到读卷官与林、姜二人说明了，方才得知。王夫人只叫瞒过了贾政。宝钗、李纨等只说他呆。独有黛玉心里倒觉得合意。为什么呢？黛玉这个人玲珑剔透，没一件事情不知道。打量着宝玉这个光景，断然不能为官办事。就到翰林衙门里，也多有翰林里的能员，如何走得上，也防的人要挤他。不如小心的完了这件，不高不低，逍遥自在，也完了父母的盼望，也没有什么别的差使，可以守着自己家园。所以心里头倒觉合意。就是宝玉议论的列女，说王霸、姜诗之妻应入《独行》，曹大家、蔡文姬应入《儒林》，曹娥、叔先雄宜合传，也是个不磨之论，读卷官拘泥不识，未免委屈了他，倒反与宝玉两人私下大发感慨。宝玉也许黛玉为第一知己，连曹雪芹也不能赏识到这个分儿。

宝玉自从受了官职之后，也不能不谒师会友，偏是派的教习尽着的送些诗赋课题过来。宝玉那里放在心上，无不过黛玉、宝钗替他写作而已。

这时候已近天中佳节，角黍、蒲酒也就热闹起来。一日，王夫人、李纨、黛玉、宝钗、探春、惜春等正在上房，只见平儿带一个人，提了一篮野菜，一篮葡萄、沙果儿、山榴红、酸枣儿，又是好几个粟梗签成的小笼子，放些知了、蝈蝈儿，鼓翅踢脚吃着些丝瓜花儿。平儿便笑嘻嘻的说道："这是巧姐儿的干妈刘姥姥送来的，说这两篮野菜山果，送给太太尝个新，还有一袋的高粱，一袋的荞麦仁儿，这几个笼子送给小哥儿玩玩的。"王夫人等倒也喜欢得了不得，就说道："难为他老人家，他老人家来瞧瞧我就够了，怎么还要带这些东西来。他而今在那里，为什么不同了过来。"平儿笑道："他也要过来呢，在我那里已经讲了好一会子。咱们就叫周瑞家的快快去同他过来。"周瑞家的听见答应着，就去了。

原来平儿十分细心，怕的刘姥姥为人村野老实，怕他不晓得黛玉、晴雯回过来的事情。一见了面，格外惊疑，说出些不吉利的话来，所以留他在房里先给他说明。惹的刘姥姥合掌念佛不已，就说道："咱们的老太太，咱们的二奶奶，为什么不一同回转来，怪可怜见儿的。"平儿又悄悄的告诉他说："姥姥，见了他两个不要说出回转来的话。"姥姥只管点头，也还挽着巧儿问了好些话语。见周瑞家的过来，说是太太请他。姥姥就站起来，同过去。王夫人等看见了就带着笑站起来。王夫人笑道："姥姥长久不见了，你还硬朗。"刘姥姥合着掌，弯着腰，一转的过来，道："好太太，好奶奶，好个有福有寿的。"看到黛玉，就抹抹眼睛，细细的打量他一番，道："好个有福的林奶奶，真个还是这样的。"又道："晴姑娘呢？"晴雯就笑答道："姥姥，怎么不瞧见我？"姥姥回转身来，见晴雯便道："果真的还是这位晴姑娘，好个有福气。"王夫人便拉他坐下，道："姥姥，为什么长久不来？"姥姥道："告诉太太知道，我那一天不想进城来？我们屯里人家，天天赶的地亩上的活计，一天一天的赶。咱们年纪上了的，也要替替他们年轻的。到底腰也软了，腿也笨了；又遇着刮风下雨，泥地下要便栽几跤。太太你瞧瞧，我这条膊子风麻着还没有好，叫板儿去讨个膏药贴上，也没有什么效验儿。脚底下越较的重，要搭个牛车，统是装满了粮食，坐不得一个人儿。真个的，进个城好不容易。"刘姥姥又揉揉眼道："太太，我不瞒你说，到这个府里，就想起从前的老太太好个仁慈有德，年纪比我还小几岁，怎么样不再活几年，可不是寿元也高了。"王夫人也揉揉眼道："这是我们做媳妇的没福，不能够服侍他百岁康强，难为你老人家还记着他。老太太从前原也待的你好，怪不的你想着。"姥姥道："可不是呢，还有咱们家姑娘那样待我好。"平儿、探春恐怕提起凤姐儿，触着王夫人的伤心，便道："姥姥，你老人家好记性，从前咱们在园子里玩的时节，你可还记得？"姥姥道："记得明明白白，跟过去玩了两遭，而今园子里光景还好？"王夫人道："新收拾了，很好的。我几时再同你进去玩玩。"姥姥只管谢王夫人。

一面讲着，黛玉、湘云、宝钗、宝琴、惜春走到外间去商议逛园，李纨也跟了出来。只听得刘姥姥说道："太太，我这番来，想着从前老太太和那些人儿，个个都记得。还有鸳鸯姐姐给过我几件衣服，我收着没有肯穿；就是妙师父给我一个茶盅儿，也好好的藏在那里。我才回过了平姑娘，知道他两位的苦恼，我心里头也不知怎样难过。"王夫人叹息道："好个有情有义的姥姥。"这里黛玉等听着，也都点点头。黛玉、惜春便拉了湘云，问他两个。湘云只笑着，不肯说，惜春追紧了问他，湘云便笑道："你们说妙师父当真被盗劫去了？古来许多仙佛，到了遁迹潜形，百般幻化，不拘水火盗贼，那一件不变化出来？不是这样，如何跳出红尘，只怕妙师父现在极乐处逍遥，鸳鸯姐姐也同在那里都不可知。"黛玉、惜春等便知道他两个人各成正果去了，也将逛园的事情约定，重新进来。

姥姥道："太太，你们这里不要说逛园，就这里大房大院，咱们看着比逛庙还好呢。"王夫人笑道："咱们天天闷在这里，倒想往你们屯里去住几天，看看野景，眼睛儿也醒醒。"姥姥道："太太说的要往屯里去住几天，咱们屯里人家，好不罗唆，一扇板门儿推进去，猪圈也在里头，狗圈也在那里，还怕扒手儿招个把鸡儿，连鸡房也在那里。风起了，什么都吹过来，那气味还了得！我到了这里，真个的到了天仙福地呢。"王夫人便说道："姥姥，你也难得进城来，这会子多住几天去。"刘姥姥道："我也想在这里多住几天，只是闹乏了太太，怪过意不去的。"王夫人笑道："你不嫌怠慢就够了。"黛玉看见王夫人喜欢刘姥姥，就叫摆起饭来，就一同的吃了饭。刘姥姥道："我最喜爱的是你们大人家的这样规矩，你看整齐得这样。我们屯里人家有了豆腐就算荤，小孩子抢起来，闹得了不得。还更好呢，也还有条板凳儿，斯文的也只骑着坐。也多摇着饭碗走着吃，一根生葱儿大家嚷。我老人家年纪老了，倒喜欢靠着门迎着凉风。那小孩子还淘气，叫他们拿些凉水来泡饭，要就倒上一满碗儿。"王夫人、黛玉、探春、宝钗都笑，说道："倒乐呢！"刘姥姥又道："我在屯里头托人进城打听，说是从前挂了一块玉的哥儿也大了，说同一位哥儿都做了什么汉厅官，我们也听见地方上有什么粮厅、捕厅官，这个汉厅官谁大谁小呢？"王夫人等就笑死了。刘姥姥道："也干的什么事情？"王夫人笑定了，告诉他道："这个汉厅也同粮捕厅差不多大小，他干的事情只是皇帝家学习着的书房小子。"刘姥姥便合掌道："啊唷唷阿弥陀佛，怪不的说皇帝比天一样大呢，这样的哥儿做书房里的小子，也还要学呢。"王夫人与刘姥姥讲得有趣，便与宝钗、黛玉说明日要同刘姥姥逛逛大观园。两人也喜。

黛玉便同李纨到宝钗处商议，现今端午节近了，弄什么玩意儿热闹一番，大家都想不出。揭开《岁时记》看看，只好造两只龙舟起来。还恐怕寂寞，也扮一个秋千船，也完了宝玉的愿，就吩咐连夜扮起来。

这大观园池子里荷花最多，只怕碍了龙舟，倒曲曲折折删了些荷花，开出一条龙舟往来的水路。满园里绿荫甚浓，但闻鸟语，惟有千叶榴花开得如火光耀眼。那金丝桃诸品也烂漫照人。黛玉便叫管事的将酒席设在藕香榭，将四面洋帘卷起，撑起了青绸遮阴，天气虽已炎热，却喜的水面上有风过来。王夫人便请薛姨妈、香菱、邢夫人、喜鸾、喜凤过来。同着李纨、黛玉、宝钗、探春、惜春、湘云、宝琴、邢岫烟、李纹、李绮、尤氏、平儿、紫鹃、晴雯、莺儿等次第过来。叫傻大姐扶着刘姥姥。那姥姥倒也不要扶，一路上看着这些绿荫，实在的爽心涤暑，倒也不用动一动扇子儿，一直的走到藕香榭。王夫人叫薛姨妈、邢夫人、黛玉、宝钗坐了一席，自己同刘姥姥、探春、惜春坐了一席，其余姐妹俱各挨次坐下。丫头们送些果子儿来。黛玉就叫晴雯送一条哈密瓜与刘姥姥。姥姥看了一看，就道："好个南瓜，配得着面团儿烧着吃。"众人已笑了，晴雯笑道："姥姥，你就这么尝尝看。"姥姥道："姑娘，我们虽则乡里人家，也不生吃着南瓜，这不比山芋呢、生柿呢。"晴雯便吃一块与他瞧瞧。刘姥姥道："这也奇了，南瓜又是生吃得的。"也就吃一块，便说道："太太，到底算什么瓜，这样配口？"王夫人便笑着告诉道："哈密瓜。"姥姥道："大别姑，是了是了，是鸟身上的了，怪不道呢。"众人大笑起来。随后便是各人面前一碗醒口冰燕汤。刘姥姥用筷撩起燕窝丝儿，尽着瞧，说道："这不是凉粉造的面条子，为什么扣的这样短？"众人都笑到了不得。刘姥姥吃了些，点点头说道："味儿倒也好，怎么又和了些鸡皮儿，难道一个鸡光光的长这个皮？"邢夫人笑道："姥姥，为的可口，把鸡肉去掉了。"刘姥姥放了碗，合起掌来道："阿弥陀佛，而今肥鸡儿一百个大钱一个，就是童子鸡也得京钱一百二。我们村里人家，上了五十亩外的分儿，到过年才宰一个呢。"王夫人等倒也点点头。又吃些果点。王夫人打量他的吃量还好，将一碗冰冻酒焖清火腿移在他面前。刘姥姥尽着看，就拿出一块布手巾来抹抹手，放了箸，拣着好的尽着吃。众人忍不住大笑起来。

只听见蜂腰桥那边风吹一阵细十番过来，便是女孩子扮的秋千船过去，一上一下打的好看。过后，便是一只青龙，一只金龙，打着锣鼓，一字儿的荡过来。那龙舟上也盖着金阁银楼，扬着顾绣旗、香云盖，闪着孔雀，错错落落挂了无数铜镜玻璃，穿着绿树垂杨，往来达转，也远远的看得出《离骚》上的摘锦句儿。那边贾政等只同了林、姜、曹、白诸人在凹晶馆赏玩。自薛姨妈以下，俱各赏物事与这三只船上的人。王夫人高兴得很，就站起来道："咱们今日一定要行个令。"刘姥姥连忙说："不会的。"薛姨妈、邢夫人道："姥姥不要慌，你便不会，咱们帮着就是了。"就摆起长桌，四面坐起来。叫龙舟、秋千也回去，只叫女孩子在棠木舟中清曲小调罢。

当下众人坐下来，取个骰盆，掷下去，数着点子，该是宝钗做令官。宝钗要让邢夫人，王夫人不许，宝钗只得喝了一杯，叫莺儿过来，掷一下，便宣出令来，道："我这色子掷一下，数到那一个，再掷一下，合着点子，切着这人，配着牌儿名说一句曲子。大家看这个点子数到晴雯妹妹了，等我再掷一下子。"便说道："一幺在中心，三红围一阵，合着一个齐敬阵，一旦内家奴婢，十年相国夫人。"把晴雯羞得了不得，喝了酒，也掷一掷，数到黛玉，又掷一掷，晴雯便道："一红初吐处，三五月圆时，合着一个《赏花时》，俺这里富贵神仙天付之。"黛玉心里很乐，先喝了酒，接过来掷下去，数到薛姨妈，又掷一下，说道："三六一三水流槎，合着一个《惹波查》，松荫萱花一样垂，荫庇两家。"

王夫人众人齐声说："好，巧得很。"薛姨妈接来喝了酒，掷一掷，数到王夫人，又掷一掷，说道："双六双红，鹓班序次，合着一个《朝天子》，国母威仪拜玉墀。"也切的很。王夫人谢了姨太太，喝了酒，接过来掷一掷，数到宝钗，又掷一掷，说道："三红如列锦，一二比佳人，合着一个《北醉花阴》，比肩人桂子兰孙。"宝钗喝了酒，掷一掷，数到刘姥姥，再掷一掷，说道："两三连一树，两四配双花，合着一个《摊破地锦花》。"便停一停，笑道："姥姥，我是个令官，由着我，这底下一句要你自己讲。"姥姥笑道："我实在的不会讲。"宝钗笑道："那不能，随你诌什么统算得就是了。"姥姥也笑道："好奶奶，我就讲，只是我底下掷出来也要奶奶替我讲才好。"宝钗也点点头。刘姥姥道："我还记得从前在这里说过'结一个大倭瓜'，也押着韵，还是这个罢。"众人大笑道："亏你老人家好记性，这不算。"刘姥姥只得说一句："盼我们媳妇的裤腿里掉下一个小娃娃。"惹得众人大笑。刘姥姥喝了酒，掷一掷，数到惜春，再望着宝钗道："这掷定要二奶奶说的了。"就掷下去。莺儿就说："了不得了，混神通来了，咱们姑娘讲罢。"宝钗看了一看，整齐的四个全红。莺儿道："说了这个该收令了。"宝钗便让惜春喝了酒，自己也喝了收令酒，说道："全绯在瑶京，金闺第一人，合着一个《簇御林》，东皇着意东风紧，恰好是韶华仲春。"王夫人见天气也热，酒也多了，就散起来。晴雯等也因刘姥姥酒量有限，曾经醉入怡红院中，也不十分去强他的酒，便就各人各去散步闲逛。

到了晚凉，浴罢，大家换上轻纱衫儿，姑嫂姊妹重新聚到藕香榭来看夜龙船。这两只龙船通是五彩画纱及各样玻璃装起，陪着灯船箫鼓，从这些碧莲叶中绿藤萝里一曲一曲的荡将过来。过桥时，也不免拆了再装，只到了烟水迷离绿云围绕之处，尽着的往来盘旋。宝玉也和在里头，不住的叫好。这些姊妹们各人带着丫头，到处捧了些冰泡的西瓜、苹果、鲜藕等品，跟着玩耍。姊妹们趁着晚凉，扑了些香燥的粉，尽着走到山坡桥顶阁道等处，远远的看这夜龙舟。那些芳官们一班儿女孩子，也适适意意的在这两只灯船内随意吹唱，顺着风飘出一派的笙歌箫鼓之音。只见一只金龙一晃一晃的侧转来，众人倒吓了一跳，原来是这班弄船的女娘们献本事，要做一个，众尽皆称奇。那青龙也一旋一旋的转起来，做一个。众人一发称妙，只叫快赏。那一晚直玩到三更时分，方才的各散。

王夫人很爱刘姥姥，一连留了二十多天，还要拉住他秋凉了去。刘姥姥再三要回去，只好由他，也与他说定了巧姐儿的亲事，黛玉又送他百金，给些衣服。刘姥姥千辞万谢的去了。王夫人还说从前巧姐儿的事很亏了他。

这莺儿的吉期五月内不利，直到六月初旬方才择定。那知莺儿执定了意，不肯替着紫鹃。这一夜，宝玉倒反与紫鹃作合了。宝玉重新说起从前的紫鹃怎样为了黛玉一会子哄他，到后来又恶声恶气的不理他，怎么而今也一床了，就无般百样的替他玩。紫鹃也只是笑得不得。次日，宝玉还要赖在那里，被紫鹃推他过去，晴雯也帮着紫鹃推到莺儿房中去。这府里也一样的唱戏喝喜酒。只有袭人暗暗里只管伤心，看看旧日姊妹一个个正名定分起来，自己好不惶愧。宝玉也偶然替他玩笑几句，只恐怕招了忌的，不敢出一声儿。又是晴雯只管借影儿骂小丫头子，说是水蛇腰的，狐狸似的，花红柳绿，字字儿打在袭人心上，那里敢招揽一句，只有背人后暗泣而已。

却说宝玉到了莺儿那边，虽则见熟的人，莺儿却十分害着臊。被宝玉关上门拉他说话，莺儿也无可奈何，只得低着头答应几句。宝玉也不忍去闹他，就说起出门时许多的话来，彼此都也叹息。宝玉忽然想起莺儿结络子的时候，说宝钗有五件好处，天下人统不如他，始终没说出来，就要他说这五件。莺儿笑道：“你要知道那五件么，我就告诉你。”

不知莺儿说出什么五件来，且听下回分解。

第二十回

曹雪芹红楼记双梦　贾宝玉青云满后尘

　　话说宝玉拉住莺儿，要他说出宝钗的五件好处。莺儿只得说道："我们宝姑娘的五件好处，真个的天下人统不如呢。第一，性格温存，不喜不怒，不论好人歹人待得一样，心里辨得很清，也舒舒泰泰的，并无疾言遽色，从不会尖酸刻薄。"宝玉只管点头。"第二，诗书上功夫深的紧，二爷自然知道。第三，活计上那一件不精，一样的花线儿到他手里便吐出光彩来，那配合铺绞也不知巧得什么样儿，拈了个针，好个出神入化的。这个二爷那里懂得。"宝玉道："还有呢。"莺儿笑道："他服了那冷香丸，浑身上的香气从肌肤里透出来，人家的衣服要熏个香，他的衣服只要他穿了几天，就卸下来余香不散，若是常穿的，就香得很了。第五件，他的那眉眼儿，鼻口耳朵儿，粉妆玉琢，那一件不好？那声音的清脆，口齿的伶俐，那一件不好？"宝玉笑道："真个的不差。你可知道，你也有两件好处，天下人统不如呢。第一络子打的好，那一件不用说了。"莺儿就啐了一啐。

　　不说宝玉收过了紫鹃、莺儿十分得意。且说黛玉自从管了账房，每日间只叫紫鹃、晴雯、莺儿依着他的规矩办去，自己倒反空闲，只与姊妹们看书下棋，又同宝钗代宝玉做些馆课。那一天，宝钗到黛玉处坐下闲谈，说起宝玉一些事儿："不管也不瞧瞧书，只往曹雪芹先生处，也不知讲些什么，连中堂馆课教习月课都赖着我们捉刀。"黛玉笑道："宝姐姐，你还没知道，他半年来请曹雪芹先生干的事情呢，就把咱们家里里外外不拘什么事情全个儿告诉了曹先生，连咱们小孩子时候玩儿的话也告诉了他，求他编什么《红楼梦》。就是宝玉说的那曹先生也很顽，自己盘着腿，歪在炕上，口里念着说着，几个小厮在旁边写着，一面写一面抄，就编到一百二十回书。连咱们起社的诗，宝玉一总抄给他编在里面。咱们玩的笑，笼古笼全在里面。还更可笑，他挑出去一节编得像悟道的一般，还把那两个拐子编做仙佛，一发可笑。"宝钗连问："这书在那里？为什么不毁了他？"黛玉笑道："这还等你说，我也要毁他。原来曹先生因老太太在南边，没有什么消遣，一面编，一面抄了寄回去。听说还有人悄悄的抄一部出去，卖了重价，不知谁人买了去。而今一部底本却在我这里。"宝钗便立时立刻要了过去；叫他"且不要告诉宝玉知道，等我批评批评。"

宝钗将《红楼梦》看了三四日，就叫莺儿请了黛玉、宝玉过去，说起这部《红楼梦》来，便道："宝兄弟，你好，你有那一部书怎么瞒着我！"宝钗又抹宝玉的脸道："好！连臊也忘了，臊得了不得的事也编在书内，叫人传出去。"宝玉只管笑着。黛玉笑道："可不是呢，这部书若传开了，你可还成个人儿？"宝玉笑道："宝姐姐，你不要糊涂，这一大部书全夸的是你一个呢？"宝钗笑道："也没有到你林妹妹的分儿。"黛玉笑道："分儿好，先替你顶个虚名便了。"宝钗的眼圈儿就红了一红。宝玉见他两人好的很，这两句话各人存个心，连忙的说道："他倒也说的实话，没有一字儿假借出来，又是一个人一个性格。况且宝姐姐林妹妹，你们通看过了，我们这样相处，可曾有一句歪话儿呢？这可不比别的说部高了百十倍？"黛玉道："这倒不差。"宝钗道："死生离合，盛衰聚散之际，原是极大的关目，单拣着要紧的叙事，笔下也嫌匆忙。故此闲闲散散之处也要说的。就算玫瑰露茯苓霜一回，小题大作，也不过借此写出些小人情状。"黛玉道："正是呢，他这一大部书间架也大，头绪也繁，不是疏密相间，雅俗相参，如何叙得。就是到后来没有结束，也是烟波无际，宕逸不收。若那么一部书，必定做一回满床笏的团圆，也没有趣味。到那叙梦之笔，似乎太烦，也只是记实的话，不能删改。所以这部书不论刻不刻，却不可俗手删改，一则叙事不真，二则文笔有古今雅俗之别了。"宝钗便叹息道："是便是了，只是你两人享尽荣华。若这部书传开了，反使千秋万古之人，为你伤心流涕，于心何安。我的意思这《红楼梦》的后半段，也不用改他，也存他的真面目，要得好再得续上些才好。"黛玉道："这么说，不是续得的。宝哥哥你只好请他再编一部《后红楼梦》了。"宝玉笑道："宝姐姐，你看林妹妹好说的轻巧话儿，这么一百二十回的大书，要请他再编一百二十回，人家谁肯的？"黛玉大笑起来，道："宝玉，你翰林虽然当了，地根儿还平常。他这一百二十回叙的多少年，咱们若依了宝姐姐，现叙这一二年，十几回便够了。"宝钗便笑道："一二年的事情，要编一百二十回，也算一个月有十回书的事情，连宝玉的出恭撒尿叙在里头还不够呢。"惹得黛玉、宝玉大笑起来。宝钗道："况且这部书纪实事的，算二三十回就很够了。"宝玉道："或者要三十回。"黛玉道："你且同曹先生商议去。"

宝玉便出去告诉曹雪芹。雪芹只许了三十回。宝玉定要他匀做三十二回。雪芹笑道："这也容易，我再多住几年，住到你同世嫂百岁白头之时，就三千二百回也有。只是我曹雪芹要向阎王告假，才好在这里笔耕呢。"宝玉也笑得了不得。从此以后曹雪芹又编起《后红楼梦》来，客中借此消暑，倒也诙谐滑稽，以文当戏。黛玉益发叫内厨房收拾精致茶点，时刻送出去。也拣了上好的龙岩素心兰四盆送出去。又瞒了雪芹，与宝钗、黛玉商议，叫蔡良、单升带了银子往南边去替曹雪芹买山置产。这里蔡良的事情叫王元代着，单升的事情叫蒋涵代着。

这年天气也热的很，又是天旱少雨，祈祷正烦。曹雪芹乐得借了这个消遣。宝玉得了一回，便拿进一回来看。都说曹雪芹先生越做越好。宝玉总等天明了打亮钟的时候，就往曹雪芹处取了进来。不拘宝钗、黛玉处，三个人约齐了同看。

这一日早晨，太阳刚才透土，已经红得火炭似的直涌上来。宝钗为的潇湘馆绿竹阴凉，常叫人抱了小哥儿同来玩耍，王嬷嬷把小哥儿抱往袭人房中去。宝钗道："这里桌子椅子上通不热，别处还了得。今日到午间，还不知怎样呢。"黛玉道："我这里亏得去了屏门上了屏帘，引着这后院子的凉风过来，你看竹子摆得那样快，吹这个风过来不好么。"宝玉道："一样的风儿，扇子上的就没有这个好。我只坐在这里不要动了。"宝钗道："好了，太阳也会阴起来了。阿嗬嗬，好大风。"黛玉便走出去，望着天道："今日天上的云也多，敢则有些雨意。你们大家来瞧，那些浓浓白云头一层层的冒上来，也冒的快。"宝玉道："大家瞧，这些蜻蜓儿成球打滚的，那里来的？"黛玉道："好呀，快些下雨，咱们的荷花池子也要水呢。"宝钗道："你看这个风儿刮得这么大，那些荷花不要统被他吹折了，好不可惜，咱们且瞧瞧去。"

正说着，史湘云、薛宝琴也走过来，说起来要去看荷花，大家高兴。黛玉穿的是库墨色洋莲宫纱衫、元青花罗珠边裙。宝钗穿的是深蓝满萄芝麻地滚羊皮金的纱衫、杏红牡丹花罗裙。史湘云穿的是杏黄蝙蝠漏云纱衫、茄花色净素纱裙。薛宝琴穿的是粉紫小八宝的挂线纱衫、月白满地松竹纱裙。鬓边都塞了珠兰、茉莉、晚香玉，手里都一柄湘妃竹的绣彩宫纱扇。宝玉只穿一件西湖色洋菊熟罗衫，一色的裤袜，踏着紫棕色的毡底网线鞋，一柄针刺《赤壁赋》的芭蕉扇。五个人一齐走到藕香榭上坐下来，扶着栏杆看这个池子里的荷花。那时候天亮得不多一会，天上的云光满映到池子里，真像一个镜子新磨了水银似的。不知那些荷花、荷叶的香气是自己吐出来的，是风吹来的，只觉得一阵阵清幽芳馥之气乱扑到人面上，透人鼻孔，一直的度到丹田，真个意清神爽，心骨俱仙。又是这些荷花，半吐的，半放的，也有全谢的半谢的，还有几个小莲蓬带了一片花瓣顺着风儿乱卷的，颜色深浅也辨他不清，又映着许多翠盖，乱击乱摇，还有一两只花叶倒生到旱地上来的，那些大荷叶浮在水面上的，还存着许多露珠儿走动闪烁，晶莹耀目。黛玉、宝钗、宝琴、湘云四人只是坐下了，说不出一句话儿，竟有个相对忘言的光景。宝玉只连声的说道："有趣。"又望着一丛青莲花，尤觉可爱。黛玉就说道。"你们瞧，那些青莲花，更觉仙品，咱们何不口占一律赠他。"史湘云笑道："我是一切绮语扫除的了。"黛玉道："也罢，除了你还有别人。琴妹妹，你很敏捷，你就先来罢。他两个也不肯饶了他。"宝琴笑笑，也想一想，便吟道：

四围云净蔚蓝天，破晓行来见素莲。八尺风漪香荡漾，三升花露色澄鲜。苞舒清影方塘外，萍映余痕曲沼边。若有绿珠临鉴照，凌波解语两争妍。

众人都说好的很。宝钗笑道："罢了，我也要献丑的了。"湘云笑道："你们吟来，凭我甲乙何如。"

宝钗也吟道：

早凉闲步水心亭，花与波光一样青。不惜红衣偏有态，略分翠盖暗流馨。盘中珠走丝穿柳，境里鱼游影啖萍。携取碧筒来劝客，清歌且趁醒时听。

黛玉道："真个难集难见，难分伯仲。宝玉，你便怎么样呢？我知你一定的锁榜了。"宝玉笑道："你也还没有呢，就料定人家。"史湘云道："宝哥哥，你不要小觑了他，他一定有什么小谢惊人之句，才说出这个话来，他的腹稿儿是妥当的了。你且先念出来罢。"宝玉笑道："我就诌一首。林妹妹，你到底先念了出来，谁又偷你什么巧？你瞧着罢，这花叶一色的意思，大家不免只要说得轻妙些。我念出来，大家不要笑话。"宝钗道："你不要支吾了，你就念罢。"宝玉就念道：

初阳起处早含光，却怪红衣幻冷芳。楚赋嫌他施粉白，陈诗慢爱倚红香。玉环宛转留清艳，银囊歌斜映淡妆。俀幸婵娟与联步，素心遥寄水云乡。

黛玉笑道："起句也罢了，往后只管玩儿起来，真正的该打。我若做了教习老师，断要打了他，再叫他重做。这一首还赶得上他们两首么？"湘云也笑道："宝哥哥不差呢，你还要同衙门里这班人考。"宝玉笑道："是了，你们便考不过，到了衙门里单要考个头儿。"黛玉笑道："好一个说嘴先生。"宝玉道："林妹妹，你只管批评人家，你自己到底怎么样？"黛玉笑道："好呢，没有什么好处，不过比上宝玉要强些儿。"众人都说："是了，你且念出来。"黛玉道："我说过不好，你们不要笑。"宝琴道："念罢，再不要摇旗磨鼓。"黛玉也吟了一首道：

娉婷照水态盈盈，玉骨冰肌见也惊。娇吐微黄须粉散，淡舒嫩绿藕丝萦。花分叶秀天风韵，貌比心清佛性情。配得人称谢雕饰，只应攀附李长庚。

黛玉吟完了，史湘云先笑起来道："这还有什么说的呢。"众人一齐叹服。宝琴又叫他再念了一遍。宝琴道："等我去写出来叫鸾、凤两个妹妹也去做，他两个笔致儿很好，只怕被林姐姐这一首压住了，不肯做起来。"黛玉笑道："赞的太过了。"

这里五个人将荷花赏玩了一回，还恋着这香色不肯回来。忽听得荷盖上响了几声雨点，水面上也点了些水圈儿。黛玉道："好了，有雨来了。听说圣上一心爱民，为这个雨迟了些，天天宵衣旰食。我们老爷也日夜不眠的吃斋念经，四更天就出去随班祈祷。可知道圣天子至诚动天，有求必应呢。"宝琴道："真个呢，咱们老爷也辛苦的很了。"宝钗道："你们瞧瞧，这点子不小，咱们下去罢。"当下黛玉、宝琴、宝钗、湘云、宝玉一齐的回来。那风儿也刮得大了，把他们裙子通吹开了。宝玉在后面望见黛玉是三蓝绣的西番莲大红纱裤，宝钗是蓝绿绣冰梅元色纱裤，宝琴是洒线绣菊鹅黄纱裤，独有湘云的裙儿不吹开。宝玉就喜道："这阵凉风儿也韵得紧。"宝钗、黛玉、宝琴将扇遮着，还撒开卷袖儿来遮着云鬓。湘云笑着道："罢了，让我前走就好了。"真个的依了他。却又奇怪，凭着风雨，衣不沾湿裙不吹开。众人只是不住的叹服，想这史湘云的道行已成，日后总要白日飞升，肉身上天的了。

　　及至潇湘馆不多一刻，那雨就泼天的倒将下来。幸亏王嬷嬷已经抱了小哥儿去，宝钗倒也放心。这时候云涌上来，就像天晚的光景。又接连的闪起电来。忽然雷震起来，平地里发起几个霹雳。吓得宝玉像孩儿似的往黛玉、宝钗身上乱攒，晴雯、紫鹃、莺儿也赶来围着。原来宝玉最是怕雷的，惹得湘云、宝琴笑个不了。宝玉还将指头紧紧的掩住两耳。那雨也下猛了，不到半个时辰，足足的下有六七寸。就渐渐的小下来，一会子风也小了。只听得满园子里各处的水响。就有小丫头子跑进来，说道："真个好看呢，那些山涧水横七竖八的冲出来，银子也没有他的亮光，声音儿也更好听。"宝玉就一骨碌跳起来，要去看水。就叫袭人把北靖王送他的一副蓑笠木屐穿戴起来，一直走去。黛玉说："什么要紧，等雨住了还有得看呢。"宝玉那里肯依，众姊妹丫头也跟了他去。

　　宝玉走过山洞，近着池子，只听蚯蚓、水鸡之声。转过去，就望见对面月阑墙的栏杆下一曲一曲的涧水，翻银滚雪泻将下来，触着迎涧的铜片儿，有如琴筑之声，十分好听。那涧旁边有个"半圆之半"一匾，过去便是玻璃房，又映出玻璃外的十几道曲涧。宝玉高兴得很，就在池边上走过去。不想这个木屐脱了，一失脚，就一脚踏到池子里去，宝玉慌了，就提起脚来，不料一转身又栽了一跤，弄得满面泥污，浑身上下竟像河里头钻出来的。恰好众姊妹丫头一群人走过来了，众人看见这个光景，不觉好笑。史湘云拍手大笑道："好好一个泥宝玉。"宝玉益发恨起来道："你们这班人不是人了，人家栽到这样，你们还那样的笑。"黛玉即便替宝玉发起急来，连忙叫紫鹃等去拉他，一面叫人快取衣服去。紫鹃、莺儿、晴雯也顾不得自己，就将这一个拖泥带水的宝玉好好的扶起来。众人看见宝玉面上泥得鬼脸似的，忍不住的大笑。黛玉慌忙走上去看，说道："好呢，亏的头发上没沾着泥。再若沾着泥，便难净呢。"湘云笑道："宝哥哥，你快快的把脑瓜子再往河泥里钻一钻，好等林妹妹试个净头的手段儿。"众人把肚肠子也笑断了。黛玉面上红起来，望了湘云啐了一口。宝玉益发乱跳起来。原来沾河泥的人跳不得的，一跳就溅到别人身上。宝玉一跳，又把晴雯、莺儿溅了好些泥儿。晴雯便也恨道："小祖宗，这是何苦呢，人家服侍你，你倒溅人家，也有这史大姑娘，要取笑且慢些儿罢。"宝钗也笑得了不得，道："这个无事忙，实在的乐极生悲了。"闹了好一会子，方才洗净了，换过衣裳。

只见贾琏飞跑进来，道："宝兄弟呢？唷，你在这里，快些带了笔砚赶进朝去。"众人都骇呆了。贾琏一头喘一头说道："内阁里条子说，飞风的走差，误不的一刻，你快走，那边姜、林二位也待上车，快走快走。"宝玉只得飞速穿衣去了。众人都到王夫人那里，大家提心吊胆，都替他捏一把干系。王夫人就说："叨着朝廷的恩典，祖宗的庇荫，拉上一个翰林，原该好好的用功，当翰林的那有这样没料的孩子，整日间不看书，不学字，只闹着过日子。他老子也气的慌，说打个赌儿，四等是包定的。你们大家也劝他，他一直不听，这还怨谁？今日这个考也奇怪，兰哥儿没有传，姜、林二位一同的传，到底不知考什么。"平儿道："琏二爷叫好几路的人去打听去了。"王夫人同众人只替宝玉担着忧。再一会子贾政回来，也愁的很，叹口气道："罢了，争口气完了卷子，听候天恩罢了。"

直到下午过后，只见接连几次的人打进来，喧天的报大喜，贾政连忙赶出去问。原来天子爱民望雨，因为三时大旱，得了喜雨，圣情十分欣悦，御制了一首喜雨古风，就将翰林单子点了些知名的及现在京的四五位状元、十几位榜眼，又点了詹事府衙门及别衙门的名士，共有三十六人，宣到内殿和这一首御制诗，又加一首到鼓一中赋，以题为韵，限香交卷，赐上方珍馔，圣上亲自御殿面定甲乙。宝玉走得急忙，未带压纸，只得将通灵玉解下来压纸，到底神玉通灵，思如泉涌，文不加点，挥洒立成，第一个交卷。一面交卷，一面挂上通灵玉，在考桌上候旨。天子一见，先是这首诗，全说的敬天勤民诚动神格，便就合了圣意，又这一篇赋，双管齐下巧夺天工。那字法全学二王，真个飞鸟依人，翩翩可爱。一时间各卷都完了，一总进呈，没有一卷可以比得上这一卷。天子就将宝玉这一卷定了个一等第一名，其余总归二等，姜景星考了二等第八、林良玉考了二等第三。还有几位老前辈精神差了些，反降了编检。就将宝玉补了侍读学士，良玉也升补了左春坊赞善之职。天子就将宝玉的卷子赏与同考的看，无不叹服。圣情十分喜欢，就御笔题一个“青云满后尘”的匾，用了宝，赏给宝玉，又赏文房四宝六件，又赐瓶一件、如意一枝。宝玉随即谢了圣恩，陛辞回来。贾政、王夫人等听了，无不欢喜。这黛玉心里更格外的得意，为的是宝玉今番把林、姜二人通压下去了。也有许多贺客到门讨宝玉的卷子看，贾政便叫他誊出来。宝玉和的诗便记得，赋却记不全，却默了些出来，叫黛玉、宝钗补足了，送与贾政。贾政正欲取看，忽见林之孝送进书帖来。贾政接过手拆开细细看了一遍，就说：“快请。”一面说，一面自己也迎出来。

不知来的是什么客人，且听下回分解。

第二十一回

甄士隐反劝贾雨村　甄宝玉变作贾宝玉

话说贾政为了宝玉升官，忙了几天。一日无事，正在复看宝玉的应制诗赋，忽然林之孝送书帖进来，帖上写着："世愚侄甄宝玉顿首拜"，夹着他父亲安国公甄应嘉一封书信，信内又带寄一封周亲家的信。又有一封寄薛蟠的。贾政不解其故，逐一的看来，方才知这些缘故。原来甄应嘉信内说的是安抚的事情正在办着，边疆上倒不靖起来。亏令亲周统制得了一位异人，也是敝同宗，姓甄名士隐的用了道术，征服了蛮戎几十国之王，一月间传檄而定。这甄先生为国为民建此绝大功业，弟与令亲统制公连名保奏。书后又问贾政、王夫人近好，便将儿子甄宝玉进京补官之事相托。那周琼信内也将甄士隐建功保举之事细叙，又说这位甄公便是薛令亲的亲家，从前未曾往来，未曾叙及。此次弟与安国公保举他，他却荐原任顺天府尹贾雨村先生自代。无奈雨村先生，经过宦途风波，立志归隐，不肯出山。甄公三回五次的差人劝驾，那雨村先生就苦苦切切写了一封恳札来，说他"是得过不是的人，虽则圣仁之朝，恩典宽大，原有弃瑕录用的一班废员，但则是圣天子明良一德，忠正盈朝。想起自己从前的许多不是，没有什么可以对得君父的。只好往深山穷谷之处洁己修行，过世为人，重新尽忠报国，做出一个完全的人臣。甄先生现立奇功，大名著于朝野。正当干一番大事，垂名青史，报效王家，非但圣天子有功必录，不肯放你还山，而且要奉劝重新婚娶，再立室家。"

那贾雨村先生寄了此书，便即飘然不知所往。甄公见他说得有理，只得改了道服，努力功名，现在这里候旨，却与小弟叙了四门亲出来，就便忆起他的英莲令爱，说就是令姨侄媳名香菱的这一位，顺便也托小弟带一封家书寄他。书尾也再三问贾政、王夫人及探春的近好。也有探春的周姑爷家书。贾政惊喜不已，一面叫请甄宝玉，一面叫贾琏将书信送进里面去，告诉王夫人、探春，并薛家蟠大奶奶。贾政便迎接出去。甄宝玉在荣禧堂先遇了贾政，贾政欢喜不尽，随即拉了手来到书房。甄宝玉打听得贾家许多喜事，便逐件的称贺过了。贾政便与他再三让座，甄宝玉垂了手打一千，道："自己的侄儿，要这样儿，侄儿就不敢，只好站了听教训。"贾政道："世兄，什么话儿，难道我老头子宾主通不懂得。"甄宝玉一定要请师生坐。贾政终是个道学人儿，自己又倚着长辈，又见他谦让十分，便道："罢了，咱们也不用上炕，一块儿坐着讲句话罢。"甄宝玉又道："伯父教训，侄儿敢不依。但则侄儿论起世交上，原是个侍立的分儿。再则侄儿托了伯父的福庇，能够补上了部员，伯父就是堂官大人，侄儿也有司官的规矩。"贾政道："世兄不用太谦了，弟叨做堂官，就是本部的世官老爷们来，也没有师生坐法。既是世交，你只依着我便了。"甄宝玉不敢再让，只得打一千，告了坐，然后同贾政隔着茶几一字儿坐下来。

贾政先将安抚的事逐件问过，又问过了公爷的近好，就将甄公保举的信也细细的问了，就说："折子上去了没有？"甄宝玉说："递过了。"外面林之孝进来回道："薛府里的蟠二爷要进来会会甄少爷。"贾政便晓得，是香菱处得了信，叫薛蟠过来问话的，便告诉甄宝玉道："这就是贵本家的令亲薛二哥。贵本家的令婿便是他的令兄，这是敝房下的外甥，也就是二小媳的哥子。"甄宝玉道："这位士隐先生已经同家大人叙出谱谊，本来一家分支，恰好同家大人弟兄辈分也好的很，侄儿因士隐先生小了家大人几岁，也叫二叔。二家叔原吩咐侄儿见过了老伯，就往薛府上瞧舍妹去。不料薛二哥倒先施起来。"贾政益喜，忙请薛蝌进来，也叫贾琏、宝玉、兰哥儿出来，陪了吃饭叙话。贾政便自己到王夫人房里，说出这许多事情来。

恰好李纨、黛玉、宝钗都在那里，这贾政先告诉黛玉说："你的雨村先生从前在军机处那么样煊赫，如今有人举他，他倒决意入山去了。实在宦海波涛，经过了便也心惊胆战，怪不的他。"又告诉薛宝钗说："你们的太亲翁士隐先生，一心高尚，不料而今建了这么场功业，你令嫂得信后也不知怎么样的喜欢，将来你蟠大哥也有庇荫，我心里好不快乐。"王夫人也笑道："这个实在梦想不到了。"贾政说完，仍旧到外面同甄宝玉讲话去了。

这里宝钗便道："我们这位大嫂子，本来是个可怜儿的，从前受的气是说不尽的了，而且背了人常常哭泣。不知道的只说他为了哥哥出门在外，故此这样。其实哥哥在家时候他也淡得很，一家子也猜不出他什么意思。我们姑嫂情分原也好，背地里问着他，也不肯说。从前是不必说的，到后来扶正了还是那么着。我倒问他说：'嫂子，你而今还有什么委屈呢？'他只说出一句伤心的话，说道：'姑娘，我而今倒反不配呢。'而今想起来件件明白了，原来，只为的生身父亲没个踪迹儿。他而今该乐，不知乐到什么分儿。"王夫人叹口气道："这才算个孝女儿，也可怜见的，摆着你们一班儿姊妹，谁没个娘家往来，便晴雯这孩子也有个借生的妈赶着叫。可怜见的，这孩子将来父女重逢了。"黛玉道："宝姐姐，评起来姨妈跟前我是个继女儿，比不上你。告诉你，这姑嫂上面我倒还比你亲密些。为什么呢，他从前要跟着我学作诗，却告诉我，教我不许告诉第二人，他悄悄的拉了我说：'你我这两个人一样的没爹没妈，一样的无家可归，瞧着个一群燕雀儿也淌泪。你只教我做几句诗。'说几句伤心话，我也一样的伤心，从没有告诉人。后来我们长大，哥来了，他又说：'林姑娘，咱们而今比不上了，你是有亲哥哥来了。'我也暗地常悄悄的劝他。不料而今有个生身的父亲出来了。"黛玉一面说，眼圈也红起来，也弹了几滴泪。王夫人等只管叹息不提。

外面贾政送了甄宝玉重新进来，只管称赞甄宝玉不已，说："现在的官儿，宝玉是个翰林衙门，他是个部曹衙门，但是他那个行为气度还了得，礼节应对间更不必说了。"便叫宝玉来，着实的数说了一顿，说道："瞧着人家的孩子那么好，你自己瞧瞧，算什么！你说你得了圣卷升了官，告诉你知道，一会子考下来，全个儿去，完了还赶不上归班进士呢。你瞧他那等见识，就算你也会胡诌几句诗文，可知道士贵器识，而后文艺。他那个光景巴急起来，怕不做一个名臣荣宗耀祖。自己瞧瞧，比上他什么！你这没料儿的，你若心里明白，快快的跟着他学。我教训你，你懂不懂？"宝玉只得垂了手，答应一句："懂得。"贾政就出去了。王夫人等大家替宝玉不平起来。

王夫人便同宝钗到薛姨妈家，替香菱贺喜。香菱也适才会了甄宝玉，叙了兄妹，问了甄士隐许多备细，就请甄宝玉搬过来同居。王夫人等过去称贺，香菱欢天喜地得了不得。薛姨妈也喜之不胜。

却说宝玉，被贾政无缘无故的发挥了一番，心里想道："老爷的教训呢，原也应该。但只是甄宝玉这个禄蠹庸才，也没有什么稀罕。况且同他讲论，一派游谈，毫无实济，追到真实的所在，就这正正经经的经史也只扯东曳西，东躲西闪。我若同姜、林两兄同他谈一刻，他也就登答不来。老爷这番赏识他，他可不要负了。"也就怏怏的来寻黛玉。不料黛玉因触起亡过的爹妈，心里烦恼，已经闭上房门，叫不开。宝玉也猜着了，又隔了门劝了好些。黛玉在里面只说道："是了，我这会子烦，你寻别人去罢。"宝玉就闷闷的回到晴雯处歇下。宝玉虽则在晴雯处，却一心挂着黛玉，便叫晴雯留着灯儿，宝玉就同晴雯歇下，只是翻来覆去的睡不着，晴雯倒睡着了。到了二更时候，灯还亮着。忽然晴雯翻转身抱着宝玉，呜呜咽咽的哭起来。宝玉惊得了不得，便也抱着他，问他："为什么这样的伤心？你不要魔住了。"晴雯哽咽了半晌，说道："二爷，你不认得我了，我不是晴雯，是五儿。"宝玉吓了一跳，定着神细细的瞧他听他，果真是五儿的声音。宝玉非但不怕，益发可怜他，说道："我的心疼的五儿妹子，你怎么能够来了？"五儿道："我告诉二爷，我的寿限原只这样注定的，将这个身子借给晴雯，我却跟了鸳鸯姐姐在宗祠内侍候老太太。而今妙师父已成了妙灵佛了，也召了鸳鸯姐姐去做了神女，管那些忠孝节烈殉命的列女册籍。我侍候老太太，益发不能脱身。老太太将来也要到佛会里去的，常时也会着些真人讲道。昨日说会着了一位兰芝夫人，说算定，我同你前生前世做过一夜假夫妻，也要还了这一夕缘分。故此今日晚上叫晴雯去侍候了老太太，换我过来，只不许再见我妈。你告诉我妈，他往后只将晴雯当了我，再不要想我。我将来跟定了老太太，一样也有好处，只慢慢的问史真人便知道。便是林姑娘同你也还有大家久聚的缘法儿。"宝玉听了，非但不伤，而且欢喜，重新将从前遇仙的话说起来，说："从前是对着你想晴雯，而今又映着从前的亲爱你。"那一夜的欢娱燕好自不必说。到了五更，五儿就说要去。宝玉道："你可好替老太太说明了，时常与晴雯两下里替换着，或是半月一换，或是十天一换，老太太也有个人侍候，咱们也可常叙，岂不是好！"五儿道："这是注定的，只有这一夜夫妻缘分，连母女也不能讲一句话儿。你若念我，只要依了林姑娘、晴雯，还我真身立个碑就是了，我往后也没有什么缺愿儿。"宝玉还舍不得，只见五儿蒙蒙的睡去，倒弄醒了，仍旧是晴雯。晴雯倒笑起来道："二爷，你同五儿妹妹叙得好不好？宝玉益发乐起来。晴雯道："老太太告诉你，说你不久还有奇遇。你只自己保重好了。"宝玉、晴雯赶天明了，先告诉柳嫂子，也悲喜不胜。又即告诉黛玉，又告诉王夫人。一家统不信，只说宝玉掉谎儿。只有史湘云正正经经说："果真的。"

却说香菱自从接了父亲家信，十分喜欢。又得了旨意，甄士隐建立大功，赏给二品职衔，就授了海关监督，三年期满，候召见大用，香菱更觉喜欢。连次的要请甄宝玉过来，无奈甄宝玉再三不肯。原来甄宝玉为人外面谦恭道学，一派斯文，其实绔习气，瞒了他的父亲甄应嘉，背地里无所不为，喝酒宿娼只当做穿衣吃饭。贾宝玉在妇女中间只重一个情字，从不肯沾染分毫。这甄宝玉便不然，不论男女，无不留心，倒也没有什么情。只过去了便忘记的，而且不择精粗美恶，遇着他高兴的时候，闹得出奇出格。就学问上面也是个假的，原有些小聪明，诌得几句，也要先生粉饰了才拿出手来。就他所得功名也不明白，也有人说遇着窗稿的。真个的人不可以貌取，谁能辨出他的底子来。甄宝玉与香菱、薛蝌见过，看见薛家也是个清肃家风，如何肯来居住，倒反合了傻大舅王仁、贾蔷、贾芸这一班匪类，说得投机，就一同喝酒嫖娼，朝歌暮乐，还想来勾宝玉的李瑶过去，李瑶如何肯去。

那一日到贾政家，贾政倒十分的敬他，叫宝玉同去会会姜、林二位，可可的姜、林二人出门去了。甄宝玉打听得贾政上班值宿，便打听王仁、贾芸所在，两辆车一直的放来，却是一个妓女人家。进了门，便有老婆子迎接进去，随有三个女孩子统是十六七年纪，一拥的拉了他们到小屋子里坐下。王仁、贾芸也在那里，满桌子的酒菜，大家就呼天喝地猜起拳来。那三个妓女，一倪若水，一陈九官，一陆银官，都来凑趣，无般百样的话都说出来。这贾宝玉天天在姊妹行中，那曾见这些村俗的光景，就坐立不定的，又不好意思走了，正要想个脱身的法儿。那时候天也晚上来，月亮也起了。贾芸道："间壁有个妙人儿，咱们何不拉过来乐一乐。"原来间壁有一位堂客，叫作芮菊英，父亲芮四相公开过故衣铺，一生爱唱个曲儿，结交清客，单生这一女，也学会了多少清曲。芮四相公亡过，家道艰难，这芮姑娘就嫁了一个外馆的赵先生。那些清客前辈统赞他这个嗓子，遇着胜会，也请他出来，相貌却是中中的。贾芸说起他来，就说他这个人儿曲子却好，却是闹不得的。甄宝玉就立时立刻的叫贾芸去邀了过来。那芮姑娘也就家常衣服走了过来。大家见过了，坐下来喝了茶，唱了一折"廊会"，合座都喝彩。贾宝玉便想道："可惜这么个人儿，埋没在这里，还不知那赵先生配得上配不上。若遇了个粗蠢不堪的，也算邯郸才人嫁与厮养卒了。"心上正在那里可怜儿他，那甄宝玉便朦胧了醉眼，渐渐的要动手动脚起来。芮姑娘看出光景，便推身上不便立起来走回去了。甄宝玉那里顾得，趁着醉就一直跟了过去，坐定了要在那边过夜，王仁也跟着去胡说乱道。还是贾芸怕事，陪着宝玉坐在这里。不多一会，芮姑娘就变脸来，可可的赵先生也回来了。赵先生恨的很，就悄悄的告诉堆子上。顷刻间，就有人来，将甄宝玉捆了去，幸喜的逃了王仁。贾宝玉听见也着慌了，怕干连自己，不敢回家，就带了李瑶到贾芸家中住下了听信。

这里荣国府中，见宝玉一夜不回，又像从前走失了的，吓也吓死。寻了一夜没个影儿，打发人到甄宝玉寓中，又说甄宝玉现在寓中，昨夜分路走的。不多一会，又听见沸沸扬扬传将来，说荣国府中的宝玉因酒后强奸妇女，已被堆子上捆送到城上去，差不多奏明了就发刑部衙门。王夫人一家子听了，吓得魂不附体。王夫人、宝钗、晴雯、紫鹃、莺儿哭得天愁地惨，袭人也着实的伤。只有黛玉冷冷的。众人自李纨以下都悄悄议论他，心肠就硬到这样。贾政有公事没回，慌得贾琏、林良玉、姜景星也骑着马分头打听。只见贾琏赶回来，喘呼呼的说道："事情是真的了。宝兄弟现被人关着，不许见面，看来要闹穿的了。"黛玉听见了，也只讪讪的走了去。王夫人等就哭得要死。

正在闹着，只见素芳哭进来，说道："了不得了，林姑娘服毒死了。"王夫人等说不出话来，就一气的奔过去，才晓得黛玉服的是鹤顶红，一挂朝珠还扯散了满地。王夫人、宝钗等就跌脚大哭起来。王夫人抱着黛玉叫道："我的心疼的孩子，你宝玉的罪名还没有定下，你何苦的走这条路。你走上这条路，我也不要活了，跟了你去罢。"众人都哭得要死过去了。史湘云连忙走过来，众人已忘记了他有道术，倒是探春、惜春一望见他，使一把拉住说："好的很，你来了，你快快的救他。"史湘云不慌不忙，取过一杯茶来，喝了一口，望着黛玉一喷，喝一声："醒！"便叫众人住了哭："不妨事的。倒不要扶他睡下，只扶他坐直了。"一个时辰，黛玉就渐渐的醒过来了。

　　只听见外面一片声说宝二爷回来了，众人倒反惊骇。只见宝玉好端端的走进来。见众人围着黛玉，也不知什么缘故，也就走近来。这黛玉一见了宝玉，只道他果真的差押了，贾琏托人保回来，就要进刑部监的，真个死离生别，争此一刻，就顾不得众人抱住宝玉放声大哭。众人也劝不住，好些时王夫人上来劝住了，叫宝玉说出闹的事情。宝玉气得乱跳起来，道："全是甄宝玉干的事情，我被房师留住了，在房师处住了一夜，如何将甄宝玉的事装在我贾宝玉身上！"众人还不信，贾琏也赶进来，说："是真个的，真正与宝兄弟无干，原是甄宝玉闹的事。他到了指挥衙门供说姓保名玉，官儿问他可住在荣国府，他想沾咱们的光，就顺口儿答应了，面貌也像的很，故此就讹传起来。"王夫人等倒反大笑了一场。贾琏道："而今老爷也知道了，为了安国公分上，也托人周旋他。只要原告说通，也就可以宽下心来的。"贾琏又笑道："只是他的底里尽露，往后不好再叫真宝玉，倒只好叫一个假宝玉了。"李纨也笑道："那么着，我们的宝兄弟倒要叫作真宝玉，可不是挂一个通灵玉呢。"王夫人等一发大笑。倒只有林黛玉十分的不好意思。王夫人就将黛玉服毒之事告诉宝玉，宝玉很过不去。宝玉就恨道："本来两名字儿同得不好，两个姓又姓得古怪，亏了我们云妹妹，不然还了得！"王夫人就说道："告诉你，他为你到这么个分儿，你不要忘记了。我也在这里，你们姊妹大家不许玩儿他，而今一家子喜喜欢欢的。若有人玩儿他，你们只管取笑我，我刚才也哭得要死过去的呢。"众人也体谅着黛玉，也都依了王夫人，只背地里说他待宝玉的情分，果然生死难分的，真算古往今来第一个情种了，怪不得宝玉也死死活活的粘住他。只有救他的史湘云倒取笑他说："你这个人儿被一个情字捆住了，还想修仙！"宝钗也低低的附他耳朵边说道："这也算个情虫呢。"黛玉只是笑着。宝玉就益发的感激入骨。

当下王夫人留史湘云、宝钗、宝玉三人相伴黛玉，自己便走过来，恰好贾政也回来了。大家说起来，倒也大笑了一番。王夫人也将宝玉外边过夜的事情瞒过了，说道："好个真宝玉，琏儿说的好，只好反叫假宝玉了。咱们的宝玉也还真材实料的，老爷还叫宝玉跟着他学，亏的没有学上来。"贾政倒不好意思，转想道："太太这么护着他，不要他也去闹什么来？"就叫人请宝二爷，一面告诉王夫人道："那甄宝玉也家教不严，以致如此。我还要狠狠的教训宝玉，你们不要护了。"也叫贾琏、林良玉、姜景星大家留心。又说："甄宝玉这样荒唐，亏得李绮亲事没有定准。而今事情是不妨了，就完官司补了官，也没出息。"

正说着，传说宝玉和诗时御赐的物件有中使赍了来，也有了升官的旨意。一家子都到王夫人房中，贾政打算接过旨，重新将宝玉教训一番，也不顾一家子护着他。

不知贾政如何教训宝玉，且听下回分解。

第二十二回

熏风殿赐坐论丹青　凤藻宫升阶披翟莆

话说贾政因宝玉蒙圣上恩典，不次超升，思量教训他一番。王夫人、黛玉却只护着宝玉，口里虽则答应，心里便十分的不然。到了宝玉回来，贾政先设了香案，叩谢了天恩赏赐，恭恭敬敬的将御书供起来。随即领了宝玉到家庙中行过礼。回进府中，宝玉先到了内堂，替贾政、王夫人磕过头，随后大家上来道了贺。宝玉便垂了手站在旁边。贾政先打量他一番，倒还谨饬的很，不露出一些轻狂之态，心里暗暗的想道："也还亏得我教训的严，也不知他背了我，到别人面前可还守着这个规矩？"就冷笑一声道："宝玉，你不要糊涂了，你说今日的圣恩高厚，真个是你的学问上来的么？你同衙门许多前辈老先生不用谈了，就是一辈的新进，做得你老师的也很多在里头，你当真的考得他过？就算略略有些见识，暂时间合了圣意，你可知道文有一日短长，你这个寸长，那里遮得住百短。我很知道你的心儿：从今以后，当今也夸过的了，天下还让着谁，好不摇摆儿。我瞧你摇摆的高兴，再一考就考下来了，求着留个馆儿统不能够的，这才好呢。你往后果真向上，实实在在的做个温故知新的工夫，遇着有学问的到处虚心，也不敢心肥眼大，就不能巴结上去，只能够守定了，便算过分。你一辈子的事情也完，我还想你什么。圣上万机之暇，文思光照，很留心你们这个衙门。你自己瞧瞧，什么个材料儿，圣上拨你到这个地位，想起来也够你的战栗悚惶。况且你这个人除读了几句书，还懂得什么。而且天下太平，做臣子的除了颂扬熙皋，还有什么事情可以仰答万一。你除了这几本书，连饥饱寒暖通不知道，可笑的很，算个什么人儿。我做老子的教训着你，你想想，天下有学问的人也不计其数，就这曹雪芹老叔，你那件上望的见他，他那么着，你这样，你往后见了他更虚心到什么分儿。我告诉你，你知道不知道，记得不记得？"宝玉就连忙打千，答应知道，答应记得。贾政点点头，就立起来走出去了。

宝钗、李纨等俱各叹服。只有王夫人、黛玉心里说宝玉这样圣眷，倒惹得老爷教训了一番，心里头只怪的贾政太过了。王夫人便带笑，挽了宝玉的手，说道："孩子，大家夸你，你老子倒反这样教训你，可知道，也是疼的意思罢了。今日你也辛苦够了。"王夫人就瞧着黛玉道："大姑娘，你们也疼他，大家同去玩玩罢。"黛玉眼圈儿也红一红。宝玉只嘻嘻的笑着，飞跳的去了。王夫人笑道："这个淘气的，你们瞧着他。"黛玉、宝钗等也就到园里。

正走到怡红院，只见宝玉站在那里尽着招手，道："好妹妹、好姐姐，快快的来，咱们就在这里头玩儿罢。"一群姊妹就说说笑笑的进来。宝钗就带着笑拉黛玉道："太太只说的大姑娘疼他，又怕大姑娘不好意思，搭上个'你们'两字，而今我们是不会替他玩，请一个疼他的大姑娘替他玩儿罢。"黛玉也笑一笑道："好个宝丫头，连太太的话统驳回了。你原是个尊重的道学人儿，不会玩，不过尊重的很，又添出一位尊重的小哥儿？我们倒不……"黛玉的话还没有说完，急的宝钗要格支他。黛玉就住了口，只管笑。探春笑道："林姐姐，原旧是个辣嘴儿，宝姐姐，你倒招他做什么？"只把个宝玉笑得打跌。宝琴道："二哥哥，你叫我们到这里，有什么瞧？"宝玉道："正是了，不是晴雯说我也不知道，大家过去瞧瞧那一树的海棠花，树顶上发起一大枝花，就开满了，奇不奇？"众人一齐去看，个个称奇。李纨道："宝兄弟，翰林是天下文章之府，你做了翰林的头儿，恰好应了个上林一枝。"众人都说大嫂子说的巧得很。

众人正在那里徘徊，只见入画、翠缕忙忙地赶来，道："请奶奶姑娘们到栊翠庵去。"众人都问他："为的什么事？"入画道："我们那边的梅树少也有五六十棵，也数他不清。我们刚才回去，闻得香的很，走将过去也骇了一跳。而今什么时候，山上山下的梅花一会子开遍了。姑娘们不信，大家去瞧瞧。"惜春当先便走，口里只说："这也是胡闹的话儿。"宝玉等也跟了他去。果然进了庵里，红英绿萼香艳扑人，姊妹们无不诧异，只有史湘云望着梅花只管点头。众人拉住他盘问，史湘云笑道："我又不是打卦的先生，知道什么。"宝钗道："你为什么点头？"湘云笑道："奇了，见了梅花只好直着颈脖子？你们可知道古人的诗说一个'强项一生少回步，只因花下屡低头'么？"众人也笑了。李纨道："是了，比着海棠的上林一枝，到底也有个比方呢。"湘云笑道："那是一枝，这里是满树，又是几十树满放了，自然算了群玉山头了。"众人也不解他什么意思。宝玉走进佛堂里，把这些钟磬之属敲敲弄弄，姊妹们也来看看经典，坐下来喝些龙井茶。黛玉、宝琴便想起妙玉，众人都替他叹息。李纨就说："咱们府里真个极盛起来了，也没有什么缺陷的，就算老太太过背了，老太太的寿也很高，咱们的老爷，又这么忠厚积德，真个天恩祖德，日引月长。只是算前算后，可惜了一个迎姑娘儿。"黛玉就冷笑了一笑。平儿道："你们可懂得林姑娘的笑？前日琏二爷进来，说起孙家也坏了事，家产也查抄入官，什么孙姑爷要来借银子。便想着他从前那等的势力，咱们迎姑娘也送在他手里，而今也有来求咱们的日子。咱们回过林姑娘，林姑娘说：'宁可舍给花子，断没有一厘银子借给他！'恐怕太太心慈，吩咐门上回绝了。听说一家子下了刑部监，这几天不知拖到什么样儿，倒也报得爽快。"林黛玉道："他们那个罪名儿统不是活罪呢。迎姑娘在地下也吐气了。"众人都替迎春称快。黛玉道:"罢了,往后大家约着,再也不要提一个孙字,提起来我就怪烦的。"众人心里也感黛玉的义气,也觉的他恩怨上过于分明些。众人又将别的话说了一番。

晴雯过来说:"酒已摆在怡红院内。"

宝玉等仍旧回来,月亮刚刚的正好。姊妹们也不叙齿,只是团圈坐下,大家捡些精致凉爽的菜果,吃了些,也喝些绿豆曲的薄荷冰梅酒,又是鹅油炸的拖粉苹果片、鸡油炸的拖面菊叶、鲜虾仁馅子的胡桃飞面合子、螃蟹肉的包子、麻姑天花小卷、蒸桂花膏的松米风糕、松仁和玫瑰的冰油玛瑙酥、野鸡丝的小薄饼,只将杏酪荷叶稀饭、青精夹桃汤、碧香粳米汤、煮小米几样过口。吃过了,留些茶果儿,开了梅片茶来。不喝茶的,只叫小丫头站在旁边,剥新鲜的莲子肉儿。

黛玉却坐在一棵槐树下的龙泉窑青花磴上,鬓边落了好几个萤火虫儿,闪闪的亮光,也有几个落在他衣上来。宝玉就拿了一柄芭蕉扇替他前前后后的赶。宝钗笑道:"宝兄弟,太早了,留点劲儿替你妹妹赶蚊虫,要坐在床沿上赶才好。"黛玉也心心相应的笑道:"只不要使猛了,掉下一个好活计的肚兜儿。"宝钗也笑死了,说道:"好一个贫嘴的林丫头,一个字儿不让人。"宝玉将流萤一赶,那些萤火虫就慢慢的飞起来,宝玉就呆呆的望着。探春只道他看着黛玉,就笑道:"宝哥哥,你要替林姐姐画一幅喜容。"宝玉也不理。宝钗就将一块罗巾撂过去,说道:"等我也看一个呆雁。"黛玉也笑道:"呆雁身上有棒疮,赏他些眼泪儿才好。"宝钗笑道:"防人家的眼睛肿得葡萄似的。"黛玉就走过来,坐在宝钗身上,笑道:"好姐姐,算得会说话的了。"宝钗也笑作了一团。他两人的话众人都不明白,只有宝玉字字清楚,见他两人虽则机锋针对,却也玩玩笑笑,好到这个分儿,心里就百分的快活,说道:"大家通在这里,咱们趁着这个月亮,到底弄个什么玩儿?"李纨道:"从前在这里替你庆寿,闹的什么时候,今日也照依的闹一晚可好?"探春道:"什么天气,还经得起喝酒,再则前日闹过酒，也不犯着的重复了。咱们且弄个清趣的事情，愈玩愈静，大家迎着这个凉风，心里头就像天上的月亮才好。"宝琴道："越玩越静，除非央及林姐姐弹一曲琴。"众人齐声说好。黛玉也高兴，就叫素芳取琴过来。宝钗恐怕受了风露，大家都到步檐下栏杆内，近着建兰盆儿坐了。黛玉就月明之下，摆了琴桌，抚起琴来。顺手和一和，恰好的和了宫调，为梅花开了，就弹起《梅花三弄》来。弹到第三段，凛若冰霜，惟有青松与翠竹长青，可以结伴为兄弟，李纨只管点头。弹到第四段，梅自清香，月自洁白。史湘云只管说好，惜春也赞叹："这个琴索之声和入风籁，倍觉得月白风清，天空地迥。"黛玉弹到第十段，"韶舞兮虞庭，瑞章兮黼黻，俨若王臣，斋庄中正，金玉玲玲"，那天上的月亮正恰好的月华起来，一个万里长天就月华遍了，恍恍惚惚，有一朵五色祥云低下来，罩着院子。黛玉还要弹下去。王夫人怕的夜深宝玉乏了，叫彩云、琥珀过来，催他们早散。再若不散，自己要过来。众人只得散了。

惜春同史湘云回到栊翠庵，丫头们只管看着惜春，说道："不知怎么，姑娘面上像吃了酒，红光艳艳的。"惜春照着镜子，果真的，自己也不解。这惜春画的大观园图儿却装成一个手卷放在桌上。史湘云就笑着磨起墨来，打开卷子，摹仿了惜春笔迹题一行款，写着："某年某月某日某官衔贾政命次女贾仲春恭绘"，重新的卷好装好。骇得惜春只管问他，史湘云只是笑着，就睡下了，惜春也睡不提。

到次日五鼓，宝玉入朝谢恩，立即召见。原来元妃在妃嫔之中十分贤德，圣眷本优，只是圣人之世有功方用，不肯推恩到戚谊上去。故此贾政一门也只照常供职，就是升迁上去，也只靠居官清廉勤慎。这一日，宝玉因考受知，圣情徘徊，想到世臣之家终有家教，怪不得元妃贤德，也是平日闺教有方，就将元妃留下的笔墨册籍查阅起来。大半是感颂天恩，勉励父兄子弟尽忠尽孝之诗文。又有一个纪恩册，是单记省亲的恩典，开首一篇序文《纪恩序事》后载了多少唱和诗，内有宝玉的诗，原先已经出色，怪不得压了群才，因此，宝玉谢恩，便在熏风殿召见起宝玉来。宝玉跪谢之后，俯伏候旨。圣上先问他祖父功勋，又问了贾政的历任地方，又问起元妃省亲。宝玉一一奏毕，就赐坐了，将纪念册赏给他瞧，也问起大观园的光景。宝玉奏说有图，就命飞马取来进圣，也将内府收藏的丹青赏给宝玉看了。不一会子取图进呈，天情甚悦，看到后面一行题款，就问道："这贾仲春就是贾政次女么？"宝玉摸不着，听见问了，就跪奏了一个"是"。又赏他坐了，也将这图赏给他瞧。又说："这丹青秀润，很有古人的法度儿。"宝玉看了题的款，也不知什么缘故惜春就改做仲春。宝玉仍旧将大观园的图卷送上去。便命他回去。

宝玉谢了恩，回来见了贾政、王夫人等，也请贾赦过来。告诉大家为史湘云题这个款儿题得诧异，恐怕惜春要选入宫闱。正在徊徨，便有中使到了。贾政、贾赦即忙摆着香案接旨，方知画大观园图的贾政之次女贾仲春，选入凤藻宫供职。贾政等跪送了天使，就了不得忙起来。这些送贺的，更不必说。

到了司礼监择吉、行聘之后，益发日夜忙碌。那边尤氏平日与姑娘不十分投合，一闻得了旨意，连忙过来要见一面。谁知朝廷的规矩森严，一宣了旨，便有内宫过来侍候，连史湘云也搬到黛玉处歇下，直等仲妃入宫之后方得搬回。宝玉也只住在宝钗那边。王夫人也只许早晨进去请一个安就出来了。

这贾仲春即贾惜春虽则一意修行，今有君命，如何敢违，又且梦中见过元妃将册子赐观、冠服授受，史湘云又三番几次指示先机，自然没法的了。到了入宫这日，说不尽的恩荣富贵。贾政便吩咐合家两府都称仲妃。这仲妃为人一切都像元妃，更还谦和节俭，诗礼之外，又善丹青，十分称旨，就袭了元妃封号，也晋封为凤藻宫尚书，加封贤德妃。贾政以下俱各大喜，祭告家庙，开设贺宴，十分的繁华热闹。贾政便会齐了两府内兄弟子侄及林、姜至亲，合着内眷们，摆了家宴。苦口的说着天恩祖德，大家将忠孝两字，彼此警戒一番。自贾赦以下，无不志诚悦服。

隔了数日，仲妃就叫内官出来传谕，道："咱们家天恩祖德上到这个分儿，盛也盛极了，只有'小心赤心'四字吩咐一家子，我今有五条规矩，发交下来，大家遵着。第一，我这里勤俭节省，用不着一些家里头的物事，厘毫丝忽不许进一点子物事儿。违了我的言语进上来，我立刻奏闻请旨治罪。第二，林嫂子治家甚严，一家子遵他的约束，事事往朴实节省上去，不许一点浮华，园亭也尽够了，不得再兴土木之功。第三，一家子不用望我的赏赐，我这里赏赐物事很多，时节存余，我总要奏缴上去。第四，一家子居官清廉，存心忠厚，无日无夜的积德行善，只想着从前老太太的为人，长久的保着天恩祖德，我就不能见个面也放了心。第五是史湘云封为灵妙真人，一家子恭敬伺候，发下一幅史真人的真容，有我侍立的像在上面，就供在栊翠庵的堂上。"贾政就跪着执笔记了。送过天使，叫黛玉恭恭敬敬楷书誊书，装裱好了，挂在荣禧堂中，遇着朔望也焚香拜读。

贾政知道仲妃赏识黛玉，心里又服他的才，往后遇着难处的事，也同黛玉商议。黛玉只是见性很快，一见便望见了水底似的，将一定的道理冲口就说出来。贾政只是叹服。还告诉林良玉说："你们这一个令妹，怎么样做了一个女孩儿，若做了个男子汉，真个经天纬地的，咱们老头子，赶不上罢了。只怕连你们统不如他。我只望着，他替我生下一个好孙儿，咱们这府里敢则还撑起来呢。"良玉也点头说道："本来舅舅的恩典，疼他的很。论起他的聪明儿，实在也少呢，外甥们背后统也服的他。他那个性子还了得，不要说寻常的事情处分的二十分妥当，他只一口儿说出来，就便同他议论些朝政民情，也亮的紧。他那个记性儿也好，不拘什么，见过了就不忘记，实在的没有人赶上他。"贾政听了，也只有点头的分儿。还有贾琏跟上说："就仲妃进宫一节，各色各样没个旧账，表妹只一晚上的算记，到了后来没有遗漏了一点，也不用我补出一半句的话儿。不知道的说是咱们家出过一位姑娘，诸事有个旧规矩。知道的便晓得从前这位姑娘是在宫里册封的，而今这一位是召进去的。不是表妹一个拿主，这个大事怎么就办得过来。"贾政道："真个呢，不是你说，我倒反没有想着呢。我只外面接应，也忘记了一件件的妥当，也没有管事的尽着上来回话。办了这么一件天大的事情，这府里倒也清清闲闲，像没有事情的，可不真个的难为了他，他见了我，也从没有露出一点子的办事形状，这还有什么说的。只是宝玉这个没料的，天天跟着一块，学也学一点子。你们瞧他，还是那么傻，这就怎么好。"良玉笑道："他的福分儿很大呢。祖宗时谁巴急到赐坐来，偏是他有这个圣眷，连而今的娘娘也是他奏对起来，才有这个旨意。咱们谁还赶得上他？舅舅也不要说他傻了。"说的贾政笑起来。贾政道："他这个孩子，懂的什么，我正愁他为了这些上心肥眼大的尽着摇摆，狂得没影儿起来。你们知道我年纪也上了，精神也差了，天天同这些司官们书办们闹，要不留心，他们就闹一闹鬼儿，也还有自己问的堂事，那里有工夫管这小子。就便空闲了喝他几句，他一定是个耳边风。你们做哥哥的，严严的替我教训他，瞧见他有什么不好，简直的回我，狠狠的打他，这才好呢。"林良玉、贾琏尽晓得贾政性情古方，只得答应连声。贾政道："明日衙门里倒有几件事不放心，要自己问问才好开发，我今日也要早睡了。"林良玉、贾琏也就走开。

不知贾政到衙门里办的什么事情，且听下回分解。

第二十三回

林绛珠乞巧夺天工　史湘云迷藏露仙迹

　　话说贾政因同衙门堂官两人告假，又有几人出差，不能推辞，一早就到衙门，却有几桩事情到刑部里候审。贾政不放心单叫司官问，便选了两位能事的司官跟着自己一同问供。先叫司官们审过，遇有问不中肯的，自己也问几句儿，就开发了几件。又带上数起，一起是民人倪二赌博赢了流丐张华，张华身边有银，上前抢夺，彼此扭夺之间，张华跌毙，被张华的母舅访明了同赌的一干人，跟查明白，告发到官。贾政问定了误杀，倪二便钉了拷扭，押下去。一起犯官，是李御史弹劾平安州，一面弹劾，一面得了他的货贿，许他料理复官。后来平安州不能复官，经手的家人呈告出来。贾政恐怕委屈了李御史，细细审出中间过手的，却是李御史的家人谎骗，就将家人从重治罪，李御史只拟一个烟瘴充军。又一起是放账的西客聚赌，被兵马司拿住，西客倒反殴差，不肯到案。贾政也恐差役滋扰，细细的问他，就点起名来：王公茂、孙茂源、叶隆昌、王大有，原差王胜、李功，问他们为什么结赌、殴差。才晓得他们因为有两位部员老爷放了外任，要想放一个对扣转票的狠账，故此先托人去勾了他的亲友来赌，访问这个出京的官儿有老亲没有，身上有别账没有，就便许他们的抽头。那些中间人，嫌他太狠了，这班西客就拿出旧账来给他们瞧，说是那一省那一位统是这样的。正在看着，就被差役进来连赌具抢在手里，以致殴差。贾政本来很恼这班人，又看了这本账，有多少京官外官，通被他们盘剥得可怜见的，就大怒起来，各人重处了十板，追出各契，光着身递解回原籍去，将契上的本银三百余万，写字与各人约定，一年内，将原借本银送齐到京，造一所日下通济会馆，凡是京员出身，赴外省之任统给盘缠，此项银两发交前门外各银楼存息，京官有借贷的，只交六厘的息金，如归不起，中人代归，就有外官出不得京的，也照着借给他。满京城见贾政办此一事，无不称快，外省也尽传扬。那王公茂等四人带了一身棒疮回到山、陕去，也实在的一场春梦，只有赤脚雇工而已。

贾政回来，把这一件得意告诉林良玉、曹雪芹说："这班放账的西人实在可恨，放了账祖宗似的同着走，监着坐。人家到任，也就无般百样的闹到人家，动不动还要告张状儿，实在可恨。今日的办法，也算惩一儆百了。"曹雪芹道："尤妙在这个日下通济会馆，只是主持他也难。"贾政道："我只合着六部堂官，一部管二月便了。"曹雪芹也说："很好，这样将来出京的官儿，省了多少磨折。"贾政生性公正，又是遇事十分用心，真个的声名日起，彻于九重。这圣神之朝，做臣下的尽了一长，传达天听，不比那前代标榜习气，要待科道交章论起来。贾政这样居官，就一岁九迁，朝野也都推眼，反为他是个椒房之戚，升转倒觉得迟了些似的。贾政心里头刻刻临深履薄，总说过分了，恐怕福薄的人儿承载不起。又说，自己还荫着祖宗的好处，到了自己身上，到底积了什么功行，可以留与子孙。俗语说的好："上等的吃祖宗饭，中等的吃本身饭，下等连子孙饭也一个人吃完，我而今自己也不知吃那一宗呢。"众人见他这个光景，谁不敬爱他。

且说贾宝玉因仲妃之故，住在宝钗房中，玩得了不得，宝钗也很厌烦。宝玉又将小哥儿玩儿，玩得不知轻重的。宝钗尽着推他往黛玉处，黛玉又撵了出来，只得赖在紫鹃房里过了几夜，仍旧要到宝钗房中来。宝钗再三推他，宝玉只说林妹妹撵的慌。宝钗笑道："罢了，我送你去就是了。"宝钗同宝玉净了浴，就一同的走到潇湘馆来。黛玉却往栊翠庵去了。宝钗就同宝玉走进黛玉房来，替宝玉脱了衣，藏过鞋袜儿，教他上了床。躲在竹夫人背后，用纱被儿遮着，悄悄的下了帐子，放了压帐竿儿，照着原先一样的，叫丫头们不许说出来，就抿着嘴笑回去了。又走过来隔着窗笑着告诉宝玉道："宝兄弟，我明日一早晨来瞧你们。"宝玉道："是的了，宝姐姐你好好的回去罢。"宝钗回去，笑着告诉莺儿，便道："林姑娘也推的干净，把宝二爷撵的慌，你想想今日晚上，不知宝玉要闹到什么分儿。"莺儿笑道："咱们且清净几天，林姑娘今日晚上也够他闹的了。"

　　到次日早晨，宝钗果真的过去，带着笑，摇着手，不许人通知，只在窗儿外听着他们。只听见他们两个说话，像是起来了。宝玉道："妹妹，你到底要告诉人，我们从小儿那么样好，谁也赶不上咱们，怎么样你回转过来不理我？罢了，恨是该恨的了，怎么听见我死去了也不肯转一个念儿，咱们拿个良心出来，你自己总要实实在在的告诉我。"黛玉总不则一声，宝玉就去拉扯他。黛玉就恨起来道："我的祖宗，而今是凭你怎么样的了。晚上那么样闹人家，这会子早阴凉，饶着我罢了，还要闹。"宝玉道："可怜见的，谁这会子再来闹你。你只要说我死了你怎么不动一个念儿。你不说我只攥着你这个手断不放。"黛玉就发起恨声来道："祖宗，我告诉你，我坐的功夫儿原不小，已经通过了三个关，差不多成上来了，前世欠了你的债，拖我下了这个苦海子，你还问呢。你往后同宝姐姐闹去罢。"宝玉道："罢了，你而今心上到底可还有我这个人儿？"黛玉只鼻孔里笑一笑，不言语。宝玉尽着问，黛玉笑道："什么而今不而今，算心上有你便怎么样。我告诉你，我恨不能心上丢完你，寻我的旧功夫做去呢。"宝玉道："好妹妹，你再也不要糊涂了。我从前因为别了你，妄想成佛作祖，真个要做和尚，几乎送了性命，才晓得这些异端邪说，到头没有着实的下落。你想那些三乘佛经，总说的一个空字，这便是如来佛教人的真言，说是一个空，叫人走实路的意思。我而今同你在一块，我就是真仙人登仙界了。不要说现在的富贵尽着咱们快活，就往村野里去，再则往深山远水的地方去，同你挑个菜儿，打个鱼儿，倒也百分的快活不过。我还有一句话，一个字，只讲一个情字。我生也为的你，死也为的你，就想上天也为的你。你也是生也为的我，死也为的我，单则想了个仙人儿做就要丢下我，你到底丢得下丢不下？劝你从今以后除了我一概儿统不问罢。四妹妹也立志坚得很，而今也跟上了大姐姐，好一个仙人儿，难道不算得一个仙人？"

宝钗只管听，只管笑着点头儿，听到此处，忍不住笑出来。黛玉笑道："不好了，亏我没有说什么，宝丫头做了个沿壁虫了。宝丫头怎么鬼张鬼智的不走进来？"宝钗笑着进来道："林丫头你没有说什么，不过自己招认着而今是凭宝玉怎么样的了。"黛玉就赶上去要拧他。急的宝玉连忙横在中间解劝开了。黛玉笑道："宝姐姐，你是个道学先生，动不动要说孔圣人的，怎么样忘记了《礼记》上的'将上堂，声必扬'呢？"宝钗笑道："可知道'内言不出于阃'，这阃以内的人原是大家听得的，你只不要说出个听不得的话儿。"黛玉面上通红了，臊得了不得，就使劲儿啐他一啐。宝钗恐怕他猴急起来。就笑道："好妹妹，咱们不要闹了，有理不打上门客，咱们且讨个凉茶儿。"

黛玉道："宝姐姐，咱们倒也要讲个明白，你那里就算有了孩子，怕的他闹，这么个天气，咱们就不是个人儿，怎么样趁我不在家，哄着宝玉人不知鬼不觉的藏在我床上，现在有他三位姑娘们倒不去招他，单则要闹我，你还有什么办的？"宝钗笑道："宝兄弟，我倒要问你，你昨日晚上怎么样的闹他，叫他恨到这样，你告诉我。"宝玉就跌着脚笑得了不得。黛玉真个的急死了，一则恨着宝钗，二则怕宝玉说出什么，就赶上去，扭住了宝钗，说道："宝玉，你不来闹宝姐姐，我一辈子不理你。"宝玉也真个的赶上来闹他，急得个宝钗千妹妹万妹妹，再三的央及讨饶。黛玉再三问："宝丫头，往后还敢不敢？"宝钗只笑着不肯说。忽然间，薛宝琴走进来，方才散开了，也还笑一个不住。宝琴尽着问，三人谁肯告诉他。宝琴道："我今日来访你们，是大嫂子叫我先来的，说是他随后也同了众妹妹过来，他正往姐姐那边去了，不知姐姐已经过来。"

正说着，只见李纨、李纹、李绮、邢岫烟、史湘云、喜鸾、喜凤、香菱、平儿一齐进来，都说是李纨约来的。李纨为的是七月七了，好做一个乞巧的雅集儿。回过了上头，王夫人说："这是你们后生家的玩儿，我们老拙的人乞了巧也不中用了。你们尽着玩儿，我也要来瞧瞧呢。"李纨就去问宝钗，宝钗已经来到这里，故此一群人一总进来。李纨当先说起，先把个宝玉喜极了。黛玉道："大嫂子，你且请晴姑娘过来问问看。"晴雯就上来道："大奶奶，咱们奶奶三日前就吩咐下了，瓜果供碟儿，统办得停妥，这会子再不用费一点子心，连送各处的巧果盒儿都已摆好在那里。"李纨笑道："我们这个林丫头，还有什么不到的，二十里先落蓬，无大无小的，人家总不知道他什么候上办的。就这一点子玩儿，就见他的才情，真个的好一个麻利孩子。"黛玉笑道："好嫂子，不要夸得过分了。"姊妹们就说说笑笑起来。宝琴便与探春下围棋，史湘云观局，李绮、喜鸾、邢岫烟、平儿四家打马吊，喜凤、香菱、李纨、李纹、晴雯五家抹点子牌。一会儿，晴雯有事情走开去，便换上宝钗。

大家玩了一会，只见王夫人叫几个老婆子抬了一乘竹椅子，带着琥珀、鹦鹉、彩云也过来，大家扶了进去。王夫人就便歪在炕上靠着波罗麻的靠枕，小丫头子拍着腿。王夫人笑道："你们斋供的好仙人儿倒在这里开起赌来，怕的织女娘娘叫牛郎来拿赌呢。"宝玉笑道："太太瞧见了，单没有我同林妹妹。"王夫人笑道："你倒推得干净，若是大姑娘是个头家，你就推不干净呢。"说的众人都笑了。王夫人道："你再三的请姨太太，姨太太不肯过来，难为你又叫紫姑娘去，到底过来不过来？"黛玉笑道："讲明了，不过来便叫宝玉去，再不来，甥女自己去，再不来太太去。"王夫人笑道："实在请的爽快。"只见紫鹃进来道："姨太太也来了。"真个薛姨妈走进来，大家请了安。薛姨妈笑道："咱们老拙的人儿，织女娘娘就要给个巧，也巧不到那里去，咱们大姑娘的巧劲儿也巧极了，把织女娘娘的巧库儿也盗完了，还要乞什么巧儿。"黛玉笑道："继妈夸的继女儿太过了，不要宝姐姐不服起来。"宝钗笑道："这个巧上我也尽着让你罢了。"黛玉道："难得老人家喜欢，还是谈谈呢？还是入了局，玩一玩？"姨妈道："我倒要老入少年队的，同他们玩一玩。"王夫人笑道："是了，咱们也不要另拈坐，拣着个忠厚的下家坐便了。"姨妈道："只怕这一班少年将军，眼明手快，合着几十张牌在桌单上，瞧也不用瞧，只拿眼睛，瞧着了上下家的脸色呢。"王夫人笑道："我们倚老卖老的，怕不的这些。"薛姨妈就替了香菱，王夫人就替了宝钗，宝钗也坐在旁边扣底看醒。那围棋马吊也照旧的玩起来。小丫头子四面站开了，将鹅毛扇轻轻的换班打着，只送些新鲜莲子加薄荷冰糖的温汤儿、杏红茶儿解渴。薛姨妈戴着眼镜，仰着面看看手表，总看得不清爽。又回转头来望望窗儿，说道："大姑娘，那洋帘儿纱扇只怕蝇子进来是去不得的，你把那两竿讨人嫌的长竹林叫人支开些，人家闹不清，在这里他还来一晃一晃的搅人家。"众人统笑起来，黛玉就叫人支开去。薛姨妈重新将眼镜向鼻梁上支一支，说道："这才好呢。"

众人在潇湘馆里玩了一天，太阳将要尽了方才散局。黛玉叫紫鹃算着，输了王夫人、喜凤，马吊局输了平儿，棋局输了探春，并起来做中秋东道。散了局，打起洋帘，大家走到院子外四围曲栏砌方砖的大花胜上，望得碧天万里，有几搭五色彩霞，那西阁之西绿杨影里早透出新月一钩。黛玉就叫把供果供碟、玻璃灯摆设起来，人面香烟也轻轻的扑着。众人都把蜘蛛盒儿，一个个供上去，也有金丝银丝的，也有雕漆的镶金的，都贴上个记认，将彩线穿了九孔针，小锦包儿裹好了，放在各人的盒儿上。李纨就将怜爱线儿拿出来。王夫人笑道："这是什么典故？"李纨笑道："问宝兄弟。"宝玉说道："这在《西京杂记》上说，七月七日，姊妹们临百子池头，拿五色彩线彼此相牵，但牵着的人儿不拘着谁，都是相怜相爱的，就叫作五彩怜爱线儿。"王夫人笑道："倒有趣。"姨妈道："咱们老人家也来绕几转儿。"宝玉真个的笑着走上来绕这两位老人家。众人笑的了不得。宝玉又去绕别人，黛玉、宝钗都啐起来。宝玉笑道："谁还不疼着谁呢。"一绕就绕到晴雯，晴雯笑的要跌。姨妈笑道："我真该过来，谁知道有这个乐呢。"黛玉道："本来乞富乞寿给两位老人家。"

　　宝钗笑道："这一个说好话的，赏他什么？"众人笑着，只见一群鹊儿飞到竹林子上，尽着"喜鹊，喜鹊"。宝玉道："你这个头顶上的毛儿，通被织女娘娘拔掉了，你还叫什么。你这么跑得快，敢则塌了桥，湿着牛郎的鞋袜儿，怕他打，跑到这里。"王夫人笑道："好个傻小子，你看咱们的芝哥儿还要笑你呢。"李纨道："这群喜鹊也来得奇，不要咱们家又有什么喜事来。"王夫人道："人心苦不足，得陇又望蜀。咱们而今盛到这个地步。你老爷天天说的过分了，只求恩典，当一个清闲的差使，咱们还想什么喜事？"姨妈道："这府里的兴旺，谁也赶不上，我只敬服你们刻刻的求忠求孝，积德行仁，真个的日日种些福田，那收成也算不清了。"

　　正说间，只见外面贾琏赶进来，气喘吁吁的说道："恭喜太太，咱们老爷升了户部尚书，那府里大老爷也升了吏科给事中了。老爷、大老爷已经打点办谢恩折子去，侄儿还要到那府里去呢。"贾琏说完便走，宝玉也跟了出去。这里王夫人等欢喜，薛姨妈以下具名称贺。更不必言王夫人道："瞧瞧那盒子内，咱们今日乞的巧谁的多。"黛玉道："本来该明日开来，且瞧瞧看，可有什么在里头。"一会子，大家打开来，除了王夫人、薛姨妈、史湘云、平儿不曾供，那紫鹃、莺儿的蜘蛛丝通满了，探春、李纨、李绮、李纹、喜鸾、邢岫烟的统是网了个冰纹玫瑰界方块、长方块儿，晴雯的网了两朵芙蓉花，宝琴的网了几朵梅花，宝钗的网了一朵牡丹花。独是黛玉的蜘蛛不见了，网了些云丝儿，中间网了个"仙子"两字，清清楚楚认得出来。黛玉十分得意。王夫人以下个个称奇。黛玉就叫，将这些蜘蛛儿送往稻香村豆架边放生去，一个不可伤他。王夫人就拉了薛姨妈到上房去了，一同住下。

贾政一到五更就约会了贾赦入朝谢恩。贺客往来也很热闹，到任办事，足足忙碌六七天。宝玉也在外面跟着陪客、谢客。林良玉、姜景星也过来相帮。

一日午后，黛玉正自一个人坐在潇湘馆里，忽见贾政走来，黛玉连忙迎进去，贾政就在堂中坐下。黛玉送上茶来，贾政喝了一盏。黛玉打量着贾政有什么话商议，又见贾政满面的愁烦。黛玉就问道："舅舅，敢则打算着什么事情？"贾政点点头道："是呢，真个的为难呢。"黛玉只问："什么为难？"贾政道："咱们家世受天恩，说不尽那昊天的罔极，真个做臣子的就能够肝脑涂地，也报答不上来。而今又到了这一步地位，我就做梦也没有想到。天高地厚，那里尽得寸忱，我到衙门里自己也尽着巴急，只要拿出个良心，不敢丝毫欺隐；果然精神，巴急不上，再据实陈情便了。只是一件事情，谁知户部衙门除了例上的俸银，还有许多饭食银，这个如何使得。我要奏缴了，碍着众人，又说是九重都知道的；若是一样的受这银子，不说我的身子洁净不肯沾一点泥儿，想到上头一个天，心里如何过得去，真个的为难。你每有过人的见识，人统不如你，你替我打算打算。"黛玉道："若说这项银子果然圣上不知道的，倒也不怕碍着什么人，定须奏缴上去；若是果真圣上知道的，就领了也使得。不过舅舅的生性再也不肯，甥女倒有个愚见，就将咱们这一份散与司官老爷们，叫他大家天良办公，一发的清廉勤慎，岂不更好。从前原思为宰，将所得之粟，依了孔圣人散了邻里乡党。咱们这项银子究竟不是例上设立的，也是半私半公的款项，不便散给亲友，舅舅散给属员也是圣上到小臣的恩典，岂不两全。"贾政听了大喜，道："好孩子，说的我如梦方醒。"就拉了黛玉的手道："好孩子，你怎么不做一个男子汉，咱们做一个同堂官儿，大家报答圣主。"黛玉道："甥女只是个打量的话儿，要请舅舅定见。"贾政立起来道："谁还夺得你这个理。"就喜喜欢欢的去了。

黛玉想起贾政为人实在的清忠骨鲠，算得一个公正大臣："这样做官，真可以配得上天恩祖德，就是待我，也要算一个知己。我既不能超凡出世，索性做一个男子汉，或者效力疆场，做出那卫青、霍去病的事业，再不然也赶上李白、王维，不叫宝玉这种孩子儿戏似的，就压了天下英雄。倒叫我做了个女孩儿，索性做木兰从军、曹娥救父，也还豹死留皮。若泪没在绮罗队里，实在的晦气。枉说了刘牢之酷似其舅，我只好做一个幕府参谋，也亏他敬服我如同畏友，往后我只是成他的美便了。云妹妹原向我说过，还有列仙的根基，不拘今世来世，只要看自己的功行。我只能劝舅舅大大的干几件仁民泽物的事情，只怕也还走得到旧路上去。"

黛玉正在出神，不防旁边站一个人，呆得木头似的。原来黛玉叫袭人取一件月白实地花绣儿的夹衫儿来换，正遇着贾政进来，袭人就拿了衫儿站在旁边。贾政去后，黛玉就坐下出神，没有看见他站在那里。原先早晨头宝玉也同袭人玩了好几句，问他有小琪官没有。又说你从前原说过你哥哥要赎你出去的，吓的我那么样。又说你从前便要不理我，而今又这么样。又说难为你，还替我做活计儿，又说晴雯补的那件雀金裘，好好的替我收了，今年冬天我天天要穿的。又说我元宵时到过你们家里，你拿果子给我吃，而今你们家还住在那里吗？又说那一条大红汗巾子配了对了。袭人也悄悄的应了几句，打量着黛玉都听见了，故此不理他，吓得什么似的，站在那里。谁知黛玉却并不曾听见，思量的也并不是这些。黛玉瞧见他这番光景，想起自己初到老太太房里的时候，一块儿赶着叫姐姐，一路下来也过的很好，又是送东西看活计，好不过的，就是使了个暗算，也是他来探过口气，自己说出东风西风的话儿，故此顺了宝钗那边去了。今日这样光景，也怪可怜见的。黛玉倒也十分过意不去，站起来换过纱衫儿，就拉他过来，道："袭人姐姐，我刚才想着些别的事情，就忘记了你站在这里。咱们从小儿的姊妹，你不要拘着的生分了我。你不知我心里也疼的你，诸凡事儿，你替我操了心，我就舒展得多少。好姐姐。你替我坐下了，咱们谈谈心儿。"袭人那里敢坐。黛玉道："必定拘着，我就恼了。"袭人只得在小凳上坐下了。黛玉就同他谈了好些旧话儿。袭人见黛玉待他这样，益发感激。黛玉又批了两处银号，叫蒋玉函管了。也叫紫鹃、晴雯大家过来，谈了好一会。

宝钗、宝琴就走过来，商议到凹晶馆去，等到晚上大家看月亮，黛玉也喜欢。果真天晚了，姊妹们大家聚起来，扶着栏杆，看这个水月精神。真个的天高月小、云尽风轻，只将各人的衣衫儿飘得悠悠扬扬的。众姊妹大家走近来，单不见了宝玉。宝钗道："这个淘气的，才在这里，又躲到那里去了？"只听见对岸曲槐树下鸡啼起来。李纨便说："不好了，这些老婆子收得不干净，把稻香村上的公鸡跑到这里来了，多早晚他自己还会上宿去呢？"那鸡只管乱啼起来。黛玉笑得了不得，道："大嫂子，你不要给小孩子哄了，谁家的公鸡会这时候啼。你听听，不是宝玉的声音么？"众人听一听，都也笑将起来。探春、喜凤就绕过去，将宝玉捉回来了。宝玉只扶着栏杆，笑作一团。探春道："今日月光也很好，我们今日大家学着宝哥哥捉迷藏。捉着了，罚他弄个半夜餐，要他亲手自造。捉不着，就立在这里，大家叫他出来。"宝琴道："好则好，这个大观园大的很，咱们只不许走上凸碧堂，穿出后院去。谁就先躲起来？"喜凤道："让我摘些兰花叶儿抽长短，长的先躲起来。"众人都说好。真个做了长短叶儿，除了李纨不肯，探春先去藏起来，藏在桥底下没水的地方，大家叫了出来。李绮藏在芭蕉叶里，喜鸾藏在李纨背后，宝钗藏在大松树下藤萝里，晴雯藏在书橱背后，宝玉叫紫鹃、晴雯送在桂树上，黛玉扮了老婆子蹲在茶炉边，背着人遮着面，紫鹃躲在老婆子的帐后头。大家寻不着，叫了出来。单是平儿躲在镜屏后，被李纨捉出来。又是各人捉住一个史湘云，捉到半路，通不见了。到了栏杆边，好好的一个史湘云，立在那里笑，众人要拉住了问他，史湘云就踏着水过去。众人绕过来，跟着他走到潇湘馆，尽着问他。史湘云只笑着不言语。众人见他衣履毫不沾湿，越发的敬爱他。

众人都说要平嫂子亲手造一个半夜餐。平儿笑道："自己呢却也造不出什么好的，前日刘姥姥送些香芋过来，倒也香的好，爱吃不爱吃？"探春道："说定是手造的，谁爱吃什么香芋儿。"宝玉忽然忆起一节，就拉住了黛玉的袖子闻一闻，被黛玉打开去了。探春笑问："二哥哥这又是什么呢？"宝玉笑道："我们另有个香玉的笑话儿，你们不懂得。"黛玉只怕宝玉说出什么来，说道："到底大家商议吃什么，好等平嫂子好动手。"宝玉道："也罢了，要他推辞不得的，还是小荷叶汤罢。"宝钗笑道："你又被老爷打了，又想喝这个汤。"探春道："原也好，况且银模子儿通在平嫂子那里。"众人都说好。平儿就叫人取过来，真个的同着柳嫂子们自己动手。黛玉道："这却当不起了，今日月亮本来好，咱们大家来玩玩，多做些，除送了上头去，也送些书房里，也送些我们那边，等良大哥哥、姜姐夫大家尝尝。"众人都说好的很。一会子人多手快就做完了，收拾干净，慢慢的送上来。大家高兴，看看月亮，多也喝了些。兰哥儿又叫人进来，添了几碗出去。大家再说笑一会，方才散了。

到了明日，大家走到上房，说昨晚的有趣。王夫人道："娘娘已经封他真人，你们往后该敬他，称他个史真人。我们一家子也都伏着他的庇佑。"史湘云只笑说道："太太，不要理他们编谎。"王夫人也明知他仙家的玄妙，不便说破他。谈了一会方散。这黛玉心里本来敬服史湘云，又是初心不改，总要学道修仙，便即跟了史湘云到栊翠庵去，粘住了他，要传授修仙要诀，湘云只笑得了不得，黛玉直到跪求起来，湘云由他跪着，益发大笑。黛玉恐怕他日间不肯传授，就叫青荷、素芳立刻将卧具携了过来，惹得宝玉赶过来抢夺。黛玉生气，将宝玉撵出去。湘云笑道："二哥哥，你不要着急，待他住两夜没有什么想头，自然自己回来。"宝玉那里肯信。黛玉便叫紫鹃、晴雯过来拉二爷到怡红院去。这宝玉偏不肯往怡红院去，只自一个人往潇湘馆，黛玉房里住下，还几遍的叫人来栊翠庵请黛玉回来，又托史湘云催他回去。惹得史湘云将黛玉百般嘲笑。急得黛玉自己出去关了庵门。宝玉也就无可奈何，权且孤眠独宿。这黛玉便在栊翠庵住下了。那边潇湘馆里却闹出一件笑话来。

要知端的，且听下回分解。

第二十四回

栊翠庵情缘迷道果　潇湘馆旧怨妒芳心

　　话说林黛玉住在栊翠庵粘住了史湘云，要他传授修仙要诀。史湘云只管笑，那里肯说。到得点上灯用过晚饭，黛玉连翠缕、素芳也支开了，就百般哀求他起来，说道："好妹妹，你只可怜见我一片苦心，你若许我，用刀子割肉刺血自己表白我也肯，我实实在在志心学道，不愿堕落红尘。我的根基虽不如你，我今世里也没有什么罪过，就算前事孽账未清，也许我改悔补赎，我看《神仙通鉴》上，原有修成之后再补足功果的。只求你慈悲心上传了我罢。你若肯传了我，你的师恩就比做我父母一般，我愿一辈子做一个孝顺徒弟服事你。凭你要叫我怎么样都肯，只求你哀怜些儿罢。"说到此，差不多眼泪也落下来。湘云笑道："凭我叫你怎么样也肯，果真的？"黛玉道："千真万真。"湘云笑道："你用心听我传授，我只叫你跟了宝玉去睡罢。"黛玉道："好妹妹，不要这样取笑，人家这样哀求，你反这样取笑。你再不肯，我就在你面前寻了死罢。"史湘云大笑道："林丫头，你那些寻死作活只好吓宝玉，如何挟制得我。若再在这里闹我，我就眼前变一个小戏法，教你忘了臊，自己寻宝玉玩儿去。"吓得黛玉不敢言语，倒反赔起笑来，道："好妹妹，是的了，我知道你的厉害了。我也没有什么求你的法儿，只求你怜我，一个女孩儿没爹没妈，死死生生，受了无数苦恼。自己明心见性，不肯堕落红尘，就是玄门功夫，也曾志心体认，无奈根基平常，劫数魔头来了。如今身在污泥，心如水月，也还一灵不昧，晓得生死关头，你就算我做了鸟兽草木之类，罪过他也想成形，给他指点，只就这点子上，求你动动心罢。"史湘云道："我也被你闹得厌烦了。林丫头，我而今告诉你：不是我说你根基平常，论起你的来历，原与我差不多，只是你的魔劫重些，今世里断不能走上这路，只有勤积功果，以候天缘便了。大凡玄门上的功夫，须做到那一层，方指引他那一层。为什么不许一总传授呢？这件事情，总须做足真功，瓜熟蒂落，逐关自然过去。若一总说了出来，做的人没有走到这一步，先望那步，只这一念不纯，当下坐功，便无效验。所以半途而废的，半中间失了真师，无人指引，便用尽了千般辛苦，终究不得成功。若根基上有这个缘法，就便灵心自悟，不遇真师，到了交代换功，自有真仙来引，你怎么说没有真传。我告诉你，履蹍乾兑，你也行出实效，怎么会生出魔障来。你若不信，你再跟着我坐起来，有用没用，你看你自己的心就相信了。"

黛玉听了，真个跟了史湘云也打坐起来。可怪，黛玉清清醒醒，打扫净了心地，按着旧功运用，一些不效，而且横七竖八总触起宝玉来。又像从前，梦见册子的那一夜光景，真个一毫无二。却不好意思告诉史湘云，只有自己悔恨不提。

且说宝玉独自一人在黛玉房中和衣就枕，那里睡得着，心里也就想出许多头绪来："从前我同林妹妹小时候大家谈谈禅机，也不过斗些小聪明儿，就如唱和诗词，借此陶情怡性。到了林妹妹过背后，我只想往天上去寻他，故此出了神似的要想成起佛来，也便恍恍如有所得。谁知被那妖僧妖道拐骗着迷，几乎送了性命，亏得老爷救了回来。当时只侥幸得了性命，不想还与林妹妹夫妇团圆。谁知回到家中，非但林妹妹回转过来，连晴雯也一同回转。林妹妹反又着了迷，要学道修仙，同四妹妹打成一路，那一副铁石心肠还了得。我又不知怎么样运气，天也教他顺了转来，真个的三生聚首。如今好好的忽又想着修仙，跟了云妹妹坐功夫。他这性情怪僻，谁也不能劝转他来。他若果真着迷，便怎么好。"宝玉想到此处，就翻来覆去，越发的睡不着。起来又想起："黛玉只听得紫鹃、晴雯两个人说话，从前坐功的时候，连他两个人也劝他不来，而今还叫谁去好？"又想起："这件事，总要云妹妹不理他，他就自己退了转来。近来云妹妹倒与袭人好，我且叫袭人去悄悄的告诉云妹妹，这便千妥万妥。"

宝玉想定了，便下床来，一个人开了房门，来到袭人那边去。袭人已经关了房门。宝玉便往窗户外张看，只见袭人还在那里一个人坐着，像是呆呆的想着什么事情。宝玉便伏在窗外低低的叫一声："袭人姐姐。"袭人吓了一跳，便道："是谁？"宝玉道："是我。"袭人道："宝二爷么？"宝玉道："是的，快快的开开门儿。"

这袭人自从跟了黛玉，每每防备着宝玉闹他，一则怕黛玉醋意，二则怕晴雯口齿尖利，传扬开来。虽则丈夫蒋玉函时常劝袭人与宝二爷相好，说道："你我夫妻两个服事宝二爷，无分彼此，我们前后也受他多少好处，你再不要在我面上存半点子疑心，你若要在这个上疑忌我，不是夫妻情分了。"袭人见蒋玉函真心，倒也并不疑忌，也将黛玉、晴雯的话告诉他，说："我而今若有一点子落在他们眼里还了得！"蒋玉函便叫袭人瞒了黛玉、晴雯悄悄与宝玉好。袭人却是胆小不敢，只管摇头。所以人后人前十分留心躲避。黛玉、晴雯也猜他的意思出来。这一晚黛玉住在栊翠庵，袭人正在思量，恐怕与宝玉分说不清，那晓得宝玉却正到了窗外，而且夜又深了。袭人十分怕是非，就说道："林姑娘现在栊翠庵，什么时候了二爷走到这里，请二爷好好的回到房里去，有话明早说罢。"宝玉也知道他的心思，又见他可怜见的情形，一时间倒将要他告诉史湘云的话忘了，忽然间触起前情，定要与他叙旧，就说道："你要不开了门，我就卸了衣站在这里凉着。"这袭人虽与宝玉外面疏远，心里却照旧顾恋，一闻此言，心里就疼着宝玉，也将黛玉、晴雯忘记了，只说一句："小祖宗何苦呢。"一手便开出门来。宝玉一进去，便关上门，拉住他低低的笑着，告诉他一定要叙旧。袭人本来水性杨花，又是幼交情重，如何不依。宝玉自然也将求史湘云的话告诉他了。天色将明，袭人便即惊醒，强将宝玉推了过去。自己就起来，梳洗毕，赶到栊翠庵伺候黛玉。黛玉一夜未睡，却也起身了，看见袭人赶早来到，也猜出他洗清的意思，转不料宝玉真个的在他房里过夜。黛玉便笑一笑，说道："夜里有事起得早。"一句话恰好打着袭人心坎里，眼圈儿就红起来。黛玉倒也不会意。袭人便慢慢的走过一边，暗想道："神明神明，厉害厉害。"

袭人只等得黛玉到议事处去了，方走到史湘云床边。史湘云坐了起来，拉袭人坐下。袭人方才将宝玉求他的说话告诉他。史湘云只管点头，就道："你去告诉二爷，叫他只管放心，住几天就回来的。"又笑着摩摩袭人的肚子说道："昨夜可曾怀一块小宝玉？"惹得袭人臊得了不得，还恐怕湘云先知告诉了黛玉，故此一见面的时候说出起早的言语，袭人就坐不是立不是的，倒将宝玉真个闹他的事告诉湘云，央及他道："我也是无可奈何的顺着他，史姑娘替我遮盖着。你是个活神仙，如何瞒得你。"湘云笑道："我那有功夫管你们这些闲事。就是林姑娘，刚才这句话也是随口的，你也不必存心。你只防着晴雯便了，他那嘴头子什么似的，肯顾人家的臊！"袭人谢了史湘云，就回潇湘馆告诉宝玉去了。

那边林黛玉在栊翠庵住了三五夜，用的功夫毫无影响，只是闷闷不乐。史湘云说道："你而今不怪我不传授，你也死心塌地了。有人望你得紧在那里，还不回去。"黛玉也不肯回。湘云等他在上头的时候，悄悄叫宝玉来，看着素芳、青荷移了卧具过去。晚上又自己送了他过来，宝玉喜欢得了不得，也不敢取笑他，只如新娶远归一样。送了史湘云出去，便绸缪燕好起来。

袭人已经同宝玉歇了几夜，见黛玉回到潇湘馆，心里怀着鬼胎，又怕宝玉孩子性情，替他好了一番，在人面前弄手斗眼的，就说肚子疼，头也晕晕着，在房里躲闪了好几天。黛玉倒也并不疑忌。好容易熬过几天，可以换班出去，便有蔡良家的上来换班，袭人便要出去。谁知这个换班里，却闹出一件话把来。原来黛玉治家精细，凡百事都有一个规条，只就袭人所管的衣服首饰，每天换班的时候，除了封过的衣箱不点，其余首饰箱匣，上下首饰须逐件检点交代。在蔡良家的下班的时候，袭人便说："蔡奶奶，不要劳神了，将钥匙交过来罢。"到袭人下班的时候，蔡良家的便道："咱们拙笨的人儿，倒要逐件检点检点，蒋奶奶你却不要存心。"谁知袭人今日下班偏有几件交代不出的首饰。

原来贾环近日瞒着父兄在南城外瞧戏听档，合了贾芸，串些私门，拉下许多欠账，滚不过来，只得与彩云商议。彩云也不能替他设个法儿。贾环张罗不开，差不多有人闹上门来，无可奈何仍旧要彩云打算。彩云便想出主意来，告诉环儿道："我想起从前琏二爷过不去的时候，曾同琏二奶奶商议，向鸳鸯姐姐借出老太太的物事，来典当银子使用。而今袭人姐姐现在林姑娘处管了首饰，怕不比老太太多了十几倍的金珠。你只求求他，或者有个算计。"贾环说："这个打算好是好，只我不好过去，就求你替我告诉他，说几日内一定赎还他。好姐姐，救我一救。"彩云就过来告诉袭人，正遇着宝玉同袭人说说笑笑的。宝玉见彩云来，便无精打采的走出去，袭人也害着臊。彩云便坐下来，将环儿这些说话告诉他。袭人听了，却就为难起来，便道："彩云妹妹，我告诉你说不尽的苦处。我这个同事蔡奶奶，一到换班查得精细。倘然三爷过期不赎，露出马脚来，叫我怎么样。不说呢，自己过不去；说出来呢，又牵连着三爷。可怜见的，我是个什么人儿，什么分儿，刻刻谨饬，还怕站不住的。便算林姑娘度量宽宏，你知道，有一个伶俐牙齿的人儿同我不对劲儿。况且我自己弄空头已经不清楚，中间还连着三爷，也连着你。"彩云听了这番话，就冷笑起来，说道："三爷呢，分儿也平常，我也是看不过的意思，我今日却多了这件事。你呢原也为难，罢了，我就回复他去便了。"袭人看他光景如此，像有些怪他，一则怕他在太太面前言三语四，二则他现今撞着了宝玉的玩笑，不要为这件事又弄一个冤家出来，便拉住彩云道："好妹妹，要便有一个主意，三爷只告诉我要多少银子，等我叫我们男的打算给他。"彩云道："三爷呢原也只要五百两银子，不过立刻就要，等不得寻你姐夫。你若果真肯救他的急，你只将物事借给他当了，便将当票先交还你，你先叫姐夫早晚赎来，随后等三爷有了银子，连本利还你姐夫，岂不两便。"袭人就依了，就将首饰一匣借给彩云。彩云便交贾环典当开发。果真的贾环亲自来谢袭人，交还当票。这总是黛玉在栊翠庵住的时候，彩云往来设法成此一件事情。

袭人接了当票，原想叫蒋玉函去赎回，又为了宝玉刻刻闹他，一面又防黛玉看出心烦意乱，故将此事忘怀。直到蔡良家的换班上来，陡然间忆起此事，慌得手足无措，只得拉了蔡奶奶背地里悄悄告诉他说："彩云姑娘是太太身边人，实在无可推却，权且应酬，我而今没有别法，只求你老人家暂时包涵些儿。等我出去了，一定赶紧着先叫我们男的赎了出来，悄悄的送进来交代。我原也十分为难，你老人家不信，便问问彩云。"

蔡良家的听了这番言语着实迟疑，一则也为的彩云是太太身边近身的人，二则平日也受过袭人夫妻的孝敬，便道："蒋奶奶，你好没主意，你跨进这个门，眼睛还认不出这个主子是什么材料儿，他寻常时的恩典那么样宽，若有什么过犯落在他手里头，谁也架不住。你怎么担了别人木梢，闹出这个空儿。你就碍着脸回报不得，你怎么不推到我身上，等我出个头儿，这本账难道是你一人管的，不许我出个主意？而今你便走了，弄到我身上，不要说拖下去，就是明早送来完全无迹。将来闹穿了，我也不得干净。告诉你，咱们姓蔡的是一个干净人呢，不替人拉扯什么，谁怕谁呢。你而今已经闹了这个，要说我就叫出来，平日的情分何在；要说替你担着，我也算不上来，又拉什么太太身边的人在里头，总也到不得我们姑娘耳朵里。而今便怎么样，只等你明早罢了。"袭人脸上被他说得红一回白一回，只得再三谢了，应承了明早必有，便上去回明了下班，走出园去。

一路上想起："从前是宝玉身边第一等人，除了宝钗也没别人赶上，便黛玉也用心周旋，真个的在荣国府里还怕着谁。当时不论金珠宝贝说有就有，要使便使，宝玉总依，稀罕这三五百银子。怎么一着错，满盘输，现世现报，落在黛玉手里，弄到而今连这一点子事情，也受这老婆子的恶气。"又想一想："他呢也古板了，也怪不得他。林姑娘那么细心，忽然间想着什么簪儿，说要就要，叫他也难，林姑娘的规矩还了得！我只有明早取来，赶紧交待就完了。"便一路凄凄惶惶，抹眼泪到家。看见蒋玉函免不得将家常事说说，就将此事告诉他，要他赶明早赎出。谁知蒋玉函听了，倒反疑心袭人与贾环有什么隐情起来，便冷笑一声道："爬不上高枝儿也罢了，钻到草地里闹把戏。"袭人听了，恨得要死，就罚神赌咒的哭泣起来。蒋玉函便道："我也不跟着，我们戏场上的赌咒鬼听得很多，敢则你这几天内当真贴着封皮。"恰好袭人也与宝玉好过，又不便说出来，只有痛哭。蒋玉函也生气厌烦，就自己睡去了。那一夜袭人的难过，自不必说。要想寻死，为什么不早死，赶上鸳鸯。

到了天明，蒋玉函下床叹了一口气道："串得好戏。"又道："好眼睛。"又道："张三郎吃人参，倒贴些本儿便了。"一直走了出去。真把袭人气得要死。又想起从前跟着宝玉在怡红院，宝玉一句重话也没有，借影儿给他几句恶话，他就费了多少招倍，这些轻薄语言，那有一字入耳，只管呜呜咽咽的哭着。谁知蔡良家的赶早叫臻儿来，说："蒋奶奶，立时立刻进去，说句要紧话。"袭人益发急得要死，只得就托臻儿到上头去告病，求蔡奶奶告几天假，所有蔡奶奶的话都知道了，断断不误事的。

蔡良家的听了很不耐烦，要不言语，怕黛玉忽然查问出来；要上去回明，到底碍着彩云。也听得小丫头们说说笑笑，装点宝玉闹袭人的光景。想起他这个人原是宝二爷的第一个旧人，虽则跨上了别的船儿，回转来分儿还在，宝二爷这两天又同他好了。我若一时间说穿，怕的他不吃亏，我洗不清。只恐怕他合了彩云，叫太太合了宝二爷寻我的不是，这就招架不来，我也只好缓着。就一面抽空上去伺候，一面着人催他。自己空了也来袭人屋里坐索。只见袭人正在床上哭泣，不等蔡良家的开口，就眼泪鼻涕的将蒋玉函这些话说出来，又说："我已打发人催过彩云，也没回信，这便怎么好？"倒弄得蔡良家的没法起来。

正在为难，上头又来叫他，蔡良家的连忙上去。为的什么事情，原来赖大的孙女儿许与王元的孙儿，林之孝、蔡良为媒，择日行聘，先来告诉下帖日期。黛玉心里很喜欢，就叫赖大家的站在旁边，说了多少闲话，又叫到青荷房里赏饭，说他老人家牙齿通没了倒硬朗会吃，只拣肥烂的劝他吃些。柳嫂子连忙送上鱼肚炖老鸭、酒焖火腿、糖笋松鸡、云和海参、生野鸡丝炒挂面、蘑菇杏腐、燕窝屑焖蛋，连些小菜点心，摆了一桌。这老太婆抹抹眼睛，逐件的看一看，只说道："阿弥陀佛，罪过罪过。"青荷便扶他坐下来。柳嫂子便道："赖老太太，咱们奶奶敬你年高，喜欢你的讲话，叫我收拾些吃得动的物事，我也收拾得不干净，你老人家不要笑话。也是备着上头用的，不过挑几件肥烂的过来，你老人家且尝尝看，配得口配不得口？"赖大家的只说道："了不得，了不得。"为他是晴姑娘的母亲，也很敬他，便道："柳老太太不嫌我老丑状儿，同着青姑娘坐坐，领领主子的恩典。"柳嫂子笑道："告诉你老人家，我这会子正忙着，改日自己作东，屈你老人家便了。"青荷笑道："赖老太太，告诉你知道，内外百十席饭食菜点，通在这位老太手里发付。你老人家脸大，这位老太特地过来，这会子他正忙得很呢。"赖大家的道："呵唷唷，柳老太太快些治政去罢。"柳嫂子就得意洋洋的去了。黛玉一面叫碧漪磨墨，香雪执笔开账，将赏赖大孙女的首饰开出来。先叫开六十五号文夋内，取梅花金托底东珠宝簪一对，菊花金托底碧霞牙犀宝簪一对，紫金纍丝凤一对，珠颤须金蝙蝠一对。再开七十三号文夋内，取大珠二粒，编珠二挂，鹦鹉画眉笼珠串四枝，各色晶子珠一盒。再开一百四十八号文夋内，取攒金锁一副，攒金镯一对，响金镯四对，镶金猫儿眼宕环一对，珠环一对。再开一百四十九号文夋内，取金戒指十二对。另单交晴雯发绸缎纱罗绫衣料二十套，花粉银二千两。帐已开齐，只等蔡良家的上来逐件拣出。

蔡良家的走进园门，得了此信吓得魂不附体。赶忙进来看了单子，还亏得袭人借出一件不在里头。按定了心神，逐件查出，摆在书卷盒内，托了过来。恰好赖大家的也吃完了饭，漱过口，抹了脸，挂个拐走了过来。黛玉就将这些东西给他瞧，又叫他到晴姑娘处去领了对牌，去取领缎匹，只拣心爱的花样取。这赖大家的就千辞万谢。黛玉道："你这个孙女儿原也好，不说他的人格儿、针线儿，连写算通去得，只就上春头你身子不舒服，他那么服事你，就见得这个孩子实心。告诉你，你们这个老亲家小名叫孝顺哥儿，待他的爹妈很孝顺呢。他而今上了这些年纪，他老人家说起爹妈还掉泪，怪不得孙子也孝顺他。你的孙女儿过门后，只像服事你的光景服事他，你们这个老亲家还不知怎么样爱呢。"赖大家的道："奶奶，感不尽你的恩典，咱们当奴才的，养下一男半女，通是吃着上头穿着上头的，前生前世修得好。遇着你这位老人家，两府里的奴才，谁不沾你的好处，家家供着你长生位，点香烛念佛才配呢。咱们这头亲事，原也仰攀些，也亏你老人家吩咐了。不瞒你老人家说，咱们当奴才的虽则小户人家，养个女儿也一样的娇生娇养，从小儿梳头教生活，周领成人，只想嫁在近邻，长久的来走来走，也叫他到人家去讨公婆的喜欢，帮夫做活。不瞒你老人家说，昨日晚替他讲到二更天呢。"黛玉道："你尽管放心，这孩子到人家去谁不喜欢？你不要为这喜事自己过于劳神了。"赖大家的道："好奶奶，咱们年纪上了，眼花得什么似的，那里拈得起一个针儿。这些零碎事瞎说瞎说罢了。只求你老人家给个脸，光辉光辉，肯到咱们的破园子里瞧一天戏就够了，我只要求准了你，再往上头求太太去。"黛玉很喜欢，就道："多谢你老人家，来是一定来的，只是到了回九日期，请了太太姑娘们大家同来罢。"这赖大家的就欢喜得很，跪下去谢。黛玉连忙自己扶住他。赖大家的就领了赏，将许多物件叫跟的小丫头托着。黛玉又叫人搀扶他到王夫人那边去了。

恰好平儿过来，黛玉就同平儿进房里去坐。平儿只悄悄的告诉了黛玉半天，正不知讲些什么话，素芳、香雪等也避开。只有蔡良家的，听见黛玉要到赖大家去，倘然要用袭人借出的首饰，便将如何。心里十分着急，又出去催逼袭人。

未知可能讨转，要知端的如何，且听下回分解。

第二十五回

兑母珠世交蒙惠赠　捣儿茶义仆效勤劳

　　话说蔡良家的听见林黛玉应承了到赖升家去，恐怕查用首饰，显出袭人借当的事情，心里十分着急。幸亏日子还远，只好快快的催他赎了出来，遂即偷个空闲又往袭人家催去了。这里平儿在黛玉房里悄悄细讲，原来就说的贾环。平儿悄悄的道："大姑娘，今日来告诉你，不为别的，你的耳目原也长，你前日请琏二爷过来查查环兄弟，琏二爷随即出去查查，果真的闹得不像样了。这几天咱们府里恍恍的也有些人知道，单则瞒了上头。琏二爷倒躁得很，说一个兄弟管不来，倒等大姑娘察访出来，而今饥荒也多得很呢。"黛玉道："我呢同着姊妹们在里头，也不知道什么，只是两个月来瞧他失神落智的，我就叫人悄悄的查，他的牲口车子长久不在家，也叫三妹妹留着心，也说他乱的很。他又不当什么差使，上头又没有事情使唤着他，他忙得那么着，不闹饥荒闹什么。你且告诉我，他近日到底干些什么事情。"平儿道："告诉你知道，你不要气坏了。原是芸儿这个没料儿的，从前琏二奶奶在日贪他些小物事，闹进府来，往后也闹出无数花色儿，叫咱们琏二爷咬牙切齿不许他跨进这条门槛。他就没法子弄了，就勾出这位爷去，往前门外听档儿。"黛玉点着头笑道："是了，他开手这空心大老官怎么上场呢？"平儿道："说来也气死人，他跟了芸儿这个没料儿的，先到本部书办人家去，不知编什么谎，诳了几百银子。"黛玉惊骇道："这小子该死了，咱们老爷连分内的饭食银也不要，也分给司官老爷们，这小子反倒书办那里谎骗去，该死该死。"平儿道："他两个得了这个手，就闹得大了，在什么档儿下处租了房子，也弄些铺设，遇空就去听小曲玩儿，干儿子认了无数。"黛玉就啐了一啐。平儿道："还闹呢，他两个还到下瓦子三里河去嫖娼。"黛玉道："这个我倒不信，我也留心查他，晚上倒在家里。"平儿道："听说不过吃袋烟，也就回来了。"黛玉道："这么着花钱做什么？"平儿道："我也疑心。"黛玉笑道："嫂子不要糊涂了，这一定就是他们什么混账的暗号了。这个给上头知道了还了得。好嫂子，你没告诉三姑娘，怕他气伤了，这难道不是赵姨娘留下的好种儿。"平儿道："是了。单则是琏二爷也没法，要来见你，也臊着。叫我告诉你，说他还怕的你，请你拿个主儿。"黛玉叹了一口气，沉吟一会，冷笑道："他怕我什么，怕我有银子便了。我便银子堆满府门里，也不能填他的混账空儿。这小子再闹着，什么事情也闹出来。老爷、太太把府门里的事情交给我，我怎么不管！你也不用告诉琏二爷，也不用告诉这混账小子，只叫他瞧着罢。"平儿也猜摸不出黛玉有什么手段，只得寻闲话儿解解黛玉的烦，说了些时，走回去告诉贾琏。贾琏也猜摸不出。

黛玉便叫林良玉悄悄告诉各处兵马司，立刻严查，将档儿娼妓立刻撵逐。又吩咐将环儿的车帷子卸掉了，牲口都配着别的差使，叫蔡良吩咐三爷的跟班儿，往后再跟着胡闹，立刻禀办。再将贾环月钱、贾芸年例扣出交还书办。半日间办干净了，把贾环吓得要死，躲了好些时儿。黛玉就去告诉李纨、宝钗。李纨、宝钗也吓了一跳。宝钗道："咱们影儿也不知道，他竟在外面闹出这些事情来。"李纨道："亏得林妹妹治得好，就这么歇手。"黛玉道："他肯这么歇手，也算不得环儿，拘得身拘不得心，他已经一心的奔着下流，肯就这样歇手，大家瞧着罢。"

正说间,探春走了进来,瞧他三个人,皆有不悦之色,再三盘问,通不言语。探春定要问他们到底为的什么事情,李宫裁忍不住,全个儿讲了出来。把探春气的要死,只管揉眼睛。探春恨极了,就要上头去回明,慌得黛玉连忙拉住了。探春道:"这还了得,这点小子就闹出这些缘故来,败坏老爷的声名。这府里存得住这样不肖种子?通是他妈惯的好,在地底下也叫人提着头发根儿,我好不气伤了心。多谢林姐姐赶紧的拘管他。林姐姐,你拘得他的身,拘不得他的心呢。不是老爷打他一个死,也不肯收心呢。"黛玉道:"我呢原也说过,但则老爷的性子厉害,地根儿又恼他,若是老爷知道了,怕不重处?但则打起来没有命呢。"宝钗道:"原是呢,从前打宝玉的时候,宝玉也就差不多儿,还亏有老太太救他。今日环儿兄弟,打起来谁敢去救。三妹妹,也不怪你气伤了,你林姐姐不上去回,也怕的回穿了没有收煞。"李纨接口说道:"你而今且按着,悄悄的恐吓他。"宝钗道:"你也将打宝玉的光景提醒他,叫他提在心里。"探春道:"他比上宝哥哥什么,好一个没料儿的小子!好一个辱爹妈的小子!"黛玉也叹气。探春道:"林姐姐,你的心儿我也知道了。从来说爹管外妈管内,咱们宝哥哥小时候饶他有老太太护着,太太也没有惯坏他,一听了些零碎言语,赶进园来撺这个撺那个,倒教些正经人儿受了好些委屈。太太心里也不过为的宝哥哥,要他成人上进,那么着管教那么着察看。而今这个环儿还讲他做什么。"

黛玉只管点头。恰好王嬷嬷抱了芝哥儿过去,李纨就笑道:"宝妹妹,你们这小哥儿也顽呢,你瞧他拿着一柄小鼓儿,那么舞,一只小手还去抢嬷嬷的簪儿。你听听三姑娘的话儿,是不是这个小哥儿大起来,你也要狠狠的打呢?"宝钗笑道:"我倒没有瞧见你狠狠的打兰哥儿。"探春道:"他那兰哥儿还用得打么,记得他小时候放了学回来,到了上头请过安,吃了物事,叫他玩玩去,他只在院子里背着手踱来踱去，背些唐诗，真个大人一样的。惹得老爷在里面瞧见了，只管笑着点头，就去抱了进来，夸他，他跟着大嫂子回去，灯底下也爱写张仿纸儿，我时常也过去看见的。"宝钗道："真个的，就是宝玉中举那年，宝玉那有性情做文章，倒是他拿了爷爷的家信来念与他听，彼此讲的高兴，方才做起文章来。爷儿两个大家用功中这个举。"探春道："这也是大嫂子的根气好。"黛玉道："而今呢说也无及了，我心里却另有个想头。为什么呢，珠大哥已经去世，上头只有宝玉、环儿这两个儿子。宝玉傻得什么似的，也无不过在我们队里闹闹便了，也闹不出别的事情。这环兄弟原并不是奸滑刁钻，皆因芸儿这个没料儿的勾引，闹出这些缘故。咱们而今回是回不得的，也只好戒忌着他罢了，不要再闹出别的事情来。"

大家你一句我一句劝着探春。黛玉也就回来了。黛玉却因探春口中无心的提起袭人进谗，王夫人误听撵人一节，忽然触起旧卷来。这林黛玉是第一个有心的人，旧恨上心，如何撂下。又遇袭人告假养病，想他好好换班出去，为什么病得这样快。又过了好几天袭人还不销假，就想出他许多不是来，也不说穿，只告诉蔡良家的道："你不比袭人，没有什么护身符儿，不许无病告假。"吓得蔡良家的连忙寄信袭人，袭人益发急得要死。

一日早晨，黛玉正在上头下来，走到议事处看账目，忽然上头请去。原来贾政与冯紫英素日相好。冯紫英从前驮了好些玉器古董来卖，正值荣国府艰难的时候，彼此交易未成。而今见荣国府重新兴旺，又领了些古董客人到府里走动。贾政又却不得他的情。为什么呢？从前老国公在边疆立功的时节，失落了几件心爱的宝贝，一件是犀纹古定剑，剑把上镶有桂圆大的东珠，一件是红汉玉坂指，都镌有老国公的名号，真是先人手泽所贻。冯紫英也不知从那里觅来送与贾政。贾政不好不收，还他银子也不知还他多少，他断不肯收，只得徇了交情，买他些古董玩器。他的第一件就是从前那一颗大母珠，玛瑙盘盛着，周围聚了一千颗小滚盘珠，实价三万银，原本可爱。其余贾政拣中的便是嗽金乌吐屑八两，风磨铜大小活字刻两副，赵飞燕菱花镜一面，天宝二年仿轩辕镜十二面，万年汉玉觚一只。宝玉拣中的便是《万岁通天帖》墨迹一部，李正臣壶中九华一座，几件西洋巧法钟表及零碎小玩意儿。冯紫英还再三请贾政父子多拣几件，贾政再三不肯了。算起来九折实兑已经要四万二千七百余银，故此请黛玉商议。黛玉退了金屑八两，就平去了七千二百。黛玉说："其余物事通好。这母珠儿他们不知道养法，只要养得好，原会领了这些小珠，各自各长出些小珠儿。那活字版也好，也清楚的当，字画儿也考校，看来是通于《说文》的弄的，也好刻出好些秘本的书来。这两件原也长的利，其余物事留着玩玩便了。倘如一总是个呆货，认真咱们家白丢了银做个演子。"贾政夫妇也喜欢。王夫人笑道："老爷，你瞧着大姑娘到处有个算儿。"贾政也笑着，宝玉也嘻嘻的笑。黛玉道："你既爱那两样，你就抱了去罢。"宝玉得不的一声，就把法帖、巧山笑嘻嘻的抱往潇湘馆去了。惹的王夫人说道："慢着些儿走，不要栽倒了。"贾政也道："这个淘气的，谁还抢他的，也不叫丫头小子，掉了怎么好。"

王夫人、黛玉一面叫人请李纨、宝钗、探春、平儿、史湘云、薛宝钗等来瞧物事，一面叫人预备着收拾安顿，吩咐账房上了册子，编入号数。黛玉便道："而今该应兑给他三万五千五百两漕平足纹。从来头没生尾巴先长，咱们这蔡良肯饶他这三百五十五两，我也扣了，自己赏自己的人，也等这姓冯的下处干净。但是这么算起来，他也不能沾什么大光。从前受他两件物事如何消释，咱们而今另外送他二千，消释那两件，也省得他再来拉扯，打什么抽丰。"把贾政、王夫人笑得了不得。贾政便说："这么着更好。"黛玉就传紫鹃、晴雯上来，吩咐他两个，一个开发，一个伺候收拾。李纨等一群人也都上来。贾政便出去陪冯紫英吃饭了。

那一大盘珍珠儿放在王夫人卧房外间炕桌上，晶莹耀眼，闪烁有光。薛宝琴先上去把一颗大母珠擎在掌中，再把玛瑙盘轻轻侧转，聚在一边，再慢慢的，将这一颗母珠轻轻的替另放在一边。也可怪的很，那一千颗小珠都就圆圆的滚过来，围着这一颗母珠，颤颤摇摇，抬到盘心里结成一颗大珠球，把这颗母珠儿擎在上面。活像果子的蒂儿，那光彩就十分射眼。王夫人说道："这颗母珠会领了这些小珠子生出小珠，等生下来的时候，咱们再瞧。只要逐月间盘数，只除了一千零一粒，便是生出来的了。"史湘云笑道："宝姐姐，你不要夸了，你会生出芝哥儿来，你瞧这个母珠，也就不让着你。"急得宝钗赶上去，把史湘云拧了一拧，惹得众人大笑。黛玉笑道："咱们家芝哥儿，一万颗珠子比不上。这母珠儿怎么赶得上宝姐姐。"宝钗笑道："林丫头，你是会说话了。咱们大家瞧着你，你将来不做母珠便了。"薛宝琴也笑着道："林姐姐将来不养小珠，不过养一块小玉呢。"惹得黛玉眼圈儿红起来，望着三个人啐了一啐。众人无不大笑。平儿又去照那些古镜。那一面汉镜，通是青绿锈满，只露出几点子明光。那唐镜还亮，照着他觉得面上射一阵清气，心里头也觉得寒澄澄似的。都说道好镜，瞧他那单子上七折还九兑，也还贵得这样。

正说着，只见晴雯上来回话，验了对牌。黛玉便叫将三万五千二百四十五两又二千两送交老爷，又将三百五十五两劈分两半，将一百七十七两五钱赏蔡良，余下按股赏众人讫。王夫人也叫紫鹃将物事归号讫。李纨等就跟了太太用饭。外面贾政陪冯紫英吃饭毕，就将银子交代。这冯紫英十分欢喜，千辞万谢而去。也请林良玉、姜景星买了好些。

众人在王夫人房里吃了饭，黛玉重到议事处查点完毕，带了香雪回到潇湘馆来。当时无巧不成话，袭人因蔡良家的寄了信去，说林姑娘怪着装病，吓慌了，头也不及梳，略略的绾了几梳，赶进大观园去。心慌意乱，走到蜂腰桥又栽了一跤，栽得头发散乱，亏得叶妈扶起，略挽一挽，便奔潇湘馆来。一进门，宝玉瞧见，就拉他到黛玉房里瞧这壶中九华，讲些出处给他听。袭人那有心肠听他这些语言，一心只要去求告蔡良家的。又怕黛玉过来撞着了，惹起疑心，口内不言，脸上就红红的。宝玉瞧他的光景，又疑他在家里与蒋玉函有什么了才上来，就不看巧山，反拉住他的手，笑嘻嘻的只管胡说八道。巧巧那蔡良家的又为着袭人进来了，要追他的东西，拉他说话，见他被宝玉粘住了，只在房门外站定，等他出来。谁知林黛玉悄然无声轻轻走进，蔡良家的先吓了一吓。黛玉只听见袭人在房里说道："小祖宗，罢了，不要再闹了，饶了我罢。"黛玉赶一步走进去，只见宝玉还扭住袭人，袭人头发散乱。两个都吃了一惊，宝玉害着臊，便一直的走了出去。袭人只得迎上前，叫一声："大姑娘。"黛玉一声儿不言语，就肝胆里一路火冒将上来。走到炕床边坐下，想起："这些情状，还遮掩到那里去，臊也忘了，廉耻也丢完了，好个蔡良家的还在门儿外替他巡风！"这黛玉也十分不留人脸，倒是将袭人教训一顿，或者叫蔡良家的隔壁骂一场，也罢了，再不然索性替宝玉闹一闹，也罢了。谁知黛玉性情古怪，也不叫袭人，而且不叫蔡良家的，倒反喝叫："香雪、碧荷、素芳，立刻将我床上帐帷被褥全个儿撂到院子里去，换上干净的。"这三个敢不依，大家抱出抱进，挺着嘴望着袭人只管笑，把袭人冤屈得要死，臊也臊死了，也站不住，自得走到自己床上暗泣去了。又听得黛玉在房里说道："快叫宝玉抬八轿到荣禧堂上，自己做小子，送他的结发人儿出去。"这蔡良家的连忙到房门边做手势，吓得袭人站也不敢站，挽挽头发，噙着泪，望家里去了。

这里黛玉按定了，就细细的思量起来："这个不害臊的，从前阴谋诡计，百般的把我同晴雯害得好，现今三姑娘还提起来，谁不知！就是宝玉告诉我，头一个就是他引诱坏的，倒在太太面前说我同晴雯引诱他！提起往日，真个也气伤了心。老太太派你服侍宝玉，派你教他这一件事的吗？十几岁的孩子，你就放他不过。你便真个是妖精，真是狐狸，你倒说晴雯。你现世现报，前前后后见不得人。重新到我手里，我倒反宽待到你十二分，你也该存一点子顾忌。你是什么东西，再碰着宝玉，还饶得过他！就这个上，我也尽看得过。我原也很厌宝玉，谁又吃醋染酸！你明明有间房，有张床，终年在那里面。凭你爱怎么样总使得，就青天白日在我这里闹起来，你当我什么人儿！宝玉这没料儿的算什么，你不勾他，他怎么闹你，好还假撇清说一个'不要再闹了'，量你心里一心的要再闹。我若遂你的意，明日这会子回来才好，你可肯顾顾宝玉？不害臊的，我也瞧见你的心肝，你只拿住了我不肯担这个名儿，凭你怎样，我只好忍着是了，我尽着忍就是了。我瞧准了你，你还有什么脸儿跨进这里。你想再闹，你就快快的勾了宝玉，到你家里去，夫妻两个爱怎么样便怎么样，便丢了宝玉，我不能管你，也还有大似我的人儿要问问呢。"这黛玉真个气伤了心。那蔡良家的躲了一会子，倒替袭人抱屈，慢慢的走上来，要替他剖辩剖辩。谁知口也没开，先被黛玉喝一句："好一个巡风的！"蔡良家的吓的慌忙退了下来，就往怡红院告诉紫鹃、晴雯，一面替袭人剖辩。这两个连忙过来，只见林黛玉眼睛红红的闷坐在那里。两个上去问，黛玉就从头到尾细细的告诉他两个人。紫鹃只说道："丢人，丢人，臊死了。"那晴雯的嘴头子还了得，就狐狸妖精千般百样的骂将出来，还要到各处去告诉。倒是黛玉拉住了，说道："他正要出我这个名儿，你这直性人儿，还去上他这个当。"晴雯只得站住，还不住口的尖利话儿。

这潇湘馆里也就说了好几天。宝玉不敢来，也不敢往怡红院，只在宝钗那里躲着。细细的在宝钗面前替袭人剖辩。宝钗只冷笑，非但不信他，倒反笑道："你要闹袭人什么地方不可，偏要拣中了这个地方。"只把宝玉气得乱跳。

渐渐的丫头们都得知了，传到王夫人耳朵里。王夫人想道："我一路下来，只说林姑娘大方，原来到这个上到底不能放松，到底年轻人儿。但则自己也要爱着些声名，不犯着闹的人家传遍了。袭人算什么，你自己可不损些名儿，地根儿宝玉这小子也糊涂死了，大白昼什么地方，把臊丢完了。"王夫人从此以后便察看黛玉的神色，心里头就有些不然起来。

本来李宫裁说起，从前老太太庆赏中秋，曾在凸碧堂家宴赏月，在桂花林里叫芳官们吹笛，惹了一番凄凉。而今咱们府里重新兴旺，赛过从前，偏要到这凸碧堂繁华热闹一番。又这几天月亮也很好，秋色也富丽。大家高兴，定要宴赏中秋，也还有七夕赢下的东道在那里，王夫人也早早依从。谁知黛玉这几天无精打采的。自王夫人以下，大家打量着黛玉是个拿主的，他不高兴，一家也便败兴。偏这几夜云彩儿一丝也无，那秋月明起来，照得如同白昼。到得中秋佳节，一样也团圆瞧戏，一家子都不十分尽欢。

可怜这袭人回到家中，气也气死，臊也臊死。亏了蔡良家的隐起黛玉错怪之情，只将环儿借当一节叫蔡良告诉蒋玉函，叫蒋玉函夫妻分上不要疑到别的内里，缘故实在清楚，快快将当物赎出，安慰了他。这蔡良便拉蒋玉函过来，细细的替袭人剖辩："三爷这个人谁瞧得上，你嫂子是什么根基，蒋兄弟，你不要糊涂了。咱们女的从小儿说不来半个字假，所以上头信他。他同你嫂子又没有什么拉扯，为什么横身护呢辩呢。蒋兄弟，你往后自然明白，你且好好的劝你嫂子，这三二百银子，当真的三爷白使了你姓蒋的？你且清楚着要紧。"蒋玉函听了，回家来也似信不信的："就算他同三爷没拉扯，这样手松也禁不起，且等他挫磨着些。"一面也来偎贴他、哄他，说："现在打算银子，一有了银子就替你取出来，你放心。"袭人又恐怕蒋玉函势利，说出黛玉撵他的光景，上头一些脸儿也没有，益发被他看轻，为此也不便将黛玉的醋意儿说出，也只含糊答应了。

这黛玉却是生性爱名，虽则因探春说起旧恨，触到袭人，又巧遇了袭人可疑的情景，不知不觉的发挥一番，却又拦住晴雯不许传到外面去，只说道外边通不知道。谁知道王夫人以下俱各晓得，就是丫头们聚起来也都当了一件真事，要便拿他做个笑话儿。有的说林姑娘的床帐儿本来好，有的说他原先也同宝二爷一铺的，有的说，蒋奶奶自己洗净了交还也好，有的说嫌痕迹讨厌换几幅儿，有的说你也好上去玩玩，有的说做了戏毯儿罢了，真个也说得好笑。只蔡良家的同袭人的丫头臻儿背地里骂这班人嚼舌。

　　一日黛玉闲坐，只见王元家的笑嘻嘻走进来，叫了一声姑娘跪下去就磕头。慌得黛玉扶也扶不及，拉他起来叫赏他坐。这老人家很知规矩，如何敢坐。黛玉再三再四的说，自己也站着，这老人家方才讨一个垫子，谢了坐，坐下了。黛玉问他好，他也请了安，说道：“咱们当奴才的，生生世世叨了主子恩典。而今还承你老人家赏一个孙子媳妇，这个也感激不尽，又蒙老爷、姑娘赏了许多东西，真个的承受不起，咱们当奴才的有一句不知进退的话，只为的赖老太太说起来，知道姑娘应许了，佛脚儿肯踏到地上。所以咱们老大也妄想起来，说咱们自己的姑爷、姑娘也就想赏个脸儿，至于这里的太太、各位奶奶，心里头也想求一求，不知姑娘许不许。咱们男的只说凭着咱们的心儿禀一禀，要求你老人家赏赏脸。”黛玉笑道：“家里大奶奶、姜奶奶去不去？”王元家的笑道：“说也候大姑娘的信儿。”黛玉笑道：“多谢你老人家，我有什么不愿意，你只要请准了太太，咱们一定来。”王元家的笑道：“不瞒姑娘，太太跟前本底儿不敢回，却也托了薛姨太太的恩典，姨太太早曾探过口气，太太好不喜欢，说：‘前老太太也曾到过赖亲家园里去逛过一天，难道今番亲家那边的就生分了不去。’也就赏脸，咱们奴才那里有这面子，也只仗了咱们姑娘的脸儿，请几位佛爷家去供一天，尽点子孝心罢了。”黛玉本来敬他老夫妻两个，又见他会说话，也很喜欢，就便道：“我不信咱们太太也应下了，咱们而今就同上去请一个示下。”王元家的笑道：“不瞒你老人家说，刚才原从上头下来的。”黛玉笑道：“怪道你不从绛霞轩过来。”正说着，紫鹃也笑吟吟走进来，道：“老太，你也实在请的志诚，连太太也应下了。咱们只跟着大姑娘过去道喜罢。"慌得王元家的连忙起来谢着，再说些喜事的话，就回去了。

这蔡良家的又听见黛玉早晚间要出门，恐怕插戴彩云借去的，急的又打发几遍人到蒋家去催。袭人转求蒋玉函，蒋玉函只用话儿支吾着。再叫人去问问彩云，彩云更推得干净，真个令人急死了。到了这一日，蔡良家的预备着闹穿，讨一个大没脸。谁知竟没有取用一件，依旧过了一关。

当日，薛姨妈、王夫人、香菱、李纨、宝钗、黛玉、李纹、李绮、宝琴、邢岫烟、探春、喜鸾、喜凤、平儿、紫鹃等带了一众丫头老婆子俱上了车到王家去，府里只剩下晴雯、莺儿两个人。到了王家不走大门，一径放车到园里去。这个园十分开阔，原是人家的废园，万有容替他点缀，倒也清幽。这王元的家计虽则十倍了赖升，但则素性俭朴，不肯过分奢华，家伙也不富丽。原是到京来新买的宅子，为的这个园里树木空地甚多，故此买了。只小小的盖了些小房小廊，家伙什物竹子的居多，曲折望去，不过编了无数篱笆。王元闲时节只喜种竹养鱼，种菜摘果，各到处均放些做庄家的家伙，倒也耳目一新。因为太太们来逛园，倒也搭起两座戏台，灯彩十分灿烂，一座敬太太们，一座敬良玉、宝玉。就请姜景星同一班门客老爷门作陪，也一齐到了。大家看着个园，都说野趣可爱。王元一家子十分恭敬，先叫孙子孙媳妇出来见过了，大家夸奖一回。里外都定席开戏。

良玉等厌烦瞧戏，就叫王元传两班戏一齐上去，答应自己同杭二泉等随意唱个清曲儿玩玩。酒也喝得多了，瞧看这些古树丛竹，映着些曲水回廊，各到处秋虫鸣的好听，黄蝶儿也多，那些豆花儿也香的有趣，就携了攒盒各处散步。

里面太太们只管瞧戏瞧野景，到日斜时候便都上车回去了。那些爷们如何肯回，又是宝玉为了袭人的事闷了好些时儿，今日忽然开怀，便猜拳行令痛喝一番。大家再顺着路走，只见山子转过去，许多老树眠在水面上，树影波光恍如绿云一片，一座古藤架底，小小的一座桥。走过桥去一望，大家吃了一惊，非水非田，一大片绿叶铺满，差不多有十几亩围园，原来是一片菱荡，一只小船儿停在桥边。宝玉大喜，就要下船去采菱。姜景星也醉了，也要下去。宝玉怕他夺了，连忙跳上去用桨向岸上一点，那一只小船就如飞的顺流去了。这里景星众人只拍手笑着，那晓得这个小船儿到了中流，水性活泼，就晃荡起来。宝玉坐了下去也还不妨，还只站着，又因醉后脚软，一转侧，便连船翻下水里。这里众人吓慌了，没一个能下得水，还是姜景星有主意，急忙里瞧见池子不深，就喊道："宝兄弟，你只站定了，站定了。"宝玉酒也惊醒，想站定，谁知池底浮泥甚深，站定了便只管陷下去。外面王元一家子听得叫唤，飞即有几个种地的赶过来，一齐下去，将宝玉驮了起来。浑身泥水淋漓，也拖带了好些水草螺虫。到了外面，王元也吓慌了，连忙与蒋玉函、焙茗、李瑶等替宝玉洗抹干净，要替他穿上衣服。宝玉只叫："疼的很，穿不的。"众人走近一看，原来两腿上都肿将起来，也疼的踏不下地。林良玉便道："我记得在南边时候，一个人一样的落水，发肿起泡，只用儿茶一样捣碎了敷上，不久就好。"王元便立刻出去，研碎了许多儿茶来，当真的敷上，果然疼也止住了些。

闹到上了灯，打算回家去。众人商议，这便如何上车，驮了去又不好，也受摩擦，左右近在这里，只好悄悄的用老爷轿子抬回去。焙茗就悄悄的赶回去，抬了贾政坐的轿子过来。这里闹得手脚忙乱。谁知宝玉心里倒反快活起来，只想道："林妹妹现在恼着我，我这个样子偏要到潇湘馆去将养，看他怎么样。"就吩咐焙茗："到了家，换了竹椅，一直抬到潇湘馆去。"

焙茗众人也气也笑，不知宝玉回去，黛玉留也不留，且听下回分解。

第二十六回

开菊宴姑媳起嫌猜　谢瘟神闺房同笑语

话说宝玉因在王元家同里采菱，落水发肿，不能坐车回来，只得悄悄的叫焙茗去将贾政大轿抬来。门上蔡良听见，随即自己同了轿子过来，一面悄悄的叫周瑞上去回明太太，太太也骇呆了，只吩咐叫瞒着老爷，快些用心伺候去。那焙茗便依了宝玉，出了轿子，换上竹椅子，一直抬往潇湘馆来，叫李瑶先去通报。谁知潇湘馆的门儿关上了，李瑶隔着门告知缘故。碧漪便进去告诉黛玉，黛玉吩咐，叫送往别处去，不许开门。不一时宝玉到了，见不肯开门，便叫尽力打门。黛玉便走出来听着，只听见宝玉说道："你们为什么不敢打门，等我自己来，你们也跟着那潇湘馆的门儿就吃了亏了。"便像擂鼓的一样响起来。黛玉又好气又好笑，便想道："硬硬朗朗的会打门，病也有限，等他到宝姐姐那边闹去。"便教着素芳说道："姑娘睡久了，钥匙儿收了上去，只好请到薛奶奶那边去罢。"宝玉打了一会子，也没法，便说："咱们而今就抬往薛奶奶那边去罢。"惹得一群人遮着嘴暗笑，格支格支，重新将竹椅轿抬往宝钗处去。当下园里一众女人无不发笑，都说夜巡官儿绰来绰去，只少两根竹板儿。又说上衙门请安，门包没讲妥，门上挡住了。嘻嘻哈哈，大家说笑。

这宝玉到宝钗房门前，便赤着脚一步步挪进去。紫鹃、晴雯、莺儿也来了，随后王夫人、探春、李纨也来，单只黛玉不到。一簇人挤满屋子，宝玉已经躺在宝钗床上。王夫人就坐在床沿上，晴雯便携蜡过来，瞧他两腿敷满了儿茶，也看不出好歹，约料有些浮肿儿。王夫人便道："你这个淘气的，长得这么大了，还这么着，你就一生一世没有上过船，咱们家池子里现有几个船儿，你爱住在上面也使得，怎么到老王家去闹这个把戏。"李纨便笑道："宝兄弟，你采的菱呢？"探春也笑道："宝哥哥，你栽到这个样子，到底得了多少菱儿？"王嬷嬷也抱了芝哥儿来道："咱们小哥儿还没有睡，来瞧他老爷。老爷采得好菱儿，给他些玩玩。"那芝哥儿也望着宝玉哑哑的笑，两只小手望着床上乱扑。王嬷嬷道："咱们大家瞧，他真个的讨菱角儿呢。"王夫人便道："芝哥儿，你上去羞他，问他臊不臊。"晴雯就携了蜡，引着芝哥儿看火去了。王夫人便问宝玉道："你现在疼不疼？"宝玉臊着说道："起先呢原也疼，敷上了药儿便止了，但则动不得，一动就疼。"王夫人道："好好肉上剜疮，自作自受便了，你明日打发人往衙门里告假，也说这个没料儿的臊不臊。到底谁告诉你这个方儿？"宝玉道："姜姐夫说的，亲眼见过见效的很。"王夫人笑道："你而今得了这个方儿也不怕残疾，不怕坏了性命，明日好起来你就再到老王家池子里去闹罢。"宝钗道："本来呢闹得个不是分了，前日在园里提了蚱蜢儿，又放出个笼子里的蝈蝈儿，把端午节下戴的艾人小健人儿骑上了，放在房里满地跳，惹的芝哥儿哭哭笑笑，到夜里还在被窝里打出来，又悄悄的捉个蜻蜓儿塞在晴雯袖子里。那一件像大人干的事儿？"王夫人道："怎么好，你们瞧，他在老子面前怕的那么样，背地里这么闹。宝丫头，你明日早上且替他洗净了瞧瞧，到底怎么样，要请大夫不要请大夫？咱们只等他好起来，告诉他老子。"王夫人又道："也不要再摩擦伤了，索性告诉赖升他们，回九这日咱们也不去了，他那园子里的山子很多，不要这个淘气的又去闹出故事来。"宝玉只央求不要告诉老爷。众人就散了。

王夫人回房，忽然想起："众人都到，唯有黛玉不到，量他只为了袭人，一个夫妻的情分儿通没有，他栽伤了，到门不纳，也不来瞧一瞧，那有这个情理。我呢原不护了宝玉，只是你自己的局量儿窄些。"王夫人近日本有些不然黛玉的意思，今又加了一倍。

黛玉在潇湘馆原也忆着宝玉，不知他栽伤没有，这会子再打发人去问，不要又长起他的志来。又想起："王夫人等一定都去瞧他，万一有人疑心我为了袭人的事儿存了心，我的名儿倒被袭人弄坏了。"又想起："凤姐儿从前待的尤二姐那么着，而今宝玉身边也不止一个人，我并没有薄待了那一个，便紫鹃也同我一心一意。这袭人给我的苦楚也很够了，我倒肯仇将恩报，他反坏我的名儿，想起愈觉可恨。"

从此早晨往上头去，婆媳两个都不接洽些。王夫人便打听黛玉去瞧宝玉不去。谁知林黛玉到议事处走走，便向潇湘馆去了。王夫人心里就不受用起来。宝钗却来告诉王夫人说："宝玉的腿不打紧，肿也退些，右脚大指上像肿得凶些，也还不碍。只是老爷前要遮盖些，衙门里也要告个假。"王夫人道："这个我都妥当了，你且照料着些。而今旁观的人多，还是你疼顾他些罢。"宝钗也就明白王夫人的意思。那些时，各人存了一个心，大家也闹着宝玉，便无人稽查贾环。贾环便悄悄的出去走走，恰好碰着芸儿，一把手拉住，拉到家里，彼此都怨恨着黛玉。芸儿便道："三叔，我告诉你，便算咱们府里吃了林家的饭，咱们荣府的产业，为什么叫那府里琏二爷管？你难道不是老爷的亲生？太太只偏护着自己的内侄女婿，也不问你是谁养的。你从前要配了琏二婶子，敢则你这会子也管账。你瞧着，这一个林婶子好辣货，他名儿包顾你一家，谁知他暗里勾通琏二爷，全个儿弄到自己腰里去。好计好计，真个名实兼收。不过算起来，单欺你一个便了。"环儿便气得跳起来，道："咱们索性花完了他。"芸儿道："你使你的，谁禁着，咱们今日就畅快玩去。你前日瞧着王元家那么热闹，什么人都请遍了，单捡下你一个，宝二爷也闹的好。"环儿道："说什么，人家扳了天通好，咱们一动就差的。"两个说得合意，又千方百计的闹去了。这荣府里也没人管他。

宝玉睡了好些时儿，只望黛玉去瞧他。黛玉只暗里着人打听他好上来，益发不肯过去。王夫人几遍的提起宝玉，黛玉总不置一辞，王夫人心里越不适意。李纨、探春、宝琴等便悄悄的议论道："自从宝玉回家以后，闹了多少饥荒，才到得这个时候；从前宝玉完姻一节，千回万折，真个说也话长，到了而今，算得诸事通好了，又闹起这一节。就是袭人这个人，原是林丫头自己立意要来的，倒也没有瞧见什么难为他，就是林丫头诸色事情上，也很爱个名儿，又是厌烦着宝玉，几次的撺他到别人房里去，不像在这个上计较的怎么忽然间闹出这些缘故，弄得上头去意意思思的，上头也存着个心。"众姊妹尽着的谈他，黛玉也觉得了，便心里越不爽快。

到了重九登高之日，宝玉还不能起来，王夫人也懒懒的。倒是薛姨妈过来了，大家就聚到凸碧堂去。为这个所在，是大观园最高的峰峦，古桂甚多，秋色最好。瞧这园子里连缀绵阁的阁顶也比栏干低了好些。在四面石洞中望去，但是羊肠细路曲折而下，那满园里竹树花卉，望下去只似地上苍苔，那些亭阁也只像扑在地上的飞鸟，通在下面。也为的太高了，怕有天风，这个堂前步檐推进去有一丈多深，窗上全用了五色玻璃，所以风雨起来里面字画挂幅吹不动。这日天气晴明，大家走到上头摆席瞧戏，也说起老太太，大家叹息一回。王夫人心里单只为了黛玉有些不欢，恰好戏文里唱出《琵琶记》的书馆，王夫人便道："这位牛小姐地根儿贤惠，也是他爱这个名。从来说人的名儿，树的影儿，一些不差的。"众人也随和了。黛玉十分不悦。到了龄官扮了《相约》《相骂》上来，众人都说这是他的拿手戏，从前娘娘也赏过的。这龄官唱到出神，黛玉也冷笑道："丫头们这样利口。"王夫人也觉得刺着袭人，揭起旧卷，席间众人都也明白起来。亏的葵官扮了《大骗》《小骗》上来，惹得满堂大笑。戏文完了，又是几套清曲十番，方才散席。偏是那几夜的秋月皎洁的很，走到月亮底下抬头一望，只像一碗冰水养着眼珠，浇进心孔似的。那些秋虫，吸了白露，便尽着叫，同这些树声泉声，都像月亮响出来的。黛玉心里烦，便寻史湘云闲话。黛玉指着月亮道："可怜儿的嫦娥，从古来没有人知道他是什么人呢。"湘云笑道："你又有什么奇论了？"黛玉道："他必谏羿不听，不忍见夏室之亡，故尔奔月。总是孤臣孽子，有苦无伸便了。"湘云笑道："你是没有什么伸不出的苦呢。这月亮的好处，好在普天下照得遍，只怕各人心里又有照不到的地方。"黛玉也默默无言，只望着月亮嗟叹。那月亮偏像人定了眼珠似的，越射些精光出来。两人直坐到三更始散。

宝玉直到十月中间方始出来，便到潇湘馆去。黛玉还只不理，宝玉十分悔恨。却因宝玉要换小毛衣服，蔡良家的猜摸不着，便求宝钗替他剖明了，叫他上来，便将彩云的事情说出来。宝钗如梦方醒，便道："你而今就去叫袭人进来，便到我这里，我自有道理。"这袭人因怕蒋玉函瞧不上他，原想上去，听见传薛奶奶的话叫着随即上来。一见宝钗，就哭诉了前节，又道："我呢，敢怨着林姑娘？也只怨自己从前为什么不死。也是奶奶同姨太太叫我出去的，今日不死不活，怎么样过这日子？"宝钗掩泪道："彩云呢原也荒唐极了，但则林姑娘平日也不这样，只怕内中还有隐情，日久自然明白。而今倒是宝二爷的皮衣要紧了。难道有了钥匙不会开，无不过没人猜准他脾气便了。你只在这里，等我往林姑娘那边去了过来。"宝钗便去了。

袭人便托莺儿悄悄的去哄了彩云过来，千哀万求的告诉他。谁知彩云心里另有一番主意，也是芸儿教环儿告诉他的。说蒋玉函的银子很多，又是蔡良家的也担了干系，他这两个男的十倍也赔得上，咱们这点子多谢他扰了。彩云便说："我也是被他缠得没奈何，故此求你。你彼时不借也没法，而今叫我怎么样。你不依，咱们便同去问他。"袭人一则怕彩云卸肩，二则为蒋玉函起疑，怕的同环儿讲话，又被撞见的人传到丈夫耳朵里，越洗不清，如何肯去，只拉了彩云约期。彩云恼羞成怒，又怕宝钗来瞧着听着，就说："太太有事。"立起来走去了。众人都抱不平。

恰好宝钗回来，宝钗道："林姑娘呢，平日也很爱个名，他的心也多，不像咱们好讲。他并没有告诉我，我若先说破了，倒像揭他的短儿。我只去问宝玉皮衣，他说袭人经手。我便说：'他也告假出去久了，谁容他懒懒的。我就去叫他上来？'林姑娘也说：'就叫他来便了。'你略坐一坐儿就去，只照常行事。我瞧他还存一个心呢。我临走的时候，他笑说：'该到上头去回了请他。'我说：'你屋子里人问你要呢。'你这会子去，也要存个心。"

袭人谢了宝钗，先到怡红院。紫鹃、晴雯还在账房里发付月钱对牌。袭人便同莺儿到潇湘馆来，上去请安。黛玉也只应不应的，袭人便去料理宝玉皮衣。莺儿便来陪了黛玉闲话，也谈了许久。

忽然宝钗请莺儿过去。原来芝哥儿发了几夜寒热，请大夫瞧过，说像出痘子。这一天饭后，宝钗将纸拈子一照，像有些见了点。宝钗便将宝玉送往怡红院，一面快请莺儿过去商议。王夫人、李纨、探春、史湘云、薛宝琴、刑岫烟等，随后林黛玉、李纹、李绮先后过来。那芝哥儿只含着乳呜呜的哭。宝钗从未见过，甚不放心。荣国府为这一件事，也就大家忙起来，大夫也三四个一同出进，添了好几倍的烦。

忽然紫鹃在账房里归起账来，少了九百两一号银票，连忙按着字号往银号查去。说是昨下午对票起了去了。紫鹃、晴雯便来回明黛玉。黛玉倒也不怪他两个，只说："从前琏二奶奶的时候，只有自己作弊，没有人暗算他。怎么我手里丢人？说是你们错给人，我不信。况且我设了个呆法儿，天天上个四柱总，错到那里去？你们且想想，这几天谁来得勤些？"晴雯道："来得勤还有谁，只环哥儿罢了。"黛玉冷笑道："今日呢？"两个都道："今日便不见面了。"黛玉便叹口气道：

"怎么好，告诉你两个，不许响一声，竟记在他的支簿上，我自有道理。只往后严些便了。"袭人在房里听见，益发将环儿恨的切齿。也就大家服黛玉的度量，只猜不出他记在环儿支簿上是什么意思。

这里一家子通闹着芝哥儿的痘子，宫里仲妃也几次打发内官来问，又添了几倍的烦。

这袭人打量着环儿闹得化了，连黛玉也不管他，怕的当物全丢了，遇空就逼着彩云。彩云不怨环儿，反恼袭人催逼，又见他重新进来，怕他将真情告诉黛玉，一直的在太太面前回穿，不如先下手把他制了，就想了许多主意，慢慢的往怡红院来。恰好紫鹃、晴雯都在那里，也敬他是太太身边的人，两个也殷勤相接。大家说起些旧姊妹的话儿，晴雯总有袭人在心上，便先说道："彩云妹妹，论起这个屋里我原是撵出去的人儿，重新住进来也惭愧。"彩云道："你有什么惭愧，洗也洗得逼清了，谁还讲得上你一个字来。"紫鹃道："这倒也是真的呢。"晴雯道："好妹妹，只要讲一讲就讲上了。"彩云只管点点头。紫鹃、晴雯见他光景可疑，便拉了问他："近来又有人讲什么？"彩云道："有是有呢，我不管罢了。单则人家待的这样宽，偏要编出这些难听的说话，坏人家的名儿，皇天也不依呢。"两个听了十分相信，紫鹃便道："没脸儿出去了，怎么还使这个心。"彩云道："没脸儿出去，有劲儿进来，有顶上一层护身呢。罢了，罢了，我也不管闲事，不要招出是非来。我去了。"彩云就到宝钗房中伺候王夫人去了。

晴雯听了，如何忍耐得，就同了紫鹃来，一五一十悄悄的告诉黛玉。真个一个个字碰着黛玉心窝里，黛玉也气伤了簌簌的掉泪起来，也悄悄的道："他既有顶上这一层护身，咱们也不便请他出去。怪道宝姑娘来说，原是上头的机关儿。我也道破了一句，不知宝姑娘上去回不回。他是个好好先生，上命差遣，他敢不依。上头既然这样行事，咱们且拿眼睛瞧着，要狂到什么分儿，要咱们让他也使得。"晴雯道："很好的，咱们出了本儿雇冤家，让他管这个账房，很好。"紫鹃也说：

"咱们当真的赔钱吃苦做什么？"黛玉这人始终爱名，却禁住他两个不许开口，黛玉心里，便不由人似的冷下来。这晴雯生性爽直，受不得一点委屈，如何拦得住，便出出进进嵌字眼儿伤着袭人。可怜袭人正在过不得日子，朝朝暮暮死活无门，谁知暗地里又着了彩云一只冷箭。从古孤臣孽子，出妇怨妻，每有此等苦况，也只伤个不了。

自黛玉懒散不出去，那边芝哥的痘子却厉害上来。这三四位大夫有一个姓曾的拿主，原也是一个热闹痘科，心也细，胆量也有，为的合家不放心，三十两一天包着，也还要偷空出去应酬应酬。这曾大夫瞧见痘子不顺手，担着干系不小，便想了一夜，天明了上去细瞧。王夫人、薛姨妈、李纨、宝钗等也不避了，大夫细细的瞧了，便道："老太太、奶奶放心罢，晚辈这会子瞧得准，拿定了恭喜收功。"王夫人等齐声道："先生，咱们一家子仗的你，你只要替这孩子收了功，叫你一辈子遂意，你往后不行道也使得。"大夫就打一躬谢道："多谢老太太，小爷的福气大，只瞧后辈这一剂下去，包管就妙起来。"曾大夫走到外间，便写出医案，又斟酌了好些时候，就提笔写了：人参、白术、广皮、茯苓、土贝母、银花、甘草各等分，加大枣三枚煎服。大夫写了方，告辞出去，众人略略的放了心。

王夫人也拉了薛姨妈往上头去散散。王夫人悄悄的道："袭人的话儿你知道了多少时儿？林丫头还这么着，关我什么事，见了我面色也那么着。这几天更奇，一家子为的芝哥儿，谁也一天去走十几遭，偏是他一步儿也金贵的很。这个又替宝丫头什么相干，又替这小孩子什么相干，真个的好一个性格儿，还说平日间爱个名儿。这几天，就便尽着的送些好人参过来，谁就等着他的参吃呢！"薛姨妈听了，免不得解释解释，心里头却也有些嫌他。这时荣国府里忙的忙，懒的懒，存心的存心，只有环儿趁着这个时候越发闹得化了。听档儿、瞧戏、嫖娼，又是赌钱押宝，无所不为。那账房偷的一票早已花完，又通了彩云将王夫人的体己物事弄了好些出来。真个这位爷同了芸儿闹得落花流水。也惹起多少人的议论来，说这荣府里的东西，谁也算他不清。不出这一位爷，如何流通开去。又说他家那等家教，也还有这样子弟。又说道本来政老爷的事情也烦，那里顾得到。你们也不要替古人担忧，他就花一辈子还够。环儿就连待父天年的借纸也写了无数出去，实在可恨。

这府里林黛玉既然不管，谁还禁得住他。倒是薛姨妈时常回去走走，听见环儿的风声不好，恐怕闹出事来，悄悄的告诉王夫人。王夫人只恐贾政护他，要想一字不提，又恐贾政埋怨，就趁空闲说道："这几天也很烦，环儿日里头不大见面，你也查查他。"谁知贾政倒反说道："我这几天出出进进，倒瞧见环儿，单不见宝玉。"就叫："宝玉、环儿。"偏生彩云飞风的递了信去，环儿随即进来。宝玉偏没有人寄信去。贾政只哼了一声，也不叫宝玉，只说道："你不长进的小子。单要我一个管，你替我出去。"王夫人听了贾政的口风，又牵着宝玉，偏是宝玉不来，反不骂宝玉，明明是护短的意思，就想道："凭他怎么样闹饥荒，我只不管便了。"王夫人心里很不快活。亏的芝哥儿的痘子回谢了，身子很好，一家子也很喜欢。那曾大夫也发了一大宗酬仪。

到了谢神这日，账房里也烦的很，亏的黛玉隔晚妥当了，而且预备着仲妃遣人出来，也一切办的停当。黛玉也便一早晨起来，梳洗插戴，还恐戏班里不道地，也叫人去吩咐了好些。巧巧的花锦丛里闹出个缘故来，忽然王夫人叫彩云来，说道："快些给二爷换衣服，宫里有内官到了。"袭人就忙忙的拿了宝玉衣服上去。黛玉也就慢慢的上去，刚刚的走进堂屋，王夫人走出来，黛玉上去请安，王夫人便笑道："劳动大姑娘贵步。"众人都听见。黛玉也很臊，一面想道："我这么着为人家，倒讨个没脸。就这芝哥儿的事，零零碎碎那一件不费心，好好的清早晨，碰这钉子。"心里正在不平，走进房里，正见袭人在房中。黛玉就认定袭人有了什么话，太太一说一听，发得那么快，就低低的说道："咱们明日就让人家。"袭人听了真个吓死，也冤屈死了，就慢慢的一个人抹眼泪儿回去了。当下薛姨妈瞧出情形，平日也受过黛玉好处，就在中间调停起来，只说道："大姑娘，这芝哥儿的事情，累得你了不得，无大无小，你就照应得那么精细。今日的应酬繁杂，也不知你背地里费了多少精神。只等这孩子大起来孝顺你罢。"一句话点醒了王夫人："他虽则为着袭人存心，这芝哥儿的事，也很亏他，清早上见面就给他一句，他又是极有心机的，也是我不检点了。"王夫人也就十分的夸起黛玉来。黛玉也明白王夫人的意思，上头倒这么样，我怎样倒反装呆，也就殷勤起来。一家子见这两个做主的人儿和好了，也来说笑话，扯顺风，也就瞧戏喝酒。宝钗也感激黛玉，狠狠的拿酒劝他。黛玉郁结了好些时儿，倒也开怀乐意。

忽然想起，潇湘馆里有受下许多贺仪，怕被环儿拿了。也不露声色，只笑说："换件衣服上来，这里都不要等我。"王夫人道："横竖戏也快完了，你也乏得很，随意散散罢。"黛玉便带了素芳、香雪慢慢的回来，将这些东西一件一件开帐安放，等热闹过了，送交宝姑娘去。正在收拾将了，忽然柳嫂子奔进来，说道："袭人姐姐哭着回去，关上房门，悬梁自尽了。他丈夫得信，在戏房里奔回去，踢开房门，尽着救也救不转。"黛玉吓得心头乱跳。再一会子，紫鹃也急急的奔进来说。黛玉也拭泪，也点点头头道："晓得了，快快的救他。"紫鹃也忙忙的去了。这黛玉心里，便有千言万语似的说不出来。

不知袭人的性命如何，且听下回分解。

第二十七回

真不肖大杖报冤愆　缪多情通房成作合

话说黛玉听说袭人自尽，心里也伤，就差紫鹃叫人去救他，紫鹃去了。也叫柳嫂子外面不要扬开，且照应酒席去。紫鹃到怡红院，只得三五遍叫人去帮着救，直等了一个时辰，方才有信进来，说道："好，转过来了。"紫鹃也忙的进来告诉。黛玉就将早上的话告诉他。紫鹃便道："姑娘，这倒是错怪袭人。早上听着太太的话，我同晴雯都不喜欢。就是姑娘说那一句，咱们也说是该的。后来到了午间，大家闲谈起来，倒是鹦鹉、琥珀说袭人早上进去，单替宝二爷换了衣服，并没有开一声口，多少人瞧着，太太也没有空儿替他讲什么，不知太太心里头另有什么别的意思。"

黛玉听了，也点点头，就叫碧漪、青荷拣出大枝人参一两送去瞧他，叫他将息着。两个去了好些时方才回来，说："蒋玉函瞧见咱们去了，说是上头叫去看他的，又是赏他人参叫他将养。蒋玉函很感激，说是请奶奶的安，谢了奶奶的恩典，而今转过来，不妨事了，请上头放心，等他舒服了，叫他上来磕头。咱们走进去瞧，这袭人姐姐倒也怪可怜见的，一丝两气的说不出话来，面上黄得蜡板似的。"两个丫头一面说着，一面也揉眼睛。紫鹃也将手帕儿拭起泪来。黛玉只管点点头，也不说什么，只慢慢的走进房里坐去。众人打量他有些懊悔的意思。谁知黛玉另有一番思量："只说他可惜死得迟了，寻死不死，怎么样再见得人。便算我今早错怪了他，前日彩云说的，难道又是我错怪了？"

按下黛玉寻思袭人的事。到明日早晨，府门里悄悄的你说我说，渐渐的扬开来，也传到王夫人耳朵里。王夫人心里本来有些顾恋袭人，听见这个信儿，愈觉的埋怨黛玉。唯独彩云听见了，逐日间心惊眼跳。那时候渐渐的近了年边，这账房里的事务好不繁琐。到了紫鹃、晴雯、莺儿三个人弄不开的时候，黛玉竟自己到议事处去，有时也在那里吃饭。亏的黛玉这个人五官并用，出出进进，井井有条，也都是三日前预先准备。虽然百事交加，理得一清如水。也为了袭人不上来，叫莺儿代了他的事情。紫鹃、晴雯没有副手，故此就自己出来，也请平儿一同帮着照应。

当日正在议事处发账目，忽然听见外面喧传进来，说道："老爷吩咐，快些兑三百两九七平整包元丝出去。"黛玉就拣了兑现成了五十两一封六封付了去。随后周瑞赶进来道："不好了，三爷闹出大饥荒来了。"黛玉等便赶到上头，一齐跟了王夫人出去，在屏风后站着张望。原来贾政在部里回来半路上见几个人围着一辆车儿，见贾政轿子过来，一个人就跑上来跪着，拉住轿子叫喊救命。贾政吩咐到该管的地方衙门去。这个人说道："这个是大人府里的事情，现有大人的少爷在这里。"贾政便喝："是谁，快叫上来。"原来正是贾环、贾芸。贾政也气昏了，便问什么事，说是债负。贾政便喝叫一总，押了府里去。到得进了府，贾政就在头厅出轿，传喊叫的人上来问他，这个人说："小的姓卜，叫作卜源昌，开过药铺生意，前两月三爷同一位少爷来说府里要用药材，都是麝香、肉桂、郁金香一切贵药材。小的回说小店没有。三少爷再三拉了小的到药料行赊去，还叫小的自己雇车，跟着他送到那位爷宅上。小的又跟了少爷，瞧着进这个府里，说定十日后付银。到今分厘没有。小的是个浮店，招架不起，现在这个客人遇着小人，小人真个的没命了。"那一个客人也跟着说。贾政也气坏了，倒问贾芸。贾芸只得说有的。所以贾政立刻取银开发那起人去了。

贾政便气得什么似的，带这两个人到书房里去，喝令跪着，便叫贾琏。贾琏上去，先被贾政痛喝了一声，就叫贾琏问他两个，药材也驮了，不知闹得怎么样，喝叫他快说。他两个便哑子似的只管磕头。贾琏也没法，停了一停，便回贾政道："他这两个便打死了，如何肯说，除非叫芸儿的小子王猴儿上来。"贾政便喝令快叫。

不一时，王猴儿叫到。这猴子一十九岁，一头痲子，又缺嘴唇，倒也刁钻古怪，为的跟了他两个闹，也戴一顶海虎帽，混一件狐皮紧身。贾政喝叫剥掉了，先给他一百鞭子，不许叫。这猴儿两手抱着肩，只管颤。贾琏便喝他从头直说。王猴儿便一一二二的说出来，倒也一盘账背的清楚，从彩云借蒋奶奶的当物，偷太太的金珠，三次偷账房的银票，各店铺赊账借当，及听档瞧戏嫖娼押宝，又喝醉了同酒店主儿打架包医，闯寡妇被街坊灌尿，也同老西儿汪姓争风打架等事尽数说完，就磕个头说："只这个，再没有了。"贾琏喝叫他滚罢。这猴儿沿出门就跑了。贾政气得几乎跌倒。贾琏慌忙扶住。兰哥儿、宝玉也赶出去扶住。里面王夫人等吐舌惊骇，只管摇头。黛玉心灵，怕的彩云寻死，就叫鹦鹉、素芳去看住了。贾政定了一会，就喝叫拿绳拿大棍来，一口气喝叫捆起来。林之孝等怎敢不依。贾政跌着脚喝叫重打，就打了二三十下。从前打宝玉时，那些门客还敢上来，而今观贾政气得不是路了，又且内眷们都在屏风后，谁敢上来？贾琏、宝玉、兰哥儿只望了贾政哭着磕头。贾政也不理，还喝叫打。王夫人就赶出来，贾政一见王夫人，就踢开家人，抢了棍自己打。王夫人赶近前，那棍子越来去的狠。环儿的一条绿绫裤血已渍透，起先还叫着喘着，到此声息将无。贾琏、宝玉、兰哥儿就哭着死命的抱住棍子。王夫人便哭哀哀的赶前去抱住他。贾政那里肯歇手。屏风后都推黛玉、宝钗出去，两个也就去。黛玉便上去扶了贾政，贾政方才退到椅子上坐着，只管喘。王夫人便站起来，哭着指了贾芸道："环儿这个没料儿的不用说了，不是你勾引他，他怎么闹得这样。咱们府里也没有薄了你，你怎么起这个心，没天理的，良心儿丧尽的。"贾政便气呼呼的指着黛玉道："大姑娘，你替我问他。"黛玉先叫贾琏将贾环抬了进去，便冷笑道："芸小子，我先替你讲。你不说'三爷你年纪也大了，也是老爷的亲生，怎么不管事，倒让着琏二爷'，又是'三爷你不是太太生的'，又是'林姊子霸定了，他霸定了，咱们偏闹'，是不是？有没有？"这贾芸吓得魂也掉了，只管磕头。黛玉便回贾政道："咱们祠堂里，也不要这个子孙，祖宗见了也惹气。问他什么，逐便了。"贾政也点点头。贾琏怕的贾政惹气，喝叫："芸小子滚罢！"黛玉说："替我站住！咱们不算你贾家子孙，算你平人，讲你从前欺着琏二婶子，死了要卖他的巧姐儿给人做妾，该死不该死？你把府里的尼姑哄出去混账，该死不该死？你在老太太孝服里，聚人到荣禧堂花赌，又往那府里花赌，该死不该死？你坏老爷的声名，去哄骗书办，该死不该死？革你出姓，轻些儿，你自己讲！"贾芸就碰得满头血，只说得该死。黛玉便说："滚出去死罢！"贾芸也沿出门跑去了。

　　王夫人便将前日告诉贾政，贾政回护的话提起。王夫人也将自己金珠走失不查说出。亏得黛玉、宝钗解开。贾政便道："大姑娘，怎么账房里九百两一票遗失也不查？"黛玉便将上簿的话回明。贾政不信，黛玉便叫人取来，果真的出进簿皆记了。贾政问上他支簿上什么意思。因这一问。黛玉就当着众人说出一篇大议论来。黛玉道："咱们这两府里也饥荒得很了，甥女的意思总要将旧底子全个儿恢复全了，便那府里也一样恢复齐全，秉公分析。所以甥女一个人情愿包顾两府。等那两府的旧产，有进无出的长起来，恢复旧局，那府里便按人分析。这府里只提出宝玉单分给，环兄弟、兰哥儿两房也还要判一个长次嫡庶。甥女自己的，便上面事奉了舅舅、舅太太，下面就留给芝哥儿。这便是甥女为人一世，依着舅舅说的替母亲尽一个孝道，也不辱没了林氏的祖先，给人家好说一个还娘的女孩儿。而今记在他支簿上，不过日后分析提出便了。"当下里里外外的人听了，无一个不真心叹服。贾政也不觉站起道："巾帼英雄，女中豪杰，可敬可敬，我家祖宗有福，我总依你，遂你的愿便了。"

黛玉见贾政的气儿略平，便叫人悄悄的请林、姜、曹、白四位过来，替贾政散闷。叫贾琏、蔡良押着贾芸清楚环儿的未了，自己便同宝钗劝了王夫人进来，也劝王夫人不要难为了彩云，惹他寻死作活。王夫人却为从前贾政年下饥荒，要寻房基里物事，推说没有，反问李纨、宝钗借当，而今体己的金珠反被自己丫头偷去，也对不过贾政，也对不过李纨、宝钗，所以深恨彩云。虽则黛玉、宝钗苦劝，怒气不平。王夫人便道："我三四个月不见袭人，彩云说他忙得紧，不能叫他，他倒去问他拉扯。"黛玉心灵，立刻悟了怡红院彩云之慌，就说道："彩云说前日袭人进来，还是太太叫上来的。"王夫人、宝钗齐声说道："奇极的了。"当下你一句我一句，又将袭人到王夫人处，编排黛玉一节辨明。王夫人道："不好了，实在是一个狐狸精了，这袭人可不委屈死呢，怪着这孩子上吊。"也有叶妈跟在后头，笑道："那一天蒋奶奶进来讨这个当物，急得什么似的，走到蜂腰桥栽了一交。跌缺了一根玉簪儿，头发通散乱了。亏的我扶起他来，替他挽了头发，他就送了我这根簪儿。"就拨下来给众人瞧，果真的兰花瓣儿碎缺了。黛玉一个人心里就彻底透明起来，想道："真个的袭人也委屈死了。"这王夫人进房去就开了首饰橱，一一查看。宝钗、黛玉、探春也来查，不见了金镯二对，金戒指一盒，玉斋戒牌二块，珠串四挂，大珠一粒，晶子一盒，湖珠一十二挂，珠记念一串。橱里的物事儿也乱乱的。王夫人气的慌，便喝："叫这狐狸精过来！"

就叫周瑞家的、林之孝家的着实的打了一顿，就哭着的撵到从前秋桐住的房里。巧巧的环儿也在对门，众人倒也好笑。黛玉便悄悄的叫平儿去着人看守照料他两个。黛玉便回潇湘馆，着实将蔡良家的数说了一顿。便叫青荷带了人参银子去安慰袭人，也全个儿告诉他，叫他挣得起快进来。

这府里上上下下通说，老爷这一顿打的好，洗清了多少人。蒋玉函也全无疑心，又见林奶奶打发近身的姑娘出来，前后一总说开了，又叫他快上去，觉得他的妻房很有脸面，也将袭人十分奉承。又是焙茗跳出跳进，逢人告诉道："天理天理，从前环哥哥害的宝二爷打那一顿，一报还一报，今日也照依着还债，倒上了些重利儿，臊脾臊脾。咱们当小子的，瞧着也乐。"众人也不驳回他，只笑道："咱们瞧他乐得什么似的，不要给环哥儿听见了，揭他一个短，拿他做一个王猴儿。"

这件事虽则过去，贾政总不开怀，又同王夫人彼此存心，偏是年下近了，反不大见面。宝钗、黛玉也就拉着探春、李纨商议起来，宝玉也和在里头，跟来跟去。黛玉既不恼袭人，也就不恼宝玉，渐渐的依先和好起来。也就过年祭祖，及请年酒，忙忙碌碌，闹了两个多月。可怪贾政、王夫人执意彼此不肯交言，也曾请了薛姨妈过来，有意无意的劝释。却苦的贾政道学性足，王夫人又是古执的，在薛姨妈面前彼此虽则说话，倒像个客气的人儿，应酬一两句便了。这李纨、探春、黛玉、宝钗等就想不出一个方法儿，也只得各人散了。

黛玉留心叫人打听环哥儿、彩云，只见彩云扶着病服事环哥儿。众丫头都埋怨他说："你被环哥儿误了。"彩云道："各人情愿，太太就撵我出去，我便寻个死。总来脸也丢完了，有始有终的要跟他。"众人都说他呆，惟独宝钗、黛玉倒说他好。黛玉度量也宽，倒也将他害袭人搬是非的不是忘怀了，反与宝钗在王夫人面前细细的劝。王夫人也为的自己丫头，渐渐解释。宝钗便劝王夫人，索性将彩云给环哥儿收了。王夫人起先不肯，黛玉帮着说，只得瞒了贾政，叫他两个一房。黛玉便与李纨、宝钗商议，这环儿他年纪也是个时候了，尽着闹也不成一件事体，给他完了亲罢。大家意见相同，便约齐了告诉王夫人，说的妥当，三个人便同贾琏告诉贾政。贾政很生气，四个人几遍去说，贾政想起来："终究也没有不办的，又是赵姨娘留下的血脉。"因此就回一句道："凭你们罢，我通不管了。"

四个人得了这个信，就回了王夫人，逐件的办起来。就将秋桐住的原房收拾起来。那边王亲家却是一个暴发，却有十余万家私，只有子女二人，子名顺哥，女名顺娟，也是王夫人的远族，听见环儿闹也不放心，今见贾琏来议完姻，便即应允。

这时候袭人也好上来了，只是害着臊，不便走进大观园中。黛玉心里十分过不去。打听得他好了，下面叫焙茗告诉蒋玉函，一面叫蔡良家的同着素芳、香雪，两辆车一同出去，千定的拉了他上来。黛玉便同紫鹃、晴雯、莺儿在潇湘馆等候着。又吩咐府里人不许一字儿揭着他。袭人也有了脸面，就一同进来，见了黛玉，噙着泪磕头下去。黛玉、紫鹃等也下泪，赶紧的扶住他，拉他同坐。袭人再三不肯，黛玉不依，五个人就一同坐下。黛玉便连根到底将彩云许多不是说出来，说道："袭人姐姐，你也实在的委屈死了，咱们从小的姊妹儿，你也知道我上了当罢。"袭人也将借当的差认着，说是自己不是。晴雯性直，便道："这个呢，你原也真个不是，但则姑娘的心儿，实在恨他这个狐狸精呢。"黛玉又问他近日的饮食，拉他的膊子瞧瞧，尽管揉眼，可怜见他。从此袭人加倍感激黛玉、晴雯，也便真个的相好如初，便账房里也去帮着。

当下袭人又到王夫人、宝钗处磕头。王夫人、宝钗也安慰了多少言语，并问了黛玉相待的情形。王夫人便叫平儿去唤彩云来给他陪话。宝钗为的他已经是环哥儿收过的人，也就劝住。宝钗也同袭人到潇湘馆谈了许久方去。

当时环儿的饥荒便算清楚了，倒反贾政、王夫人心里不投，有一个彼此说不出旁人也不能解释之处。

不知后来如何和睦，且听下回分解。

第二十八回

林潇湘邀玩春兰月　贾喜凤戏放仙蝶云

　　话说李纨、宝钗、探春、平儿等因贾政、王夫人心里不自然，做小辈的千思百想没法说开，姊妹们一起商议，宝钗笑道："我们各样也想到了，到底要寻着林丫头，他的巧劲儿很多，咱们只激着他，他一定的有什么法儿。"李纨笑道："他也巧极了，依我说倒不用激着他，他不吃这一箸。"宝钗也笑着点点头。大家就去问他。黛玉也猜着他们为这个来的，就笑道："又来议事儿。"李纨笑道："林丫头，咱们也不激着你，到底你还有个算计儿，若是这个上想不出方法来，也就不算林黛玉了。"黛玉笑道："好一个不激着，告诉你知道，算你激了出来便了。"宝钗便坐下来问他。黛玉便道："话是有句把中窍的话儿，单则是我只管上前也不像，这要用着宝姐姐。"宝钗笑道："听凭诸葛孔明点将便了。"黛玉便道："太太的话，老爷原也不能驳回他，老爷心里头只怕也有回味儿。老爷的话，太太也存着心，曲折讲不出。咱们只就这上圆上来就完了。只说太太为的不见了久已查出来，原叫齐咱们三个上去说：'我一辈子惜穿惜戴，留一点子给环儿媳妇同兰哥、芝哥媳妇，做个见面钱，不料的被他闹残了。要回老爷，打死了这个没妈的孩子，心里也实在的疼，只好提醒些儿罢了。'这么着讲，怕的老爷不回心？"当下众人一齐叹服。宝钗道："为什么用我呢？"黛玉道："大嫂子也近讨媳妇了，怎么说！我呢，怕老爷疑我打算出来的话儿；宝姐姐，你那芝哥还小着，你就说着，那里算得给媳妇子讨见面钱。"众人一齐说："真个的赛过孔明了。"

真个宝钗遇了空闲，就依着他在贾政面前说了。贾政就只管点头，一两日间便不知不觉来亲近王夫人。王夫人见贾政这样，也就渐渐解释，倒疑心谁人去说开了。悄悄去问宝钗，宝钗也不敢瞒，依直说了出来。王夫人乐得什么似的。只道："罢了，我的心坎儿都被林丫头说穿了，咱们就同去瞧瞧他。"

王夫人、宝钗就一同至潇湘馆来，同黛玉说笑了半日，只把黛玉喜欢得什么似的。过一天，宝钗将王夫人喜欢的缘故告诉黛玉，便笑道："也便一当两等，上头也同你释然，却也不是我编出来的。"黛玉也感谢宝钗不已。宝钗道："上头既这么个意思，咱们做儿女的，尽着博他们喜欢才好。你这几日空闲，也上去得勤些。"黛玉点点头，真个跟了宝钗，约了众姊妹不时上去，也玩玩牌儿，说说笑笑。王夫人便道："为些不相干的事情，闹过一冬，直到这个日子才觉得清清净净的。你们大家也商议些玩儿的事情。"黛玉便说："太太，爱什么玩儿？"李纨道："猜定是不爱瞧戏。"王夫人道："虽则这几个女孩伶俐，实在的这个戏文也烦极了，就上了新戏也不爱瞧。"宝钗笑道："咱们且商议定了，再来回复太太。"众人谈了一会，就到宝钗处商议。原来是贾政吩咐过的，因为宝玉被僧道拐骗，故此僧道都不许到府。也为的马道婆作怪，凡是三姑六婆不许上门。那铁槛寺、散花寺、馒头庵等处，虽则依了老太太时候的年例给他，这些内眷们，一概不许到庵观寺庙去游玩，只就大观园里凭他姊妹们玩儿。所以宝钗等商议，也只在园里打算。大家商议起来，雅到种菊联句，俗到割腥啖膻，连放风筝扑蝴蝶各色的玩儿都也玩过了，还剩下什么来，若再重复起来，也没有什么情趣。探春道："咱们不如大家斗个巧，各人堆一盆小花园，也有树石亭榭，大家聚起来瞧的那一个好。"李纨笑道："真是宝玉的妹妹，手指头天天弄泥，好孩子气。"宝钗道："咱们各人选些列文出来，也分出各样门类，合成一部书。"黛玉笑道："这是他们翰林衙门纂修的差使。咱们常替宝玉当差，还闹这个？宝姐姐真个倒道学先生，太文了。"李纨笑道："我就派你献一个不文不武的玩儿上来。说得不好，咱们大家批评他。"黛玉笑道："依着我，趁这个正二月天气，大家种些兰花。"宝钗、探春、薛宝琴都说道："真个倒有趣呢。"李纨笑道："林丫头，你且说出个种兰的好处来。"黛玉道："我还有句话，差不多我的生日也近了，你们大家也不替我做生日，就将这分子凑起来，办这一件玩儿，连我的生日也就雅极了。"李纨笑道："咱们瞧他管账的心机儿，处处打算，还说雅呢，好个能员派儿。"黛玉道："告诉你，从来说花朝生日的女命是极不好的。咱们而今自己先说破了，从来极不好的八字，总要出一个极好的人儿，所以做这个生日偏要比人家不同些。"宝钗笑道："不同些，不过自己要算个国香便了。"黛玉就啐一啐道："你便是个天下香。"黛玉这一句就说他是个乡愿的意思。宝钗笑道："咱们瞧他嘴头子。"众人都笑起来。李纨笑道："罢了，听他说这兰花的妙处。"黛玉笑道："兰花的妙处，你若不懂你也不尽着问。咱们而今先定见了种不种，果然种了，对着他讲。"众人齐声说："一定要种的。"宝钗道："我倒要讲定了，也不许各人各种，也不许种在潇湘馆，要在一个公所。为什么呢，偏这林丫头千伶百俐，总要弄出顶好的压人。上年扎灯就是了，咱们也不犯着大家来朝你。"李纨道："这么说，你就定一个地方。"

正说着，宝玉也来了，听说种兰，也喜欢的，就说："在怡红院种去。"宝钗笑道："是呢，倒来朝你呢。"史湘云便道："大凡兰花的妙处，全要些风月。这清风明月又妙在临水的轩廊。"宝琴道："这么看，一定在凹晶馆。"众人都说好。黛玉道："是呢，真格的，兰花在月亮底下，也就有了兰韵。"宝琴道："不是这种花，也配不得这春天的月亮。秋月令人愁思，春月令人喜欢，照着春花，也嫌他太娇艳了，不如淡淡的映着这个花。"史湘云点点头道："也还有贞起下元的真意。"黛玉听了，跟着点头。宝钗道："这么说来，咱们的大观园内玩儿到兰花月亮，也算极盛的了。大嫂子，你便知道，祖宗时的精致陈设，也都要换起来。"李纨道："这个你倒也派的妥当，我就色色掉过便了。"宝玉道："连那字画也换。"黛玉道："换换也好。你若是挂些兰花画儿、兰花句儿，也小家子极了。"宝玉道："林妹妹，你瞧得我这样，我便舍得出画兰，也舍不出画月。从古名家，也只画出月影一轮，也没有画出月色来呢。"

众人都也发笑。从此，荣国府里就千方百计种出些各色各样的兰花来。偏这件高雅的花卉，顶好的倒在各银号字号，徽州朝奉、绍兴算手处觅了来，有的说丈人阿伯要没有拿去，有的说这种花出在我王老三手里。宝钗只吩咐不许用五彩盆，只用宜兴窑紫白二色，上等的另将那哥汝定窑盆栽着。盆面上五色铺匀了山泥，又叫人将布竿收了好许多草头晓露，匀匀的浇灌养着。为的兰花喜风，不用玻璃罩，全用淡雅色纱罩罩着，就防了蜂蝶蚂蚁。便有虫兰、素兰、绿舌、白点、丹颖、绿心、紫翘、斜芳、大中小荷花瓣、朱点、月英、菊青同那些同心、并头、并蒂的一总出名异品五百余盆，一齐分着香几香架及各色檀梓梨楠高脚架子，摆列到凹晶馆去。李纨要他月亮大，吩咐将七间卷蓬卸去，等兰花过了再装起来。为的兰花爱着风，把四面屏窗一齐上了缠菊洋帘，望去只如轻烟一抹。那凹晶馆里的陈设，也二十分精致。正中间放一张水云拥螭的羊脂白玉床；两旁边，左首放一张波斯国玛璃榻，右首放一张西洋琉璃榻；上放着香梓紫檀油楠的炕桌，还是三蓝绣花的靠枕、炕垫；冰梅纹紫檀的脚踏，一色素紫檀便椅、葵花纹虎斑木便椅，又是鱼白绣渔的折叠曲录椅。东西套间内，不摆炕，单铺了几张软脚床，挂着刷花香罗帐，预备着倦乏了过去躺躺的。那茗酒之器也全用古玩。又是正中间挂一幅赵松雪墨笔"兰亭修禊图"，一边是黄子久"换鹅图"横批，一边是王蒙"读易图"横批，挂几联张伯雨集、鲜于伯机的对联，真个色色精雅，总要让这兰花的香生出来，将炉鼎通去了。当时有许多拣下的兰花，黛玉还添了无数，就亲自瞧着，在凹晶馆东首隔水的坡子上一道的栽满，倒掘去了好些芙蓉根儿。宝玉只说道："可惜。"李纨也笑道："里边这样楚楚，那边真个杂乱无章了。"黛玉笑道："你们谁懂得？"宝玉笑道："这有什么不懂，算有个兰台年年发花，供着你簪儿上带带便了。"黛玉笑道："算是这个便了。那坡子高起，正对着一带栏杆，芙蓉开时十分好看。虽则前后的芙蓉很多，可惜缺了这一带。"宝玉嗟惜不已，便看着人去种这些芙蓉根儿，口里也悄悄的埋怨道："林妹妹，也替晴雯忌些儿好。"这里姊妹们玩儿这个，贾政、王夫人也走来瞧瞧。贾政喜他们玩得斯文，王夫人也说有趣。

那花便渐渐的放起来。可可的过了二月初五六，天色阴阴起来，也毛毛的下了几番细雨。虽则花情快活，却是人意不欢。邢岫烟便笑李宫裁去得好卷篷。李绮便说："瞧林姐姐求史真人叫个月亮出来。"黛玉便笑说："花朝的命儿不好，要这样微风细雨才配呢。"宝琴怕黛玉存了心，便道："林姐姐瞧罢，到了天晴得久起来，没有些雨丝儿，兰花倒不乐呢。"黛玉笑道："你也说的太巧。"李纨、宝钗道："他真是个惜花人儿。"

谁知初十献午，天就晴起来，到了十一那天，太阳微微烘起来。那些兰花分外开的茂盛，香也香极了。王夫人以下都替黛玉予贺。宝玉也喜喜的跳出跳进。宝钗就与黛玉商议道："这样幽雅的玩儿，放不得俗人在里面。咱们而今日里头，让宝玉同姑夫们去赏玩，凭他们喝酒听曲，只不许做戏文恼了兰花。等他们散了，咱们只等月亮上来出去，也不吃什么，只品些上好的茶叶泉水。"黛玉道："很好。"

真个到了十二日早晨，黛玉便艳妆了出去，家庙里拈香，拜了舅舅、舅太太，长幼上下都拜过了寿。宫里仲妃也打发人送画出来。这里贾政、贾赦、琏儿、宝玉、兰哥儿让着曹、白、章、万、杭氏兄弟、林、姜二位并程日兴等门客，都到凹晶馆赏花听曲。直到日色平西，尽欢而散。王夫人、薛姨妈只同着邢夫人、尤氏、蓉儿媳妇在内堂瞧女乐。这里大观园姊妹史湘云、香菱、宝钗、宝琴、李纨、李纹、李琦、探春、喜鸾、喜凤、平儿、黛玉、宝玉、紫鹃、晴雯、莺儿一十六人，各带丫头、老婆子，踏着月色，一群人都望凹晶馆来。一路上穿着树影花阴，也就可爱。大家瞧着身上，都像刺了墨绣花儿。那几天天色骤晴，春光和暖，也着不住小毛衣服，只穿些棉纱棉绉衫儿。这夜的月色明亮得很，天上一点云彩没有，就如铺了一片绿波。月亮旁边有两三颗明星，像着翡翠上嵌的珠子。将近凹晶馆，就有一阵阵兰花香韵飘过来。薛宝琴、宝玉走得快，先走近了凹晶馆的西首栏杆，宝琴就拍手笑道："妙极了，下了大雪了。"随后众人走来都说道："有趣，有趣，月亮要跌下来了。"宝玉便走到台基中间乱舞，又叫道："咱们快走，到月心子里来。"众人真个的依着他。黛玉笑道："大家瞧琴妹妹好标致呢。"李纨笑道："这月亮地下，凭你小户人家村庄里的女孩子，大凡眉清目秀的总瞧得好，不要说咱们家这个琴妹妹。从前老太太也只见他在雪地里，没见他在这个月亮下。"宝琴笑道："大家也瞧林姐姐爱不爱？"黛玉笑道："也瞧你家宝姐姐，爱不爱？"大家说笑，把个宝玉乐得什么似的，只说道："为的你们不爱擦粉，替你们擦这个月亮粉便了，大家瞧瞧匀不匀。"李纹道："来来来，瞧宝姐姐的金钗上一丝丝的金焰，直射到月亮里。"宝钗道："谁不是这样，就瞧你头发上，不是一圈佛顶光。"黛玉便指着树林里说道："雕板子也没有这样清楚。"宝玉就仰着头，将两只手望上乱撩，脚下乱跳，道："你就下来罢。"又走到石栏杆边望着水里，道："你们瞧，他耀眼睛似的，一晃一晃引着我，怪不得李太白丢了性命要捉住他。"黛玉怕宝玉真个发呆，就拉他转来，道："咱们大家还是瞧兰花去。"于是大家都走到兰花架子边，只见兰叶上也亮得很。黛玉叫一概去了纱罩，细细的瞧。那些兰花益发幽静，也有全放的，半吐的，放一瓣像指着人的，也有蒂茎儿绕一圈儿往上的，都像要言语的意思，也有隐在丛里像高人幽士在草庐中独坐的。那些花叶交加，总望得玲珑剔透，映在地下也好学些笔法儿。宝玉道："怎么着费了多少心栽他，把些香韵都被月亮里的虾蟆精吸去了，就一些儿也不闻。"

黛玉道："好糊涂呢，你不知，这个花可远不可近的，大家跟我来。"就一齐到东窗边坐下，只觉得栏杆外隔水的坡子上，一阵阵兰香悠悠扬扬的送过来，众人才服他前日的布置。宝玉道："这个香到底有些苦意。"宝钗道："清得很。"宝琴道："而今人很热闹的，就说这个人红，也说红极了。咱们想起来，凡是花卉十分红的不很香，算有玫瑰花儿也憨俗，大凡清香的原有些苦味呢。"史湘云道："譬如月亮，红了也不会明，清白两字原是连的。"黛玉道："这是底子里的缘故，倘若月亮遮了云，也不明。所以谢重爱一个微云点缀，倒被王道子说一个心地不净，滓秽太清了。"史湘云道："这番议论，倒也是一个格物的见解。"

那时候月亮也直起来，众人也喝了好些茶。再瞧那兰花，又放开好些。忽见绿杨影里簌簌的响，众人骇了一跳，却是焙茗、李瑶听了宝玉的吩咐，抬了一座大千里镜来，就将架子支起。宝玉说："是祖宗时上阵用的宝贝，咱们且拿来瞧这个月儿。"又叫李瑶提了好些收香鸟，放在兰台上，收些兰花香儿到各人房里去。众人真个的就着这千里镜望月，尽着眼力瞧去。也不过瞧得大了好些，望去一块块山石影子似的。只有黛玉看得月亮分外亲近，像是见些宫殿人影儿。问着史湘云，也只笑笑不肯说。众人也尽兴了。内里戏也完上来。王夫人叫人来催进去，只得大家转来，宝琴道："讨人嫌的这个月亮，我快也快，我慢也慢，只跟着跑似的，不要惹我走转去追着他。"众人都笑说道："好孩子气。"大家说说笑笑望王夫人那边去。正将走到角门，只见琥珀过来说道："太太说夜深了，上头客人都散了，太太也坐不住醉的很，就待上床，叫姑娘们奶奶们通不要上去了。"众人只得同到宝钗处坐了一会子，大家方才回去。

到了第二日，黛玉早起谢寿毕，就走到李纨处来。方才坐定，只见素芳来说："王大爷在外面。"黛玉就走出去，叫他进来，问他有什么话。王元笑嘻嘻的打了一千，站起来笑道："小的有一件物事要来孝敬大姑娘。"黛玉问："是什么？"王元笑道："不瞒姑娘说，这一件物事从来没有到京的，到了京也没人敢吃他。"黛玉吓了一吓道："一定是什么毒物了。"王元笑道："实在就是河豚鱼。"黛玉笑道："这个么，我小时候也在南边尝过的，好是实在好，不过只是险些儿。"王元笑道："不妨事的。就是咱们家吴老朝奉在南边来，竟拿一个大木桶，盛了江水活养着二三百尾带进京来，竟有一百多尾是活的。小的为了年纪上了，也不敢试他。这吴老朝奉带了会弄他的厨子进来，老朝奉就吃给小的瞧，小的也吃了。今日小的也蒸制了好些，大爷尝着也说好的很，叫小的过来回大姑娘，大姑娘若不放心，小的拼着老命先尝给大姑娘瞧。"黛玉笑道："果然放心吃得，妙极的了，你就拿过来。"王元便即去了。李纨便走出来笑道："好，这也妙绝了，咱们而今就拿他赏兰花。"黛玉道："很好。"就叫人请了众姊妹同宝玉来。

众人到了，听说这个，大家喜出非常。宝玉便道："咱们快去罢。"宝钗便道："而今，我有一个议论在此，咱们从前，聚得热闹的时候，大家高兴起过诗社。此调不弹久了，就前日你们做几首青莲花诗，也算不得。想起从前的诗社，惟有菊花社最盛，诗也多。恰好而今种了兰花，古人说得好，春兰秋菊各占一时之秀，咱们今日不可不作兰花诗，也便请了鸾、凤二位同香菱嫂子一齐入社，大家评评好不好？"宝玉先跳起来，道："妙极。"众人都说好。宝玉道："索性我说出来罢。林妹妹从前焚的诗稿，我已经替他一齐默了出来，他这些时正在用功收拾，这件事益发打入他的拳路去了。"李纨道："宝妹妹的议论果然好，我还有一个省事而有趣的道理。比如从前是忆菊，而今就忆兰，从前是访菊，而今就访兰，一直排下去，也还他十二首，好不好？"黛玉笑道："实在好。"宝琴道："好便好，兰却比菊难了好些。"探春道："真个呢，这倒也是一句甘苦话呢。"李纨笑道："而今有河豚吃了，怕不做出两句好诗。"宝玉笑道："从前也吃过螃蟹呢。"宝钗笑道："螃蟹配不上河豚呢。"众人都大笑起来。

当下宝玉便去请了喜鸾、喜凤、香菱过来，会齐了，一同到凹晶馆去。那时候春阳近午，兰花十分馥郁。众姊妹便次第的坐下。宝玉倒像个书房小子似的，出出进进，捧了端砚、古墨、湖笔、雪笺过来。先将十二个题目一排儿写出。史湘云道："而今倒有一句话，有些新入社的没有别号，各人且自己说出来。"喜鸾便说是"闻风逸士"，喜凤便说是"碧桐静友"，香菱便说是"映莲仙客"，宝琴便说是"松下清僚"。这宝玉、黛玉、宝钗、探春各仍其旧。众人公议，仍旧请李纨为主司，评定甲乙。各人就去拣题。香雪便替王元上来请示，问几时摆席。李纨吩咐交卷就席。当下宝钗先去把第一个《忆兰》勾了，题下注上一个"蘅"字。宝玉道："又是他把第一个勾了。"黛玉便把《问兰》《供兰》《画兰》勾了。湘云也把《兰影》《兰梦》勾了。宝玉道："这种抢法，差不多好的通拣完了，等我也挑一个。"正说着，宝琴也来把《残兰》勾了，香菱也就把《访兰》勾了。宝玉随即也勾了一个《咏兰》，随后喜鸾便勾了《种兰》，喜凤勾了《对兰》。各在题下注了一字。

这班闺阁裙钗，倒也笔如风雨，两三盏茶时，也都完了。宝玉就叫香雪、碧漪拣一幅鹅黄衍波笺誊出来，各题下各注出别号。写完了，送与李纨，就从头读道：

忆兰　　蘅芜君

曾接梅花细细开，丛无香影费徘徊。
行依芳草难忘去，梦到空山乍醒来。
记我先春耕翠畹，溯他前度透苍苔。
罗堂被径离披处，试请东风一早催。

访兰　　映莲仙客

欲求幽品度层峦，枉遇樵人告雪寒。
筇杖拨云寻径曲，筠僮行路见香难。
悠凭若与通灵悟，清阒宁终庭古欢。

应是严阿留绝代，傥传消息慰盘桓。

种兰　　闻风逸士

生即当门未忍锄，移根好与惜清疏。
想他藤径含葩处，称尔松根放箭初。
泥屑细匀丹颖茁，水华轻洒绿翘舒。
只须净洗黄磁斗，差配天寒倚竹居。

对兰　　碧桐静友

下玉阶来喜见之，延俄正好挹清姿。
自知性癖看无厌，任笑余痴坐肯移。
餐秀尽容前觊面，袭芳休悔后相思。
猗猗忽使生惭愧，忘却法缘尔许时。

供兰　　潇湘仙子

拟觌幽芳近愈遥，衡云天上望迢迢。
请登玉几当湘赋，应坐纱笼抵楚骚。
高见莺黄含嫩舌，珍宜翡翠配芳苕。
只将沿水陈清献，欲让生香鼎篆销。

咏兰　　怡红公子

诗意逢君怕阻深，远藏岩谷孰追寻。
含毫信否传高致，选韵疑于配素心。
品绝烟霞难吐属，貌穷仙隐费沉吟。
饶他长吉言幽露，啼眼徒怜病态侵。

画兰　　潇湘仙子

春风笔底忽回翔，落纸离披肖素芳。
谁向繁中求静趣，难从空处取真香。
唇脂雅配含心淡，手钏生憎放叶长。
傥写灵根辞水墨，轻青嫩绿辨微茫。

问兰　　潇湘仙子

试向青客君子呼，独寻芳畹竭区区。
那将山意幽来绝？怎把春光淡到无？
别去烟萝宁不恨？伴些松竹可嫌迂？
忘言应笑哓哓舌，许我同心调岂孤。

簪兰　　蘅芜君

露谷摘下最鲜新，在月梳旁点缀匀。
恰向鬓云窥静女，恍于发鉴映佳人。
翠羞颜色拈来淡，玉比精神琢未真。
膏沐艳香添雅韵，只怜零落枕边春。

兰影　　枕霞旧友

泛泛惊看墨荫稠，静将钗股暗中偷。
生花映纸青都尽，折叶依墙粉细勾。
身为擎风对摇漾，丛因纱月两明幽。
纵知色相具空处，自写清姿韵致留。

兰梦　　枕霞旧友

遥汀被处阻湘烟，春困栏边亦可怜。
情淡略因云绪惹，神清也为月魂牵。
都房旖旎莺惊觉，茂苑芊眠蝶栩然。
一勺寒泉发深醒，懒容低亚倍芳妍。

残兰　　松下清僚

檀心瘦甚古香留，渐有微黄晕瓣头。
一半春中情若怨，十分幽处态含愁。
再思采采心何忍，尚见亨亨意似羞。
为惜精神早加剪，尽堪芄佩绣囊收。

　　李纨正在反复吟哦，众姊妹大家称奖起来，彼此各相推服。宝玉只说道："你们都好到这样，实在难于品评了。"

李纨笑道："题目呢却比上次的菊花难些，诗却好呢。我再从公批评出来：《问兰》第一，《忆兰》第二，《兰影》第三，《画兰》第四，《供兰》第五，《残兰》第六，又要推潇湘仙子为魁了，真个的春兰、秋菊都被他占去了。以下《访兰》《种兰》《对兰》《簪兰》《兰梦》不好了，末了《咏兰》又是宝兄弟了。"宝玉也拍手欢喜道："实在公极。"李纨道："众人以为何如？"黛玉只笑说："当不起的。"众人都说："确当得很。"李纨道："这'行依芳草''一梦到空山'一联难道不好？无奈他这'那将山意''怎把春光'二句又把兰花问得无言可对了。底下那个'青都尽''粉细勾'也实在沉着，虽有'唇脂''手钏'巧艳之句，不能让他。那'供'字也烘托得妙，'残'字也出神。往后好句尚多，算来都压下去了。"黛玉道："那《对兰》的'看无厌''坐肯移'也妙。"湘云道："就'称尔松根'一句也出神。"黛玉道："那《兰影》《兰梦》尤妙，也是个见道之言。我从前见他这个枕霞的号，就知道他离尘超凡了。"

当下，众姊妹便重新的大家吟赏了一会，方才上席。都赞这个河鱼，果然是一件尤物，大家都尽兴吃了些，也吃了好些青果。李纨忽然笑道："宝兄弟，我记起来，你从前还我一首《螃蟹诗》，而今何不补出一首《河豚诗》？"宝玉笑道："不过取笑罢。"就取笔写道：

> 江干异品数鰔鲐，万里风帆日下来。
> 芦蕨掘残潮雪上，杨花落遍浪云开。
> 应教橄榄堆千颗，讵惜醽醁泻百杯。
> 莫羡荔枝登北地，有谁携此到燕台。

黛玉笑道："比从前《螃蟹诗》似乎像样些。"李纨道："也好呢。"宝玉笑道："你同宝姐姐也照旧作一首。"黛玉道："先请教宝姐姐罢。"宝钗笑道："我比他好得有限呢。"宝钗随即口占道：

妙溯鮭鲐杨子津，江南风味擅三春。
常同半苦芦芽荐，旧与回甘谏果陈。
浴尽井华疑顿释，调来姜露讶何因。
世间毒甚河鱼味，既饱欢娱未惜身。

黛玉也口占道：

芦笋牙肥纲细穿，喜看鲥鲥出清渊。
群分燕尾方名辨，品汰鱼鞋食谱传。
融珀膏流云液润，凝脂乳滑雪花旋。
漫嫌唐突西施甚，应别烟波过别船。

宝玉说："好极了。"李纨笑道："一个诮古，一个讽今，倒也工力相敌。"宝玉道："林妹妹、宝姐姐，我到衙门里去考都不怕，单单的怕定了你们这一班。怪不道你们代笔的，没人考得过了。"说的众人大笑起来。直说笑到下午方散。

这大观园里一众姊妹们玩这些兰花直到了二月尽边，方才收拾过去，重新在凹晶馆搭起那七间卷篷。

到了三月初，环儿吉期也近了，黛玉不免到议事处同紫鹃、晴雯、莺儿忙了好几天，也教袭人帮着照应。王夫人也时常问些亲事零碎，也便各色齐全，只是贾政还恼环儿不许见面。亏的林良玉、姜景星拉了贾赦同来。再三劝释，硬叫他上来。贾政还气的要打，又是众人再三劝开。从此贾环始敢上来请安，贾政也不问他什么言语。到了吉期，只得将收了彩云的话回明，贾政也没法了。那边王亲家处也慕贾家的势，费了数千金赠奁。到这吉期，一样也唱戏受贺，请客人待新妇。仲妃也遣人送贺礼出来。

这贾环之妻王氏，小名顺娟，性情倒也温良，只是面貌十分丑陋，麻脸大口，一双白花眼睛，身躯伟岸包得下环哥儿。环儿甚不得意，只得将心腹托与彩云。顺娟小家女子，谈吐蠢俗。王夫人倒也谅他，只是排在李纨、宝钗、黛玉之后，真个不配。又没见世面，瞧见不识的物事，逐件要问。惹的老婆子小丫头们暗地里笑他，黛玉等背后常拿他做个笑话儿。王夫人打量着众姊妹们都不入队，尤怕黛玉瞧不起他，就悄悄的拉住黛玉说道："不是这样一个呢，人家也不肯给环儿。若是要教他费气力，他也还自己知道分儿，安顿稳重，你只瞧他学到那里，随时提提他便了。"黛玉知道王夫人的意思，也就一口答应。这顺娟也还懂得，就自己在房里学些针指，不同他们玩儿。倒也跟着王夫人服侍，王夫人到薛姨妈家，也跟着走走。只有宝玉笑说道："生平慕的是女孩儿，原来也有这一个，还是做一个臭小子好。"

　　渐渐的三月往后，牡丹开起来。各处的牡丹台遮了锦幔，挂了花铃。贾政公事也清闲，就请王亲家来会亲。排日间开席请酒。北靖王、南安郡王知道了，也要携樽过来。慌的贾政盛饰请了一天。两班文武班轮流唱戏，直闹到三更时分，方才席散。亏得牡丹还盛，才开到七八分。宝钗就说："从前芍药开时，亏得云妹妹醉眠了，花片没有辜负他。咱们在这牡丹花上，也觉得淡泊些。你看魏紫、姚黄开得那样富丽，咱们虽不奉承他的富贵，也要体谅着春工的意思。"史湘云笑道："我就醉了一场，惹你们牵扯到而今，这牡丹也不要赏了。你们不知道，前日凤妹妹说，他有一件绝好的物事，等官客们不来，他就带到牡丹花最热闹的地方来，玩给众人瞧。我再三问他，他说还要等两日才有。问他什么事物，他不说。敢则我倒知道了。"黛玉笑道："谁还能瞒过你。到底是什么玩儿？"湘云道："自然瞧见了再说才有趣。"宝玉听不得一声，就赶过去催着喜凤。好半日才回来，说是凤妹妹古怪的很，断不肯说，只说两日后断有的。

　　到第三日，果真喜凤同喜鸾过来。约了王夫人、众姊妹、宝玉到锦香亭。便有丫头拿了好些竹筐过来。喜凤就叫逐筐子打开了，只见筐子里飞出无数蝴蝶来，也有芭蕉扇大的，也有碗大的，还有无数小的，也有五彩颜色各样花纹，也有浑金色、浑黑色，真个璀璨陆离，飘飘漾漾，只在花台上盘旋往来。太阳耀着，那些牡丹花也就顺着风儿颤摇摇的，引着这些蝶儿如云锦一样。宝玉那曾瞧过，喜得了不得，只说："谁也不许去拿他，留他在这里养小蝴蝶呢。"众人问他那里来的，喜鸾才说是姜妹夫问一个广东同年要来的罗浮仙蝶茧。王夫人也喜欢，就排开席来，大家吃过了。

这里正在喜欢，忽然说内阁有信，传宝玉同良玉、景星。宝玉只得阻了兴，冠带而去。王夫人等不放心，就同众姊妹来到上房里来。下午宝玉回来，方知道派了纂修的书，每日五更便须赶进去办事。王夫人等俱各欢喜，只有宝玉、黛玉心里十分快快。随后贾政回来，将宝玉勉励教训了好些语言，吩咐他："不知道的便请教两位姊夫，遇了前辈只管虚心，禀请一个教益，就不能在总裁面前见长，总要尽心竭力，刻刻认真。"宝玉答应了是。又叫黛玉，每四鼓催他吃物事上车。黛玉口虽答应，几乎落下泪来。宝玉就回到潇湘馆，同黛玉谈了一夜，倒像个久别离家的光景，从此宝玉便日日进朝。这大观园姊妹们也为的宝玉不在家，无心游玩，不过彼此往来谈论些书卷针指而已。

直过了端午节后，谁想贾政、宝玉又派了随驾出差。王夫人等心里益发惊慌。这孩子长得这么大了，从没离过女人，便怎么好。黛玉心里益发惊慌，倒是宝钗走过来再三的劝黛玉道："林妹妹，不要呆了，他整日间在我们队里混，等他出去历练历练才好。"黛玉带着哭低低的道："我打算叫袭人跟他去。"宝钗大笑道："林妹妹，你这个人说出这个话来，还亏告诉我，不然时天下人通笑死了。谁见随驾的官儿带着家眷走？袭人又会昭君出塞的骑牲口？你不要说了，臊死了。"黛玉揉眼道："曹先生呢？"宝钗道："未必肯。告诉你放心，现在跟着老爷走。"黛玉泣道："身子熬不起些。"宝钗笑道："游方和尚也熬过了。"黛玉也无可奈何，只与宝玉两个依依不舍。宝玉也泣道："好妹妹，你不要在老爷太太面前说我恋着你。"黛玉只管泣着点头。

到了起身之日，贾政就衙门里一直长行，叫人催着宝玉。这里黛玉、晴雯最是割舍不得，紫鹃、莺儿也只背地里掩泪，独有宝钗大方。王夫人也再三拉住了叮嘱。贾琏再三来催。林之孝又传贾政的言语来，说的在打尖的地方等着。宝玉只得出门，临行还几遍的含泪儿回望黛玉。黛玉就睡了好几天不起身，惹的史湘云来笑他，说他好个修仙学道的人儿。黛玉也不能驳回了。从此时常寄信，刻刻望宝玉回来。

　　直到七月里，父子两人换班回来，合家大喜。宝玉请了太太的安，望过了宝钗，略略站一站说几句，就奔到潇湘馆来。见了黛玉大笑道："也有回来的日子。"黛玉笑道："你记得从前上学回来，也说这个。"宝玉大笑。从此一门聚乐，说不尽的快活。

　　一日，贾政下衙门回来，王夫人问道："下午不出门去？"贾政道："要在家里候一位客人。"王夫人问："是什么客？"贾政道："前日北靖王在朝里，当面说起有一位南方先生，高明的很，姓张号梅隐，卜得好著，灵得了不得。性情也古板的很，不肯受谢仪，只是劝人为善。请他占卦的，他总要劝你，依着他行几件善事儿，在神前立了誓，他方才替你占卜。他也并不募劝什么财物去，只指着眼前地方上的好事情，叫你做一两件。他也无室无家，孤云野鹤，露宿风餐。你说这个人可敬不可敬？"王夫人道："你可曾见他？"贾政道："为什么没有见过，浓眉凤目，大鼻方口，长方面，一部长须，雪白的，有精神的很。穿件蓝绸衣服儿，走一步真个的飘然有神仙之气。"王夫人道："你请他占什么卦？"贾政道："占个家宅平安便了。"王夫人道："我有一句话道没有告诉第二人，这几天瞧着林姑娘爱吃点了酸味儿，叫琏儿请王太医去诊诊脉，说影响儿也没有。还是医家平常呢，还是真个没有信儿。你为什么不请他占这一件？"贾政点头说："很是的。"坐谈了一会，就有吴新登通报张师爷进来，贾政便迎出。

　　不知张梅隐卜卦如何，且听下回分解。

第二十九回

卜兰桂初孙来缵祖　赋葛覃仲妃回省亲

　　话说贾政听见张梅隐进来，连忙肃了衣冠，趋迎出去，恭敬揖让，携手进来。这张梅隐是个高士，十分脱略，只说："大人，彼此长揖罢。"就分宾主坐下。贾政知道他的《易》理精微，便请姜景星、林良玉、兰哥儿一齐出来相陪。贾政道："先生玄理高妙，真个的阐《易》精微，合了郑康成、王辅嗣两家，方才有这番识解。"张梅隐道："大人高明渊博，就是列位老先生也是经师专家，在下浅见寡闻，那里讲得出经的真意。"贾政道："先生只不要过谦了。"姜景星便问："东汉说《易》之家，或以否泰阴阳各均，为诸卦包育，或以地水师旁通为天火同人，或以乾正变，自姤至剥；坤正变，自复至央，或以诸卦皆出自乾、坤，或以复、临、泰、大壮、遁、否、观、剥为十辟卦，其意不过推卦而执其一说，彼此不能相通，应作何折衷为是？"张梅隐道："这就是宋衷、干宝、虞翻、荀爽、陆绩、侯果、卢氏诸之说，说起来也各成一理，但只推易之法，一本自然，不由他各人穿凿了以意说去。这些汉儒，虽则原本《三易》，不过拘泥了些。而今就要紧的说几条。干宝说乾初九至九五，自复来至自从来推到上九为乾值月，此本京房以卦气值日立月，并非推移相生，而干宝开以为爻，则乾、坤反受生于诸卦矣。虞翻以大壮四之五，故有孚离日为光四之九得位正中故光亨，此亦推《易》之理，但四阳四阴之卦宜有四易，此其一耳。侯果说颐卦即观初六升初九五降五，此本观临而来之推《易》法。虞氏又说，晋四之初与大过旁通，则杂卦之义说条理次序皆乱矣。不过《易》之要义，乾、坤只生三画一卦，三画卦更无出于六子者，此即乾、坤生六子之法。而暮四朝三，上下四旁推得去，说作卦变，便不是了。"姜景星等十分叹服。贾政道："先生谈的透畅得很。先生替南安郡王的令亲卜的那五卦，好灵呢。"

张梅隐道："那是上年的事了，丰之革九二三一爻变，占本卦变爻，本卦为贞，之卦为悔。他昆仲两人，也没有告诉在下什么事情，在下据了卦的象问他，可是为什么庄子的事情？他说是的。在下说，这庄子要不的，四面水草，阴阳上很不利，住的人家。况且昆仲二位同居更不好，明明的手足两人，爻词上先露一句'折其右肱'，那变卦上打头就说一个'征凶'，定是去不得的了。他的令兄倒依人之话，这老二一定的贪了便宜去买他。果真不上一年，可伤可伤，这也是前定。"林良玉等越发敬奇起来。张梅隐笑道："大人，当时就有一位老先生在席间剥过在下呢。"贾政道："剥的什么？"

张梅隐道："他说怎见得是水草，在下说怎见得不是。他说沛作旆，即是幡幔。在下说这个注，本来差了，怪的《山海经·西荒经》内'育沛'的沛，郭璞也说一个未详，吴任臣也还博雅，不料他倒反引了这个《易经》的注子，也说作旌旆之旆，可笑极了，还冤枉他做一个水流貌。在下只说《孟子》上的'沛泽多而禽兽至'，沛水草名，定要算他水草，也解开了《易》义，也注明了《山海经》。"贾政诸人听了，益发折服。就连曹雪芹也请出来同坐。宝玉等真个闻所未闻，敬得他了不得。

当下摆出荣国府的第一等席面款过了，贾政便盥洗了，焚起降檀真香，张梅隐便也盥漱过了，供上蓍椟。张梅隐道："在下的善愿儿也很多，在大人府里求了两件罢。当今尧舜之世，泽及万物，那有天照不及的地方。在下心里却有两件事情：第一，各省客死在京的人遗棺无归的很多，求大人访明他有主无主，有归无归，打算他或埋或送，还有那些年久暴露的，逐件实心妥办。第二，那些守节寡妇，尽孝穷儿，无穿少吃，求大人纠了同志起个得实惠的会儿。大丈夫不为良相便为良医。在下不能岐黄，只靠这一部易理劝善。大人到为相的时候，尽着的为国为民培些久长的气脉。这便是在下叨赐了。"贾政就依了，在香案前许下善愿，仍旧祷告了。

这张梅隐便在香案下，遵了筮仪揲起来，揲着了巽之震。张梅隐就惊异得很，道："了不得。"贾政就慌了，恐有什么大不好的筮兆出来，便急急的问他："凶吉？"张梅隐道："好得了不得。"这里贾政众人方才心安。贾政、宝玉重新拜过了。张梅隐就坐下来，细细想了一回，便开言道："大人府里可有什么姓林的一位，卜的可是这一位？"贾政骇得了不得，便道："真个神明了，不敢瞒先生，就卜这姓林的小媳，可有个喜信儿？"张梅隐道："是了，是了，等我慢慢的讲出来。为什么呢，本卦上下皆巽，难道不是个双木林。六爻皆变，该占之卦象词是不用说了。还有一个道理，象象好的很，却不在本卦发动，定到之卦现出，恰好是震，一索而得男，恭喜，恭喜，头胎便举的。这也通不算，明明说一个恐致福，也合得着大人恐惧戒警的致福根基，笑言哑哑，难道不是一位小令孙。后有则也，你们裕后的法则原好。看到后面去，阿唷唷了不得，震惊百里，公侯之封，以为祭主，重新出一位国公。谁不会解，要在下解的。"贾政、曹雪芹、姜景星、林良玉、宝玉、兰哥儿都喜得了不得。贾政就叫宝玉上来，好好的楷字记着。兰哥儿飞风的赶进来告诉王夫人，王夫人大喜。兰哥儿又走报似的各处告诉去。黛玉听见了，也害臊也喜欢。

贾政十分敬服他，又请他谈了好些易理，心里要留住他过几夜。姜景星等也二十分的苦留。这张梅隐是一位高人，如何留得住，要套车送他也不肯。贾政再三恭恭敬敬，邀他喝两盏名茶。贾政还要他赠几句话，张梅隐就说出四句来，道："坚冰操守，爱日心田，芝兰满阶，桂枝参天。"说罢，便拂袖去了。众人只嗟叹不已。贾政走进来备细告诉王夫人。王夫人说："为什么不问他个时候儿？"贾政跌脚的悔。随后姜景星、林良玉、宝玉也进来，只说真个神仙，赛过了神卜管辂。林、姜两位去了。宝钗、宝琴、李纨也过来，大家都说这个异人。宝玉还将南安郡王处的卦验说出来，一发咄咄称奇。姐妹们也讲了好几天。宝钗就去问史湘云。史湘云只是笑着，推说一个不懂。贾政、姜景星再去求他来，已不知何处去了。

　　且说黛玉虽则管了账房，却亏了紫鹃、晴雯、莺儿，还有平儿三人帮他，那府里的产业也有贾琏经理，倒也清闲自在。黛玉却将应办的事逐件安排起来。薛宝琴许配了梅翰林处，已经选有吉期；邢岫烟嫁过了薛蝌，黛玉又私自赠一所字号。又是李纹议定了赵侍郎的次子"李绮不配甄宝玉，另议定了新科的王词林"兰哥儿议定了北靖王的甥女，便是范尚书的女儿，吉期也选了。便就一件一件安排起来，连巧姐儿周家的亲事也不用贾琏费心，只一样的准备。真个才情又大，银钱又宽，什么事儿不妥当的。还有林良玉嫌后边的院子空，也要盖一座园亭。请着家中一班朋友打稿，嫌不出色，将许多图样送过来，要黛玉逐一布置。那边巧石已经堆满了，各色卉木花草砖瓦木植也齐全，各色工匠同阴阳先生及各色铺垫陈设也妥当了，单等这个图儿方可以开工。黛玉正要斟酌，又是贾环夫妇二人双回门。直等一切事过了，重新斟酌起这个园亭图儿，倒费了好几个黄昏半夜。林良玉见这个图儿果然改的好，就选了吉利的日子盖造起来。喜鸾、喜凤嫌的空园上匠作喧闹，仍旧过来，等工完了方才过去。

　　姊妹们一发热闹的很，大家聚在王夫人房里，连薛姨妈也在这边。正在团聚的快乐，只见贾琏欢天喜地的走进来，说道："圣上又有大恩典。"王夫人连忙问他，贾琏道："咱们的娘娘又奉旨省亲了。"王夫人等欢喜得说不出来。贾琏道："我从前说过的，当今治天下至大至重的，莫如一个孝字，体贴臣民之心，想来父母儿女之性皆是一理，不在贵贱上分的。当今自为日夜侍奉以天下孝养，因见宫里嫔妃才人等，皆是入宫多年，抛离了父母，岂有两下里不日夜思想的。故此从前的一位娘娘奉了恩旨归省，亦且每月逢二六日期，准椒房眷属入宫请候，这是当今至孝纯仁体天格物的旷荡殊恩。所以内戚之家，凡有重宇别院，可以驻跸关防，并许启请銮舆下临父母私第，亲见骨肉，面叙天伦。而今只照了从前的恩典，便是从前同了咱们家娘娘同时归省的周贵妃、吴贵妃二位娘娘也同了咱们家娘娘一同准于中秋佳节归家省亲。老爷已经入朝谢恩去了。这可不是天大的洪恩。还有娘娘的吩咐说，在家的时候亲见过从前的省亲，一切事情办得太繁华了，就是从前的娘娘也曾再三警戒一番。娘娘吩咐，比照了从前要减去十分之八，不许半点儿浮华，倘一进园来看见了什么格外装点，立刻回銮。可知道圣上为了百姓上，亲劳圣驾省方观民，从不肯费民间一草一木，何况娘娘省亲回家。一家子敬谨恪遵，方才喜欢。又说娘娘也不给一毫赏赐，这府里也不许进献厘毫。又发下一本乐章，是《毛诗》上‘葛之覃兮’一章，大内里已经谱将出来，就吩咐梨香院的女孩子学习这章《毛诗》，按着琴瑟钟鼓奏这个清明广大的音乐，不许另奏俗声。”贾琏说罢，就将乐章一册送上来。又说：“娘娘吃斋，那些随从的内官人等要款待，这一天统不许杀生，大家小心敬听。”王夫人等听了，都说：“娘娘吩咐谁敢不遵，只是太素净了，伸不出恭敬之忱，这便怎么好？”宝钗道：“娘娘俭德光照，奉了教训倒也合意。”李纨也道：“娘娘平素的性情如此，自然一切遵依。”黛玉道：“只将从前娘娘的归省章程真个的减去八分，这就是承顺了。只是娘娘上头便这样伺候，到了内官侍从人等，却要如前。”

王夫人、贾琏都说很好。贾琏也说：“侄儿且往外面去，等老爷回来了就回明老爷。”王夫人也说很好。宝玉笑道：“照依着从前减去八分，我从前应制和了四首五言律诗，我这番只要五言绝句一首罢了。”

黛玉笑道："你倒要逃学，我们大家约了，请娘娘限你做一首二百韵的五排便了。"宝玉便道："这还了得，连廷试也没有这等苦呢。"宝钗笑道："你前日的考太便宜了，原该狠狠的复试一番。"宝玉笑道："我只拖定了你们两个一同考，如何？"王夫人、薛姨妈也笑起来。

只见同贵走过来，说道："咱们家二爷说是店伙计送了一担多大螃蟹，家中人也少，一总送了过来，已经送到厨房里去了。"王夫人道："刚才娘娘吩咐说不要杀生，而今又要煮这些螃蟹，可不伤生害命的？"众人都也点头。宝玉道："螃蟹呢，原也是个生灵，放生原也放得，但则咱们家放到池子里去也觉的太多。若是叫人放去，一定的放在人家口里，不过少送他些姜醋便了。依着我，只吃这一回，往后自己也不买，人家送来也不收，岂是不好！"薛姨妈倒说他有理。邢岫烟也说："很是的，咱们今日且尽个兴儿。"王夫人道："说起吃螃蟹来，不过一个个的剥着吃。若是别的弄起来，也没个新鲜的法儿。不过是鱼翅炒的，鸡蛋炒的，鸡鸭肉和做了羹汤的，再不然扬州调儿剥了一盘一角一角的，也再不见什么新样儿。若是剥了吃呢，原有趣，那腥味儿还了得，就算洗剔净了，也有些气味儿讨人嫌，过了一夜还只意意思思什么似的，所以我也懒得吃他，也还爱他，只为了这个上不愿意便了。"宝琴笑道："林姐姐，你什么巧劲通使的出，咱们今日大家拿这个螃蟹交托你，你只要变出一个新样儿，也不要太奇了，总要配口才好。"黛玉笑了笑，点点头。薛姨妈道："今日吃螃蟹交托了林姑娘，自然好的很了。我还有个商量，从来弄物事的，少弄些便精致，弄的多了，厨房里也照管不过来，咱们而今只要咱们几个人凭着林姑娘调度，其余各房姐姐爱剥了吃的也由他。再则梨香院的一班女孩儿也不要他唱了，孩子们抢个螃蟹乐得什么似的，也叫他们像心像意的乐。咱们若要取个笑儿，听得前头衙门里到了一位杭州的女先儿，口齿儿很伶俐活变，咱们就叫来玩一玩好不好？"王夫人等一齐说道："这么着更好。"

王夫人等就慢慢的过去了，为的怡红院秋色可爱，又是早桂开了几株，大家就走到那里去。各人面前放一个紫檀冰梅底的茶几儿，也不另外摆席。王夫人、薛姨妈两位老人家，一炕儿歪着。女先儿到了，向各人请过安，就坐在旁边椅子上。将弦子和一和，弹一套《将军令》，弹完了，口里唱道：

　　西风昨夜到园林，吹出枝头万点金。试倩佳人理弦索，助他山水奏清音。唱完了，就说道："请两位老太太的示下，要唱个什么玩意儿？"

　　王夫人就让薛姨妈。薛姨妈道："我倒没有主见，你替我想想，只要大家斗一个笑儿。"王夫人想了一想，道："从前老太太游园的时候，也曾请一个女先儿进来，没有他这个口齿。老太太说的好，凡是女先们唱的书无过是佳人才子，什么《凤求凰》《三笑姻缘》，这那里算得佳人才子，不过是些寒酸促掯的妒忌着富贵人家，编出这些书来暗里讥讽的，不要说大家人家不爱听他，就是这个做书的也造了多少口过。真真老太太说的不差，不是我当媳妇的自己扬着婆婆似的。这位女先儿看来文书也不少，单不要说这些，只是短景取笑的说个笑话儿统好。你们女先儿的习气，只唱到极要紧的时候，括的一声跪了弦马。要人家追着下回，就说口喝了，嗓子枯了。咱们也不上这个当儿。"女先儿就笑得了不得，道："太太真个明白，而今就剪截痛快的斗个笑何如？"众人都笑说道："很好。"黛玉这时候已吩咐了柳嫂子一遍，也来坐了听说书。

　　女先儿就说道："咱们而今现身说法，就说一个女先儿。一个女先儿会算命，嫁一个男的会相面，一同行道应酬。一位老爷要试他两个技艺，就请他两口子过去，分两处坐下。老爷便叫女先儿算命。女先儿说道：'甲木坐寅，月建当令，四柱又有生扶，月干杀透而坐旺地，已官丙火，亦有制伏，一定大贵。'老爷走出去叫男的相面，男的说道：'请尊冠起一起。好的很，天庭饱满，鼻准丰隆，两颧也配得三台。请教手掌。好！软若绵团，透出朱点，必定大富。'这夫妻两个也奉承足了。谁晓得这位老爷倒反不耐烦过来，一会子请他夫妻两个会齐了，说道：'你们两个，一个说贵，一个说富，一家子的说话儿就不同。'女先儿说道：'老爷单是贵，贵到极处自然富起来。单是富，富到极处原从贵上说起。'而今女流的见识单望的贵，外面的阅历的总重在富一边。我们也遇见好些富贵的，开口便说到底可还有碗饭吃，所以男人只说向富一边去。其实推算贵造，叫作富贵双全，还绕了一个寿命延长。"众人听了，一齐大笑。王夫人笑道："好一个随机应变，真赛过了柳敬亭似的。"

这里就送上螃蟹来，原来黛玉吩咐柳嫂子将螃蟹分做五样分配，每上一样间一样精做素菜。第一是螃蟹黄，只将嫩鸡蛋鹅油拌炒；第二是螃蟹油，水晶球似的，只将嫩菠菜鸡油拌炒；第三是螃蟹肉，将姜醋清蒸；第四是螃蟹腿，只将黄糟淡糟一遍，加寸芹香黑芝麻用糟油拌着；第五是螃蟹蚶，只将蘑菇天花鸡汤加豆腐清炖。就算一个全蟹吃局。从薛姨妈以下，人人称赞。宝玉还说："快些载到食谱里去。"又连叫送一份到书房里请贾琏、兰哥儿作东，陪了林、姜、曹三位，务必放量的吃些。那些丫头们、芳官们也尽着吃白煮的，也将蟹黄儿涂人的脸，说算一个端午节下的雄黄儿酒。晴雯、平儿只得过去喝着。王夫人说道："咱们今日也乐了，比上老太太从前只少一个刘姥姥。"宝钗笑道："姥姥呢原也有趣。"宝玉道："罢了，不过说几句村庄话儿，尽说也讨人嫌的。不过有了他替林妹妹添个玩儿的扳不倒便了。"黛玉也笑起来，撤过了器皿，女先儿又唱了个《楚江情》，又唱了个《袅晴源》。芳官、蕊官、龄官也来听，众人就说说笑笑的散了。

此后，就一日一日的办起省亲的事情来。一则有了旧章，二则仲妃吩咐过的，不许繁华，倒也容易妥当，连女乐的《葛覃》乐章也演习熟了。到了这日，两府同林宅的上下一齐齐集，小心伺候起来。大观园内虽则打量着仲妃到的所在，照前减了八分，也还帐舞蟠龙，帘飞彩凤，静悄悄的鸟雀无声，处处香烟缭绕，自荣府大门至巷口，通用了围幕挡严。过午的时候，就有一位太监飞马过来，说："今日比从前早了许多，用过午膳，往宝灵宫拜了拜，未初进宫，领了宴即准起身，这里小心伺候。"

贾政就叫人一路传进去了。就有贾琏同执事人等，让太监去吃酒饭。一面再吩咐了值灯彩的。忽听得外面马炮之声，同从前的一样，太监们就说来了。男的自贾政、贾赦以下，照旧在西街外，女的自王夫人、邢夫人以下，照旧在大门外迎接。肃静了好些时辰，便有引道的太监骑马到来。随后龙旌凤翼，雉羽宫扇，金炉曲盖，照着元妃一样。细乐也过去了，捧巾栉的也过去了，便望见金黄绣风銮舆过来，贾府诸人连忙跪下。銮舆一直的进了大门仪门，也照旧更了衣，便也有昭容、彩嫔等引仲妃来下舆，仲妃到体仁沐德处各处一看，果然俭素，心里十分欣悦，心里想道："古人说的'居高思危，处满防溢'，可不该这样的。"

也像从前元妃临幸的时节，各处看过了一回。从前那些金玉珠翠锦绣绫罗的奢华，一概的除了八分，只是个法净恭敬的光景。仲妃想道："这么着下去，才保守得天恩祖德。那金门玉户、桂殿兰宫的气象，岂是臣子所宜。林姐姐真是个有学问的。"就到了省亲别墅的正厅来。两位太监引着贾政、贾赦等在月台下排班。昭容传谕免了，退下去。又引王夫人等来，也免了退下去，就奏乐起来。仲妃再更衣，车驾到王夫人房中，欲行家人之礼。王夫人等跪而谢止。仲妃也喜喜欢欢，不像元妃垂泪的光景，坐下来说道："我喜的是依了我节俭恭谨，可以保守了天恩祖德，往后只守着这个规模。"姊妹们也一一见过，就执了黛玉的手道："姐姐，你近来做些什么事情？"黛玉便送上一个红折儿，通是一处处一件件，实心实惠行的善事儿。仲妃喜动颜色，说道："非但兴了这个府里，自己也尽立个上好的根基，不枉了我的素心道友。"也请宝钗抱出芝哥儿来，抱了一抱，单单的赏他枚汉玉小印儿，其余众人都只亲笔的画一幅。又上了车驾，到栊翠庵拜佛，见了史真人，屏了众人，讲了好些时候。天就晚了，略略的瞧瞧灯，叫蕊官嗓子好唱这个《葛覃》之章，各色雅乐和着，歌到"归宁父母"一句，也就落了些泪儿。重新叮咛戒警了几句，执了王夫人、宝钗、黛玉的手，吩咐他们二八日进去。不及一更，就要登舆。王夫人等又劝住了，再说几句，黛玉也说："良玉那边，要盖一座小园。"仲妃许下盖好了园再来省亲游玩，就升舆去了。

众人看见仲妃节俭的规模，喜欢的光景，追元妃省亲的时候，虽则也曾戒警，倒觉过于伤戚了些，所以就仙游了。而今仲妃的行为举止，一定是日升月恒，耆颐上寿，一家都欢喜称颂。也来看小哥儿的玉印，是通红的一方小汉玉，篆着"富贵寿考"四字，王夫人以下都喜欢的很，就叫黛玉、宝钗同做一个小锦囊，装了与他挂上，叫领他的好生留心。这荣国府自仲妃省亲以后，第二日请了安，第四日，十八早上，王夫人、黛玉、宝钗又进去请安领膳，真个的热闹繁华。

忽一日，贾政接了旨，出差看城工，君言不宿，连忙出京。王夫人也清闲自在，就被薛姨妈、邢岫烟、香菱苦苦的拉了过去，黛玉也将各色事务开发一清，就与宝钗商议一件乐事，同宝玉说起来。

未知什么事情，宝玉的意见与他两个不同，且听下回分解。

第三十回

林黛玉初演碧落缘　曹雪芹再结红楼梦

话说贾政出差去，约有两三月方可回来。王夫人也趁着家务清闲，到了薛姨妈那边去。黛玉便告诉宝玉，要趁此时候先与曹雪芹送行。宝玉也喜欢得很，宝玉只怕姊妹们不能会齐了。黛玉道："你也太多虑了，连宝姐姐这么个道学人儿，也就为头为脑的高兴，谁还不愿意的，除了香菱嫂子要悄悄的约他，其余鸾嫂子、凤妹妹也肯来。咱们总不要告诉他，只等里面坐定了，你同哥哥、姜姐夫好好的哄他进来，越发有趣。那些南边办的事情通不要提起，且等酒席过了再告诉他，就拿他的家信给他瞧。"宝玉喜得了不得。两个人正商议着，宝钗也走进来，说道："林丫头，前日说的话怎么样，天气也好得很，不要耽误了时候儿。"黛玉道："可不是呢，我正在这里告诉他。"宝玉道："好姐姐，你也来的正好，咱们就明日乐一天罢。"宝钗道："今日也好不过，明日从容些。只是南边的事情曹先生通没有知道，也不用等老爷回来告诉他，长久出门的人儿盼的家信紧，况且有他老太太的平安字儿，咱们何不今日告诉了他。"黛玉道："我也这么想，不如明日酒后告诉他，他更乐呢。一则怕他见了字儿思乡起来，二则也要告诉了他，一定要等老爷回来了再起身。等他应承了这一句，才给他这封字儿看。"宝玉、宝钗都说妥当的很。宝玉道："这么着我今日正要到姨妈家去，请姨妈、太太的安，我就悄悄的告诉臻儿，约下香菱嫂子，顺便就那边去告诉林、姜两兄，鸾、凤二妹，明日早早的过来做一个雅集儿。"黛玉、宝钗都说好。宝玉即便去了。

黛玉一面叫藕官来，叫他到梨香院去告诉一班姊妹，明日要拣簇新的从没有唱过的戏唱，今晚先将曲本儿送过来瞧。黛玉又同宝钗去约李纨、平儿去了。路上遇着探春、湘云，也同去了。原来黛玉、宝钗平日很敬重曹雪芹，一则是贾政、宝玉的至交，二则是前后《红楼梦》两书总为他夫妇三人写照，心里十分感激。因此上悄悄的探知雪芹有回南之意，知道负才高傲，不肯干谒诸侯，倦游远回，却又无以自乐。且曹老太太渐渐年高起来，这位雪芹先生又是一个光明磊落之人，不肯低首下心，再去求这五斗米的。黛玉有的是银子，什么事情办不出来？便悄悄的打发蔡良、单升往曹雪芹家乡置下三千金一所住宅，也有菜畦、花园、竹园、藕池，又将一万金替他置了八百亩水旱不竭的良田，又送他几所水碓栈房，每月有百金花利，可以日用无忧，趁意的遨游名山五岳。这蔡良、单升实在办的精细，连动用家伙什物，件件办得齐全，伺候得曹老太太、曹太太、曹少爷、曹姑娘搬进新宅。另外留下一万两的安家，还怕有新任的官儿查着漏税，连契纸儿通税过了。交代清楚，方才讨了家信，开了细折，赶进京交与黛玉。黛玉也很夸他妥当。

这曹雪芹那里得知。这时候正是九秋天气，到了次日早晨，曹雪芹正在林府里济美堂的左书厅东边房内独自一个人坐在那里，恰好白鲁驷隔一日前被外城朋友拉出去写字，住在外城没有回来，正是寂静的紧。只闻得前前后后院子里的木樨香儿，就走到小栖霞去，想听个曲儿解解闷。那知言、张、两杭也往外城戏园子去了，只得又走了回来，呆呆的坐着。顺手将书卷一翻，看见《杜工部诗集》，也就取过来看看。不知不觉的高了兴，就吟哦起来，刚念到"南菊再开人卧病，西风一系故园心"，只听得贾宝玉、林良玉、姜景星一同进来，笑嘻嘻的道："曹老先生，好用功呀，咱们要荒你的功，拉到那边去玩玩。"曹雪芹站起来，打一欠伸道："小弟今日懒的很。"宝玉就央及道："好先生，包管你走一走，这懒筋儿就舒服了。"惹的大家笑起来。这曹雪芹本是一个无可无不可的，这会子现在闷着，又是这三个人拉他，如何不去，就要换起衣冠来。姜景星笑道："老先生，你这么个脱俗人儿，还拘着这个，况且左右都是自己家里，不过求着你老人家，一同的走走散散。"曹雪芹便笑着点点头儿，就同着他们三个一同走过荣国府来。慌的这两个府门口几十位体面管家二爷们，一齐站起来垂着手。他们四位走到外书房，贾琏慌忙赔着笑，接进去坐下，喝了茶。宝玉就请到大观园里去。

　　这曹雪芹素知贾府的规矩森严，但凡五尺之童，不奉传唤不入中门。又这个大观园自从元妃、仲妃游幸之后，通是太太们姑娘们住的所在，官客非至亲不进去。又是贾政出差，宝玉孩气，如何便同他进去逛园。就算贾政不知，也过意不去。虽则内眷们也是贾政叫都见过了，设或在园中遇着，还是照应好不照应好，就说道："宝世兄，你不要太玩儿了，你只要到上头去，替我请太太的安，这园子里我是不去的。我难道不晓得是内眷们住的园亭？"林良玉道："老先生，你没知道，今日太太带着嫂子们姑娘们，一起往薛姨太太家去了，宝兄弟怪清静的，受不得，所以拉我们过来。其实秋色也富丽，桂花也盛开，只怕我们闹到月斜了，他们还不回来呢。"贾琏也说道："老先生，真个的这样。"姜景星道："咱们就过去罢。"曹雪芹也就信了，就携了宝玉的手大家走过来。

　　原来这一日的戏酒设在缀绵阁，这个阁，阁儿外四面皆曲水红栏，板桥曲岸，傍阁临涯尽是重重叠叠的青山，山坳内棕亭竹楼，也多有小路儿直通到桥上。又是各色各样的雁来红、秋黄、鸡冠、秋海棠，也到处开满的菊花，菊花细种，皆一层层摆着描金五彩盆、玉石盆，真个是万种秋容，满地千层，古桂参天，一阵阵风儿吹过来，香得了不得。当下贾琏陪着雪芹等到园门口，就说："老爷不在家，怕外面有些事情，宝兄弟陪着罢。"

贾琏就转去了。曹雪芹就同他们三个走进来。这边缀锦阁下，已经铺设得天宫似的，戏毯儿就摊在院子里阁子底下，也尽开阔。中间一席，两旁各三席，席前也铺了大红漳绒满花的拜单。黛玉、宝钗、探春、李纨、史湘云、喜鸾、喜凤、香菱、紫鹃、晴雯、莺儿、平儿共十二个人，大家靓装艳服，在阁后翻轩内坐着看菊花闲话，等曹雪芹进来，出去相见，也在那里各人忆各人的菊花诗儿。

这边曹雪芹同了宝玉、良玉、景星走进大观园园门，走过了虎皮石路，当面就是一带翠幢，再往前进便许多石笋儿。这石状奇怪，也如异鸟怪兽，映着些树木藤萝。那些藤萝上，毕竟是深秋了，也结着许多鲜红的子儿，如珊瑚珠一般。宝玉就领了他们三个穿过几条曲径，上了山顶，又盘下去。过了石洞，到了平坦之处，飞楼画槛，皆斗接衔抱于山坳，但觉得碧树干霄，青溪泻玉，走上去便是沁芳亭。宝玉却不引他们到缀锦阁去，先顺了路同到潇湘馆来。笑着让他们道："舍下去坐一坐儿。"惹的众人大笑起来。曹雪芹道："世兄，你这么个雅人，这看竹子还没有在行。你只要站在这里，看这一带粉壁花墙映着千竿的翠竹，也就好看呢。"宝玉道："是便是了，到底要看看主人家，没有个过门不入的？"雪芹道："看竹何须问主人。"说着笑着，也就进来，同到堂中坐下。看不尽的古董字画。小幺儿就抱了两个银丝盒儿上来，一碟松瓤乳油酥，一碟梅花香屑风米糕，一碟杏仁飞面野鸡合子，一碟玫瑰合桃蛋卷儿，配上龙井茶。景星道："原来是宝兄弟招进来打尖呢。"大家就用了些，景星只看壁上的诗，要寻着黛玉的笔迹，那里招得出，就问宝玉讨着看。宝玉道："落纸就烧掉了。"景星道："批的前后《红楼梦》呢？"宝玉道："可不是锁在箱子里，连老先生要看，也是我过批出去的，还只许过了圈点，连批语通不许抄出去呢。"林良玉笑道："真个的。"姜景星笑道："怪不得了。"

就将从前问起宝玉，宝玉动了醋意的光景说出来，众人尽皆大笑。就走出来沿着粉墙去。忽见青山斜阻，转过去，露出一带黄泥墙，墙上皆用稻茎遮着。众人知是李宫裁的院子，便不进去。只看了些蓑笠犁锄桔槔辘轳之具，也有些鸡鹅鸭儿。再走过去，恰好后面那个山势穿着墙，一派一派的过来，也夹着活水放闸，转过山坡，全在浓荫树影里过去。便走过了蓼花汀、紫菱洲、藕香榭。宝玉又拉他们进怡红院去，看这一棵枯木重生，越发茂盛的海棠。又拉进蘅芜院，告诉他们，这是宝钗的旧居。众人也摘了好些香果儿在手里。又走过浣葛山庄。倒是林良玉恐怕黛玉他们等候久了，就催他们转过大观楼，一直望缀锦阁来。就有藕官、芳官、文官、龄官等十二个女孩子一齐穿着刷花的真珠裘小衫，拖着洒花各色的裤腿，踏着满帮花各色的鞋儿，一齐的赶上来，搀着曹雪芹的手，迎他进去。雪芹一进了院子，望见了锦绣珠玑摆设的百分鲜丽，阁底下还摆着七席正席。就站住了，惊异起来，说道："宝世兄，到底有什么客人？"姜、林两个笑道："曹先生，你进去就知道了。"宝玉就飞跑进去了。曹雪芹还要问问，当不起芳官、藕官、龄官这班女孩子，就像蜜蜂蚂蚁朝王似的，把一个曹雪芹扛了进来，一直推到正中间第一席第一座上。雪芹不知分晓，只一手据着席，一手据着椅子，如何肯坐进去。这芳官就拿头来顶他。

　　正在同这班女孩子闹着，只见屏风后一群仙姬出来。曹雪芹挣脱了要走。这黛玉、宝钗一起十二位一齐望上拜将下去。慌得曹雪芹走到东首壁脚边，一样的还了礼。随后林、姜二人也见了礼。宝玉就从黛玉、宝钗起，直到平儿，逐一通名道姓。曹雪芹道："当不起各位夫人的盛礼，在下实在惭惶，实在宝二世兄没有说知，青鞋布袜的过来，益发的不恭敬了。"宝玉笑道："老先生，你还说这个话儿。可不是良大哥说得好，像姜大哥方配得穿个衣服儿，像曹先生方配得不穿衣服儿，谁不服这两句话。而今请先生入座了，大家方好坐。"曹雪芹再三推辞，要两边坐，姜景星、林良玉都道："先生通算做门生媳妇便了，怎么让起来。"雪芹道："这样说，小弟一定该称晚生了。"这里正让着，那芳官一班女孩子又一群的上来，直将曹雪芹按住在正中间第一座上。紫鹃、晴雯、莺儿三个人服事了。黛玉、宝钗、喜鸾、喜凤上席来送了杯盘。曹雪芹不便回敬，只走到各席前打躬谢了，然后入座。景星、良玉、宝玉两横相陪。排下去左首是史湘云，右首是李宫裁坐起，直到平儿共宾主一十六人坐定。因请贾琏不过来，李纨就叫了兰哥儿来跟着林姑夫坐。兰哥儿又为的对面是宝玉，爷儿两个不便对坐，打了恭，告过坐，方才坐下，共是一十七个人。

当下曹雪芹留心看去，只见黛玉，穿着粉红色三蓝凤穿牡丹花的缎披风，下衬着墨色洒线洋菊花满绣裙，鬓儿边围了半边桂花球，垂下无数的长珠串。宝钗穿着豆绿色顾绣梅花翠羽的缎披风，下衬着大红花绉切金蝙蝠镂云裙，头上贴几枝扁翠芙蓉。李纨、探春一样的燕尾青哆罗呢挂子，大红哆罗呢如意挂线裙。喜鸾、喜凤、香菱等也打扮得十分艳丽，只有史湘云穿着件氅衣，戴一顶巾，像个黄冠的模样，通是紫黑白三色的种骨羊裘儿。当下曹雪芹坐下，便道："曹雪芹今日承诸兄诸位夫人这样盛礼，可也当不起。"李纨先说道："老先生休得过谦，今日主人本是林、薛二位的敬意，却是咱们母子也得个借花献佛，小儿全仗了教训，如何敢忘。"就叫兰哥儿："替我敬师傅。"兰哥儿就起来斟酒。曹雪芹只得领谢了。黛玉晓得曹雪芹酒量不甚高，只送一个杯与宝玉递上去，却是一个小小的翡翠玉杯儿，比大拇指差不多大小。雪芹连忙笑领了。这陪坐的一齐点头笑起来。黛玉就叫紫鹃、晴雯、莺儿上来替自己斟酒。曹雪芹连忙站起来，托宝玉谢住，说："断断不敢当。"宝玉那里肯。林、姜二人也说："先生，只好领了，却不得主人的盛情。"雪芹就站了脚，低了头，一口气喝过三杯，再低着头拱拱手说道："三位姑娘，请不要折坏了曹雪芹。"惹得众人合座大笑。原来曹雪芹果真量小，喝了这三小杯的酒，面上就春色起来，只将头来摇，再将指头拈拈须，弄弄自己的钮子。黛玉就悄悄的笑，向宝钗道："你看老先生斯文的，又像吟诗了。"宝钗笑道："不是吟诗，又要将席上的光景替咱们编入《红楼梦》呢。"这席上听见了的又笑起来。宝钗恐怕曹雪芹醉了，说叫："快替曹太爷送醒酒汤上去。"林良玉道："到底今日主人的盛意，也要请主人家自己宣一宣儿。"姜景星也说："很是的，我们陪客也要知道的。"

黛玉道："咱们姊妹间家常事儿，烦先生锦心绣口编出前后两部《红楼梦》，叫天下后世的通知道咱们这几个人儿。咱们算得上什么，无不过托了先生这两部书也便不朽了。"曹雪芹连忙谢不敢。宝钗道："你说的还小，想先生的抱负，三长七略，百城五车，尽可研京练都。休说雕龙吐凤，乃使剑气未腾，珠光莫识，谁为盲者，应增相士之差。先生故欲晦名，借此抒写，挥毫染素，我等适供指挥。这两部书不好算咱们的描真，只好算先生的著述小影。为什么先生的各种的著述不许人传，单这两部书给人传抄呢。"众人一齐称服。曹雪芹连说："这个益发不敢当。"这曹雪芹见这番议论，就自己斟一杯饮了，谢宝玉夫妇三位。就送上戏目，请雪芹点戏。雪芹道："世兄同二位夫人这样盛礼，我也不知前生什么缘法，得此奇逢，还敢推辞点戏。但则府上的女乐从没见过，今日雅集，必须点些上好的戏儿，在下的意思要同林、姜两兄商议，请宝二世兄转求主人点戏，未知何如？"良玉、景星也说好得很。史湘云、探春也直截就说道："恭敬不如从命，你二位就依了老先生罢。"黛玉就点了《卓文君临筇当炉》《司马相如上殿奏赋》，宝钗就点了《李太白脱靴醉酒》。众人齐声说好。这班女孩子便扮上来。就这桂花香风里，奏出一派笙歌女乐之音。一面叫芳官、藕官、龄官、蕊官周回劝酒。

这三回戏文过了，又换了席面，大家论起《红楼梦》来。姜景星说："这两部书是见过了，到底二位嫂子的批本没有见，终是个缺典。"宝玉就道："我们这两部书，实在配得上《玉茗堂》，《玉茗堂》都有吴吴山三妇合评，惹人议论。不要这二妇合评的《红楼梦》出去，也要惹人家的议论来。"姜景星道:"这个那里比得。"宝玉道:"就把这个圈点的本儿传出去也罢了。"史湘云也笑道:"这两部书不用说是好的很了。只是我是个世外的人,配不得在这里头,亦且我只是无挂无牵的静坐静坐,也不好说得那么样,倒像是有什么道理的。"史湘云说这两句,倒惹得宝玉走出席来,到湘云席上,打躬作揖,求他变个戏法儿玩玩。湘云笑笑道:"你不要叫老先生又编进《红楼梦》里去呢。"众人都同声的求。湘云道:"罢了。就取一盆菊花,采一枝桂花过来。"当下就取了两样花过来。湘云就叫翠缕送过翡翠小杯儿,摘下六朵菊花圆摆在桌子上,将小杯放在中间,斟满酒,那六朵菊花就捧着这杯酒飞到曹雪芹面前。众人喜极了。曹雪芹只得饮干。翠缕又将这枝桂花扑一下,只见平空落下无数桂花来,这些桂花就从湘云席上起,直到曹雪芹席上,倒合了一片桂花桥,这小杯儿就骨碌碌的从桂花桥上滚过去。湘云斟了酒,那杯酒又从花桥上,一步一步的走过来。众人益发奇绝了。曹雪芹也便喝干,站起来拱谢道:"一生一世,第一回吃这个仙赐酒。"那菊花桂花依旧的上了花枝了。合座无不称奇,重新坐下。原来湘云的丫头也有这等道术。黛玉就说道:"今日这个雅集,也算是古今第一了。昨日戏班里送上许多新戏的曲本来,好的也有,内有一部《碧落缘》,是南边一位名公新制的,填词儿直到元人高妙处。这些班儿里通没有唱出来,倒是咱们这些女孩儿学会了。今日且摘锦做几折好不好?"合座都说好。文官等就扮出来。这芳官羞羞涩涩扮这个兰芝,十分摹神。曹雪芹赏得了不得。又说果真是才人之笔,没有一点子俗笔儿。正演到关目之处,恰好一轮月亮,在东山侧首桂花丛里涌将上来,照耀的香雪有光,只觉得万团金粟迷离,一派仙音嘹亮。曹雪芹、宝玉、良玉、景星反又出席,走到山子上的亭子内远望远听了,重新踏月回来,穿竹过桥,入阁上座。黛玉、宝钗又亲自上来斟了酒。雪芹只得也托宝玉请过杯来斟了,托宝玉送过去。李纨、史湘云、探春等又叫丫头斟上酒来。姜景星、林良玉、宝玉、兰哥儿也陪着喝。这曹雪芹本来有限，到了开怀时候倒不甚醉。黛玉便道："今日先生光临，咱们也邀幸的很，可好请先生留题一诗，以记雅集？"雪芹道："珠玉在前，那里献得丑。"宝钗笑道："一总算来通是门下，先生谦得太过些。"姜景星道："不如请先生起句，大家联吟一章，虽则勉步后尘，也算珠联璧合。"雪芹笑道："这只好诸公谐夫人联吟记盛，弟只好做一个执笔抄胥。"宝玉笑道："一则统是门人，二则统是通家世好，先生洒脱异常，还拘着这个。先生若果真不弃，就请起句，叫兰侄儿在旁誊清。"雪芹笑道："弟也不敢辞让，只是咱们今日雅集，千古所无，就联起句来，也不要拘着旧套。只是各人适意爱吟的便吟，次序也不拘，长短多少也不拘，就誊清的也照着各人吟的句子注出名号。要住便住，也不拘定多少韵数，直做到天风琅琅，海山苍苍，才有个兴会。"林良玉笑道："这就更妙了。"黛玉便叫女乐暂歇，将一个嵌玉的香楠木雕西番莲的茶几，放了文房四宝，移近兰哥儿。兰哥儿就蘸了墨等着。雪芹便吟道：

> 金陵佳气绕钟山，凤舞鸾骞上玉关。
> 五等冠僚联赐宅，三司掌典领朝班。
> 世家乔木青云地，累将重侯书传记。

景星吟道：

> 绣阁金屏戚谊尊，龙楼月殿家人侍。

宝玉道：

> 天恩祖德日方中，彝训清严教孝忠。
> 共爱薄昭持谨恕，更推郭况守谦恭。

雪芹先说："好！"众人皆点头。

曹雪芹吟道：

祖宗功德留青史，柱下官应载终始。
为检香奁快绿红，特将烟素摹兰芷。

黛玉道："好个转关领袖。"宝钗道："题得逼清了。"林良玉道：

一丛祺燕有通灵。

景星笑一笑道：

宝黛双来扣玉声。

众人都说好句。黛玉道："姊妹很多，咱们大家叙进去。"就吟道：

姊妹满堂欢画锦，环瑶接叶吐奇英。

喜凤笑道：

外家两两团团喜，喜是甥儿及姨子。

香菱道：

暖翠曾携思远亲，谈诗更得康成婢。
大观园内聚金钗。

宝钗道：

风月看来分外佳。

雪芹道："便要浑融跳脱的过去才好。"便道：

忽有盛衰吟草露，暂时闲冷落秋槐。
盛衰转眼衰还盛，玉返珠还两相映。

宝玉道：

豆蔻棚前宵露零，牡丹亭上春风病。
春病谁怜忆死生。

湘云笑道：

再来人想扫花行。
天上真妃亲诏册，人间嘉偶始完盟。

众人都笑了，黛玉倒害起臊来。雪芹道：

内迁供奉神仙客，宣出金门到前席。

景星道：

香象蟠霞灿笔花，金鳞跃浪舒云翻。
天情宠拔冠词臣，御赐青云满后尘。
前辈愧惭输后进，小名呼唤侍双亲。

宝玉笑道："这个如何当得。"
雪芹道："真好，我又要转关叙事了。"就道：

> 荣禧堂上光华满，两度云銮迓星罕。
> 熏风殿里论丹青，凤藻宫中奏笙琯。

宝钗道：

> 《葛罿》雅乐敬传宣。

黛玉道：

> 问省归来月正圆。

宝钗道：

> 彩嫔分缣颁姊妹，昭仪引扇导婵娟。

湘云道：

> 佛堂香火仙因果。

黛玉道：

> 独访真人久联坐。

喜鸾道：

触到螟蛉负子心，偷弹珠泪蛾眉锁。

雪芹道："往后弟效劳罢。"便道：

钟鸣鼎食尽繁昌，系驷高门汇吉祥。
火齐珊瑚堆槛下，绣鞍貂袖列墀旁。
尚书亮弼司农政，益励冰渊矢公正。
瓜瓞增辉诰券家，茑萝并缔金张姓。
南国词人濮砚来，独教珠履许追陪。

黛玉道：

要将洛水陈思笔，歌舞觞前说善才。

雪芹道：

魏武子孙历坎懔，不貌寻常貌仙品。
茧纸新蚕纪艳多，鱼笺春蚓言情甚。
十年湖海卖文游，吏隐而还屋打头。
陟屺再来依后乘，买湖竟许返扁舟。
西园文翰称千古，丝绣谁如赵家土。
祖饯何当玳瑁筵，联吟请洒荣宁府。

众人齐声说好得很了。又叫兰哥儿念了一遍，说明日请先生的法书写了，就这里勒石。黛玉重新叫女乐演上戏文。

到了戏完席散，那一个月亮冰也似的，恰恰的贴在天心。这些顾绣穿珠，贴绒贴墨明角玻璃内重新剪烛，真个花天月地琼室瑶阶。宝玉、良玉先上前来说明，老爷吩咐定要出差回来方肯饯别。曹雪芹本来要面别贾政，又是宝玉、黛玉等如此款留，就一口承应，便说道：

"不瞒列位说，在下若不因老母，也就不愿南回，看得妻子真如敝屣。不要说锦绣丛中，日夜雅歌醇酒，只同诸兄在深山萧寺，也可以相对忘年。"众人皆谢了。

黛玉、宝钗就捧了一只拜匣上来，贴一个红签，写着：前后《红楼梦》润笔。雪芹揭开一看，只见老母家书就批在《红楼梦》的首页上，又是一个折贴，便都开看了，约费有三四万金，雪芹只得连说了几个"当不起"，又笑着打了躬，说替家母谢了厚赠。又说道："我曹雪芹一辈子的牢骚郁结，一会子通已扫除。凭着我将母闭关也好，凭着我遨游天下名山也好，通是世兄两位夫人所赐。"姜景星又送了两册书目过来，说："这是兄弟同良大哥存在南边的书八千种，名画古帖六百余种，一总奉赠怡神。"曹雪芹益发感谢。从古及今，做稗乘的获报，那有雪芹这样便宜。真事真传，休疑他一字假借。那些郊寒岛瘦，枉自的苦吟觅句，苦过了一生。

这里众人便一一散了。黛玉、宝钗犹恐雪芹醉了，就阁后先设了铺，请雪芹安歇一宵。只叫宝玉抵足相陪，再着芳官、藕官、蕊官、龄官伺候着，彼此替曹太爷、宝二爷捶着腰儿腿儿。又吩咐老婆子、小丫头把各色灯点得通明，直到天亮。恐怕挑灯夜话，也叫柳嫂子过来伺候了半夜餐。这雪芹、宝玉真个余兴勃勃，又谈论起《红楼梦》来。

彼时屏风后暖阁下，供着一大瓶桂花，摆着四大盆四季素心建兰，又环绕些异种名菊。两个人只由着女孩子捶腰腿，一面喝梅片茶儿。这曹雪芹只笑嘻嘻看着宝玉，待说不说的。宝玉尽着问他，雪芹笑道："我而今各样心事也完了，就将今日这番雅集归结两部《红楼梦》，也便结得他住。承府上这番盛情，现有老母批在书上的家书，这就可以算作序文，我不必另为作序。只是总有一个缺陷在里头。为什么呢，今日席上一十二位，恰是册子上的十二钗，只借一位平姑娘在里头，也是前书内副册上的。不过薛、林二位的评定我没看见，不知道这前后两部书的瑕瑜，所以我心里只觉得缺了一件似的。"

　　宝玉也尽着笑，不言语。雪芹尽着问他，宝玉笑道："这两部书还有什么说，说不好的便也由他，说好的也说不出怎样的好，难道他们姊妹两个，当真的还赞得上来。不过林妹妹说，这两部书妙是妙极的了。若果真的要结住他，总要依他这个，宝姐姐也服他，我也很服。"曹雪芹又拉住了紧问，宝玉总笑着不肯说出来，推了一会，宝玉道："他说老先生果真的依了他，这样结束，天下后世人还要批两句：'曲终人不见，江上数峰青呢。'"曹雪芹急了就赶过来作一揖道："好世兄，如果一定该应那样的结束，我就一字不改，依着便了。"宝玉笑道："他也没有续上什么，只写两句现成话儿，就在那踏青扫墓一回上写了两句。"雪芹央及宝玉道："好世兄，既这么着，你倒不要说，你快快的去拿来给我自己瞧一瞧。"宝玉笑了笑，就走进去，悄悄的瞒了黛玉偷将出来。曹雪芹大喜。宝玉笑道："老先生，咱们不许瞧第二页讲明了再拿出来。"曹雪芹道："一定的，断不相欺的。"宝玉方才拿出这一册，揭开这一页来。曹雪芹方才认得林黛玉的真迹。小行楷的，其千娇百媚，从王献之十三行中出来。曹雪芹揩了揩眼睛，携近烛光看的亲切。只见写一行道："杯酒自浇苏小墓，可知妾是意中人"。又另起一行写道："人间亦有痴于我，岂独伤心是小青。"